Josie Silver

Josie Silver est une romantique assumée qui a rencontré son mari en lui marchant sur le pied à l'âge de vingt et un ans. Elle vit avec lui, leurs deux jeunes enfants et leur chat dans une petite ville des Midlands. Son premier roman, *Un jour en décembre* (Charleston, 2019), a été l'événement éditorial de l'hiver 2018 : sélectionné par l'actrice Reese Witherspoon pour son Book Club, il s'est hissé dès la première semaine de vente en tête de tous les palmarès. Son nouveau roman, *Les Deux Vies de Lydia Bird*, a paru en 2021 chez le même éditeur.

LES DEUX VIES
DE LYDIA BIRD

ÉGALEMENT CHEZ POCKET

UN JOUR EN DÉCEMBRE

LES DEUX VIES DE LYDIA BIRD

JOSIE SILVER

LES DEUX VIES DE LYDIA BIRD

ROMAN

Traduit de l'anglais
par Fabienne Duvigneau

CHARLESTON

Titre original :
THE TWO LIVES OF LYDIA BIRD

Édition originale en langue anglaise publiée pour la première fois au Royaume-Uni par Penguin Books Ltd, Londres

MIXTE
Papier issu de sources responsables
FSC® C003309
FSC www.fsc.org

L'éditeur de cet ouvrage s'engage dans une démarche de certification FSC® qui contribue à la préservation des forêts pour les générations futures.

Pour en savoir plus :
www.editis.com/engagement-rse/

ISBN : 978-2-266-32140-2
Dépôt légal : avril 2022

PROLOGUE

La plupart des moments importants de la vie se produisent quand on ne s'y attend pas ; parfois, c'est seulement après que vous les remarquez, *si* vous les remarquez. La dernière fois que votre enfant est assez petit pour que vous puissiez le porter sur votre hanche. Un regard échangé avec une inconnue qui deviendra votre meilleure amie pour la vie. Le job d'été que vous choisissez sur un coup de tête et que vous conserverez pendant vingt ans. Ce genre de choses. Ainsi, je ne m'aperçois absolument pas que l'un de mes moments importants m'arrive quand mon portable sonne à 18 h 47 le 14 mars 2018 ; je marmonne un juron parce que j'ai un bigoudi en Velcro coincé dans les cheveux et que je suis déjà en retard.

— Allô ?

Je ne peux pas m'empêcher de sourire en mettant le haut-parleur, et Freddie crie pour se faire entendre malgré le bruit de la circulation.

— Je suis là, dis-je d'une voix forte, une épingle glissée entre les dents.

— Écoute, Lyds. Jonah a un souci avec sa voiture, je le prendrai au passage. Ça ne me retardera pas beaucoup. Dix minutes max.

Heureusement, il n'est pas là pour me voir lever les yeux au ciel. Est-ce la princesse Diana qui racontait qu'il y avait trois personnes dans sa vie conjugale ? Je la comprends, parce qu'il y en a trois aussi dans la mienne. Sauf que nous ne sommes pas encore mariés ; mais pas loin. Freddie Hunter et moi sommes fiancés, et je suis « presque » la fille la plus heureuse du monde. Je cite l'anecdote de Diana afin d'expliquer pourquoi je dis « presque » ; parce qu'il y a moi, il y a Freddie, et il y a ce satané Jonah Jones.

D'accord, il ne s'écoule pas un jour sans que je parle à ma sœur, mais Ella n'est pas toujours assise sur notre canapé, à boire notre thé et à exiger qu'on lui prête attention. Le meilleur ami de Freddie n'est pas exactement exigeant ; Jonah est si relax qu'il est quasiment en position horizontale la plupart du temps, et je l'aime beaucoup, en fait. C'est juste que je l'aimerais encore plus si je le voyais un peu moins, vous me suivez ? Ce soir, par exemple. Freddie a invité Jonah pour le dîner sans m'en parler avant, alors que c'est mon anniversaire.

Je crache l'épingle, je renonce à me battre avec le Velcro, et j'attrape le téléphone avec mauvaise humeur.

— Bon sang, Freddie, tu pourrais peut-être te dispenser de faire ça ! On a réservé chez Alfredo pour 20 heures, et ils ne nous garderont pas la table si on est en retard.

Je le sais pour avoir vécu une mauvaise expérience ; le dîner de Noël avec mes collègues de travail a tourné à la catastrophe quand notre minibus est arrivé avec dix minutes de retard, et nous avons atterri au McDo vêtus de nos plus beaux atours. Ce soir, c'est mon dîner d'anniversaire. Je suis sûre que ma mère n'appréciera pas du tout de manger un Big Mac au lieu de fettuccine au poulet.

— T'inquiète, Cendrillon, on ne sera pas en retard au bal. Je te le promets.

C'est du Freddie tout craché. Il ne prend jamais rien au sérieux, même lorsque ce serait souhaitable. Dans son univers, le temps est élastique et il peut l'étirer pour servir ses besoins – ou, dans le cas présent, ceux de Jonah.

Je pousse un soupir résigné.

— Bon. Mais surveille l'heure, d'accord ?

— Pas de problème, dit-il en augmentant déjà le volume de la radio. Message reçu. Terminé !

Le silence emplit la chambre et une question me vient à l'esprit : est-ce qu'on le remarquerait si je coupais la mèche de cheveux prise dans le bigoudi qui pend à côté de ma joue ?

Et voilà. C'était le moment important de ma vie, sans que je m'en aperçoive, à 18 h 47 le 14 mars 2018.

2018

ÉVEILLÉE

Jeudi 10 mai

Freddie Hunter, *alias* le grand amour de ma vie, est mort il y a cinquante-six jours.

J'étais en train de le maudire parce qu'il était en retard et que mon dîner d'anniversaire serait raté à cause de lui, quand soudain je me suis retrouvée dans mon salon avec deux policières en uniforme, dont l'une me tenait la main tout en parlant. J'ai regardé fixement son alliance, puis la bague de fiançailles à mon doigt.

— Freddie ne *peut pas* être mort, ai-je dit. On se marie l'année prochaine.

C'est sans doute par instinct de survie que j'essaie à présent de me rappeler exactement ce qui s'est passé ensuite. Je me souviens du trajet jusqu'aux urgences dans la voiture de police, de la lumière bleue du gyrophare, et de ma sœur qui m'a soutenue quand mes jambes se sont dérobées sous moi à l'hôpital. Je me souviens que j'ai tourné le dos à Jonah Jones lorsqu'il est arrivé dans la salle d'attente, quasi indemne, avec une main bandée et un sparadrap sur l'arcade sourcilière.

C'est juste, ça ? Deux personnes montent dans une voiture, une seule en ressort. Je me souviens que je portais un chemisier vert tout neuf que j'avais acheté exprès pour le dîner. Je l'ai donné à une friperie, je ne veux plus jamais qu'il soit au contact de mon corps.

Depuis ce jour terrible, je me suis trituré la cervelle un nombre incalculable de fois pour tenter de me remémorer chaque mot de ma dernière conversation avec Freddie, et tout ce qui me revient, c'est que je l'ai sommé d'être à l'heure pour le restaurant. Ensuite, les autres pensées affluent. Est-ce qu'il se dépêchait pour me faire plaisir ? L'accident est-il arrivé par ma faute ? Mon Dieu, comme je regrette de ne pas lui avoir dit que je l'aimais. Si j'avais su que c'était la dernière fois que je lui parlais, je lui aurais dit, bien sûr, je lui aurais dit que je l'aimais. Je regrette qu'il n'ait pas vécu assez longtemps pour que nous ayons pu avoir une ultime conversation – mais alors, je ne suis pas sûre que mon cœur aurait tenu le coup. La dernière fois que l'on fait quelque chose d'important, il vaut mieux, probablement, ne pas en avoir conscience ; la dernière fois que ma mère est venue me chercher à l'école, sa main rassurante enveloppant la mienne, la dernière fois que mon père s'est rappelé mon anniversaire. La dernière fois que j'ai parlé à Freddie Hunter quand il se hâtait de rentrer le jour de mon vingt-huitième anniversaire. Vous savez quels sont les derniers mots qu'il m'a dits ? « Message reçu. Terminé ! » C'était une habitude qu'il avait depuis des années, cette petite formule insignifiante qui prend maintenant un sens énorme pour moi.

Oh, Freddie… Il avait un extraordinaire appétit de vivre, une légèreté doublée d'un redoutable esprit de compétition – drôle mais dangereux, si vous préférez. Je n'ai jamais rencontré personne qui soit doté d'un tel sens de la repartie : il savait toujours quoi dire. Il a, il *avait* un talent unique pour faire croire aux gens qu'ils avaient gagné alors qu'en fait il avait obtenu d'eux exactement ce qu'il voulait. Il est, il *était* celui qui réussissait toujours à se singulariser par sa façon d'être ou par ses actes, de sorte qu'on se souvenait de lui longtemps après son départ.

Et maintenant, il est *vraiment* parti, sa voiture a embouti un arbre, et j'ai l'impression qu'un étau invisible me serre la gorge. C'est comme s'il n'entrait plus qu'un filet d'air dans mes poumons. Je suis sans cesse essoufflée et au bord de la panique.

Le médecin m'a finalement donné quelque chose pour m'aider à dormir quand ma mère a insisté en hurlant, une boîte de cachets, pour une durée d'un mois, qu'il rechignait à prescrire parce qu'il pense que l'on doit « conscientiser son deuil afin de pouvoir rebondir ». Je ne blague pas ; c'est ce qu'il m'a sorti il y a deux semaines, avant de me laisser toute seule et de rentrer chez lui avec sa femme et ses enfants bien vivants.

J'habite à deux pas de chez ma mère, et c'est à la fois une bénédiction et une calamité. Lorsqu'elle nous apporte du ragoût de poulet dans la cocotte encore chaude, par exemple, ou qu'elle passe par ici avant d'aller travailler et vaporise du dégivrant sur mon pare-brise le matin en hiver – là, c'est une bénédiction. Mais quand je suis encore au lit, la vision trouble à cause d'une atroce gueule de bois et qu'elle surgit dans ma chambre comme quand j'avais dix-sept ans, ou si je n'ai pas rangé la maison depuis plusieurs jours et qu'elle me regarde avec mépris comme si j'étais une de ces accumulatrices compulsives à qui l'on donne des conseils dans une émission de télé-réalité – là, c'est une calamité. *Idem* lorsque j'essaie de faire mon deuil en solitaire, avec les rideaux du salon toujours fermés à 3 heures de l'après-midi et le même pyjama depuis des jours ; ou qu'elle me prépare du thé que j'oublierai de boire et des sandwichs que je repousserai au fond du frigo pendant qu'elle nettoiera la salle de bains en haut ou sortira les poubelles.

Je comprends, bien sûr. Elle est farouchement protectrice, surtout en ce moment ; elle a terrifié le médecin qui hésitait à me donner des somnifères. Je ne suis pas sûre moi-même de vouloir avaler des cachets. Dieu sait pourtant que plonger dans l'oubli a quelque chose d'attirant. Je ne vois pas pourquoi je ramène Dieu dans cette histoire ; Freddie est, *était* et serait toujours resté un fervent athée, et moi, je suis partagée, alors je ne crois pas franchement que la paix apportée par le Valium à hautes doses relève d'une intervention divine. Je suis tellement, tellement triste que je n'ai même pas la force de gober une pilule en espérant être délivrée de mon chagrin.

Freddie et moi avons un lit fabuleux, voyez-vous. Ça paraît fou, mais nous l'avons acheté à un prix dérisoire sur un site où plusieurs grands hôtels pratiquaient un déstockage, et c'est un lit qui a de quoi satisfaire tous les fantasmes ! Au début, les gens ont tiqué. Vous achetez un lit *d'occasion* ? « Quelle idée », a dit ma mère, aussi atterrée que si nous parlions d'acquérir une vieille paillasse mise au rebut par un refuge de sans-abri. C'est qu'ils n'ont jamais dormi dans la suite d'un hôtel cinq étoiles où l'on trouve ce genre de lit tout droit sorti d'un rêve de princesse. Moi non plus, du reste, mais en lisant le descriptif, je n'ai pas hésité une seconde à lancer la commande. Freddie et moi y avons pris d'innombrables petits déjeuners le dimanche matin, ri, pleuré, et fait l'amour avec une intensité et une douceur dont le souvenir m'arrache des larmes.

Quand ma mère m'a dit quelques jours après l'accident qu'elle avait changé les draps, elle m'a précipitée sans le vouloir dans un abîme de désespoir. Je me suis vue comme si j'étais dans un film, loin, très loin de moi, agrippée à la porte du lave-linge, sanglotant à la vue des draps qui tournoyaient dans le tambour, tandis que la lessive noyait toute trace de l'odeur de Freddie et l'envoyait rejoindre à jamais le tout-à-l'égout.

Maman était bouleversée, elle a essayé de me relever et a appelé ma sœur à la rescousse. Nous nous sommes retrouvées toutes les trois enlacées, assises par terre devant la machine à laver, pleurant parce que c'est tellement, tellement injuste que Freddie ne soit plus là.

Je ne me suis pas couchée dans le lit depuis. En fait, je ne crois pas que j'aie vraiment dormi. Je somnole parfois, la tête sur la table à côté de mon petit déjeuner auquel je ne touche pas ; sur le canapé, blottie sous le manteau de Freddie, comme à présent ; ou même debout, appuyée contre le frigo.

— Viens, Lyds, dit ma sœur en me secouant doucement par l'épaule. Je vais monter avec toi.

Je jette un coup d'œil à la pendule, désorientée parce qu'il faisait grand jour quand j'ai fermé les yeux. La nuit est tombée maintenant et quelqu'un, Ella, je présume, a allumé les lampes. Cette délicate attention est typique de ma sœur ; j'ai toujours pensé qu'elle était meilleure que moi. Nous nous ressemblons, par la taille et l'ossature, mais elle est plus brune que moi – ses cheveux, ses yeux. Elle est plus gentille que moi aussi ; trop gentille, souvent, au point que cela lui joue des tours. Elle est restée avec moi presque tout l'après-midi, et la sœur de maman, tante June, est passée ce matin ; je pense que maman a organisé un roulement afin de veiller à ce que je ne sois pas seule plus d'une heure ou deux. Elle l'a sûrement noté sur une feuille accrochée à la porte de son frigo, à côté de la liste des courses qu'elle alimente toute la semaine et du journal où elle inscrit ce qu'elle mange pour son régime. Elle aime bien les listes, ma mère.

Je m'assieds sur le canapé en avisant le verre d'eau et le flacon de cachets que ma sœur tient à la main.

— Monter où ?

— Au lit.

— Je suis très bien ici, dis-je, même si notre canapé n'est pas vraiment confortable pour dormir. Il est encore tôt. On peut regarder…

J'agite vaguement une main vers la télévision dans le coin en m'efforçant de me rappeler le nom d'un feuilleton. Mon cerveau épuisé ne me fournit aucune réponse, et je soupire.

— Tu sais, celui avec des hommes chauves qui crient tout le temps dans un pub.

Ma sœur sourit.

— *EastEnders*, tu veux dire.

— Oui, voilà.

Je cherche la télécommande autour de moi pour allumer la télé.

— Ce doit être fini à cette heure-ci, reprend Ella. En plus, tu n'as pas regardé *EastEnders* depuis au moins cinq ans.

Je fais la grimace.

— Si ! Il y a... Il y a la femme avec des grosses boucles d'oreilles qui pendent, et... et Barbara Windsor, dis-je en relevant le menton.

Ella secoue la tête.

— Elles sont toutes les deux mortes.

Les pauvres, je pense. *Et leurs pauvres enfants.*

Ella me tend la main.

— C'est l'heure de se coucher, Lydia, dit-elle, d'une voix qui évoque maintenant celle d'une infirmière

Des larmes brûlantes me montent aux yeux.

— Je ne peux pas...

— Si, tu peux, insiste-t-elle, la main toujours tendue. Comment faire autrement ? Tu comptes dormir sur le canapé le restant de tes jours ?

— Ce serait si grave que ça ?

Ella s'assied sur le bord du canapé et me prend la main, posant le flacon de cachets sur ses genoux.

— Oui, Lyds, ce serait grave. Si c'était Freddie qui était resté seul ici à ta place, tu voudrais qu'il dorme, non ?

Je hoche la tête, pitoyablement. Bien sûr que oui.

— En fait, tu reviendrais le harceler jusqu'à ce qu'il t'obéisse, enchaîne-t-elle en me caressant la main de son pouce, et je manque de m'étrangler avec la boule qui me serre la gorge depuis la mort de Freddie.

Je la regarde faire glisser un cachet rose dans sa paume. Croit-elle vraiment qu'il suffirait que je dorme pendant un mois pour me relever en pleine forme ?

Ella soutient mon regard avec fermeté, et les larmes coulent sur mes joues tandis que je réalise à quel point je suis brisée ; émotionnellement, physiquement, je ne peux pas tomber plus bas. Du moins je l'espère, parce que je ne pense pas que je survivrais si cette chute devait continuer. J'attrape le cachet avec mes doigts tremblants, je le mets dans ma bouche, et je bois un peu d'eau pour l'avaler. Lorsque nous arrivons devant la porte de ma chambre, je me tourne vers Ella.

— Laisse-moi seule, dis-je dans un souffle.

Elle m'effleure le front avec tendresse, et ses yeux sombres scrutent mon visage.

— Tu es sûre ? Si tu veux, je peux rester avec toi jusqu'à ce que tu t'endormes.

Je fixe le plancher en reniflant sans cesser de pleurer.

— Oui, je sais…, je murmure en lui serrant très fort la main. Mais il vaut mieux que je…

Je ne trouve pas mes mots ; je me demande si c'est parce que le cachet fait déjà effet ou juste parce qu'il n'existe pas de mots pour décrire ce que je ressens.

Ella hoche la tête.

— Je suis en bas, d'accord ? Si tu as besoin de moi…

Mes doigts se referment sur la poignée. J'ai maintenu la porte fermée depuis le jour où maman a changé les draps, par peur d'entrapercevoir le lit immaculé en allant aux toilettes. Dans ma tête, je l'ai transformé en un territoire interdit, comme une scène de crime délimitée par un ruban jaune.

Je chuchote en ouvrant lentement la porte :

— Ce n'est qu'un lit.

Il n'y a pas de ruban jaune pour m'empêcher d'entrer, il n'y a pas de monstres sous le lit. Mais il n'y a pas non plus de Freddie Hunter, et mon cœur saigne.

— Ce n'est qu'un lit, reprend Ella en posant une main apaisante sur mon dos. Un endroit où se reposer.

Mais elle ment. Nous savons toutes les deux que c'est bien plus que cela. Cette pièce, ma chambre et celle de Freddie, est l'une des nombreuses raisons pour lesquelles nous avons acheté la maison. Spacieuse, avec un parquet de bois blond baigné de lumière grâce à deux grandes fenêtres, illuminée par le clair de lune les soirs d'été.

Quelqu'un, Ella sans doute, a allumé la lampe de chevet de mon côté du lit afin que je sois accueillie par une douce lueur, même si la nuit n'est pas complètement tombée. Quand je ferme la porte, l'odeur puissante du linge propre emplit l'espace. Plus aucune trace ni de mon parfum ni de la lotion après-rasage de Freddie. Il n'y a pas non plus de chemise jetée sur le dossier de la chaise ou de chaussures ôtées à la hâte qui n'ont pas eu le temps de rejoindre les autres dans le bas de l'armoire. Tout est impeccable ; j'ai l'impression d'être en visite dans ma propre vie.

À nouveau, en m'asseyant sur le bord du matelas, je murmure :

— Ce n'est qu'un lit.

Je me glisse sous la couette de mon côté et je ferme les yeux.

Nous avons dépensé plus qu'il n'était raisonnable pour parer notre grand lit de palace ; des draps de coton blanc, d'un grammage si élevé que je ne savais même pas qu'une telle épaisseur existait. Je m'aperçois alors que le lit est déjà tiède : mon adorable sœur y a placé une bouillotte. Mon lit, *notre* lit, m'enveloppe comme un vieil ami que je me repens d'avoir négligé.

Recroquevillée de mon côté du matelas, le corps douloureux, secoué de sanglots, je tends les bras vers Freddie comme toujours. Puis je pousse la bouillotte vers sa place pour réchauffer les draps avant de m'avancer. Je serre la bouillotte entre mes bras, j'enfonce mon visage mouillé de larmes dans l'oreiller de Freddie et je gémis comme un animal blessé. La plainte qui sort de ma bouche est aussi étrange qu'incontrôlable.

Enfin, petit à petit, mes gémissements se calment. Les battements de mon cœur ralentissent, mes membres deviennent lourds comme du plomb. Je suis au chaud, dans un cocon, et pour la première fois depuis cinquante-six jours, je ne suis pas perdue sans Freddie. Je ne suis pas perdue parce que, tandis que je m'enfonce dans le sommeil, je peux presque sentir son poids qui creuse le matelas, son corps lové contre le mien, son souffle régulier sur mon cou. *Freddie Hunter, protège-moi de ces insondables ténèbres*. Je me presse fort contre lui, je l'aspire en moi au moment où je sombre dans un profond et paisible sommeil.

ENDORMIE

Vendredi 11 mai

Vous connaissez ces moments délicieux à l'approche de l'aube, les matins d'été, quand le soleil se lève avant vous, que vous émergez du sommeil et que vous vous rendormez, tout au bonheur de pouvoir profiter encore de quelques heures ? En me tournant, je découvre Freddie qui dort à mes côtés. Mon soulagement est si intense que je reste parfaitement immobile et cale ma respiration sur la sienne. Il n'est guère plus de 4 heures du matin, trop tôt pour se lever, aussi je referme les yeux ; je ne crois pas avoir jamais connu une telle paix, un tel bien-être. Le lit réchauffé par nos deux corps l'un contre l'autre, la pâle lumière dorée qui précède le jour, les premiers chants d'oiseaux. S'il vous plaît, faites que je ne sorte pas de ce rêve.

ÉVEILLÉE

Vendredi 11 mai

Avant même d'ouvrir les yeux, je sais qu'il est parti. Le lit est plus froid, la lumière du jour plus dure, les oiseaux s'en donnent à cœur joie. Freddie était là, j'en suis sûre. J'enfonce ma tête dans l'oreiller et je ferme très fort les yeux, cherchant le sommeil dans l'obscurité derrière mes paupières. Si seulement je pouvais dormir, je le retrouverais peut-être.

La panique commence à monter dans ma gorge ; plus j'essaie de me détendre, plus mon cerveau s'embrase en anticipant la journée qui m'attend, pleine de pensées noires et d'un désespoir que je suis incapable d'affronter. Soudain mon cœur bondit et se met à battre à tout rompre, parce que je me rappelle : j'ai des somnifères. Les petites pilules roses conçues pour m'assommer. J'attrape le flacon qu'Ella a posé sur ma table de chevet, je le serre fiévreusement à deux mains, puis je l'ouvre et j'avale un comprimé.

ENDORMIE

Vendredi 11 mai

— Bonjour, Lyds.

Freddie se tourne et m'embrasse sur le front, un bras autour de mes épaules, tandis que la sonnerie de notre réveil nous signale qu'il est 7 heures.

— On reste au lit ? J'appelle ton boulot, et toi tu appelles le mien.

Très souvent le matin, il dit quelque chose de ce genre, et nous nous prêtons au jeu pendant un moment. Je me blottis contre sa chaleur et j'enfouis mon visage dans les poils soyeux de son torse en marmonnant :

— Tu nous apportes un petit déjeuner au lit ?

Il y a dans son corps une solidité que j'adore ; avec sa haute taille et ses épaules larges, il a une forte présence physique. À l'agence de pub où il travaille, les gens sous-estiment parfois ses capacités intellectuelles parce qu'il est bâti comme un joueur de rugby et qu'il n'hésite pas à s'en servir à son avantage. Il est doté d'un féroce esprit de compétition.

— Si tu peux attendre jusqu'à midi, d'accord…

— Ça me va, dis-je les yeux fermés, en m'emplissant de son odeur.

Nous restons ainsi, à paresser délicieusement pendant quelques minutes, tout en sachant que nous devrons bientôt nous lever. Mais nous traînons, parce que ce sont ces minutes-là qui comptent, les moments où il y a, d'un côté Freddie et moi, de l'autre le monde extérieur. Ces moments sont le socle sur lequel repose notre amour, un manteau invisible qui nous enveloppe quand nous sommes dehors et que nous vaquons à nos diverses occupations. Freddie ne répond pas au regard intéressé de la jolie fille qui attend le train de 7 h 47 sur le quai 4, et je ne permets jamais à Leon, le serveur du café où je déjeune parfois, de franchir la limite entre le badinage sans conséquences et le vrai flirt, même s'il est beau comme un dieu et qu'il lui arrive d'écrire des choses scandaleuses sur mon gobelet de café.

Je pleure. Un bref instant, je ne sais pas pourquoi, et quand je me rappelle, je prends une immense inspiration, comme quelqu'un qui a coulé au fond de l'eau et remonte à la surface.

Freddie sursaute ; il se dresse sur un coude et m'observe d'un air inquiet en me serrant l'épaule.

— Lyds, qu'y a-t-il ?

Sa voix est pleine de sollicitude, du désir de m'aider et de m'apaiser.

Je n'arrive pas à respirer, j'ai la poitrine oppressée.

— Tu es mort, dis-je dans un sanglot.

Je regarde son visage tant aimé, cherchant des traces de l'accident. Il n'y a rien, nul signe de la violente blessure à la tête qui lui a ôté la vie. Ses yeux sont d'un bleu inhabituel, tellement sombres qu'au loin, on les croirait marron. Il porte parfois des lunettes à montures noires quand il doit prononcer un discours important au travail, pour créer une illusion de faiblesse là où il n'y en a aucune. Je plonge dans ces yeux et caresse de la main le duvet blond sur ses joues.

Un rire soulagé monte de sa gorge.

— Espèce d'idiote, dit-il en m'enlaçant. Tu as rêvé, c'est tout.

Oh, comme j'aimerais qu'il ait raison. Voyant que je secoue la tête, il attrape ma main et la pose sur son cœur.

— Je vais bien, insiste-t-il. Écoute… Mon cœur bat, tout est normal.

C'est vrai. Son cœur palpite sous ma paume, et pourtant je *sais* que ce n'est pas vrai. Ça ne peut pas l'être. Il recouvre ma main de la sienne et cesse de rire, parce qu'il voit combien je suis affectée. Il ne comprend pas, bien sûr ; comment le pourrait-il ? Il n'est pas réel, mais oh, mon Dieu, ce rêve ne ressemble pas non plus aux autres. Je suis éveillée dans mon sommeil. Je perçois la chaleur de son corps. Je sens un soupçon de lotion après-rasage sur sa peau. Mes larmes ont un goût salé dans ma bouche quand il se penche et m'embrasse, tendrement. Je ne peux pas m'arrêter de pleurer ; j'essaie de prendre de courtes inspirations, comme s'il était fait de fumée qui se dissiperait si je respire trop fort.

— Un cauchemar, c'est tout, murmure-t-il, en me caressant le dos et en me laissant pleurer tout mon soûl parce qu'il ne peut rien faire d'autre.

Si seulement il savait que ce rêve est le contraire d'un cauchemar ; les cauchemars arrivent lorsque vous attendez impatiemment que votre fiancé vous rejoigne pour votre anniversaire, et que votre famille est déjà assise à la table du restaurant de High Street.

Entre deux sanglots, je hoquette :

— Tu me manques… Tu me manques tellement.

Il me serre dans ses bras, très fort cette fois, et il me dit qu'il m'aime, qu'il va bien, que tout va bien.

— On va être en retard au boulot, souffle-t-il au bout d'un moment.

Je ne bouge pas, les yeux fermés. Je me concentre sur ses bras autour de moi pour conserver le souvenir de cette sensation quand je me réveillerai.

— Restons ici, je chuchote. Restons ici pour toujours, Freddie.

Glissant une main dans mes cheveux, il m'incline la tête en arrière et me regarde dans les yeux.

— J'aimerais bien, dit-il en souriant. Mais tu sais que j'ai cette réunion importante aujourd'hui avec BioDo.

J'ignore complètement de quoi il veut parler.

— BioDo ?

Il hausse un sourcil.

— BioDo, les dosettes de café bio… Je t'ai raconté, tu te rappelles ? Les représentants se sont pointés au premier rendez-vous vêtus de tee-shirts vert fluo et casquettes assorties.

— Ah oui, dis-je, alors que je n'en ai aucun souvenir.

Il se dégage de notre étreinte et m'embrasse sur la joue.

— Reste ici ce matin, propose-t-il, une inquiétude dans les yeux. Tu ne prends jamais de jour off. Repose-toi un peu… Je t'apporte une tasse de thé.

Je ne discute pas. Je ne suis pas allée travailler depuis cinquante-six jours.

Ma vie s'est entrelacée à celle de Freddie Hunter dès la première fois qu'il m'a embrassée, par une belle fin d'après-midi en été, et que son souffle a pénétré mon ADN. Cette histoire couvait entre nous depuis un moment, comme de la vapeur sous pression dans un moteur – il s'asseyait toujours à côté de moi à la cantine pour me piquer mon dessert, nous flirtions en nous lançant des allusions à voix haute d'un bout à l'autre de la salle de classe. Il a commencé à prendre le même chemin que Jonah et moi pour rentrer chez lui, au prix d'un grand détour, en prétextant une course à faire pour sa mère ou une visite à sa grand-mère. Lorsque Jonah a attrapé la varicelle et a dû rester chez lui une dizaine de jours, j'étais fichue. J'en ai encore des frissons nostalgiques, quand j'y repense ; Freddie m'a offert une bague en plastique jaune en forme de fleur, de celles qu'on trouve dans les pochettes surprise de Noël, puis il m'a embrassée alors que j'étais assise sur le muret de mes voisins.

— Ta grand-mère ne va pas s'inquiéter ? lui ai-je demandé cinq minutes plus tard – les cinq minutes les plus excitantes de ma vie.

— Ça m'étonnerait. Elle habite à Bournemouth, a-t-il répondu, et nous avons ri, parce que Bournemouth est à cent kilomètres d'ici.

Et c'est ainsi que je suis devenue la petite amie de Freddie Hunter, et que je le suis toujours restée. Le lendemain matin, il a glissé une barre chocolatée dans mon sac avec un mot m'annonçant qu'il me raccompagnerait chez moi. Émanant de quelqu'un d'autre, pareil message aurait pu m'indiquer une nature possessive ; mon cœur tendre d'adolescente n'y a vu qu'une formidable déclaration.

À présent, je le regarde aller ouvrir l'eau de la douche dans la salle de bains, sortir une chemise propre du placard.

— Je ne voudrais pas nous porter malheur, dit-il en répondant à un appel sur son portable, mais à mon avis, l'affaire est dans le sac.

Le téléphone coincé contre son épaule, il prend un slip dans le tiroir. J'observe le ballet de ses gestes quotidiens, et bientôt je souris faiblement lorsqu'il roule des yeux excédés pour me signifier qu'il aimerait bien que son correspondant lui lâche les baskets.

Il disparaît dans la salle de bains. Je repousse la couette et je m'assieds quand j'entends qu'il entre sous la douche.

— Qu'est-ce qui m'arrive ? je chuchote en posant les pieds par terre, assise au bord du lit comme un patient à l'hôpital après une opération à cœur ouvert – c'est l'impression que j'ai, comme si on avait ouvert ma poitrine et remis mon cœur en marche.

Je me mords la lèvre inférieure, tellement fort que je sens le goût métallique du sang dans ma bouche, et je marmonne :

— Ce n'est pas réel. Je ne crois pas à la magie.

Freddie ressort de la salle de bains, entouré d'un nuage de vapeur. Il enfile sa chemise, la glisse dans son pantalon et le boutonne. Puis il attrape son téléphone.

— Il faut que j'y aille ! J'allume la bouilloire pour ton thé, OK ? Si je fonce, je peux avoir le train.

Nous avons choisi cette maison dans notre ville natale en prévoyant exactement ce scénario, les matins où nous sommes en retard et où Freddie est bien content d'habiter près de la gare. Il travaille à Birmingham, ce qui lui prend déjà suffisamment de temps pour ne pas avoir envie d'en rajouter. Moi, j'arrive au parking de la mairie en dix minutes. Au passage, j'adore ce bâtiment un peu bancal, avec sa façade à colombages, qui m'évoque un dessin dans un livre pour enfants. Il se dresse au bout de High Street, et il paraît que c'est le plus ancien bâtiment de notre petite ville pittoresque du Shropshire. Certaines familles sont installées ici depuis plusieurs générations, et même si le fait que tout le monde se connaisse peut paraître un peu étouffant, c'est par ailleurs très réconfortant, surtout lorsqu'on traverse des épreuves.

Notre maison aussi est ancienne, et ce n'est pas seulement à cause de sa localisation qu'elle nous a séduits. Nous l'avons visitée un samedi matin, au printemps, sous un soleil d'une hauteur parfaite pour éclairer sa pierre blonde et ses larges fenêtres en saillie. La décoration s'est révélée un peu délicate, parce qu'il n'y a pas un seul mur qui soit droit. C'est ce qui fait son charme, disais-je, chaque fois que Freddie se cognait la tête contre la poutre trop basse à l'entrée de la cuisine. J'ai soigneusement cultivé cette note « vieille Angleterre » en écumant les antiquaires et les marchés aux puces de la région, freinée de temps en temps par Freddie qui préfère le mobilier moderne. Mais ce combat qui nous a opposés n'a jamais occasionné la moindre querelle, car il m'a le plus souvent laissée gagner.

Il y a deux jours, quand je suis allée acheter du vin à l'épicerie du coin après m'être obligée à me lever, je me suis aperçue que je n'avais pas envie de retourner à la maison. Jamais je n'avais éprouvé cela depuis le matin où nous avons eu les clés, et mon cœur s'est brisé encore un peu plus à la pensée que désormais je me sentais mal chez moi. Je n'aurais jamais envisagé de vendre la maison, mais à ce moment-là, j'ai eu l'impression d'être un bateau à la dérive et je suis partie dans la direction opposée. J'ai fait deux fois le tour du square de jeux pour les enfants avant de trouver le courage de rentrer. Et puis, curieusement, une fois à l'intérieur, je ne voulais plus en sortir. Je suis rongée de contradictions. Pas étonnant que ma famille s'inquiète pour moi.

C'était *notre* maison, et maintenant c'est la mienne, mais je ne suis pas le moins du monde heureuse de ne plus avoir d'emprunt à vingt-huit ans, puisque je n'ai plus Freddie non plus. À l'époque, nous avions tous deux estimé que notre conseiller financier nous avait embobinés en nous persuadant de souscrire une assurance-décès ; l'idée que quelque chose pourrait arriver à l'un de nous avant que nous ayons fini de rembourser la maison semblait ridicule. Quelle chance nous avions de nous sentir tellement en sécurité. Je m'arrache à mes pensées en m'apercevant que j'ai de nouveau les larmes aux yeux. Freddie me regarde d'un air interrogateur.

— Ça va aller ? demande-t-il en posant doucement une main contre ma joue et en me caressant du pouce.

J'acquiesce et je tourne la tête pour presser mes lèvres contre sa paume pendant qu'il m'embrasse sur le front.

— Ma petite chérie, murmure-t-il. Je t'aime.

J'ai terriblement envie de m'agripper à lui, de le supplier de ne pas me quitter, mais je me retiens. Si ce moment doit être le dernier souvenir que je conserverai de nous, je veux qu'il soit beau et digne. Aussi je me lève, je l'attrape délicatement par les revers de sa veste et je plonge dans ses magnifiques yeux bleus que je connais si bien.

— Freddie Hunter, tu es l'amour de ma vie, dis-je d'une voix que j'essaie de garder claire et ferme.

Il se penche sur ma bouche et m'embrasse.

— Je t'aime plus que Keira Knightley, dit-il avec un rire étouffé, en lançant le petit jeu que nous avons inventé.

— Tant que ça ?

J'écarquille les yeux, parce que d'habitude nous commençons plus bas sur l'échelle de nos canons de beauté et grimpons peu à peu – lui, jusqu'à Keira, moi jusqu'à Ryan Reynolds.

— Oui, tant que ça.

Il m'envoie un baiser du bout des lèvres en sortant de la chambre.

La panique m'envahit comme une nausée brûlante, et je crispe les orteils sur le plancher pour m'empêcher de courir derrière lui. J'écoute ses pas dans l'escalier, le bruit de la porte d'entrée qui claque. Je me précipite soudain à la fenêtre de la chambre pour le regarder se diriger vers le coin de la rue, marchant et courant à la fois. Trop tard, j'ouvre la fenêtre, après m'être débattue avec le mécanisme ancien qui résiste, je hurle son nom même si je sais qu'il ne m'entendra pas. Pourquoi l'ai-je laissé partir ? Et si je ne le revoyais plus jamais ? Je m'accroche au rebord de la fenêtre, fixant son dos qui s'éloigne, m'attendant à ce qu'il s'évanouisse en fumée, mais il ne disparaît pas. Il tourne seulement le coin de la rue et rejoint un monde dans lequel il retrouve un fabricant de café bio, la femme sur le quai 4, et tous les endroits qui me sont fermés.

ÉVEILLÉE

Samedi 12 mai

Quand je me réveille, mon visage est mouillé et il y a une substance dans ma bouche qui a le goût du sang. J'attrape mon téléphone. En inspectant mon reflet, je découvre que je me suis mordu la lèvre inférieure ; je vois les marques que mes dents ont laissées, et j'ai la langue enflée comme si j'avais abusé du Botox. C'est typiquement le genre de boutade que me lancerait Freddie.

Freddie. Je ferme les yeux, stupéfaite par l'incroyable réalisme de mon rêve, si c'est bien d'un rêve qu'il s'agissait. Je ne peux que le comparer à un de ces téléviseurs hors de prix qu'on admire dans les magasins. Des couleurs plus vives, des images mieux définies, un son plus clair. Mon rêve, c'était un film en 3D. J'étais *à l'intérieur* d'un film en 3D. Cela avait l'air trop réel pour ne pas l'être. Freddie était vivant, il prenait une douche, il était en retard, et il jouait à notre jeu avec Keira Knightley.

Je fouille ma mémoire, à la recherche d'un fabricant de dosettes de café dont il m'aurait parlé avant sa mort. Je suis certaine qu'il n'y en avait pas ; c'est comme si Freddie avait continué à vivre depuis cinquante-sept jours derrière un voile, en vaquant tranquillement à ses occupations quotidiennes.

Une fois de plus, je suis prise d'une envie irrépressible de me rendormir, d'aller le retrouver, de retourner à la vie dans laquelle le cœur de Freddie bat toujours, mais dans ce monde-là, il est déjà parti travailler en me décochant un éblouissant sourire. Pour quelqu'un qui ne voulait pas se coucher dans son lit hier soir, je suis maintenant accablée à l'idée de le quitter et d'affronter une nouvelle journée. Il me faut quinze bonnes minutes pour me convaincre que je réussirai à sortir de la chambre. De toute façon, je n'ai guère le choix. On est samedi, et Ella va bientôt arriver.

— J'ai rêvé de lui cette nuit.

Je serre ma tasse dans mes mains, plus pour me donner une contenance que pour me réchauffer. Ella, assise en face de moi à la table de la cuisine, me regarde en hochant la tête.

— Moi aussi, parfois, je fais des rêves…, dit-elle en ajoutant du sucre dans son café.

Je suis affreusement triste, et blessée par cette réponse. Ce que j'ai vécu pendant mon sommeil me paraît trop étrange, trop intime pour qu'on le traite comme un événement ordinaire.

— Je serais plus étonnée si tu ne rêvais pas de lui.

— Ah bon ?

Je la fixe, pour qu'elle lève les yeux et comprenne que c'est important.

— C'est la première fois que ça m'arrive.

Ella jette un coup d'œil à la pendule.

— Tu es prête ?

Nous allons prendre le petit déjeuner chez maman ; c'est devenu une sorte de rituel à présent, le samedi matin, et ensuite je me rends sur la tombe de Freddie. Maman a sans doute voulu m'aider à cadrer mon week-end. Ella s'abstient de tout commentaire sur le fait que je ne me suis pas coiffée et que je porte le même tee-shirt que la veille. Il appartient à Freddie. Mes cheveux, en un sens, sont à lui aussi ; il adorait qu'ils soient longs et, hormis pour égaliser les pointes, je ne les ai pas coupés depuis des années. Peu à peu, ils se sont imposés comme un de mes traits distinctifs. Lydia, la copine de Freddie, celle qui a de longs cheveux blonds.

Hier, je me serais contentée d'enfiler ma veste en jean et d'attacher mes cheveux, sans les brosser, avec un élastique Mais aujourd'hui, c'est différent. Si j'ai appris quelque chose de cette étrange nuit, c'est que je suis vivante, et que les gens vivants doivent, pour le moins, être propres. Même Freddie, qui, techniquement parlant, n'est *pas* vivant, a pris une douche.

— Tu me donnes dix minutes ? je demande à Ella. Je vais me maquiller un peu.

Elle me regarde d'un drôle d'air. Je n'ai pas touché à ma trousse de maquillage depuis l'enterrement, et je vois bien qu'elle est étonnée. Pour masquer sa réaction, elle lâche avec une grimace comique :

— Je ne voulais pas t'en parler, mais c'est vrai que j'ai constaté un certain laisser-aller…

Sa plaisanterie me serre le cœur, parce que nous avons toujours été extrêmement proches, malgré nos différences physiques. Proches comme des sœurs ? Je ne sais pas si l'on peut dire cela, car il y a des sœurs, comme Julia, à mon bureau, qui traite sa sœur aînée, Susan, de débile et prétend qu'elles n'ont pas le même matériel génétique. Et puis il y a des sœurs comme Alice et Ellen, des jumelles que j'ai connues au collège ; elles étaient toujours habillées pareil et chacune finissait les phrases de l'autre, mais chacune aurait aussi poussé l'autre sous un bus pour être élue capitaine de l'équipe de netball. Ella et moi, nous sommes… nous sommes Monica et Rachel. Nous sommes Carrie et Miranda. Nous avons toujours été un soutien l'une pour l'autre, une épaule sur laquelle pleurer, et c'est seulement maintenant que je mesure combien je l'ai délaissée. Je sais qu'elle ne m'en veut pas et ne me fait aucun reproche, mais elle en a sûrement souffert ; elle m'a perdue en même temps qu'elle a perdu Freddie, d'une certaine manière. Je me promets qu'un jour, quand j'irai mieux, je lui dirai qu'elle a été la seule lumière que j'entrevoyais au fond de mes ténèbres.

— J'en ai pour une seconde…, dis-je en repoussant ma chaise.

— Prends ton temps, je me fais un autre café.

Je laisse Ella dans la cuisine et je l'entends qui ouvre les placards, ce qui me paraît à la fois naturel et rassurant. Elle venait très souvent chez nous. Pas aussi souvent que Jonah Jones, notez – il passait presque autant de temps que moi ici avec Freddie, en général affalé sur notre canapé pour regarder un film dont personne n'avait entendu parler ; ou bien ils mangeaient des pizzas à même le carton parce que ni l'un ni l'autre ne s'intéressait à l'art culinaire, y compris dans ses aspects les plus rudimentaires. Je ne l'ai jamais dit à Freddie, mais il me semblait parfois que Jonah n'était pas ravi de devoir partager son meilleur ami avec moi. J'imagine que, dans les trios, il y en a toujours un qui se sent à l'écart.

— Pas de David aujourd'hui ?

Maman ouvre la porte et regarde derrière nous ; je me dis qu'elle préfère le mari d'Ella, David, à Ella ou moi. Elle se comportait de la même façon avec Freddie, comme les mères, souvent, avec les hommes de leurs filles.

— Désolée, il n'y a que nous aujourd'hui, répond Ella, qui n'a pas du tout l'air désolée.

Maman pousse un soupir théâtral.

— Bon, je me débrouillerai… Je voulais lui demander de changer le fusible de la prise de mon sèche-cheveux. Il a encore sauté.

Ella croise mon regard quand maman se détourne, et je sais exactement ce qu'elle pense. David est terriblement maladroit. Le bricolage, c'est le domaine d'Ella, qu'il s'agisse de monter une étagère, de tapisser une pièce ou de changer un fusible, mais notre mère s'accroche à l'idée désuète que David, en tant que chef de famille, effectue toutes les tâches viriles. Maman pourrait parfaitement changer elle-même le fusible. Elle nous a élevées toute seule et nous ne sommes pas mortes ; elle sait très bien distinguer le fil de terre du fil de phase. Mais de toute évidence, elle s'imagine qu'elle flatte l'ego de David en le sollicitant, et il se tourne alors vers Ella et moi avec des yeux paniqués qui appellent au secours. Il n'est même pas capable de grimper à une échelle sans se mettre à transpirer. J'ai dû occuper maman dans la cuisine il y a quelques semaines pendant qu'il tenait l'échelle pour qu'Ella débarrasse la gouttière des feuilles qui l'encombraient. C'est un jeu auquel nous nous adonnons tous ensemble ; Freddie était l'as du bricolage dans la famille, et en son absence, David a été promu malgré lui réparateur officiel.

— Je vais préparer une omelette aux oignons et au fromage, déclare maman. J'essaie une nouvelle poêle.

Dans la cuisine, elle brandit sous nos yeux une poêle au manche rose vif.

— J'en ai acheté une aussi à tante June, elle ne s'offre jamais rien.

— Tu as encore fait du téléshopping ? demande Ella en posant son sac sur la table.

Maman hausse les épaules.

— Je suis tombée sur l'émission par hasard. Tu sais que ce n'est pas mon habitude d'acheter des choses à la télé, mais Kathrin Magyar ne tarissait pas d'éloge sur ce modèle, et la poignée de ma vieille poêle vient de me lâcher, alors je me suis dit que c'était le destin.

Je mords ma lèvre enflée et Ella détourne les yeux. Nous savons toutes les deux que les placards de maman débordent d'une foule d'objets inutiles que lui a vantés la jolie présentatrice, Kathrin Magyar, en affirmant qu'ils allaient révolutionner sa vie.

Je propose à maman de couper les oignons. Elle secoue la tête.

— C'est déjà fait. Ils sont dans le mini-hachoir.

Remarquant le petit appareil sur le plan de travail, je ne demande pas si elle l'a aussi acheté à la télé, ainsi que la râpe électrique dont elle s'est servie pour le cheddar. Je fais le café, sans l'aide d'aucun gadget miracle, cette fois.

— Tu as essayé les cachets ? interroge maman en cassant des œufs dans un saladier.

Je hoche la tête, la gorge nouée au souvenir de Freddie.

Maman cherche son fouet parmi les ustensiles plantés dans une cruche en terre cuite.

— Et alors ?

Je hausse les épaules.

— Alors, ça marche. J'ai dormi toute la nuit.

— Dans ton lit ?

Je soupire.

— Oui, dans son lit, répond Ella à ma place, en me souriant.

Le soulagement se lit sur le visage de maman tandis qu'elle bat les œufs.

— Tant mieux. Donc tu arrêtes de dormir sur le canapé ? Ce n'est pas bon pour toi.

— Oui, promis.

Ella met la table. Trois places. Notre famille s'est agrandie jusqu'à compter cinq personnes, et maintenant elle se réduit à quatre, mais dans sa plus pure expression, nous n'avons toujours été que trois : maman, Ella et moi. Nous ne connaissons pas vraiment notre père. Il est parti cinq jours avant mon premier anniversaire, et maman ne lui a jamais pardonné. Ella portait encore des couches, je marchais déjà, quand il a décidé que la vie avec trois femmes ne lui convenait pas. Il s'est installé dans les Cornouailles pour faire du surf. C'est ce genre d'homme. De temps en temps, il écrit une lettre par laquelle il signale qu'il a déménagé. Il s'est même pointé à la porte sans prévenir, une ou deux fois, pendant que nous étions à l'école. Ce n'est pas quelqu'un de mauvais, il est juste instable. J'apprécie de savoir qu'il existe, quelque part, mais je n'ai jamais eu besoin de lui au cours de ma vie.

Maman sert l'omelette et s'assied.

— J'envisage d'acheter une nouvelle table, annonce-t-elle.

Ella et moi la dévisageons d'un air stupéfait.

— Tu ne peux pas faire ça, dis-je.

— Pas question, répond Ella.

Maman lève les yeux au plafond. Visiblement, elle s'attendait à nous voir résister.

— Enfin, les filles, celle-ci est sur le point de rendre l'âme.

Nous nous sommes assises à cette vieille table en bois toute notre vie, chacune à la même place. Elle a connu nos petits déjeuners le matin avant de partir à l'école, nos sandwichs préférés au bacon et à la betterave le week-end, nos chicaneries et nos disputes. Notre mère n'aime guère bousculer ses habitudes. Sa maison est restée plus ou moins identique au fil des années, et Ella et moi tenons pour acquis qu'elle ne changera jamais. Comme maman. Du plus loin que je me souvienne, elle a toujours eu son carré de cheveux blond cendré. Ella et moi avons hérité de son visage en forme de cœur, et nous avons toutes les trois des fossettes très marquées, comme si quelqu'un nous enfonçait un doigt dans les joues quand nous rions. Maman est notre filet de sécurité, et cette maison est notre sanctuaire.

Ella pose une main protectrice sur la table.

— On faisait nos devoirs sur cette table.

Je renchéris :

— Je n'ai jamais mangé de repas de Noël ailleurs que sur cette table.

— Mais elle est toute gribouillée, plaide maman.

— Oui, dit Ella. J'ai écrit nos noms quand j'avais cinq ans.

Ella a sculpté nos trois noms dans le bois avec un stylo à bille bleu, peu de temps après avoir appris à lire. Il paraît qu'elle était terriblement fière, et très impatiente de montrer son œuvre à maman ; les noms sont toujours là, en lettres majuscules tracées d'une main enfantine à l'endroit de nos places. Gwen. Ella. Lydia. Avec un petit oiseau squelettique à côté de chacun.

— Tu veux l'emporter chez toi ? demande maman à Ella, qui a un intérieur méticuleusement rangé, où tout est assorti ou complémentaire, sans rien de vieux ni d'abîmé.

— Cette table va avec la maison, répond fermement Ella.

Maman se tourne vers moi.

— Lydia ?

— Tu sais bien que je n'ai pas la place, dis-je. Mais s'il te plaît, garde-la. Elle fait partie de la famille.

Maman soupire. Je vois bien qu'elle n'a pas vraiment envie de s'en séparer non plus.

— Peut-être…, souffle-t-elle.

— Ton omelette est délicieuse, la félicite Ella.

Une pensée me vient soudain.

— Est-ce que Kathrin Magyar t'a vendu une table neuve ?

Maman attrape sa tasse de café et tapote la table comme une vieille amie.

— Je vais annuler la commande.

Kathrin Magyar a beau être formidable, elle ne fait pas le poids face à la famille Bird réunie.

Sur la tombe de Freddie, il y a des roses enveloppées avec du papier cellophane, d'un rouge criard à côté du bouquet de marguerites et de fleurs sauvages que j'ai disposé dans un vase la semaine dernière. Quelqu'un est passé. Un collègue, ou peut-être Maggie, la mère de Freddie, bien qu'elle ne vienne pas souvent – c'est trop dur pour elle. Il était son enfant unique, et elle l'adorait, au point qu'elle trouvait difficile de m'inclure dans la bulle de cet amour. Elle n'était pas désagréable, mais je sentais bien qu'elle préférait avoir Freddie tout à elle. Nous nous sommes vues deux fois depuis la mort de Freddie, et je ne suis pas sûre que cela nous aide, ni elle ni moi. Son chagrin est différent du mien, je ne peux pas véritablement le comprendre.

Au début, j'ai été surprise de ne pas pleurer ici. Je suis soulagée d'avoir un endroit où il m'est possible de parler à Freddie. Détachant mon regard des roses, je déballe les fleurs que j'ai choisies chez le fleuriste. Des œillets de poète, des freesias, et un feuillage d'un joli vert argenté. Jamais rien d'aussi stéréotypé que les roses. Les roses sont pour la Saint-Valentin, le choix par excellence de l'amoureux dénué d'imagination. Ajoutez un ours en peluche, et le tour est joué. L'amour entre

Freddie et moi n'avait rien à voir avec les clichés des boutiques de cartes à offrir et les ballons en forme de cœur gonflés à l'hélium. C'était un amour immense, authentique, et à présent je me sens privée d'une partie de mon être, comme un dessin de moi dont l'artiste aurait gommé la moitié.

Je m'assieds dans l'herbe, mon sac à mes pieds.

— Qui est venu te voir, Freddie ?

C'est bizarre, et affreusement déprimant, de trimballer dans le coffre de sa voiture un sac qui contient un kit spécial cimetière. Une bouteille que je remplis d'eau au robinet en arrivant, des ciseaux pour couper les tiges des fleurs, des lingettes, ce genre de choses.

Les premières fois, je préparais dans ma tête ce que j'allais dire avant de venir. Ça ne marchait pas. Maintenant, je m'assieds en silence, je ferme les yeux, et je m'imagine complètement ailleurs. J'ai visualisé toutes sortes d'endroits où nous nous retrouvons. À la maison sur le canapé, mes pieds sur les jambes de Freddie. À côté de lui sur une chaise longue en Turquie, durant un séjour dans un hôtel des plus médiocres auquel nous avons survécu grâce au raki gratuit que nous consommions sans retenue. En face de lui, dans le petit café de Sheila près de chez nous, celui où nous avions coutume de soigner notre gueule de bois après une soirée trop arrosée, à coups de sandwichs au bacon – et betterave pour moi, spécialement commandée par la patronne. Il ne me faut pas plus de quelques secondes pour décider du lieu où je nous emmène aujourd'hui. Dans notre grand lit de palace, bien au chaud sous la couette, tournés l'un vers l'autre.

— Salut, toi, dis-je une fois que mes yeux se sont fermés, ma bouche esquissant déjà un sourire. Me revoilà.

Grâce à ce qui s'est passé cette nuit, je n'ai aucun mal à voir le visage de Freddie, comme cela m'arrive parfois. Ses doigts, tièdes et forts, sont entrelacés aux miens entre nos corps.

Déjà de retour ? dit-il. *Tu n'as pas beaucoup de patience.*

Je lui réponds dans un murmure :

— Tu ne peux pas savoir comme c'était bon de te revoir. Tu m'as tellement manqué.

Il tend la main et me caresse la joue.

Tu m'as manqué aussi, dit-il, et nous ne parlons pas pendant un moment.

Nous restons ainsi les yeux dans les yeux, songeurs tous les deux, plus longuement que nous ne l'aurions jamais fait s'il était là.

Alors, quoi de neuf ? demande-t-il enfin, en enroulant une mèche de mes cheveux autour de son doigt.

— Pas grand-chose..., dis-je, ce qui est un euphémisme puisque je sors rarement de la maison ces jours-ci. Je suis allée prendre le petit déjeuner chez maman avec Ella ce matin. Maman a fait une omelette aux oignons et au fromage pour essayer la nouvelle poêle qu'elle a acheté sur une émission de téléshopping.

Après une pause, je reprends :

— Tante June et oncle Bob se sont mis au tir à l'arc.

Freddie s'est toujours amusé de leur inconstance en matière de hobbies. Ils passent joyeusement de l'un à l'autre, sans jamais se soucier de parvenir à une quelconque excellence. Ce sont des gens adorables, et tante June a été un roc pour maman depuis la mort de Freddie. Je soupçonne que c'est elle qui a épaulé maman afin que celle-ci puisse me soutenir. J'adore tante June, maman et elle se ressemblent comme deux gouttes d'eau. Elles ont le même rire contagieux auquel personne ne peut résister.

— Dawn et Julia sont passées un soir. Elles ont apporté une carte signée par tout le monde au bureau et du raisin. Du raisin ! Elles croient que je suis malade ou quoi ?

Je n'aime pas l'aigreur que j'entends dans ma voix, aussi je me corrige aussitôt.

— Mais c'était gentil de leur part, je ne suis pas de très bonne compagnie en ce moment.

Et je conclus avec un petit rire :

— Sauf que je déteste le raisin !

Les yeux toujours fermés, je cherche autre chose à lui dire. Soudain me revient la grande nouvelle que ma sœur m'a annoncée.

— Ella change de boulot, elle va devenir directrice de l'hôtel de charme qui vient de s'ouvrir en ville. Thé et macarons frais dans toutes les chambres… Enfin, c'est une de ses idées.

Que puis-je lui raconter encore ? Mon quotidien est assez pauvre… Il aimerait sans doute un compte rendu des rencontres sportives en football et en rugby, mais je n'y connais rien.

— Le médecin m'a prescrit des cachets, dis-je, un peu honteusement parce que Freddie critiquait en général le recours aux médicaments. C'est juste pour m'aider à dormir. Maman a insisté, tu sais comment elle est parfois.

Je sais qu'il n'y a aucune honte à avoir besoin d'un peu d'aide, mais je veux qu'il soit fier de moi et de mon courage pour affronter l'épreuve. Sa voix dans ma tête demande si les cachets m'ont fait du bien. Timidement, je souris.

— Je ne croyais pas que ça marcherait… Je n'avais pas redormi dans notre lit jusqu'à hier soir.

Et comment c'était ?

Mon cœur s'accélère, je respire plus fort.

— Je n'avais pas compris que tu étais toujours là. J'avais tellement peur de dormir, alors que tu m'attendais…

Un rire léger s'échappe de mes lèvres.

— Je me sens différente aujourd'hui, Freddie, dis-je à voix basse, même s'il n'y a personne autour pour m'entendre. Chaque jour depuis l'accident, j'avais l'impression d'étouffer dans un épais brouillard gris, mais aujourd'hui, il y a une petite lueur. On dirait… oh, je ne sais pas.

Je hausse les épaules, puis j'essaie de mieux expliquer.

— On dirait que tu m'envoies des signaux avec une torche au loin, et que je me concentre très fort pour décoder le message. Pour te trouver. Qu'est-ce que tu fais en ce moment, là où tu es ?

Je jette un coup d'œil à ma montre.

— Onze heures et demie, samedi. Tu vas sûrement voir un match de foot avec Jonah.

Bon sang. J'exprime ma rancune à un mort. C'est juste que, parfois, quand je pense à Jonah et à sa minuscule cicatrice sur l'arcade sourcilière, je suis assaillie par un sentiment d'injustice. Freddie aurait dû rentrer directement à la maison le jour de mon anniversaire, au lieu d'aller chercher Jonah. J'ai beau essayer de me raisonner, c'est plus fort que moi : je le tiens pour responsable. Depuis l'enterrement, je l'évite. Je ne réponds pas à ses SMS, je ne le rappelle pas.

Ne sois pas si dure envers lui, me souffle Freddie.

Je soupire. Facile à dire pour lui.

— Oui, oui, je sais. Mais…

J'ouvre le paquet de lingettes, en marquant un temps d'arrêt parce que j'hésite à prononcer ces paroles à voix haute.

— Mais je me dis que si tu l'avais laissé venir par ses propres moyens, pour une fois…

Je m'applique à essuyer la pierre tombale avec la lingette, un peu trop vigoureusement, pendant que j'achève ma phrase dans ma tête.

C'est mon meilleur ami, dit Freddie. *Et ton plus vieil ami à toi aussi, tu l'as oublié ?*

Je replie les tiges des fleurs fanées et les glisse dans le sac-poubelle en secouant la tête. C'est vrai que je connaissais déjà Jonah avant de rencontrer Freddie.

— Bien sûr que non, je ne l'ai pas oublié… Mais les choses changent. Les gens changent.

Jonah ne change pas.

Je ne discute pas, même s'il se trompe. Une lumière s'est éteinte pour Jonah depuis le jour de l'accident, et je ne crois pas qu'il parviendra à la rallumer. Je soupire encore et je contemple le ciel. Je suis consciente d'ajouter au fardeau de Jonah en le repoussant, et je n'en suis pas fière.

— OK, j'essaierai. La prochaine fois que je le verrai, je ferai un effort.

Cette promesse ne m'engage pas beaucoup, car je sais que je n'ai pas souvent l'occasion de croiser Jonah.

— Bon, je vais y aller..., dis-je, en rangeant mon matériel dans le sac.

Malgré moi, je laisse mon regard se poser sur les lettres d'or qui composent le nom de Freddie. Sa mère voulait inscrire Frederick – c'est la seule fois où nous avons failli nous disputer, mais j'ai tenu bon. Il détestait qu'on l'appelle Frederick, et j'ai refusé catégoriquement que ce prénom soit gravé dans la pierre pour l'éternité.

Je m'attarde devant la tombe. C'est le pire moment : partir. Je m'efforce de ne pas trop y penser, et surtout de ne pas imaginer ce qui reste de lui là-dessous. Heureusement, il a été incinéré et c'est une urne en métal qui repose dans le caveau. Certaines nuits particulièrement noires, après les funérailles, je ne suis pas sûre que j'aurais pu me retenir de me précipiter ici, armée d'une pelle, pour m'enfouir sous terre avec le cercueil contenant son corps.

Je lâche un grand soupir en me relevant, puis j'embrasse le bout de mes doigts et je les pose avec douceur sur la pierre.

— À plus tard, j'espère, dis-je à voix basse.

Sur le parking du cimetière, au moment où je referme le coffre après y avoir jeté le sac, mon portable vibre dans la poche de mon jean. À l'écran s'affiche un SMS d'Ella.

Tu me retrouves au Prince pour une petite heure ? J'y suis déjà, je stresse à cause de mon nouveau boulot. Ça te ferait peut-être du bien de boire un verre, toi aussi !

Son message me prend de court, je n'ai aucune idée de ce que je pourrais répondre. Je n'ai pas mis les pieds au pub du coin depuis l'enterrement de Freddie. Elle le sait, bien sûr ; ces dernières semaines, j'ai refusé chaque fois qu'elle l'a proposé. Et pas seulement le pub ; j'ai repoussé toute suggestion d'aller où que ce soit.

Je repense à ce matin. Ella a sans doute interprété le fait que je me brosse les cheveux et que je me maquille comme le signe que j'émerge de la première phase du deuil, pour passer à… la suivante, j'imagine. Je crois que les psychologues ont nommé ces différentes étapes du processus. Moi, je me les représente comme des couleurs. Rouge furieux. Noir interminable. Et maintenant, un gris qui s'étire aussi loin que le regard peut se poser. Suis-je capable d'affronter le pub ? Je n'ai rien d'autre à faire ; mon samedi est une page blanche, et je sais qu'Ella est très angoissée par son nouveau boulot. Elle m'a donné tellement de son temps depuis l'accident, je peux peut-être lui rendre la pareille.

Je tape mon message à toute vitesse, avant de changer d'avis.

D'accord. J'arrive dans dix minutes.

J'ai l'impression que tout le monde a les yeux braqués sur moi quand j'entre dans le pub, comme dans une scène de western où tous les regards se tournent vers l'étranger qui ose pousser la porte. Je me raconte sans doute des histoires ; sûrement, même, étant donné qu'il y a moins d'une vingtaine de clients, dont la moitié se compose de retraités qui sirotent leur pinte de bière en suivant le championnat de billard sur l'écran de la minuscule télé au-dessus du comptoir.

Le Prince de Galles est un endroit tout à fait convenable, avec une vilaine moquette à rayures, des dessous de verre datant des années soixante-dix, et un menu qui n'a rien de gastronomique. Derrière le comptoir, Ron vous sert des sandwichs grillés au fromage et des oignons au vinaigre les jours de match, si vous avez de la chance. Mais c'est notre pub local, dénué d'attrait pour les foules branchées et adoré par ses habitués précisément pour cette raison. Je ne me suis jamais sentie anxieuse en entrant ici, mais aujourd'hui, si. Atrocement anxieuse, en fait, et très seule, tandis que je cherche ma sœur des yeux dans la salle.

Je la repère avant qu'elle ne me voie. Elle est debout avec David et quelques autres près de la machine à sous, de dos, un verre de vin à la main, légèrement penchée pour écouter son voisin. Je reconnais les copains de Freddie, des anciens du collège, des gens qui peuplent la lisière de ma vie depuis toujours. David m'aperçoit et me fait un signe, puis pousse ma sœur du coude pour l'avertir que je suis là. Elle me rejoint aussitôt et glisse sa main dans la mienne.

— Bravo, c'est bien, me dit-elle.

Dans la bouche de quelqu'un d'autre, cet encouragement me semblerait paternaliste, mais pas dans celle d'Ella ; je sais qu'elle comprend combien c'est difficile pour moi, et je sais aussi qu'elle a souffert d'être privée de ma compagnie.

— Viens, on va te commander quelque chose à boire.

Elle me serre les doigts, et cette pression subtile me réconforte pendant que nous nous dirigeons vers le bar.

Je fixe le comptoir droit devant moi, sans regarder dans la direction du groupe devant la machine à sous, même si j'ai conscience de leurs yeux qui me scrutent. À vrai dire, j'ai évité tous les endroits fréquentés par des gens qui connaissaient Freddie, parce que je ne me sentais pas capable d'affronter leur sollicitude ni de les entendre me parler de leur propre chagrin. Est-ce égoïste de ma part ? Je n'ai tout simplement pas la force de m'intéresser à leurs émotions.

Ron, le propriétaire, sourit à Ella et attrape un verre.

— La même chose ?

Ses yeux glissent ensuite vers moi, et il ne reconnaît pas tout de suite « la copine de Freddie ». Quelque chose qui ressemble à de la panique se peint alors sur son visage, fugitivement, avant qu'il se ressaisisse.

Ella lui répond d'un signe de tête affirmatif et se tourne vers moi.

— Et toi, Lydia ?

Un instant, je me sens comme si c'était la première fois que je venais dans un pub, j'ai chaud, je me retrouve à dix-sept ans quand je me faisais passer pour plus âgée et en âge de boire. Mon regard balaie les bouteilles sur les étagères, trop vite, et mon cœur s'accélère.

— Un verre de vin ? suggère Ron, qui lève déjà le bras vers le râtelier.

Je réussis à hocher la tête avec gratitude. Il ne demande pas ce que je veux mais pose devant moi un grand verre ballon qui contient un liquide blanc et frais, et fusille Ella du regard quand elle essaie de payer.

— Offert par la maison, grogne-t-il, et il entreprend de lustrer le comptoir avec son torchon en s'efforçant d'avoir un air détaché.

Je vois qu'Ella est émue par son geste. Moi-même, j'ai les larmes qui me montent aux yeux, tandis que Ron va défoncer son comptoir s'il continue à le frotter. Je lui adresse un petit sourire reconnaissant et j'emporte mon verre à une table dans le coin. Pendant qu'Ella fait un bref détour par David et le groupe devant la machine à sous, je bois une gorgée en risquant un coup d'œil pour voir qui est là. Les piliers de la bande. Deckers & Co., qui descendent des bières avant le match de foot : ce sont les plus vieux potes de Freddie. Duffy, *alias* le comptable, dont la chemise bleu pâle est trop collet monté pour un samedi, et Raj, un ancien du collège qui, du moins en ce moment, est entrepreneur en bâtiment. Il y a aussi Boner[1] – ne me demandez pas pourquoi il a acquis ce surnom, je ne veux surtout pas savoir –, absorbé par la machine à sous, et Stu, qui passe son temps à la salle de sport. J'évite de croiser leurs regards, et je ne doute pas qu'ils en sont extrêmement soulagés. La mort n'a guère sa place au milieu des distractions en société.

Deux ballons de blanc gratuits, dit Ella en s'asseyant près de moi à la petite table ronde. Il y a un début à tout.

Elle n'a pas tort. Tout est pour moi une première fois à présent. La première fois que je fais frire du bacon sans que Freddie pioche dans la poêle avant que je n'aie le temps de disposer les tranches sur le pain. La première fois que je dors seule dans notre lit. La première fois que je vais au pub en tant que « la copine de ce pauvre garçon qui est mort ». Je n'avais

1. En français, « l'Astiqueur », allusion que la décence nous interdit ici d'expliciter. *(Toutes les notes sont de la traductrice.)*

ni envisagé ni espéré aucune de ces premières fois à ce stade de ma vie.

Serrant mon verre qui est déjà à moitié vide, et consciente que je devrais boire moins vite, je marmonne :

— C'est gentil de la part de Ron…

Puis la porte s'ouvre, et Jonah Jones entre, vêtu de noir des pieds à la tête comme d'habitude. Je ne peux pas l'empêcher : mon ventre se contracte en le voyant ainsi, seul – il est comme Woody sans Buzz. Il s'arrête pour échanger quelques mots avec les autres près de la machine à sous, une main sur l'épaule de Deckers, puis se dirige vers le bar. Il se tourne dans notre direction en tapotant un dessous de verre contre le bord du comptoir pendant que Ron lui sert une pinte, et brusquement son vague sourire s'évanouit quand il remarque ma présence. Lui aussi, en voyant la place vide à côté de moi, doit ressentir comme un coup de poing dans l'estomac, aussitôt suivi d'une gêne à cause du malaise qu'il y a entre nous maintenant. Je ne l'ai pas revu depuis l'enterrement, où nous tenions à peine debout tous les deux. Il a meilleure mine aujourd'hui. Instinctivement, ses doigts touchent la cicatrice sur son arcade sourcilière, tandis que son regard ne quitte pas le mien. Je reste vissée sur ma chaise, ne sachant pas si je devrais me lever et lui dire bonjour. Je crois qu'il ne sait pas que faire non plus, ce qui est ridicule parce que nous nous connaissons depuis l'âge de douze ans. Plus que la moitié de nos vies, et pourtant nous nous observons comme des lions méfiants qui se demandent s'ils font encore partie du même clan.

Jonah vide un tiers de la pinte que Ron a posée devant lui. Il marmonne un « merci » quand Ron, en silence, la remplit à nouveau. David, sans le vouloir, met fin à notre embarras en rejoignant Jonah au comptoir ; il le prend par le bras et l'entraîne vers notre table. David s'assied à côté de sa femme pendant que Jonah se penche pour embrasser d'abord Ella, puis moi. Je sens la chaleur de sa main sur mon épaule.

— Salut, dit-il en s'asseyant sur la chaise vide près de moi.

Jonah est légèrement plus grand que Freddie, mais alors que celui-ci avait une carrure de rugbyman, il est fin et mince. Une panthère, à côté d'un lion.

— Ça fait longtemps…

Je pourrais lui dire combien de jours se sont écoulés depuis l'enterrement, mais je m'acharne sur un coin de la table dont le mélaminé se décolle et je marmonne sans lever les yeux :

— Oui…

Il boit encore une rasade de bière et pose le verre sur la table.

— Comment tu vas ?

— Ça va.

Je suis paralysée. Jonah est trop lié à Freddie dans ma tête, je ne sais plus comment me comporter avec lui. David montre quelque chose à Ella sur son téléphone, sans doute par discrétion, pour nous laisser parler tous les deux.

— J'ai essayé de t'appeler.

Je hoche la tête.

— Je sais. Je n'étais pas vraiment en état de… je n'arrive pas à…

— Je comprends, dit-il, volant aussitôt à mon secours.

Je ne lui réplique pas qu'il ne peut absolument pas comprendre, parce que je sais qu'il est celui, hormis moi, à qui Freddie manque le plus. Jonah n'a pas de famille. Sa mère n'a jamais eu de liaison avec personne, sinon avec l'alcool, et son père était le mari d'une autre femme. Pas de frères et sœurs avec qui partager le fardeau, pas de foyer chaleureux où rentrer après l'école. Je tiens ces infos de Freddie, pas de Jonah lui-même – quand il était enfant, il inventait des excuses pour expliquer l'absence de sa mère aux réunions de parents d'élèves, et maintenant qu'il est adulte, il ne mentionne jamais ses parents. Freddie était pour lui ce qui se rapproche le plus d'une famille.

— Mais tu tiens le coup ? demande-t-il.

Un non-dit énorme nous sépare. Jonah rabat une mèche de ses cheveux trop longs pour cacher sa cicatrice, je hausse les épaules.

— Je tiens, oui. Disons que maintenant je peux ne pas m'effondrer en public, et crois-moi, c'est un progrès.

J'entends la tonalité « je souffre plus que toi » et le reproche dans ma voix. Ce n'est pas juste envers lui, et je le sais. Jonah baisse les yeux et frotte les mains sur ses cuisses. Quand il relève les yeux et que son regard sombre, troublé, croise le mien, je devine qu'il se prépare à dire quelque chose, alors je prends les devants.

— Je suis désolée, dis-je en tournant nerveusement le pied de mon verre entre mes doigts. Je n'ai plus aucune conversation. Ne te sens pas obligé de me parler.

Il sourit et secoue la tête.

— Pas de problème.

Oh, quel supplice. Jonah tapote un dessous de verre contre la table, en marquant un rythme qui reflète son agitation intérieure. C'est un musicien inné ; il a appris le piano tout seul et joue aussi d'une foule d'instruments. Freddie, lui, n'était pas musicien pour deux sous, sauf pendant un bref été où il a décidé qu'il voulait devenir une star de rock. Son élan est retombé aussi vite qu'il était monté, mais de temps à autre, il ressortait sa vieille Fender de son étui et, pendant une heure ou deux, il se prenait pour Jimi Hendrix.

— Bon, alors je te laisse, dit soudain Jonah.

Il se lève, pose une main sur mon épaule et la presse doucement. Je suis à deux doigts de le retenir, parce qu'il me vient à l'esprit que je devrais lui tendre une sorte de rameau d'olivier ; j'ai promis à Freddie de faire des efforts il y a moins d'une heure. J'ouvre la bouche afin de dire quelque chose, n'importe quoi, mais c'est le moment que choisit Deckers pour s'approcher de notre table. C'était un des pires chahuteurs au collège, dans le genre petit teigneux, la bête noire des profs. Je ne lui ai pas vraiment parlé depuis des années. Il pose un verre devant moi d'un air gêné. Je vois qu'il a les joues rouges, ce qui est surprenant compte tenu de l'assurance crâne qu'il affiche en général. Puis je regarde le verre. De la vodka ou du gin, avec de la glace. Pas un cocktail. Je me demande si c'est parce qu'il pense que j'ai besoin de quelque chose de fort ou parce qu'il ne peut pas imaginer que quiconque veuille boire de l'alcool dilué.

Il reste muet. Pendant un moment, horriblement long, on croirait qu'il va se mettre à pleurer.

— Merci, dis-je dans un souffle.

Il hoche la tête, une fois, puis repart vers la machine à sous en roulant des épaules.

Ella décide de tourner la chose en plaisanterie.

— Encore un verre offert ! Surtout n'hésite pas, reviens quand tu veux !

Je souris faiblement. Jonah saisit l'occasion pour se retirer et part vers le comptoir.

Je prends le verre.

— De la vodka, dis-je en reniflant son contenu.

Deckers se replie à l'abri devant les machines à sous et regarde dans notre direction. Par politesse, je vide le verre d'un trait. C'est tellement fort que les yeux me piquent.

— J'ai les dents anesthésiées, dis-je à Ella après avoir reposé le verre.

Elle rit.

— Ça ne te fera pas de mal.

— Il est à peine midi et je bois de la vodka pure…

À cet instant, Boner surgit à notre table, efflanqué et mutique. La scène se répète : un verre contenant un alcool non identifié est placé devant moi, celui qui me l'apporte se contente de hocher la tête.

— Merci… euh, Boner, dis-je, avec la voix pincée d'une vieille fille.

Je vois que David essaie de cacher son sourire en buvant une gorgée de bière. Boner soupire de soulagement et bat en retraite.

— Qu'y a-t-il de si drôle ? je marmonne.

— Oh, rien… Juste le fait que tu l'aies appelé « Boner ».

— Comment voulais-tu que je l'appelle ?

— Tout le monde dit « Pete » maintenant.

Merde. Je deviens rouge écarlate.

— Freddie l'appelait toujours Boner…

— Ça reste son surnom, oui… Mais il a pris de la bouteille, depuis l'époque où il… Quand il était ado, les filles lui faisaient un tel effet, il racontait qu'il…

David cherche ses mots pour éviter un langage trop cru. Je viens à son secours.

— Pas besoin d'explications, c'est bon.

Nous fixons tous deux nos verres en silence, tandis qu'Ella se tient à l'écart de la conversation en fouillant dans son sac.

— Je ne peux pas boire tout ça, dis-je pour changer de sujet.

Je réprime un grognement au moment où un autre des amis de Freddie m'apporte un shot à son tour. Duffy, le comptable « coincé ». Et parce qu'il est coincé, justement, son geste prend encore plus de signification.

— Mes condoléances, prononce-t-il avec la raideur d'un employé de pompes funèbres.

C'est une phrase que je rayerais volontiers de la langue anglaise, mais je sais qu'il est animé de bonnes intentions.

— Merci, c'est gentil.

Ayant accompli son devoir, il se retire comme ses compagnons.

Je comprends. Ils me présentent leurs respects. Ces gars-là sont ceux avec qui Freddie allait assister aux matchs de foot, ceux aussi qui ont formé une haie d'honneur devant l'église à son enterrement. Plutôt qu'à moi, c'est à Freddie qu'ils offrent un coup à boire.

J'aligne les verres en me demandant si ce serait terrible de les verser dans un seul grand verre et de tout descendre cul sec. Quand je lève les yeux, je croise le regard de Jonah. Il me fixe sans ciller, amusé ou avec compassion, je ne sais pas.

Enfin, le défilé des offrandes semble terminé. Ils réalisent sans doute qu'il y a des limites à ce qu'une fille peut avaler. Ou bien ils craignent que si je bois trop d'alcool, je ne maîtrise plus mes émotions et les déballe devant tout le monde.

— Tu veux que je t'apporte de quoi les allonger ? demande Ella en feignant une gentille sollicitude. Deux litres de Coca devraient suffire.

— Bois-en un pour moi, s'il te plaît.

— Tu sais bien que je ne supporte pas les mélanges, réplique-t-elle en riant. Je deviens complètement dingue.

David prend le parti de sa femme, évidemment, et acquiesce avec une mimique effrayée. Je ne peux pas espérer son aide non plus, car il ne boit que de la bière et s'arrête toujours à la troisième. Je ne pense pas l'avoir jamais vu ivre au point de débiter des inepties. Cela ne l'empêche pas d'être formidablement drôle, avec des sorties lapidaires qui me font pleurer de rire. Surtout, il *adore* ma sœur, ce qui lui confère une aura de superstar à mes yeux.

L'alcool est un poison, certes, mais il est aussi un baume. Je choisis la deuxième proposition, parce que c'est ce dont j'ai besoin : un baume pour apaiser le chagrin qui me ronge sans répit. En regardant par la fenêtre, je vois une balayeuse qui remonte lentement la rue. Si seulement il m'était possible de balayer les recoins sombres de mon esprit, où s'entassent les souvenirs de vacances, de matinées paresseuses au lit, de calvados siroté tard dans la nuit au bord d'un lac en

France. Est-ce que j'effacerais vraiment Freddie de ma mémoire si je le pouvais ? Mon Dieu, non, bien sûr que non. C'est juste que je ne sais pas quoi faire de toutes ces images dans ma tête, à présent qu'il n'est plus là. Peut-être qu'avec le temps ces souvenirs me seront précieux et que je prendrai plaisir à les évoquer un à un, en les disposant autour de moi comme les motifs d'un joli tapis. Mais pas maintenant.

Vin, vodka et gin. Ce n'est pas une combinaison très heureuse.

— Je crois que je vais devoir m'allonger, dis-je.

David se lève.

— Tu es complètement bourrée, ma pauvre petite. Viens, on te raccompagne chez toi.

Ella vérifie que personne ne nous regarde, avale le cognac, et frissonne.

— Ce que je ne ferais pas pour toi, gronde-t-elle entre ses dents.

Je lui suis reconnaissante, parce qu'il aurait été impoli de laisser un verre plein sur la table.

Ron lève une main dans ma direction en nous voyant partir vers la porte. Les hommes autour de la machine à sous inclinent la tête sur mon passage, comme si j'étais la reine Victoria, éternellement vêtue de noir en signe de deuil après la mort du prince Albert.

Dehors, nous sommes aveuglés par la lumière de l'été qui approche. David me retient par le coude quand je manque de trébucher au bord du trottoir.

— C'était pas facile… Tu t'en es drôlement bien tirée, Lyds.

Je suis un peu étourdie, et au bord des larmes.

— Merci…

Ella glisse son bras sous le mien. David nous suit, un pas en retrait, prêt à intervenir si notre roulis venait à s'aggraver.

Je lâche un immense soupir.

— Ce deuil m'épuise !

— C'est une sacrée épreuve, déclare Ella.

— Tu crois que ça s'arrangera un jour ?

Ella passe son bras autour de ma taille.

— Ta vie reste ta vie, Lydia. Tu es toujours là. Malgré toi, tu respires, tu continues à voir le soleil se coucher et la lune se lever…

Elle me soutient pour grimper les marches du perron jusqu'à ma porte turquoise pâle. Dans notre rue, chaque porte est de couleur différente. La nôtre était déjà turquoise quand nous avons acheté la maison ; apparemment, un des résidents avait fait circuler un nuancier afin que tout le monde choisisse une teinte parmi les tons proposés.

Je sors mes clés de mon sac en marmonnant avec difficulté :

— Faut que je dorme…

David me prend les clés et ouvre la porte.

— Tu veux qu'on reste un peu avec toi ? demande Ella.

Je ne doute pas un instant qu'ils sont prêts à tout pour m'aider. M'aider à me coucher, à dormir, à me relever, à manger. Aussi tentant que cela puisse être, je réponds non de la tête. Quelque chose a changé en moi aujourd'hui quand j'ai réussi à entrer dans le pub. Peut-être étais-je enhardie par mes retrouvailles avec Freddie pendant mon sommeil, ou peut-être ai-je découvert une petite réserve de courage enfouie au fond de moi, je ne sais pas. Ce que je sais, c'est que les gens qui m'aiment m'ont tenu si fort la main que je n'ai pas eu à marcher seule jusque-là. Mais tôt ou tard, je devrai le faire. Alors, pourquoi ne pas essayer maintenant ?

J'agite la main pour les chasser.

— Non, allez-y. Je vous appelle tout à l'heure… J'ai juste besoin de boire un verre d'eau et de m'allonger.

Ella ouvre la bouche pour protester, mais David est plus rapide.

— Parfait, dit-il. Si je peux me permettre une suggestion, prends aussi quelque chose contre le mal de tête.

Je hoche la tête, et, au prix d'un effort surhumain, je souris.

— Bien vu.

Je les regarde s'éloigner. David passe son bras autour des épaules d'Ella. Je fais taire en moi la voix qui veut leur crier de revenir, j'entre dans la maison et je referme la porte.

ENDORMIE

Samedi 12 mai

— Lydia ?

Vous connaissez ce sommeil dans lequel on plonge après avoir bu pendant la journée ? Je suis littéralement au fond de la mer quand j'entends Freddie m'appeler, et je dois mobiliser toute ma concentration pour donner un coup de pied et remonter aussitôt à la surface avant qu'il ne s'en aille.

— Ben dis donc, Lyds, tu dormais comme une masse.

La main de Freddie me secoue doucement l'épaule.

— Tu es allée faire du shopping avec Ella ?

Je me redresse sur le canapé en frottant ma nuque raide. Je n'ai aucune idée de l'heure qu'il est. Ai-je dormi cinq minutes, ou cinq heures ? Le sang palpite dans ma tête douloureuse ; mon cœur aussi palpite à la vue de Freddie.

— Tu me regardes d'un drôle d'air, dit-il.

Je pense : Toi aussi, tu me regarderais d'un drôle d'air, si tu étais à ma place. Mais je ne dis rien et je m'éclaircis la gorge avant de demander d'une voix rauque :

— Tu veux bien m'apporter un verre d'eau ?

Il fronce les sourcils, m'examine de plus près, et s'esclaffe.

— Vous avez picolé, toutes les deux ? Bon sang, Lyds, ça ne te ressemble pas de te mettre dans un état pareil.

Il s'éclipse. Quand il revient, il me tend un verre d'eau et deux comprimés.

— Tiens.

J'avale les cachets l'un après l'autre. Il sourit et me caresse les cheveux avec tendresse.

— On dirait une zombie… Tu as pleuré, ou quoi ?

Je vois un peu trouble, mais je parviens à lire l'heure sur la pendule. Deux heures de l'après-midi. Je n'ai pas dormi si longtemps. Je me rejoue mentalement ce qui s'est passé : Ella et David m'ont quittée à la porte ; je n'ai pas réussi à m'endormir sur le canapé malgré ma tête qui me tournait ; j'ai finalement pris un joli somnifère rose qui s'est mélangé à l'alcool dans mon organisme.

Et voici qu'à nouveau je suis tout à fait éveillée dans un autre monde, celui de mon sommeil. Freddie est là, et il me charrie parce que j'ai trop bu avec Ella. Inutile de lui raconter qu'il y avait aussi Jonah Jones, qui apparemment a pris l'habitude de noyer son chagrin dans l'alcool, parce qu'il n'en croirait pas un mot. Et pourquoi le croirait-il ? En réalité, je ne sais pas ce que j'ai fait, dans ce monde-*ci*. Peut-être qu'en effet je suis allée faire du shopping avec Ella et que nous avons descendu plusieurs verres de vin à l'heure du déjeuner.

— Je suis désolé de te dire ça, Lyds, mais tu devrais essuyer le mascara qui t'a coulé sous les yeux. Jonah arrive pour regarder le match avec moi dans…

Il s'interrompt pour regarder sa montre.

— … il y a dix minutes. Il est en retard, comme d'habitude.

— Tu ne veux pas faire quelque chose avec moi, plutôt ? On pourrait aller quelque part… Juste toi et moi.

— Tu ressembles de plus en plus à Ed Sheeran !

Freddie sort son portable de sa poche, sans doute pour envoyer un SMS à Jonah, mais il le range en entendant le bruit de la porte de derrière qui s'ouvre.

Jonah entre dans le salon, un pack de bières sous le bras.

— Pile à l'heure, dit Freddie en grimaçant un sourire. J'espère que c'était à cause d'une femme.

Jonah me lance un coup d'œil, et je suis sûre qu'il va répondre : « Oui, j'étais avec Lydia. » Mais il lâche seulement :

— Tu as passé une audition pour un remake de *La Nuit des morts-vivants*, Lyds ?

Je le dévisage. Est-il en train de jouer un rôle ? Mais si c'est le cas, pourquoi se montre-t-il si cassant ? Je ne peux que grommeler en retour :

— Tête de nœud.

Il fait semblant d'être choqué, puis rétorque :

— T'es de mauvais poil ?

— Elle vient de se réveiller, explique Freddie. Dans cinq minutes, elle redeviendra douce comme un agneau.

Pendant que Freddie emporte le pack de bières dans la cuisine, Jonah s'affale à l'autre bout du canapé et passe un bras sur le dossier. Il ne devrait pas être ici ; c'est *mon* rêve, donc j'ai sûrement le droit d'avoir Freddie tout à moi. J'essaie de l'éjecter du salon, en marche arrière, comme quand on appuie sur la touche retour rapide d'un lecteur de DVD. Mais il a son air de vacancier qui se la coule douce sur une plage et il ne bouge pas.

— Quoi de neuf, Lyds ?

À nouveau, je me demande à quoi il joue. Ne peut-il pas tomber le masque, maintenant que Freddie est sorti de la pièce ? Je me penche vers lui pour chuchoter :

— Tu sais bien que j'ai bu ce matin, non ? Au pub… Du vin, du gin, de la vodka, et du cognac…

Il me regarde en ouvrant de grands yeux.

— Dès le matin ? Quand même, Lyds, tu exagères.

Malgré sa plaisanterie, il est clair qu'il ne comprend rien à ce que je raconte. Il paraît même gêné, et je recule sur le canapé, embarrassée à mon tour. Je dois avoir une haleine épouvantable. Et, oui, je ressemble sûrement à une de ces créatures que l'on supprime en lui enfonçant un pieu dans le cœur.

Je plaque un coussin sur mon visage.

— Laisse tomber… Fais comme si je n'étais pas là.

Ô ironie du sort. Car je ne *peux pas* être là.

— Tu veux que je mette la bouilloire en marche ? Un café t'aiderait peut-être…

Je me retiens de lui lancer le coussin à la figure et je me frotte les joues pour leur redonner des couleurs, juste au moment où Freddie revient. Il s'assied dans le fauteuil.

Freddie. J'ai envie de me blottir sur ses genoux. J'ai envie de me remplir de son odeur, de sentir ses bras autour de moi, ses lèvres sur les miennes. J'ai envie que Jonah Jones s'en aille, alors même qu'il accepte la bière que Freddie lui tend par-dessus la table basse et qu'ils commencent à discuter. Je laisse aller ma tête contre le dossier du canapé et ferme les yeux, feignant de ne pas m'intéresser à leur conversation, mais j'observe Freddie entre mes cils. Mes yeux s'ouvrent d'un coup quand Jonah annonce :

— Je vais m'acheter une moto.

Je suis surprise ; consternée. Freddie aussi parlait souvent de s'acheter une moto, pour aller toujours plus vite, toujours plus loin, mais je n'aurais jamais imaginé ce genre de déclaration dans la bouche de quelqu'un comme Jonah. Depuis l'accident de Freddie, l'idée que quiconque puisse se mettre en danger sur la route m'emplit de terreur, et j'ai eu un mal fou à reprendre le volant.

— Ça me changera de la Saab…

Jonah roule dans une vieille Saab décapotable, une espèce de bateau à l'intérieur garni de cuir qui tangue sur ses roues. Personne ne comprend vraiment pourquoi il l'adore.

— Elle ne rajeunit pas… Il est temps que je me bouge.

— Ne fais pas ça !

J'ai parlé trop fort, avec trop de panique dans la voix. Ils me regardent, tous deux étonnés par mon brusque éclat.

— Je me suis décidé sur un coup de tête, continue Jonah. Il y avait une photo accrochée au tableau d'affichage dans la salle des profs.

Il détache son regard qui s'attardait sur moi et le pose sur Freddie en choisissant d'ignorer mon intervention. Il doit penser que je suis un peu folle.

— Tu ne le croiras pas. Elle est vendue par Grimes « La Main de fer ».

Freddie éclate de rire.

— Tu vas acheter une moto à La Main de fer ?

Mr Grimes, surnommé « La Main de fer », a appris les maths à toute une génération de collégiens. Il attrapait les insolents par le col de leur chemise pour les jeter dans le couloir ; Freddie, plus que les autres, a eu droit à ce traitement. C'est étrange d'entendre Jonah parler des professeurs qui nous terrorisaient quand nous étions enfants, et qui sont maintenant ses collègues.

— Attendez un peu de la voir, reprend Jonah, les yeux brillants. Une Norton Manx d'époque. Il l'a achetée neuve et ne l'a presque jamais sortie du garage.

D'après mes souvenirs, Grimes « La Main de fer » n'était pas exactement le genre à chevaucher une bécane cheveux au vent.

— Lui et sa vieille Volvo blanche…, se remémore Freddie.

Jonah hoche la tête.

— Il l'a toujours, mec.

— Sans blague !

Jonah hoche à nouveau la tête.

— Il la fait réviser deux fois par an. Il dit qu'elle est conçue pour durer, comme sa femme.

Je n'en reviens pas que La Main de fer soit encore vivant, et qu'il plaisante sur Mrs Grimes, en plus. À l'époque, il me semblait déjà qu'il avait largement dépassé l'âge de la retraite.

Freddie allume la télé. Le match doit bientôt commencer, les experts déambulent devant les bancs de touche en multipliant les interviews. Brusquement, j'ai très chaud et l'impression que je vais vomir ; ce qui n'est pas étonnant en soi quand on a une gueule de bois et son fiancé mort dans le salon. Je me lève d'un bond, je marmonne vaguement que j'ai besoin d'aller aux toilettes et je fonce vers l'escalier.

Dix minutes plus tard, je m'accroche au lavabo et je me relève, soulagée d'avoir évacué le contenu de mon estomac dans la cuvette des toilettes. Je me rince la bouche et je contemple mon reflet dans la glace au-dessus du lavabo. Mon Dieu, je suis affreuse. Les larmes provoquées par mes haut-le-cœur ont entraîné mon mascara encore plus bas sur mes joues. C'est alors que je remarque à mon cou le minuscule pendentif oiseau en émail bleu que ma mère m'a offert pour mes dix-huit ans. Je ne l'ai pas mis ce matin. Je n'ai pas *pu* le mettre.

Parce que je l'ai perdu il y a cinq ans.

— Ça va mieux ? demande Freddie en me jetant un coup d'œil quand je redescends.

J'acquiesce et réussis à étirer mes lèvres en un terne sourire.

— Il faut que je mange quelque chose.

— Oui, ce n'est pas bon d'avoir l'estomac vide, commente Freddie dont le regard retourne aussitôt au match.

Jonah m'indique la boîte ouverte sur la table basse.

— Tu veux de la pizza ?

À la vue de l'épaisse couche de fromage figé, je suis reprise d'une nausée.

— Je crois que je préfère un toast, dis-je, mes doigts refermés sur l'oiseau bleu logé au creux de mon cou.

Je suis si contente de le sentir. Je l'ai perdu dans une boîte de nuit et je ne m'en suis pas aperçu avant le lendemain. Il n'avait de valeur que pour moi, mais bien sûr, quand je suis retournée à la boîte, personne ne l'avait rapporté. Dans ce monde, je l'ai encore, et mon cerveau essaie de comprendre ce que cela signifie.

Assise à la table de la cuisine, je pose ma tête sur mes bras et je reste ainsi à écouter, tout simplement. J'écoute la voix animée de Freddie qui commente le match, et le rire de Jonah qui lui dit de se calmer s'il veut éviter la crise cardiaque ; j'écoute le cliquetis des bouteilles de bière qu'ils ouvrent et posent sur la table basse que Freddie adorait et que je n'ai jamais vraiment aimée ; j'écoute la vie que je tenais pour acquise et qui continue malgré le fait que Freddie est mort il y a cinquante-huit jours.

C'est trop pour mon cerveau affaibli par la gueule de bois. Je n'ai pas envie de toast, ni d'eau, ni de me réveiller et de découvrir qu'il n'est plus là. Alors je retourne dans le salon et je m'assieds par terre près du fauteuil de Freddie, ma tête contre son genou. Il caresse mes cheveux d'une main distraite et plaisante sur le fait que je ne tiens pas l'alcool ; il est trop absorbé par le match pour remarquer que son jean est mouillé par mes larmes. Je cache mon visage dans mes cheveux et je ferme les yeux. Je suis si fatiguée ; tout ce que je veux, c'est rester ainsi blottie contre sa chaleur. Il me semble que le match est bientôt fini. Je pense : Rentre chez toi, Jonah Jones. Rentre chez toi pour que je puisse me lover sur le canapé à côté de Freddie et lui demander comment s'est passée sa matinée ; j'ai besoin d'entendre sa poitrine vibrer contre mon oreille quand il parle.

Il enroule une mèche de mes cheveux autour de son doigt, et je lutte, je lutte de toutes mes forces pour ne pas m'endormir, mais c'est peine perdue. Mes paupières sont lourdes comme du plomb. Je n'arrive plus à les garder ouvertes, même si j'essaie désespérément de rester éveillée, parce qu'il me manque déjà.

ÉVEILLÉE

Samedi 12 mai

C'est affreux. Je me suis réveillée, seule dans le salon, avec de l'eau sur la table basse au lieu de bières, pas de pizza froide, et pas de Freddie. Voilà *précisément* pourquoi je ne dors pas. Parce que c'est trop cruel, trop atroce de me réveiller et de me rappeler à nouveau qu'il est mort. Rêver de lui est un prix trop élevé à payer ; *personne* ne devrait jamais avoir à payer un prix aussi exorbitant. Je ne sais pas pourquoi, mais des fragments du poème le plus célèbre de Tennyson remontent à ma mémoire tandis que je reste immobile sur le canapé, essayant de trouver la volonté de me lever. « Mieux vaut avoir aimé et perdu ce qu'on aime que de n'avoir jamais connu l'amour. » Tennyson, mon ami, je parie que ta femme ne s'est pas encastrée dans un arbre en te laissant seul et abandonné. Parce que si tel était le cas, tu aurais peut-être jugé plus prudent de ne jamais connaître l'amour. Je soupire, et je retire ce que je viens de penser car je me souviens par ailleurs, pour avoir étudié Tennyson à la fac, qu'il a écrit ce poème après la mort de son meilleur ami, donc peut-être qu'il a eu lui aussi le cœur broyé. Je me demande s'il a pleuré autant que moi. Pleurer est parfois un soulagement, et parfois aussi c'est l'expérience d'une solitude absolue, sachant que personne ne me prendra dans ses bras pour me consoler. Je ne lutte pas contre les larmes qui inondent maintenant mon visage, et je pleure, pour ce pauvre Tennyson, pour moi.

ENDORMIE

Samedi 12 mai

— Ça va mieux ?

Je n'avais pas l'intention de prendre un autre cachet. J'ai tenu bon jusqu'à 8 heures du soir, et puis j'ai cédé, j'en ai avalé un et je me suis mise au lit.

À présent, je me réveille sur le canapé, la tête sur les genoux de Freddie. Il me caresse distraitement les cheveux et regarde une série policière à la télé.

Je me mets sur le dos.

— Oui, je crois, dis-je en lui prenant la main.

— Tu as raté la moitié de l'épisode. Tu veux que je revienne en arrière ?

Je jette un coup d'œil à l'écran, mais je ne sais absolument pas de quoi il s'agit et je fais un signe négatif. Freddie réprime un rire.

— Tu ronflais comme un sapeur.

C'est une plaisanterie récurrente entre nous. Il prétend que je ronfle, et moi, je nie. Mais je suis quasiment *sûre* que je ne ronfle pas.

— Je parie que Keira Knightley ronfle, dis-je.

Il lève un sourcil sceptique.

— Non… Elle soupire doucement, comme un…

— Comme un camionneur ?

— Comme un chaton.

— Les chatons ne soupirent pas. Ils te mordillent les orteils quand tu dors.

Freddie réfléchit un instant.

— Ça me plairait que Keira Knightley me mordille les orteils.

— Elle doit avoir des dents très acérées. Tu aurais mal.

— Ah… Mince, alors. Je suis douillet, tu le sais.

C'est la vérité. Malgré ses larges épaules et son caractère bien trempé, Freddie est une mauviette face à la douleur.

— Je ferais peut-être mieux de rester avec toi, déclare-t-il. Keira n'a pas l'air facile.

Je place ma paume contre la sienne et je contemple la différence de taille entre nos deux mains.

— Même si je ronfle comme une truie ?

Il entrelace ses doigts aux miens.

— Même si tu ronfles comme toute une bande de truies.

J'approche sa main de mon visage et je l'embrasse.

— Ce n'est pas très romantique.

Il met l'épisode sur pause et me regarde de ses yeux bleus pétillants de malice.

— Et si je disais que tu es une très jolie truie ?

Je fais mine de considérer la proposition, avant de répondre en secouant la tête :

— Toujours pas romantique.

— Bon, d'accord. Pas du tout comme une truie, alors ?

— Là, tu progresses.

Freddie plonge son regard dans le mien. Avec une gravité exagérément dramatique, il déclare :

— Dommage, parce que je suis le cochon qui va avec la truie.

J'éclate de rire.

— Si tu savais comme je t'aime, Freddie Hunter.

Pour le lui montrer, j'attire son visage vers moi et je l'embrasse. Je me fais alors une promesse : cet endroit – où qu'il soit, quoi qu'il soit – est merveilleux, et tout le temps qu'il existera, je profiterai de chaque instant.

ÉVEILLÉE

Dimanche 20 mai

Quelqu'un sonne à ma porte. Je glisse un coup d'œil à la pendule, agacée d'être interrompue alors que je ne fais rien. Oui, il est midi passé et je suis toujours en pyjama, mais bon, c'est dimanche. En plus, j'ai *déjà* pris une douche. Franchement, j'aimerais ne pas bouger d'ici, me tenir immobile comme une statue, jusqu'à ce que le canapé me digère. Cela peut arriver, je l'ai vu à la télé ; les produits chimiques contenus dans votre canapé peuvent vous absorber si vous restez allongée suffisamment longtemps. Je pars dans un rêve éveillé, plutôt agréable, où le canapé s'ouvre comme une grosse plante carnivore et m'avale tout entière, mais je ne peux pas m'en délecter plus : Ella m'observe par la fenêtre, je vois qu'elle cherche sa clé dans son sac pour l'introduire dans la serrure. Je n'ai pourtant pas donné de clé à ma mère ni à Ella. L'une d'elles a dû prendre un double qui traînait dans un tiroir juste après l'accident et en faire des copies, de sorte qu'elles peuvent entrer à tout moment pour s'assurer que je ne suis pas en danger, mais seulement vautrée dans mon chagrin.

Je m'assieds et essaie de plaquer une expression moins morose sur mon visage, pendant qu'Ella abandonne son sac dans l'entrée. Je réponds au « bonjour » qu'elle me lance avec une gaieté que je n'éprouve pas :

— Je suis là !

— Tu n'as pas entendu la sonnette ?

Ella passe la tête par la porte tout en ôtant ses bottines. Notez bien que je n'ai jamais demandé aux gens d'enlever leurs chaussures quand ils entrent. C'est une habitude que notre mère nous a imposée, en la martelant sans répit, à partir du jour où elle a fait poser de la moquette crème dans la maison.

— Je somnolais, dis-je en prenant un air coupable.

Ella s'inquiète aussitôt.

— Tu n'as pas bien dormi cette nuit ?

— Pas très bien.

La vraie réponse, c'est que j'ai à peine fermé l'œil. Je ne veux pas prendre un somnifère le soir parce que ce n'est pas le meilleur moment pour rendre visite à mon autre vie pendant que, là-bas, tout le monde dort. J'ai déjà passé une nuit, ô combien délicieuse, à regarder Freddie dormir, mais je préfère ses paroles et son amour quand il est actif. Je suis devenue une créature nocturne, éveillée avec Freddie quand je devrais dormir, essayant de dormir quand je devrais être éveillée. Mais je n'explique rien de tout cela à Ella ; si je lui raconte que j'ai trouvé une porte pour pénétrer dans un univers où Freddie n'est pas mort, elle pensera que j'ai forcé sur le vin blanc. Ou la vodka. Ou les deux.

Elle me suit dans la cuisine et attrape au passage un sac de courses qu'elle a laissé dans le couloir.

— Je t'ai acheté deux ou trois trucs qui pourraient te plaire, annonce-t-elle en posant sur la table une boîte de préparation en poudre pour pâte à crêpes et des citrons.

Mardi gras était une fête très importante quand nous étions plus jeunes. Ella est le cordon-bleu de la famille et elle nous livrait un numéro époustouflant au moment de faire sauter les crêpes pour les retourner. La mienne atterrissait en général par terre, alors que les siennes étaient parfaitement rondes, servies avec du sucre et du citron.

— Du citron pour mon gin ?

Ma blague tombe à plat ; Ella place le filet de citrons bien en évidence sur la préparation pour crêpes. Je ne bois pourtant pas beaucoup de gin, mais elle est d'un naturel inquiet. Ma sœur a sans doute des images horribles dans sa tête, où elle me voit en train de boire, seule, à la table de la cuisine en pleine nuit. Elle sort ensuite du sac une barquette de blancs de poulet ; pour deux. Je ne lui demande pas pour qui est la deuxième part. Ce n'est pas sa faute si notre société de consommation vénère les couples et que je suis maintenant Lydia l'Esseulée.

— Un gâteau. Au café et aux noix, ton préféré.

On dirait qu'elle croit que je l'ai oublié. Je regarde le gâteau emballé dans son papier sulfurisé à motifs fantaisie et je murmure :

— Oui…

Puis viennent du lait et du jus de fruits, du pain, des œufs et du jambon.

— Tu n'es pas obligée de faire ça, tu sais, dis-je en ouvrant le réfrigérateur pour tout ranger.

Le contenu de mon frigo est un criant démenti : la plupart des aliments qui s'y trouvent ont été achetés par quelqu'un d'autre que moi. De la soupe dans un Tupperware de maman, du raisin offert par mes collègues de bureau, du fromage et du beurre qu'Ella a apportés au début de la semaine. La seule chose que j'ai fournie, c'est le vin et un pot de *cream cheese*.

— Je sais que je ne suis pas obligée.

Ella me tend une autre plaquette de beurre.

— Tu veux un café ? propose-t-elle.

Je hoche la tête avec gratitude. Remarquant alors le tas de sacs qu'elle a entassé dans le couloir, je suis soudain prise d'un doute.

— On avait prévu une sortie aujourd'hui ?

Ella me regarde bizarrement, puis secoue la tête.

— J'ai fait un peu de shopping en ville avant de venir. Je ne pensais pas que tu serais tentée.

— La prochaine fois, dis-je d'un air désinvolte.

Elle a un sourire hésitant, sans doute parce que – hormis mon passage au pub – c'est la première fois depuis des semaines que j'évoque la possibilité d'une quelconque activité. Jusqu'à présent, je n'ai manifesté aucune envie sinon jouer les fantômes chez moi comme Nicole Kidman dans *Les Autres*.

— Tu as trouvé quelque chose ? À part du gâteau au café et aux noix ?

Pour lui montrer combien j'apprécie son attention, je prends le gâteau et le renifle en fermant les yeux.

— Des fringues pour le boulot, c'est tout.

Elle hausse les épaules. Pourtant maman m'a raconté qu'elle ne tient plus en place tellement elle est excitée par son nouveau travail à l'hôtel.

— Je peux voir ?

Devant le regard qu'elle me lance, plein d'espoir et de méfiance, j'ai honte d'être une si mauvaise sœur. Elle ressemble à un petit chaton qui n'ose pas manifester trop d'enthousiasme, de peur que je change d'avis et retire la soucoupe de lait. Pour me rattraper, j'exprime bruyamment mon approbation quand elle me montre les vêtements qu'elle a achetés, et, en vérité, j'éprouve une sincère pointe d'envie à la vue de ses nouvelles chaussures. Pas les chaussures elles-mêmes, mais ce qu'elles représentent : des nouvelles chaussures, un nouveau travail, un nouveau départ. J'espère qu'elle ne trouvera pas une nouvelle amie en remplacement de sa sœur défaillante.

— Tu as la trouille ? je lui demande tandis qu'elle replie le papier sur les chaussures avant de refermer le couvercle de la boîte.

— Une trouille bleue ! Comme à la veille de la rentrée des classes… J'ai peur d'être la nouvelle que personne n'aime.

Je ris.

— Je ne pense pas qu'il y ait une seule personne qui ne t'aime pas parmi tous ceux qui te connaissent.

— Pourquoi ? Je suis fade, c'est ça ?

— Pas fade. Sûrement pas. Juste gentille, et drôle.

Avec une grimace, j'ajoute :

— Un peu commandeuse, parfois.

J'approche mon pouce et mon index, en laissant un espace d'un centimètre entre les deux, et je précise :

— Juste un peu.

Elle me regarde de travers.

— C'est parce que tu as besoin que quelqu'un te commande, réplique-t-elle.

— Je suis contente que ce soit toi.

— Tu as de la chance. Ça pourrait être maman.

Nous hochons la tête de concert, car c'est vrai.

— Tu auras combien de personnes sous tes ordres, dans ton boulot ?

— Une dizaine…

Je prends un air pénétré.

— Ah… Alors tu ne seras pas la nouvelle élève. Tu seras la nouvelle prof. Tout le monde essaiera de te séduire, on t'offrira des chocolats, des pommes et…

— Tu crois ? Je te donnerai les pommes. Tu as besoin de vitamines, plus que moi.

— Et voilà. Tu fais encore ta commandeuse.

— Je m'entraîne pour lundi.

— Pas la peine, tu es prête.

Nous nous asseyons un moment pour boire notre café.

— Tu veux du gâteau ?

— Si tu en prends, j'en prends, répond Ella.

Ce genre de phrases a toujours émaillé notre vie. Quand nous dévalions en luge la pente derrière la maison, les après-midi d'hiver, alors que maman avait servi le goûter : si tu y vas, j'y vais. Quand nous sommes allées chez le tatoueur-perceur d'oreilles au centre commercial : si tu le fais, je le fais. Quand nous commandions un dernier verre avant la fermeture, même si nous avions déjà assez bu : si tu es partante, je suis partante.

Je sors le gâteau de son joli emballage.

— Allez, hop…

Au gâteau succède un après-midi improvisé devant un film, lorsque Ella allume la télé et tombe sur *Dirty Dancing*. Nous passons un moment plutôt agréable à regarder Patrick Swayze virevolter avec Jennifer Grey. J'essaie de me remémorer la dernière fois que j'ai dansé, mais j'ai beau me creuser la cervelle, je n'y arrive pas. C'est comme si ma vie avait été cassée en deux, avant l'accident et après. Parfois, je m'efforce de revoir les détails de mon ancienne vie et la panique me serre la poitrine à la pensée que je pourrais nous oublier, oublier Freddie Hunter. Je sais que je me rappellerai toujours les moments forts – son visage penché sur le mien, notre premier baiser, sa demande en mariage –, mais ce sont les autres qui m'inquiètent ; l'odeur de son cou tard le soir, la détermination farouche dans ses yeux quand il avait sauvé une minuscule grenouille sur la route et pédalé comme un fou jusqu'à l'étang, avec l'animal enveloppé dans son tee-shirt ; sa façon de replier son auriculaire gauche en lui donnant un angle étrange. Ce sont ces souvenirs-là que j'ai peur de perdre ; les épisodes annexes, ceux qui nous faisaient rire. La dernière fois que nous avons dansé, par exemple. Et puis cela me revient, et le nœud dans ma poitrine se détend. J'ai dansé le soir du premier de l'An, dans le pub, puis sur le trottoir blanc de givre, tout le chemin jusqu'à la maison, avec Freddie qui me soutenait alors qu'il était lui-même complètement ivre. Ce même chemin sur lequel j'ai trébuché la semaine dernière avec Ella qui m'empêchait d'atterrir dans le caniveau.

Bon. Samedi après-midi, c'est fait. Ma sœur est rentrée chez elle, avec son mari, et j'ai quelqu'un à rejoindre moi aussi.

ENDORMIE

Lundi 21 mai

Il me faut quelques secondes pour m'ajuster et comprendre que nous sommes dans le minuscule café de Sheila, tout près de la maison, et que la serveuse vient de poser deux petits déjeuners complets sur la table même s'il est plus de midi. C'est ce que nous commandons d'habitude ; les portions sont trop généreuses pour moi et Freddie termine toujours mon assiette. Je suis contente de retrouver le tranquille bonheur que nous procure notre routine.

— J'adore les lundis fériés, dit Freddie en me piquant une saucisse avec sa fourchette pour la transférer sur son assiette. Un deuxième petit déjeuner.

Le décor se compose de tables en formica et de chaises en plastique. Ici, les clients boivent du thé en sachet et du café instantané servi dans des mugs dépareillés. On se régale d'une cuisine familiale qui réjouit le cœur à peu près autant que l'accueil chaleureux de Sheila, dont le mari a peint la vieille enseigne dehors il y a plus de quarante ans. Voilà deux ans qu'il est mort à présent, terrassé par une crise cardiaque alors qu'il faisait frire du bacon, exactement comme il l'aurait voulu. Pour son enterrement, l'église était pleine à craquer de gens qui se pressaient, debout, jusque sur le parvis. Je me rappelle que j'étais coincée entre Freddie et un habitant de notre rue qui s'appuyait lourdement contre moi. Il sanglotait et répétait que personne ne savait faire le boudin noir comme ce gars-là. C'est vrai, je n'invente pas.

J'attrape le regard de Sheila qui écarte le rideau de perles et sort de la cuisine. Elle me sourit. Freddie a droit à un clin d'œil, auquel il répond en levant le pouce.

— Ce bacon est encore meilleur que celui de ma mère, déclare-t-il. Mais n'allez surtout pas lui dire !

Elle frémit d'aise devant ce compliment. Freddie est très doué pour donner aux gens l'impression qu'ils sont ses préférés. J'ai assisté à ce genre de petite scène un nombre incalculable de fois. C'est comme s'il braquait un projecteur sur quelqu'un, une douce lumière sous laquelle la personne se sent admirée et aimée.

Je me lève pour aller chercher le ketchup sur le comptoir, mais surtout parce que j'ai une envie subite de parler à Sheila.

— Tout va bien ? me demande-t-elle en désignant d'un coup d'œil mon assiette à laquelle j'ai à peine touché.

Malgré l'apparence modeste du lieu, Sheila est terriblement fière de sa cuisine.

Voyant que je me mords la lèvre et reste muette, elle tente de deviner.

— Encore du thé ?

Je secoue la tête, gênée.

— Je voulais juste prendre le ketchup…

Après une pause, je me jette à l'eau.

— Et vous dire combien je pense à Stan. Je suis désolée pour vous…

Je l'ai prise de court. Je vois dans ses yeux une lueur que je reconnais, un bref éclat aussitôt assombri. Je sais aussi que son cœur s'est accéléré, comme le mien quand on prononce le nom de Freddie. Elle ne répond rien, et je termine en bafouillant :

— Je… je ne l'ai pas oublié. C'est tout.

Ce sont mes propres peurs que j'énonce tout haut, la peur que le monde oublie Freddie Hunter. Pas moi, bien sûr. Mais quelqu'un d'autre est assis à son bureau maintenant, quelqu'un d'autre porte un maillot avec son numéro dans l'équipe de foot qui s'entraîne le lundi soir. Je ne reproche pas au monde de continuer à tourner, mais parfois j'aimerais juste que les gens disent qu'ils se rappellent. C'est pourquoi je le dis maintenant à Sheila, et j'ai aussitôt le sentiment que j'ai franchi la ligne.

— Quand on est jeune, on pense qu'on a tout le temps devant soi, commente-t-elle. Et puis soudain, on s'aperçoit qu'on est vieux et que l'un des deux n'est plus là, et on se demande où sont passées les années.

Elle désigne Freddie du menton, puis hausse les épaules en concluant :

— Rentrez les foins pendant que le soleil brille, comme dit le proverbe.

Cet avertissement revêt pour moi un sens particulièrement tragique, puisqu'il vient trop tard : dans mon monde éveillé, le soleil s'est éteint. Je prends le ketchup que Sheila me tend et je retourne à notre table.

Avant de me rasseoir, je pose une main sur l'épaule de Freddie et lui chuchote à l'oreille :

— Tu veux rentrer les foins cet après-midi ?

Il me regarde d'un air perplexe.

— Rentrer les foins ? C'est un code entre filles pour parler de sexe ? Parce que si c'est le cas, alors, oui.

Je lui souris sans répondre et je pose le ketchup dont je n'avais pas besoin. Heureusement pour lui, il ne comprendra jamais ce que je voulais dire.

— J'ai quelque chose à t'annoncer, enchaîne-t-il. Promets-moi que tu ne seras pas fâchée.

— Je ne peux pas promettre avant de savoir ce que c'est.

Il beurre son toast et secoue la tête.

— Non. Promets d'abord.

C'est du Freddie tout craché et, évidemment, je cède.

— D'accord. Je promets que je ne serai pas fâchée.

Aussitôt, un immense sourire éclaire son visage.

— J'ai réservé pour notre lune de miel.

Mon cœur se soulève de joie, puis se serre, parce que je n'aurai peut-être plus accès à ce monde étrange l'année prochaine ; ce qui se passe ici, maintenant, pourrait s'arrêter demain.

— C'est vrai ?

Il a l'air si content de lui, il meurt d'envie de tout me raconter.

— Tu veux que je te dise où ? Ou tu préfères que ce soit une surprise ?

J'espère qu'il prend les larmes qui me sont montées aux yeux pour des larmes de joie.

— Dis-moi où.

Il fait mine de se refermer comme une huître qui garde son secret, mais c'est plus fort que lui.

— À New York.

Ah, bien sûr. J'ai toujours rêvé d'aller à New York. J'ai vu tous les épisodes de *Friends*, j'aimerais être la meilleure copine de Carrie Bradshaw et marcher pieds nus dans Central Park. Je ne pense même pas à lui reprocher cette folle dépense parce que, dans ma tête, nous sommes déjà dans le ferry pour Staten Island. Je nous vois, tous les deux…

— Tu n'aurais pas pu mieux choisir, je déclare en lui prenant la main sur la table. Ne m'en dis pas plus. Laisse-moi rêver un peu.

Il me caresse de son pouce.

— Tu vas adorer, Lyds.

Je n'en doute pas. Comme je crains de me mettre à pleurer, je change de sujet.

— Qu'est-ce qu'on fait cet après-midi ?

— Alors, ce n'était pas un code entre filles pour parler du sexe ?

Il prend un air de chien battu, puis continue en riant :

— On va au cinéma, tu te rappelles ?

Je n'ai aucun souvenir d'en avoir discuté avec lui.

— Et on en profitera pour se bécoter pendant toute la séance.

Je ris.

— Se bécoter ? Plus personne n'utilise cette expression.

De la pointe de son couteau, il crève le jaune de mon œuf au plat.

— Moi, si. Dépêche-toi, le film commence à 13 h 30.

Je pousse mon assiette vers lui.

— Vas-y, finis. Ça ira plus vite !

Je m'en veux d'avoir laissé le chagrin de mon autre univers envahir cet univers-ci et j'appuie sur un petit bouton dans mon cerveau pour me ressaisir. C'est un lundi férié, je suis avec Freddie, et tout va bien. Mieux encore, tout est exactement comme avant : lui et moi, unis contre le reste du monde. Je ne suis même pas en colère contre lui parce qu'il a crevé mon jaune d'œuf, comme il le fait souvent pour me taquiner. Nous irons au cinéma, nous nous bécoterons comme des ados au fond de la salle. Nous rentrerons les foins pendant que le soleil brille.

ÉVEILLÉE

Dimanche 27 mai

Je suis assise par terre dans la cuisine, appuyée contre un placard, le dos inondé de sueur, serrant le flacon de somnifères dans ma main encore tremblante. Après l'avoir fait tomber du plan de travail par mégarde, je me suis précipitée à quatre pattes comme une junkie pour ramasser les cachets. Je me suis même enfoncé une écharde sous l'ongle en glissant mon doigt entre les lattes du plancher, mais durant ces quelques secondes de panique, une seule chose m'importait : les récupérer tous sans exception.

J'ai passé six jours de suite avec Freddie, et je suis plus exténuée que si j'avais couru un marathon pendant mon sommeil. Quelque part, je reconnais que cela ne peut pas durer. Pas seulement à cause de la fatigue physique ; ma santé mentale s'en ressent aussi. Mes heures d'éveil ne sont qu'une longue attente, une délicieuse impatience, remplie aussi de la peur que cette expérience ne se reproduise pas la prochaine fois et que je ne goûte plus jamais une telle ivresse, un tel flot d'adrénaline dans mes veines. Il m'est impossible d'expliquer ce que j'éprouve quand je suis « là-bas ». Ella et moi avons vu un tableau à la National Gallery il y a deux ans, un paysage australien peint par une artiste dont j'ai oublié le nom. Il n'a rien de spectaculaire, mais j'ai été frappée par la clarté de ses couleurs, l'extraordinaire intensité de la lumière qui s'en dégage. Mon univers quand je dors est logé entre les coups de pinceau de ce tableau ; vibrant de vie et d'émotions. Fascinant. Et totalement addictif.

Je me tiens la tête dans les mains, accablée, parce que cet incident avec les somnifères m'oblige à admettre la vérité qui affleure maintenant sous la surface : je suis en train de me mettre en danger.

Chaque jour depuis que Freddie est mort ressemble à une montagne qu'il faut escalader, et bien que je n'aie jamais été une grande sportive, j'ai quand même trouvé la force d'enfiler mes chaussures tous les matins pour reprendre ma randonnée solitaire. À présent, je ne me donne plus cette peine et peu m'importe de me lacérer la plante des pieds sur les cailloux, parce que toutes les routes me conduisent à Freddie, qui m'attend dans un monde où je suis en sécurité.

Mais comme partout, il y a un prix à payer en échange d'un bénéfice. Comprenant aujourd'hui que ce prix pourrait être ma santé mentale, je suis envahie par un grand froid qui s'insinue jusque dans mes os.

Je commence à développer une forme de colère contre ma vie éveillée et ceux qui la peuplent. J'ai raccroché au nez de maman il y a deux jours, et Ella m'a trouvé une mine effroyable quand elle est passée hier matin. J'ai refusé d'aller prendre le petit déjeuner avec elle chez maman, en frôlant la grossièreté, parce que je ne pensais qu'à la pilule rose qui m'attendait sur le plan de travail dans la cuisine. Elle est partie au bout de quelques minutes, vaincue, les épaules voûtées. Je me sentais atrocement coupable, mais le chant de la sirène qui m'incitait à prendre un cachet était trop puissant, trop envoûtant. Tel est le vrai problème : je vois la route devant moi, jonchée des sentiments piétinés de ces deux personnes qui m'aiment, à mesure que je me détourne d'elles parce que je préfère m'enfuir dans l'autre univers, parce que je préfère retrouver Freddie.

Je pose le flacon de somnifères par terre à côté de moi. Après l'avoir longuement fixé, en proie à une déchirante indécision, je le repousse.

Supporterais-je de n'en prendre qu'un tous les deux jours ? Tous les trois jours, peut-être ? Une fois par semaine ? Je fronce les sourcils en me rappelant que j'en ai pris deux samedi, comme une droguée qui profite du week-end pour augmenter sa dose de Freddie. Voilà ce qui m'inquiète le plus. Ne pas avoir la force de résister à cette chute vertigineuse dans mon autre vie, et devenir tellement plus vivante là-bas qu'il n'y aura pas de retour possible ici.

ÉVEILLÉE

Mardi 29 mai

— Je crois que je vais bientôt retourner travailler.

Ma mère tente, sans succès, de masquer sa surprise. Nous sommes dans son petit salon immaculé, pieds nus comme toujours par respect pour sa moquette crème. Le degré de détente que l'on peut s'autoriser ici, dans une pièce pourtant conçue pour se délasser, obéit à un cahier des charges très strict : le vin rouge est formellement interdit, comme tout aliment d'une couleur autre que claire. Le vin blanc est donc autorisé, ainsi que la purée de pommes de terre et le riz au lait. Je ne plaisante pas. Ella et moi en avons consommé des tombereaux quand nous étions adolescentes, et bien que la moquette ait été posée depuis une quinzaine d'années, elle semble encore quasiment neuve. Le canapé dissimule l'unique tache qui ne partira jamais : Ella est rentrée ivre morte un matin de Noël après avoir descendu du gin cassis chez son petit ami. Je l'ai trouvée très impressionnante dans sa capacité à donner le change, jusqu'à ce qu'elle vomisse sur la moquette de maman et tombe dans un coma éthylique avant même de passer à table.

— C'est vrai ?

Je vois que maman réfléchit à ce qu'elle va dire ensuite. J'imagine qu'elle écarte un « c'est pas trop tôt », puis qu'elle songe à un « Dieu merci », avant d'arrêter son choix sur ce qui sort naturellement de sa bouche :

— Tu es sûre d'être prête, ma chérie ?

Je hausse les épaules et j'acquiesce, plus faiblement que je ne l'aurais souhaité.

— Si je continue à rester toute seule chez moi, je vais devenir dingue. Et je dors mieux maintenant, avec les somnifères.

Ce que je ne dis pas, c'est que j'ai besoin de me donner quelque chose à faire ; une activité concrète sur laquelle me concentrer dans le monde réel. Mon travail – je suis responsable de l'événementiel à la mairie – ne demande pas que l'on soit un génie. Je passe la plupart de mon temps à mon bureau, mais je gagne un salaire correct et j'apprécie beaucoup mes collègues. La direction s'est montrée bienveillante à mon égard en m'accordant un congé maladie rémunéré, mais cela ne peut pas durer éternellement.

Maman vient s'asseoir à côté de moi sur le canapé et pose la main sur mon genou.

— Tu peux toujours venir t'installer ici pendant quelque temps… Si ça t'aide ?

Je sens que ma lèvre inférieure se met à trembler. Nous savons toutes les deux qu'elle détesterait cette cohabitation, mais elle m'aime assez pour le proposer malgré tout. Ce n'est pas la première fois ; elle le suggère au moins une fois par semaine depuis que Freddie est mort. Moi aussi, je détesterais. J'aime manger du curry très salissant sur le canapé devant la télé, une assiette posée en équilibre sur mes genoux, et je veux pouvoir m'effondrer sans que personne me regarde.

Je couvre sa main de la mienne et la presse gentiment.

— Oui, bien sûr. Mais ce n'est pas une bonne idée, tu le sais. Je dois « conscientiser mon deuil », et à mon avis, ce n'est pas une étape qu'on franchit en revenant vivre chez sa mère.

Elle réprime un ricanement devant cette formule du médecin qui lui hérisse le poil autant qu'à Ella et à moi.

— Bon, alors je te préparerai ta boîte repas… Au moins les premiers jours.

Je suppose qu'elle a toujours la boîte en plastique rose avec laquelle elle m'envoyait à l'école, et même si c'est surtout elle que cela aidera, je réponds :

— D'accord. Merci, maman.

— Je te mettrai les biscuits à la menthe que tu aimais, ceux avec le papier vert brillant.

J'essaie de déloger, en vain, la boule qui s'est formée dans ma gorge. J'ai l'impression d'avoir de nouveau quinze ans, quand je dormais encore dans la chambre que je partageais avec Ella.

Maman continue comme si de rien n'était.

— Le premier lundi de juin, tu crois ?

Je me demande si j'en suis capable. Nous sommes le 29 mai ; elle m'accorde une grâce de quelques jours pour me tester, en surveillant les vagues pour voir si la prochaine me fauchera les jambes et si je changerai d'avis. Comme je ne peux pas promettre que cela n'arrivera pas, je me contente de répéter docilement :

— Le premier lundi de juin, oui.

— Bravo.

Elle me tapote le genou et se lève.

— Je vais ajouter les biscuits à ma liste !

Je la regarde s'éloigner vers la cuisine. Sait-elle qu'elle est une des gardiennes de ma santé mentale ? Freddie s'amusait beaucoup de ma mère et de ses listes – il écrivait des choses absurdes quand elle avait le dos tourné, un tuyau d'arrosage, une maison de poupée ou un spray nasal. Je souris à ce souvenir, puis une douleur fulgurante m'étreint la poitrine parce que j'ai décidé, à contrecœur, de me limiter à un somnifère le week-end. Le problème avec une addiction, c'est qu'il arrive un moment où l'on est obligé soit d'y renoncer, soit de s'y adonner complètement. Je ne veux ni l'un ni l'autre. Je veux avoir mes deux vies, et pour que cela soit possible, il me faut marcher d'un pas sûr ici, dans le monde réel. L'heure est venue d'enfiler mes chaussures de randonnée.

ÉVEILLÉE

Samedi 2 juin

Vous ne vous étonnerez pas si je vous dis que le cimetière est un endroit paisible pour moi ; j'entends presque Freddie marmonner une blague à propos de ses voisins qui ne sont franchement pas bavards. J'ai les fesses ankylosées d'être restée assise si longtemps, et, en regardant la pierre tombale de Freddie, je remarque une tache blanche sur le granite gris. Les pigeons n'ont aucun respect pour les morts. Je cherche les lingettes dans mon sac et lâche un soupir d'agacement en ne les trouvant pas. Impossible de partir en emportant cette image.

Je ramasse mon sécateur et les fleurs fanées que j'ai remplacées.

— Je reviens tout de suite, dis-je. J'ai dû les laisser dans la voiture.

Je découvre en effet que les lingettes ont glissé au fond du coffre. Au lieu de reprendre le même chemin, je fais un grand tour dans le cimetière parce que toute la végétation est en fleurs et que j'ai besoin de me dérouiller les jambes. De respirer aussi, moi qui passe mes journées confinées dans l'espace clos de ma double existence.

En approchant de la tombe, je m'aperçois que quelqu'un est assis là où je me trouvais il y a un instant et, comme moi, parle à Freddie. Jonah Jones, les genoux relevés au menton, s'éclaircit la gorge et déclare :

— D'accord, je vais essayer. Mais je ne promets rien.

Je m'immobilise, hésitant à l'interrompre parce qu'il a les yeux fermés. Que va-t-il essayer ? Peut-être lui aussi s'imagine-t-il quelque part avec Freddie. Au pub, peut-être, ou dans notre salon, les pieds sur la table basse, avant de regarder le match.

— On est déjà samedi, continue Jonah. J'ai eu une semaine chargée au bahut. C'est la période des inspections. Ça, plus un paquet de collègues absents… Le stress habituel, quoi. J'ai dû assurer un cours d'EPS mardi, et tout le monde sait que, moi, le foot, je le préfère à la télé. Tu te serais pissé dessus de rire.

Freddie et Jonah étaient à l'opposé l'un de l'autre pour ce qui concernait le sport. Dès qu'il y avait quelque chose à gagner, Freddie fonçait les mains tendues vers le trophée. Jonah, lui, veut bien courir derrière un ballon pour s'amuser, mais il n'a aucun esprit de compétition. Il se satisfait pleinement de regarder les exploits des autres dans son fauteuil. Sa passion à lui, c'est la musique et les livres. Ils étaient différents en bien des manières. Freddie, l'actif ; Jonah, le rêveur. Le soir de son quinzième anniversaire, nous avions campé dans le jardin de Freddie pour observer le passage d'une comète, ou peut-être était-ce une pluie de météorites.

Bref. À peine allongé sous sa couverture, Freddie s'était mis à ronfler, pendant que Jonah et moi gardions les yeux fixés sur le ciel dans l'espoir de voir apparaître un phénomène astronomique.

— J'aurais bien bu une bière avec mon pote hier soir, dit Jonah. T'inquiète, tout va bien. C'est juste que les gamins me tapent parfois sur le système et que la principale a le don de me mettre en boule. Sans parler de Harold qui m'a passé un savon parce que je ne portais pas de cravate au dernier conseil de classe.

Il rit, sans ouvrir les yeux.

— Tu y crois ? Ça fait dix ans qu'on a quitté les bancs de l'école et j'ai toujours le vieux Harold sur le dos.

Il se tait, comme s'il écoutait la réponse de Freddie.

— Ah oui, aussi… j'ai gagné aux fléchettes mercredi. Duffy était furax. Il a perdu son pari. Il a dû payer une tournée, et tu sais comme il est radin. Tout le monde a commandé un double whisky vieilli en fût de chêne, juste pour le faire enrager.

Je ne peux pas m'empêcher de sourire à cette évocation de la bande de copains et de leurs frasques au Prince. Je sais que j'aurais entendu ce genre d'histoires si Freddie était encore vivant.

Jonah ne dit plus rien. Il tire distraitement sur le bas de son jean effrangé et fronce les sourcils, cherchant autre chose à raconter, j'imagine. Puis il ouvre les yeux, soupire, et se penche en avant pour poser la main à plat sur le nom de Freddie gravé dans le granite froid. Il reste ainsi plusieurs secondes.

— À la semaine prochaine, mon pote.

Pour lui, c'est presque comme s'il posait la main sur l'épaule de Freddie. Je le sais, parce qu'il m'est arrivé d'enrouler mes bras autour de cette fichue stèle et d'appuyer la joue contre les lettres d'or. Mais pas très souvent. Nous, les Britanniques, nous observons une certaine étiquette lorsque nous nous trouvons dans un cimetière, et ces règles n'autorisent pas à s'effondrer chaque fois que l'on rend visite à ses morts.

À mon tour, je m'éclaircis la gorge. Jonah me voit et cligne des yeux de surprise. Il fronce les sourcils.

— Lydia… Depuis combien de temps es-tu là ?

Je détesterais qu'on me surprenne en train de parler à Freddie, alors je lui mens.

— J'arrive juste.

Après un silence, j'ajoute :

— Je peux revenir plus tard, si tu veux rester encore un peu…

Il se lève et essuie l'herbe sur son jean.

— Non, c'est bon. J'ai fini.

Je n'ai pas revu Jonah et ne lui ai pas reparlé depuis le jour au pub, il y a trois semaines, et je sais que je dois éclaircir les choses entre nous. Jonah était le bras droit de Freddie, mais en fait, il était mon ami avant même que Freddie n'entre dans mon orbite. Nous avions douze ans, et son humour caustique s'accordait au mien quand nous étions obligés de faire équipe en cours de chimie ; je crois que le professeur nourrissait le vain espoir de voir l'esprit logique de Jonah déteindre sur moi. Ce fut un échec. Nous avons vite cessé de croire que je réussirais un jour à mémoriser le tableau de Mendeleïev, mais nous avons pris l'habitude de déjeuner ensemble sur la pelouse du collège, assis contre le vieux chêne, en observant les allées et venues des autres élèves, leurs amourettes, leurs embrouilles et leurs rivalités dérisoires. Notre amitié a surgi au moment où j'en avais besoin, alors que la plupart des filles de la classe avaient jugé que je n'étais pas assez cool pour qu'elles m'acceptent dans leur cercle. Maman exprimait sa gratitude en ajoutant parfois un sachet de biscuits à la menthe pour Jonah. Il essayait toujours de refuser, par politesse, mais je savais qu'il les aimait et que c'était un dessert bienvenu après les pitoyables sandwichs au fromage que sa mère lui donnait chaque jour. Loin d'une idylle sentimentale entre deux adolescents, il s'agissait d'une amitié authentique réunissant deux êtres qui se découvraient une ressemblance. J'aimais savoir qu'il m'attendrait à l'heure du déjeuner, que je pouvais compter sur lui pour me faire rire même si j'avais passé une sale matinée. Et puis Freddie est arrivé, il s'est retrouvé assis en classe à côté de Jonah, et deux semaines plus tard, nous n'étions plus deux auprès du vieux chêne, mais trois. Freddie Hunter a débarqué dans ma vie comme une explosion de couleurs, son rire et sa bruyante personnalité m'ont littéralement soulevée de terre. Grâce à lui, ma cote de popularité est remontée, je n'avais plus besoin d'autant de conversations avec Jonah au déjeuner. Trois est toujours un chiffre bancal, d'autant plus quand deux membres du trio tombent amoureux. Freddie se sentait sans doute un peu coincé entre nous, qui réclamions chacun son attention et en voulions à l'autre de l'accaparer. Malgré tout, nous sommes restés amis parce que notre amitié était trop importante pour risquer de la perdre. Et maintenant, nous revoilà tous les deux, et je ne sais vraiment pas comment me positionner par rapport à lui. J'aurai toujours un sentiment particulier pour Jonah – il fait partie de ma vie depuis si longtemps. Mais l'accident est venu se mettre entre nous, tel un éléphant qui prend toute la place dans la pièce.

Jonah sort ses clés de voiture de sa poche.

— Bon, je te laisse alors… À plus.

En silence, je le regarde adresser un signe de tête à la stèle de Freddie et s'éloigner sur l'allée pavée. Mais au moment où je m'apprête à m'asseoir, il revient sur ses pas.

— Il y a quelque chose de prévu demain matin au collège, dit-il. Tu pourrais venir… enfin, si tu veux.

Je le dévisage sans comprendre.

— Quelque chose de prévu ?

Il hausse les épaules.

— Tu sais, une espèce d'atelier…

— Tu ne donnes pas franchement envie d'y aller, dis-je en esquissant un sourire parce que je ne sais pas comment réagir autrement.

— Un atelier sur le deuil…

Il crache ces mots d'un air méprisant, ou comme s'il était en colère de s'entendre les prononcer.

— Et la pratique de la pleine conscience…

— Un atelier sur le deuil ?

J'aurais parlé sur le même ton s'il m'avait proposé un saut à l'élastique ou en parachute. Je ne vois pas trop Jonah essayer d'ouvrir ses chakras, ni explorer les joies et les mystères de la méditation. De la part d'Ella, ce ne serait pas étonnant. Mais *lui* ?

Il est d'ailleurs carrément mal à l'aise en m'expliquant :

— Ça aura lieu dans la grande salle du rez-de-chaussée. Dee, la nouvelle secrétaire de direction, enseigne aussi le yoga et la pleine conscience. Elle offre une séance, à condition qu'il y ait assez de monde.

Une image de Dee se forme dans mon esprit, avec des cheveux brillants, un corps souple et un sourire affable, presque onctueux. Je me surprends à manquer totalement de bienveillance, sans raison, et je me demande si c'est ainsi que je suis devenue, amère comme du café bouilli.

J'adoucis mon refus avec un sourire d'excuse.

— Ce n'est pas trop mon truc…

— Moi non plus, dit-il en chaussant ses lunettes de soleil. C'était juste une idée comme ça…

Après un silence gêné, il se détourne, mais s'arrête et à nouveau revient sur ses pas.

— Quand même… peut-être que ce serait utile.

— Utile pour *quoi*, exactement ?

En réalité, je sais ce qu'il veut dire. J'aurais préféré qu'il parte après sa première tentative, car je sens que cette conversation risque de nous entraîner sur un terrain dangereux.

Les yeux levés vers le ciel, il réfléchit avant de répondre.

Pour ça, indique-t-il en tendant la main vers la stèle de Freddie. Utile pour gérer tout ça.

— Je le gère à ma manière, merci.

La dernière chose dont j'ai envie, c'est de me retrouver dans une pièce remplie de gens que je ne connais pas et de parler de Freddie.

Jonah hoche la tête, déglutit avec effort, et marmonne :

— Je te l'avais dit.

Mais c'est à la tombe de Freddie qu'il s'adresse, pas à moi.

— Je t'avais dit qu'elle refuserait.

Pardon ?

— Tu as dit à Freddie que je refuserais ?

Ses joues rougissent légèrement.

— Je me trompe ?

Jonah n'est pas quelqu'un qui hausse le ton ; il endosse toujours le rôle de médiateur dans les situations conflictuelles.

— Je lui ai dit que j'irais, parce que je pensais que ça me ferait du bien, et que je te proposerais de m'accompagner. Mais j'ai dit aussi que tu refuserais, oui.

Je lève les deux mains, exaspérée.

— Alors, c'est bon. Tu as fait ton devoir. Maintenant, tu peux partir sans te sentir coupable.

Je regrette mes paroles dès qu'elles ont franchi mes lèvres.

— Sans me sentir coupable, répète-t-il. Merci, Lydia. C'est vraiment sympa.

— Et toi, merci de te liguer contre moi avec mon petit copain qui est mort.

— Je ne me liguais pas contre toi, proteste-t-il sans perdre son calme. Je pensais que ça pourrait aider, c'est tout, mais j'ai compris. Tu es trop occupée, ou bien tu n'es pas intéressée, ou bien tu as peur…

Je détourne la tête en réprimant un ricanement.

— J'ai peur ?

Suivant mon regard qui dérive entre les rangées de tombes, il hausse les épaules. Sa question est simple et directe.

— Ce n'est pas vrai ?

J'ai beau savoir qu'il me provoque, qu'il essaie de me pousser dans mes retranchements pour me faire parler, je ne peux pas m'empêcher de tomber dans le panneau.

— Peur ? Tu crois que j'ai peur d'un atelier organisé dans un collège à la noix ? Je vais te dire ce que c'est que la peur, Jonah Jones. La peur, c'est une voiture de police qui s'arrête sous la fenêtre de ton salon, et c'est devoir enterrer l'homme que tu aimes au lieu de l'épouser. La peur, c'est avoir envie d'avaler tous les produits d'entretien au supermarché parce que tu te rappelles une dispute dans le rayon voisin à propos de biscuits apéritif, oui, de *biscuits apéritif*, et que ce souvenir t'envoie un coup de poing dans le ventre.

Pour marquer mes paroles, je me frappe violemment sous les côtes.

— La peur, c'est savoir que la vie sera longue, interminable, sans la personne avec qui tu prévoyais de la passer, et savoir aussi que la vie peut être courte et se terminer tout d'un coup. C'est comme ce tour de magie où on enlève une nappe sur une table sans déranger les assiettes qui sont dessus. Sauf que, dans la vraie vie, les assiettes se cassent, et que ce ne sont pas des assiettes mais des êtres humains, et…

Je m'arrête, à court de souffle, parce que j'ai complètement perdu le fil de mon discours sur la peur. Je m'aperçois que je pleure de rage, et que Jonah, horrifié, est devenu tout pâle.

Il tend le bras pour poser une main sur mon épaule.

— Lyds…

Je repousse sa main.

— Je suis désolé…

— Tu es désolé ?

D'un geste, j'embrasse l'ensemble du cimetière.

— Et ça sert à quoi d'être *désolé* ? Hein ? Qu'est-ce que ça change d'être *désolé* ?

— Je ne voulais pas te blesser…

Mais les vannes sont ouvertes et je continue, d'une voix qui rend un son affreusement grinçant à mes oreilles.

— Non, bien sûr, tu ne voulais pas me blesser ! Tu utilises un mort pour parvenir à tes fins. C'est quoi le problème, Jonah ? Tu as besoin qu'on t'accompagne pour aller dire à la secrétaire de direction que tu l'aimes bien ?

Il ne trouve rien à répondre. Comment le pourrait-il ?

— Tu n'as qu'à l'écrire au tableau ! Ou alors, invite-la à boire un verre. Fais ce que tu veux, mais ne me demande pas de te tenir la main ! Je ne suis pas la remplaçante de ton pote. Je ne suis pas Freddie !

Quand je me tais enfin, nous demeurons tous deux pétrifiés l'un en face de l'autre. Je tourne alors les talons et le plante là en emportant ma colère.

Je ne peux pas avouer à Jonah ce qui se passe vraiment : que mon corps est exténué, et que mon esprit part en vrille à cause de cette double vie que je mène, l'une avec Freddie et l'autre sans lui. La nuit dernière, je suis restée éveillée à me demander comment je pourrais raconter ce qui m'arrive à quelqu'un de manière rationnelle, mais c'est impossible. Comment expliquer que je retrouve Freddie quand je dors ? Je ne suis pas folle, je ne m'imagine pas que Freddie est encore vivant dans ma vie de tous les jours. Mais il y a ce… cet univers parallèle où lui et moi sommes toujours ensemble, et je me bats constamment contre le chant de la sirène qui m'incite à y retourner. Que ferai-je lorsque je n'aurai plus de somnifères ? J'écarte aussitôt cette question. Je ne supporte pas de me la poser.

ÉVEILLÉE

Dimanche 3 juin

Je ne sais pas ce que je fabrique ici. Je n'ai jamais particulièrement aimé l'école ; c'est la première fois que je remets les pieds dans ce collège depuis que j'en suis partie. En fait, si, je sais pourquoi je suis ici : parce que j'ai eu atrocement honte de mon sale comportement avec Jonah hier. Je lui ai envoyé un SMS pour m'excuser et j'ai reconnu que la méditation de pleine conscience m'aiderait peut-être. Il a répondu que c'était ça ou un coach spécialisé dans la gestion de la colère, si je ne voulais pas me transformer en Hulk et ne plus rentrer dans mon jean. J'ai dit que je préférais la méditation, vu que le vert ne m'allait pas du tout. Et me voilà qui remonte l'allée goudronnée en traînant les pieds, comme lorsque j'avais quatorze ans et que je n'avais pas terminé un devoir à rendre. Je suis délibérément en retard. L'atelier a lieu de 10 heures à midi, et il est déjà 11 heures. J'ai prévu de me glisser discrètement au fond de la salle, puis de raconter à Jonah que j'ai juste raté le début. Ainsi j'aurai le sentiment de rattraper mon coup de gueule d'hier. Nous ne nous reverrons peut-être pas tous les jours, mais je ne veux pas penser que nous sommes brouillés ; ce serait comme trahir Freddie de tirer un trait sur son meilleur ami.

Au moment où je pousse la porte de la grande salle, l'odeur du parquet ciré me transporte des années en arrière. J'ai une bouffée de nostalgie au souvenir des rassemblements auxquels la directrice nous convoquait afin de nous livrer des informations importantes. Je me revois assise en tailleur par terre, avec, d'un côté, Freddie qui relâchait le nœud de sa cravate, de l'autre, Jonah qui tripotait sa montre. Il n'y a pas assez de monde dans la salle ce matin pour que je puisse dissimuler mon arrivée. Vingt personnes au maximum, assises autour de tables sur lesquelles sont disposés du thé et des gâteaux. Tous les yeux se tournent vers moi quand je franchis le seuil et je me fige, intimidée. Jonah se lève pour venir m'accueillir.

— Je croyais que tu avais changé d'avis, chuchote-t-il. Tu n'es pas obligée de rester… Je n'aurais pas dû insister hier.

— C'est bon, ne t'excuse pas.

Je jette un regard inquiet à l'assistance. Une majorité de femmes et quelques hommes, la plupart plus âgés que moi. Une pensée horrible me traverse : et si tante June et oncle Bob étaient ici ? Ils adorent les ateliers. Mais je suis bientôt soulagée, car je ne vois personne de ma connaissance.

— Alors ? C'est bien ?

Jonah hoche la tête.

— Pas mal. Les gens sont sympas. Honnêtement, Lyds, ne te sens pas obligée… Ce n'est peut-être pas ton truc, après tout.

Il fait craquer sa nuque. C'est un tic qu'il avait autrefois, quand il était anxieux ; avant les examens, par exemple, qui se déroulaient précisément dans cette salle.

— En fait, je vais chercher mon téléphone et je pars avec toi.

Je le dévisage d'un air interloqué.

— Mais tu m'as demandé de venir…

Alors que Jonah ouvre la bouche pour répondre, une femme s'approche de nous, main tendue.

— Bonjour. Dee… Vous êtes sûrement Lydia.

Ah. Je ne me suis pas tellement trompée en imaginant Dee. Elle est brune, un peu plus petite que moi, avec une queue-de-cheval qui se balance quand elle marche. Pas exactement mince, mais souple, oui, comme on l'attendrait d'une femme qui enseigne le yoga. Je vois ce qui pourrait attirer Jonah chez elle. Ses yeux bruns compatissants me sondent au plus profond et je comprends qu'elle connaît déjà mon histoire. Elle prend ma main dans les siennes, qui sont un peu trop chaudes.

— Bienvenue, dit-elle.

— Bonjour.

J'ai répondu d'une voix trop froide, avec raideur. Je ne sais pas ce qui m'a pris de venir ici, je déteste l'idée qu'une parfaite inconnue croie tout savoir de moi.

— Vous avez raté la méditation de pleine conscience, dit-elle. Mais vous êtes là pour le gâteau. À mon avis, c'est le plus important !

J'ai envie de répliquer aigrement que je peux très bien manger du gâteau toute seule chez moi, merci. Au lieu de quoi, je réponds :

— Jonah saura peut-être m'expliquer la pleine conscience…

— Ou bien je peux vous proposer une séance individuelle, si vous pensez que cela vous aiderait ?

Je vois bien qu'elle essaie d'être bienveillante, mais à nouveau, elle m'agace. Est-ce que j'envoie à mon insu un signal de SOS ? Alors qu'il me semble offrir un visage plutôt digne et courageux, tout le monde me balance à qui mieux mieux que j'ai besoin d'aide. Je m'aperçois que je suis en fait quelqu'un d'assez secret ; je préfère me cacher derrière un vernis et m'effondrer quand personne ne regarde.

— Je vais y réfléchir, dis-je du bout des lèvres. Merci.

Le regard de Dee croise celui de Jonah, juste assez longtemps pour lui signifier : « Votre amie est sacrément mal en point… » Ou bien je me trompe, et elle lui adresse un message new age du type : « Votre amie a su inventer son propre chemin vers la guérison intérieure. » Ou bien encore elle va droit au but et lui demande : « Vous voulez boire un verre plus tard ? », auquel cas je suis un obstacle entre eux. Je regrette d'être venue, mais c'est trop tard maintenant car Dee m'entraîne vers la table où Jonah était assis.

Les gens se déplacent pour me laisser la chaise à côté de Jonah. Ils veulent que je me sente à l'aise, ils évitent de me dévisager avec insistance. L'une des femmes me sert du thé et me dit qu'elle s'appelle Camilla. Elle a un sourire timide et crispé, mais je préfère ça à trop d'effusions.

— Je vous présente Lydia, lance Jonah d'un air sombre.

Tout le monde hoche la tête.

Une vieille dame assise à la gauche de Jonah se penche en avant et lâche d'une voix forte, tout en ajustant son appareil auditif :

— Maud.

Si je devais deviner son âge, je dirais au moins quatre-vingt-dix ans.

— Mon mari, Peter, est tombé du toit pendant qu'il réparait l'antenne de la télé il y a vingt-deux ans.

Désarçonnée, je parviens à articuler :

— Oh… Désolée.

À en juger par les visages impassibles des autres autour de la table, ce n'est pas la première fois qu'ils entendent parler de l'infortuné Peter.

— Ne soyez pas désolée. Moi, je ne l'étais pas. Il culbutait la femme du boucher depuis dix ans.

Waouh. Je ne m'attendais pas du tout à ça.

— Un peu de gâteau ?

Je me tourne vers ma voisine avec gratitude.

— Il est aux pommes et aux dattes. Je l'ai fait ce matin.

Elle me tend une part de gâteau sur une assiette en carton et se présente :

— Nell.

— Merci.

Je ne sais pas si je la remercie pour le gâteau, ou pour m'avoir évité de devoir trouver une réponse adéquate à la sortie de la vieille dame. Sa présence tranquille me rassure. Elle me rappelle un peu ma mère, autant par son âge que par son attitude, et je vois à son alliance qu'elle est mariée. Ou qu'elle l'était.

— Ne faites pas attention à Maud, me glisse-t-elle à voix basse. Vous imaginez combien sa participation a été précieuse pendant la méditation de pleine conscience.

L'humour que je lis dans ses yeux m'aide à me détendre.

— Il y a des livres…, commence Camilla.

Ses joues prennent une couleur rouge terne, comme sous l'effort que lui coûte de prendre la parole.

— Celui-ci m'a bien aidée.

Elle touche du doigt la couverture d'un des ouvrages sur le deuil éparpillés sur la table.

— Au début, en tout cas.

— Je n'arrive pas à fixer mon attention sur un livre, dis-je. J'ai toujours aimé lire, pourtant, surtout des romans… Apparemment, mon esprit n'est plus capable de saisir le sens des mots.

Je ne sais pas d'où m'est venu ce besoin de parler, mais voilà, c'est fait.

— Ça reviendra, répond Camilla. Pendant un moment, je ne pouvais lire que ce genre de textes… Après, ça devient plus facile.

Elle caresse le collier de perles qu'elle porte autour du cou et termine dans un souffle :

— C'est vrai.

Je prends le livre qu'elle a conseillé.

— Et vous, Jonah ? demande Nell. Vous lisez ?

— Oui, répond-il. Je suis prof d'anglais, alors c'est un peu mon fonds de commerce…

Après un silence tendu, il ajoute :
— C'est surtout la musique qui me pose problème.
Cette déclaration m'étonne. La musique a toujours été la passion de Jonah : il en joue, il compose, il l'écoute.
— Je ne pouvais pas regarder la télé après la mort de Peter, crie Maud. Cet imbécile avait débranché l'antenne.
J'hésite entre l'envie de rire ou de l'étrangler.
— C'est compréhensible, reprend Camilla en regardant Jonah. Vous l'associez sans doute encore à l'accident.
Je ne vois pas le lien. Qu'ont-ils entendu à propos de Freddie avant mon arrivée ? Je croque une bouchée de gâteau en attendant que la conversation m'en apprenne davantage.
Jonah se frotte les yeux.
— Oui… Je ne peux plus écouter la radio.
— Laissez passer un peu de temps.
Nell, remarquant que la main de Jonah tremble, pousse une part de gâteau vers lui.
Ma question m'échappe malgré moi.
— Pourquoi associes-tu la musique à l'accident ?
— Son copain était en train de changer de station dans la voiture, tonne Maud. Il ne regardait pas la route.
Je voudrais demander à Jonah si c'est vrai, mais les mots s'étranglent dans ma gorge.
— Mais… pendant l'enquête…
Je ne finis pas ma phrase, car je me rends compte qu'il y a quelque chose que j'ignore.
Un silence gêné tombe autour de la table, tandis que Jonah examine le plafond.

— Je croyais que tu ne viendrais pas..., dit-il. Tu étais en retard, j'ai pensé que tu ne viendrais pas.

Il me regarde alors droit dans les yeux et parle à voix basse, en ne s'adressant qu'à moi.

— Il cherchait une chanson qu'il connaissait, pour chanter. Tu sais comment il était...

Je fronce les sourcils, même si je comprends très bien ce qu'il veut dire. Freddie conduisait comme il vivait le reste de sa vie : à fond. Sa voiture était un modèle de sport au moteur vrombissant et il aimait écouter la musique à pleins tuyaux, chantant avec plus d'enthousiasme que de justesse.

Ma voix monte dangereusement vers les aigus.

— Mais pendant l'enquête, tu as déclaré qu'il n'y était pour rien ! J'ai assisté à ta déposition.

— Je ne voulais pas...

Jonah s'y reprend à deux fois pour prononcer d'une voix à peine audible :

— Je ne voulais pas qu'ils disent qu'il était mort à cause de sa conduite imprudente.

— Ce n'est pas aussi imprudent que tomber du toit, persifle Maud en attrapant sa tasse de thé.

Je la fusille du regard et me retiens de lui sauter à la gorge. Ce n'est pas à cause d'elle que mon cœur cogne dans ma poitrine. Y a-t-il autre chose que Jonah ne m'a pas raconté ?

— Tu m'as demandé de venir ici aujourd'hui, dis-je en massant mon front douloureux. Tu me demandes de venir et tu balances ce... cette bombe, alors que tu sais parfaitement l'effet qu'elle va me faire.

Jonah secoue la tête avant même que j'aie terminé.

— Tu n'es pas venue, Lydia. Je t'ai attendue, mais tu n'es pas venue… Tout le monde parlait des gens qu'ils ont perdus, et je ne sais pas pourquoi, je me suis mis à parler, moi aussi… Je me sentais en sécurité, j'imagine.

— Tu n'as pas mentionné une seule fois la radio pendant l'enquête…

Depuis l'accident, je suis maintes fois revenue à la déclaration de Jonah pour essayer de visualiser les derniers moments de Freddie. Une mort accidentelle, a-t-il été conclu officiellement, une de ces tragédies que personne ne peut prévoir. Les conditions météorologiques, la route glissante, peut-être même le verglas, en raison d'un froid inhabituel pour la saison… J'ai tout écouté, tout enregistré, mais à présent la scène que j'ai construite dans ma tête explose en morceaux devant mes yeux.

— Tu as menti ! Tu as menti à un tas de gens, Jonah.

Je me tourne vers Nell.

— Il ne leur a pas parlé de la radio !

— Les gens font parfois des choses étranges pour de bonnes raisons, dit-elle. Si Jonah vous expliquait un peu mieux, peut-être…

Elle jette un regard contrit à Jonah, qui répond d'une voix blanche :

— Je n'ai pas menti, Lydia. Il pouvait très bien y avoir du verglas sur la route, et c'est vrai qu'il avait plu.

— Mais tu n'as pas parlé de la radio…

Chacun baisse la tête en silence, même Maud. Nell soupire et me presse la main. Je ne sais pas si c'est un geste de compassion de sa part, ou si elle me demande de me calmer.

Jonah serre le poing sur la table et ravale une exclamation de colère.

— Pourquoi en aurais-je parlé ? Qu'est-ce que ça aurait changé ? Il n'y avait que Freddie et moi, personne d'autre n'a été blessé. Pourquoi aurais-je laissé une bande de connards décréter qu'il était responsable, qu'il ne pouvait s'en prendre qu'à lui et à sa seconde d'inattention !

Il jette un regard penaud aux autres.

— Pardon, dit-il. Pour le langage grossier.

Ses yeux brillent quand il me regarde ; je vois qu'il lutte avec difficulté contre une violente émotion.

— Je ne voulais pas lire dans le journal qu'il était mort par sa propre faute… La presse s'en serait servie pour sermonner les conducteurs imprudents. Et tout le monde n'aurait gardé que cette dernière image de lui !

Moi aussi, j'ai l'impression que mon sang bouillonne à présent.

— Mais tu aurais pu me le dire. Tu aurais *dû* me le dire.

— Ah bon ?

Il a haussé la voix, et Camilla se raidit en voyant combien il souffre.

— Pourquoi ? Pour que tu te sentes encore plus mal ? Que tu sois en colère contre lui ? Que tu te représentes la voiture dépassant la limite de vitesse et lui qui triturait les boutons de la radio ?

Alors, je visualise la scène. Le pied de Freddie sur l'accélérateur, ses yeux qui se détachent de la route un instant.

— Il dépassait la limite de vitesse pour venir à mon dîner d'anniversaire, c'est ça ? Tu n'as pas dit non plus qu'il roulait trop vite.

Le regard de Jonah dérive vers la fenêtre, par laquelle on aperçoit la grille du collège. Nous avons tant de fois franchi cette grille, si insouciants à l'époque, certains que la vie durerait à jamais. Je distingue presque nos visages, j'entends l'écho de nos pas et de nos rires.

— Ce n'est pas important, lâche Jonah. Ça ne change rien au fait qu'il n'est plus là.

Je m'enflamme de voir à quel point il ne comprend pas ce que j'éprouve.

— Mais si, c'est important ! C'est important pour moi. Tu m'as laissée croire qu'il était mort pour une raison aussi ridicule que la météo, et depuis, j'essaie chaque jour de trouver un sens à cette absurdité. Et maintenant, tu me dis qu'il serait encore là s'il n'avait pas manqué d'attention, et qu'il roulait trop vite ?

Je suis hors d'haleine, en proie à une montée d'angoisse qui me suffoque.

— Je t'interdis de me dire que ce n'est pas important, Jonah Jones ! Il aurait dû rentrer directement à la maison. Rien ne serait arrivé s'il était rentré directement.

— Tu ne crois pas que je le sais ? murmure Jonah. Tu ne crois pas que c'est ma première pensée, chaque matin, quand j'ouvre les yeux ?

Nous nous dévisageons en silence. Jonah se mord la lèvre pour en arrêter le tremblement. D'une main, il frotte la cicatrice au-dessus de son arcade sourcilière. Ses joues sont pâles et amaigries.

— Je ne voulais pas que tu le saches. Tu étais en retard… Je pensais que tu ne viendrais pas.

— Je regrette d'être venue.

— Moi aussi, dit-il, serrant ses mains l'une contre l'autre à s'en blanchir les articulations.

Personne ne souffle mot autour de la table. Il est temps que je parte.

— Mon fils est mort il y a un an, dit soudain Maud, les yeux au plafond. Il ne m'avait pas parlé depuis trente-six ans. À cause d'une broutille.

Je ne réponds pas, mais ses paroles se sont frayé un chemin dans mon esprit. Trente-six ans. Ils étaient vivants, tous les deux, et ils ne se voyaient pas à cause d'une *broutille.*

Camilla se penche en avant et tapote l'avant-bras de la vieille dame.

— C'est très triste, Maud.

Maud pince les lèvres, à court de repartie. Je ne pense pas qu'elle soit venue ici aujourd'hui pour parler de son mari. Je ne sais pas si elle a livré cette information à propos de son fils pour m'aider, mais elle *m'a aidée*, parce que je sais que si je me lève et sors de cette pièce maintenant, je ne reverrai peut-être pas Jonah Jones pendant trente-six ans, ou même jamais.

Le silence retombe. Lui et moi sommes assis côte à côte, tout raides sur nos chaises.

— J'aurais dû te le dire plus tôt, murmure enfin Jonah, fixant ses pieds.

— Oui… Mais je comprends pourquoi tu ne l'as pas fait.

Je croise les yeux embués de larmes de Camilla, en face de moi. Elle hoche légèrement la tête, me signifiant ainsi un discret soutien que j'apprécie. Au prix d'un immense effort, je pose la main sur celle de Jonah, et lui aussi fait un effort immense pour ne pas s'effondrer.

— Ce gâteau serait meilleur avec du beurre, intervient Maud. Est-ce qu'il en reste ?

Nell pousse une plaquette de beurre vers elle sur la table.

— Prenez-la. Elle ne sera pas mangée chez moi.

Je me lève, après m'être furtivement essuyé les yeux.

— Il faut que j'y aille, dis-je en m'adressant à tout le groupe. Je suis contente de vous avoir rencontrés.

Jonah me jette un regard interrogateur.

— On se revoit bientôt ?

— Oui.

C'est peu probable, en réalité. Je ne peux pas dire que je suis heureuse d'être venue, mais l'expérience, bien que douloureuse, a été une sorte de libération pour nous deux.

Je réussis à rejoindre ma voiture sans m'effondrer, puis je m'assieds au volant et j'enfouis mon visage dans mes mains. Je ne devrais sans doute pas conduire, mais je veux rentrer à la maison. J'ai envie d'être avec Freddie.

ENDORMIE

Dimanche 3 juin

Nous sommes sur le parking de l'hôpital. Freddie porte Ella. Elle n'a qu'une chaussure aux pieds, je tiens l'autre à la main et je marche à côté d'eux.

— Je crois qu'elle est cassée, dit Ella en essayant de bouger sa cheville, le visage tordu de douleur.

Elle est tombée dans notre escalier il y a une demi-heure et nous a fichu une trouille terrible. C'est étrange de la voir dans cet univers. En général, il n'y a que Freddie et moi, mais il semble que les autres continuent à exister ici aussi, de temps en temps. Et ici, aujourd'hui, Freddie est exactement tel que je veux me souvenir de lui. Calme, assuré, et tout à fait vivant.

— Sans doute, répond-il. Tu as de la chance que je sois là pour te porter dans mes bras forts et vigoureux.

Je me retiens de rire.

— Un peu comme dans la scène d'*Officier et Gentleman.*

L'idée a l'air de plaire à Freddie.

— Sauf que je suis plus beau que Richard Gere, déclare-t-il.

— Tu aurais fière allure en uniforme, c'est sûr.

— Ils en vendent dans la boutique de déguisements, tu sais… J'irai en acheter un si tu veux.

— Euh…, grogne Ella, la cheville cassée demande la parole. Vous pouvez réserver cette conversation pour plus tard ?

Je décide de me montrer optimiste.

— Elle n'est peut-être pas cassée.

— Mon Dieu, j'espère que non. Je ne peux pas aller travailler avec des béquilles.

Je m'abstiens de lui répondre que même avec des béquilles, elle resterait plus efficace et plus autoritaire que n'importe qui.

Quand ils nous voient entrer aux urgences, Ella portée par Freddie, les gens s'écartent. Ella est très vite installée dans une salle d'examen.

— Une chance que tu aies été à la maison, dis-je à Freddie un peu plus tard, assise sur le bord du lit.

Ma sœur a été emmenée en radiologie dans un fauteuil roulant, bien que le médecin urgentiste ne pense pas que l'os soit cassé.

— Elle n'aurait pas été vue si rapidement si elle était arrivée avec moi, en boitant.

— Mon charme légendaire accomplit des miracles, répond sentencieusement Freddie.

Je lève les yeux au ciel.

— Tu voudrais que je te porte dans la chambre tout à l'heure ? continue-t-il.

— Seulement si tu achètes l'uniforme.

Il jette un coup d'œil au crochet derrière la porte.

— Je pourrais piquer une blouse de médecin. Ça t'irait ?

Je ris.

— Attends, je réfléchis… Oui, je crois que j'aimerais bien.

Ella est bientôt ramenée et le médecin revient dans la salle.

— Rien de cassé, annonce-t-il. Mais c'est une vilaine entorse. Il vaudrait mieux éviter de poser le pied par terre pendant deux ou trois jours.

Voyant qu'Ella se débat maladroitement avec les béquilles que l'infirmière lui a apportées, Freddie la soulève à nouveau dans ses bras pour sortir des urgences. Je fredonne la chanson de Joe Cocker à la fin du film, quand Richard Gere, le bel officier tout en blanc, emporte Debra Winger dans ses bras : « *Love lift up where we belong.* » Ella m'expédie un coup de son pied valide.

— Tu as été super avec Ella aujourd'hui, dis-je à Freddie plus tard, une fois que nous sommes rentrés à la maison.

— N'est-ce pas ? déclare-t-il avec un air de fausse modestie.

Reprenant son sérieux, il ajoute :

— Dieu merci, ce n'était que la cheville. Quand je l'ai entendue dévaler l'escalier, j'ai imaginé le pire.

Je frissonne. J'avais le cœur au bord des lèvres lorsque je me suis précipitée auprès d'Ella ; je ne sais que trop qu'un jour normal peut soudain devenir un cauchemar.

— Je ne me suis jamais rien cassé, dit-il. Tu le crois, ça ?

Je pense : *Oh, mon amour.* Mais je réponds :

— Moi non plus. Ah si, attends… Je me suis cassé le doigt à la fête d'anniversaire d'Ella quand on était petites. Maman avait invité Nicky, un gamin du quartier, alors que c'était une terreur. Il a claqué la porte d'entrée sur mon doigt.

Freddie réprime une grimace de douleur.

— Exprès ?

— Sans doute, dis-je en haussant les épaules.

Je lève la main droite et montre mon index.

— Celui-là.

Freddie s'approche et embrasse mon doigt.

— Comment il s'appelait ? Je vais le retrouver et lui infliger une terrible vengeance de ta part.

J'entre dans son jeu avec un sourire diabolique.

— Qu'est-ce que tu lui feras ?

— Il faut s'en prendre à ses doigts, évidemment. Tu veux que je les découpe un par un ? Que je les écrase avec un marteau ?

Freddie adore se poser en chevalier servant, que j'aie besoin de sa protection ou non. En ce sens, il est assez vieux jeu. Il aime sortir son tournevis pour réparer quelque chose, et la tondeuse à gazon est son domaine réservé, même si nous n'avons qu'un petit jardin et que je serais tout à fait capable de m'en charger. Cela ne me dérange pas, en réalité. Je sais que ce comportement remonte à la mort de son père quand il était enfant. Il n'a pas eu d'autre choix que d'endosser un rôle de sauveur, parce que sa mère était incapable de se débrouiller seule. Freddie a été ravi de prendre la famille Bird sous son aile. Je ne crois pas que maman ait changé une ampoule depuis dix ans.

— Tu es mon héros, dis-je en riant.

Freddie se laisse tomber dans son fauteuil.

— Ça me paraît assez clair aujourd'hui. Est-ce que j'en ai fait assez pour mériter un café ?

— Avec des petits gâteaux, oui.

— Et une sieste crapuleuse ? lance-t-il, toujours demandeur.

Je le regarde d'un air sévère.

— Seulement si tu as piqué la blouse de médecin.

ÉVEILLÉE

Lundi 4 juin

Je suis assise dans ma voiture sur le parking de la mairie, ma vieille boîte repas en plastique transparent rose vif sur le siège passager à côté de moi. Je l'ai trouvée devant ma porte ce matin, avec un mot accroché au couvercle sur lequel était écrit « bonne chance ». Je distingue l'emballage métallisé des biscuits à la menthe – maman a dû écumer les supermarchés pour en dénicher –, une petite bouteille de soda au cassis et un sandwich mystérieux enveloppé dans du papier d'aluminium. Maman ne m'a pas préparé de boîte repas depuis plus de dix ans, mais visiblement elle n'a pas perdu la main et j'ai l'impression de redevenir une collégienne. C'est assez réconfortant, en fait. Je glisse la boîte d'un rose outrageusement criard dans mon sac et j'essaie de rassembler mon courage afin de franchir l'entrée de la mairie, pour la première fois depuis quatre-vingt-un jours. Mes collègues m'attendent, bien sûr, et je ne doute pas qu'ils se plieront en quatre pour que mon retour soit aussi facile que possible ; néanmoins, je sens mon toast du matin peser sur mon estomac. Je prends une grande inspiration en me disant : « Quand faut y aller… », et je descends de voiture.

Parvenue à la porte, je compose le code sur le pavé numérique. Le battant ne s'ouvre pas, évidemment. Le code change toutes les deux semaines, sans raison véritable, hormis celle de respecter la procédure. Qu'est-ce que des cambrioleurs pourraient bien voler ici ? Les livres de la bibliothèque municipale installée au rez-de-chaussée ? Nous sommes sans doute les derniers à fonctionner encore avec des fiches cartonnées et des tampons encreurs. Delia, notre bibliothécaire octogénaire, ne supporterait pas la moindre modernisation. Nos bureaux à l'étage ne contiennent guère plus d'équipements technologiques – deux ou trois vieux PC et une photocopieuse, c'est à peu près tout. À certains, l'endroit paraîtrait charmant ; à d'autres, atrocement rétrograde. Ces deux jugements sont exacts. L'atmosphère désuète offre un cadre de travail plutôt agréable, mais je suis parfois exaspérée de voir que rien n'est jamais remplacé à moins de tomber littéralement en poussière. Cette saleté de pavé numérique, par exemple, avec des touches qu'il faut enfoncer comme si l'on était d'humeur massacrante. Je ne suis pas d'humeur massacrante, mais je commence *sérieusement* à me geler les pieds. J'envisage de battre en retraite et de regagner ma voiture quand un bras s'abat lourdement sur mes épaules. Je suis happée dans la puissante accolade que me donne Phil, mon chef.

— Lydia, Dieu merci vous êtes revenue, dit-il en s'attaquant avec force au pavé numérique. Tout part à vau-l'eau en votre absence !

C'est exactement ce que j'ai besoin d'entendre. Pas un discours de bienvenue avec des paroles cérémonieuses ou des mots prudemment choisis. Phil est un de ces patrons que tout le monde adore, gentil et charismatique, quelqu'un qui noue des relations simples et directes avec les gens – au point qu'il a proposé d'accompagner Dawn durant son accouchement si son mari se trouvait en déplacement au moment fatidique. Heureusement, le cas ne s'est pas présenté, mais nous avons tous bien ri en imaginant Phil revêtu d'une blouse chirurgicale pour assister la sage-femme. Je suis certaine qu'il aurait honoré sa promesse si sa présence s'était révélée nécessaire.

— Regardez qui j'ai chopé dans la rue, en train d'essayer de forcer la porte, annonce-t-il quand nous arrivons à l'étage.

J'ai le trac, ce qui est tout à fait ridicule. Je travaille ici depuis cinq ans ; tous ces gens me connaissent, et je les connais. Mais ils connaissaient Freddie aussi. Ils me regardent avec des yeux ronds, et je devine que chacun pense : *Bon sang, qu'est-ce que je peux bien lui dire ? Est-ce qu'elle va fondre en larmes si je prononce le nom de Freddie ? Sera-t-elle blessée si je n'en parle pas ? Je vais faire semblant d'être débordé, sourire, et on verra comment ça se passe après un petit thé...*

— Un petit thé ? propose justement Dawn.

Je hoche la tête avec gratitude tandis qu'elle fonce déjà vers la cuisine.

Mon bureau est devenu un dépotoir qui croule sous les dossiers et les cartons, et mon fauteuil a disparu. Je ne sais pas si je suis rassérénée de voir que personne ne m'a piqué ma place en or près de l'unique fenêtre de la pièce, ou accablée devant ce spectacle peu accueillant. Ryan, vingt-deux ans, cheveux noir de jais et bronzage de solarium toute l'année, le téléphone coincé contre son oreille, m'adresse un clin d'œil. Il lit sans doute dans mes pensées en suivant mon regard, parce qu'il raccroche au nez du correspondant qui l'a mis en attente et se lève d'un bond.

— Lydia…

Sourire aux lèvres, il vient me serrer dans ses bras. Je constate que les hommes de l'équipe semblent mieux gérer l'émotion suscitée par mon retour que mes collègues femmes. Dawn s'est volatilisée et, au fond de la pièce, Julia a agité une main sans bouger de son fauteuil. D'accord, elle est apparemment en téléconférence, mais je ne perçois aucune chaleur dans son attitude. Je corrige aussitôt mon jugement, qui n'est pas juste envers elle. Depuis le temps que je travaille avec Julia, je sais qu'elle paraît froide alors qu'en réalité elle a un cœur tendre. Raison pour laquelle elle préfère se faire passer pour une dure à cuire et offre le plus souvent un visage aussi impénétrable, aussi lisse que le rouge laqué sur ses ongles. C'est notre doyenne bien qu'on ne puisse lui donner un âge précis, quelque part entre cinquante et soixante ans.

— Désolé pour ton bureau, dit Ryan en m'entraînant par la main. On va ranger tout ça.

Ranger, pour lui, signifie attraper les dossiers à pleins bras et les déposer sur la table la plus proche, mais j'apprécie quand même le geste. Il cherche un fauteuil des yeux. N'en voyant pas, il va prendre le sien, le fait rouler derrière mon bureau, et s'incline galamment pour m'inviter à m'asseoir.

— Votre trône, madame…

Je ne proteste pas. Je ne peux pas, parce que j'ai la gorge nouée devant cette marque de gentillesse toute simple. Il le remarque et a le mérite de ne pas paniquer. Après m'avoir tapoté l'épaule, il déniche un mouchoir en papier et hoche la tête.

— Je sais, Lyds. Je suis renversant. Je fais cet effet à beaucoup de femmes.

Le sanglot que je retenais se transforme en un rire étranglé, et je croise le regard de Dawn qui revient avec la tasse de thé promise. Elle est manifestement soulagée de me voir sourire. Moi aussi, je le suis. Du bout des doigts, je caresse la surface patinée de mon vieux bureau en noyer. Je me sens à ma place ici.

— Pas de sucre, trop de lait, plaisante Dawn, comme d'habitude.

C'est subtil, mais j'entends le sens caché de sa boutade. Cela veut dire : *Je me rappelle. Nous sommes tes amis. Nous veillerons sur toi.*

Julia s'approche à son tour et pose un petit vase garni de pois de senteur roses et violets sur mon bureau.

— Cette odeur me fait tourner la tête, déclare-t-elle platement.

Ses yeux très maquillés me scrutent et, bien sûr, elle voit que j'ai maigri. Demain, elle apportera un gâteau et prétendra qu'il était en promo.

Je les regarde l'une après l'autre, une boule dans la gorge, mais je parviens à articuler :

— Merci. Je suis contente d'être de retour.

— On ne sait pas trop comment faire…, dit Ryan. Est-ce qu'on doit te parler de…

Ses beaux yeux bruns sont pleins d'une douce sollicitude. À nouveau, j'admire son courage. Il endosse le rôle de porte-parole, malgré son jeune âge, et je comprends qu'il bute sur le dernier obstacle.

Je lui viens en aide et termine sa phrase d'une voix ferme.

— Freddie. Tu peux prononcer son nom, c'est bon.

Ils acquiescent sous les trois et restent là, attendant la suite.

— Merci pour le fauteuil, pour le thé, pour les fleurs… Mais je suis surtout heureuse de retrouver votre compagnie. Je n'en pouvais plus de rester toute seule chez moi.

— Si tu as besoin de quoi que ce soit, n'hésite pas, affirme Dawn.

Elle a parlé très vite, pour tenter de réprimer le tremblement de sa lèvre inférieure. Elle cherche un mouchoir en papier dans la poche de son gilet trop grand pour elle, comme tous ses vêtements ; elle fait un régime depuis des mois en prévision de son mariage et n'a pas les moyens de remplacer sa garde-robe. Avec ses cheveux fins qu'elle laisse pousser en vue du futur chignon, elle ressemble à une pauvre orpheline.

Julia lui décoche un regard sévère. Elle ôte ses lunettes à monture en écaille qui sont retenues autour de son cou par une chaînette en or.

— J'ai une liste de choses à faire pour toi, quand tu seras prête.

Ryan tend un mouchoir à Dawn. Tout en se tamponnant les yeux, elle attrape ma boîte repas qui dépasse de mon sac.

— Je vais la mettre au frigo.

— Quelle couleur effroyable, marmonne Julia.

— Mais les biscuits à la menthe, je suis preneur ! lance Ryan, qui les a repérés à travers le plastique rose.

Une fois qu'ils se sont détournés, je pousse un discret soupir de soulagement. J'ai franchi la première étape. La deuxième consistera à me remettre au travail.

Sous la direction de Phil, nous assurons le fonctionnement de la mairie. Ryan, qui est doué de bagout, s'occupe du magazine d'informations municipales. Il vend des espaces publicitaires et commande des articles accompagnés de photos à divers organismes et associations locales. Il ne s'est toujours pas remis d'une visite à un atelier de peinture où il a croisé son ancienne professeure de physique qui posait nue devant une assemblée de retraités.

Julia gère la comptabilité, exercice périlleux – voire impossible – par lequel elle vérifie quotidiennement que les dépenses ne dépassent pas les recettes. Quant à Dawn et moi, nous sommes responsables de « l'événementiel », à savoir toutes les manifestations organisées par la ville au fil de l'année, depuis les festivals d'été jusqu'aux marchés de Noël, en passant par les concerts, soirées dansantes et célébrations variées. Un jour, j'ai entendu Phil parler de nous comme de ses « programmatrices ». Le terme est parfaitement adapté : nous « programmons » l'activité mamans et jeunes enfants le lundi matin, le goûter des anciens le vendredi après-midi, et tout ce qu'il se passe entre les deux. C'est un de ces emplois dans lesquels on se coule insensiblement et que l'on ne quitte plus, car on n'en voit jamais ni le début ni la fin. Le bureau devient votre résidence secondaire, votre fauteuil finit par prendre la forme de votre postérieur, d'autant plus qu'il s'agit toujours de relever un défi majeur : accomplir des miracles avec un budget restreint.

En m'attaquant à la liste que Julia m'a préparée, je m'aperçois qu'elle a assumé une partie de ma charge de travail et que Dawn a trimé cinq jours par semaine au lieu de trois, alors que Tyler n'est pas encore entré à la maternelle et qu'elle a du mal à le faire garder. Elles se sont débrouillées comme elles l'ont pu, et personne ne m'a soufflé mot du stress supplémentaire que leur infligeait mon absence. Je comprends maintenant pourquoi mon bureau n'a pas été rangé avant mon arrivée : par manque de temps, tout simplement. Elles étaient trop occupées à tenir la barre – et à me garder mon poste – pendant que je restais désespérément échouée sur le rivage.

Le deuil est une chose étrange. C'est le mien, et personne ne peut le faire à ma place, mais il y a une foule d'acteurs silencieux qui me soutiennent dans les coulisses. J'ajoute mes collègues à la liste des gens qu'il me faudra remercier en bonne et due forme, plus tard. Ma mère et Ella viennent en tête, bien sûr. Tous mes voisins qui passent prendre « un petit thé ». La mère de famille au bout de la rue qui m'a apporté une soupe de légumes maison. Le vieux qui avait perdu sa femme juste avant notre emménagement ; il a déposé une carte dans ma boîte aux lettres, sur laquelle était écrit : « Vous tenez le coup, jeune fille ? » Et maintenant, Julia, Dawn, Ryan et Phil. Même Jonah, qui m'a entraînée à ce fichu atelier de pleine conscience.

Quand nous descendons déjeuner, Ryan me tend ma boîte repas en plastique rose.

— Sérieux, j'aimerais bien goûter ces biscuits à la menthe.

Il y a cinq chaises dépareillées autour de la table. Une fois que nous avons tous pris place, Phil lève son mug de thé.

— On est drôlement contents de ne plus avoir une chaise vide parmi nous, déclare-t-il.

Les autres lèvent leur tasse aussi. Des larmes brûlantes me piquent les yeux. Pour faire diversion, je prends les biscuits à la menthe dans ma boîte et je les offre à Ryan.

— Ne dis pas à ma mère que je te les ai donnés.

J'ouvre ma bouteille de soda au cassis. À la première gorgée, je retrouve d'un coup mes années de collégienne, les déjeuners avec Freddie et Jonah, et aujourd'hui je choisis de sourire au lieu de laisser les larmes couler sur mes joues. Si je suis l'actrice principale, le spectacle doit continuer.

ÉVEILLÉE

Samedi 23 juin

— J'ai repris le boulot depuis trois semaines déjà, dis-je, assise en tailleur sur l'herbe sèche du cimetière.

L'été s'annonce exceptionnellement chaud. S'il ne pleut pas bientôt, les autorités pourraient imposer des restrictions d'eau pour l'arrosage des jardins.

— Parfois, j'en oublie même que j'ai été absente. Ryan a une nouvelle copine, comme d'habitude, et Julia nous mène toujours à la baguette.

Freddie et Julia avaient noué une relation de type amour-haine. Elle supportait mal la bruyante convivialité dont il faisait preuve, et il lui reprochait son côté sous-chef tyrannique – sans doute parce qu'il avait lui aussi une tendance autoritaire. Mais sous la surface, ils éprouvaient une sincère affection l'un pour l'autre ; elle le maternait et il la charmait. D'après Freddie, elle était le genre de femme qui obligeait son homme à porter un collier et une laisse dans la chambre, et j'avoue que j'imaginais assez bien la scène.

Je continue avec un petit rire :

— Maman a enfin arrêté de me préparer mon déjeuner. Tant mieux. Je n'en pouvais plus de boire du soda au cassis tous les jours.

Aujourd'hui, j'ai apporté des hortensias bleus et roses qui viennent du jardin d'Ella. Je dispose le beau bouquet vaporeux dans le vase.

— Phil m'a demandé de superviser Ryan. Il veut que j'aie l'impression d'être indispensable, je crois…

Je suis surtout anxieuse à l'idée d'assumer cette responsabilité supplémentaire, mais bon. Tant qu'on ne me demande pas de venir travailler en tailleur-pantalon et escarpins, rien n'est insurmontable.

— Je me suis fait couper les cheveux la semaine dernière.

J'enlève le chouchou qui retient mon chignon et laisse retomber mes cheveux dans mon dos.

— Enfin, juste les pointes. Personne n'a remarqué.

Ce qui était voulu. Même moi, je dois à peine voir les coups de ciseaux, et je suis atrocement tendue chaque fois que je m'assieds devant le miroir du coiffeur.

— Je n'ai pas eu de nouvelles de Jonah, dis-je ensuite, parce que je me sens tenue de lui parler de son meilleur ami.

Depuis l'atelier sur le deuil, j'ai eu le temps de réfléchir aux révélations de Jonah, et je reconnais, une fois surmontée ma première réaction, que je comprends pourquoi il a agi ainsi. Personne d'autre n'était blessé ni impliqué dans l'accident. La seule chose qui aurait été ternie par la vérité, pour toujours, c'était la mémoire de Freddie. Jonah s'est montré loyal jusqu'au bout envers son ami.

— Je lui ai laissé un message le week-end dernier, mais il n'a pas répondu.

Pour être honnête, je ne suis pas étonnée. Mon message était bref, limite froid ; je ne trouvais tout simplement pas les mots justes. Je crois que je me suis excusée de ne pas l'avoir contacté plus tôt, et je suis presque certaine d'avoir dit de manière ambiguë que je comprenais ce qu'il avait fait. J'ai sans doute eu l'air de l'absoudre, ce qui n'était pas mon intention, mais j'ai été incapable de reformuler différemment.

J'ajoute dans un chuchotement :

— C'est encore plus difficile à accepter, Freddie…

L'idée que Freddie a causé sa propre mort par sa conduite imprudente ne change rien au fait qu'il ne soit plus là, mais c'était presque réconfortant de pouvoir accuser la météo.

— Je ne l'ai dit à personne d'autre. Ni à maman ni à Ella.

À quoi cela servirait-il, en effet, sinon à risquer d'endommager l'image de Freddie ? La vérité ne m'aide pas, moi, alors pourquoi en charger aussi leurs épaules ? Je l'ai jetée dans l'océan au fond de ma tête, un message dans une bouteille qui ne s'échouera sur aucun rivage et que personne ne lira jamais, je l'espère.

— Il faut que j'y aille…, dis-je en vidant le reste de ma bouteille d'eau sur la terre sèche devant la tombe. Je vais faire du shopping avec Ella cet après-midi.

Alors que je demeure assise encore un moment, en silence, je me demande ce qui est en train de nous arriver dans mon autre vie. Je rate tant de choses là-bas, depuis que j'ai décidé de me limiter à une visite par semaine. Je pose une main sur le granite, et, les yeux fermés, je conjure le visage de Freddie, son odeur, son sourire. J'imagine ses bras qui m'enlacent, son baiser chaud sur mon cou.

— À bientôt, mon amour.

Il fait tellement chaud dans le magasin. Dehors aussi, on se croirait en Espagne, sauf qu'ici nous buvons davantage de thé et que nous mangeons plus tôt le soir.

— Qu'est-ce que tu penses de ça ?

Ella me montre un bustier rouge à paillettes.

— Parfait. Pour une fille de dix-huit ans à Ibiza.

— D'accord.

Elle raccroche le bustier sur le portant.

— Tu trouves que je fais vieille ?

— Ella, tu as trente ans et tu *fais* trente ans.

Elle se regarde dans un miroir.

— C'est vrai ? J'ai l'impression d'en avoir cent quand je me lève à 4 heures du mat'.

Depuis qu'elle a commencé son nouveau travail, Ella a des horaires très variables ; les mariages vont se succéder tout l'été dans les salons de l'hôtel. Je ne l'ai pas vue beaucoup ces derniers temps, et je regrette les jours où elle entrait chez moi avec sa clé et remplissait le réfrigérateur de choses que j'oubliais de manger. Je comprends, bien sûr. Au début, tout le monde était de garde pour Lydia vingt-quatre heures sur vingt-quatre, sept jours sur sept, mais en essayant de remplir le vide laissé par l'absence de Freddie dans ma vie, ils ont creusé des trous dans la leur. Ella et David ne sont pas mariés depuis très longtemps. J'imagine que David doit se lamenter de ne pas voir assez sa femme. Je n'aime pas penser que je suis un fardeau pour eux.

Brusquement, je décroche le bustier du portant.

— Achète-le.

Ella me regarde d'un air perplexe.

— Pourquoi ?

— En fait, non. Je te l'offre.

— Tu veux rire ?

— Pas du tout, je suis très sérieuse. Tu le mettras ce soir avec ton jean moulant et tes talons aiguilles. David sera subjugué.

Elle paraît sceptique.

— Ah bon ?

— Oui. Absolument.

— Sors avec nous ce soir, propose-t-elle en glissant son bras sous le mien.

J'essuie mon front humide de sueur sous ma frange et je peste intérieurement parce qu'il n'y a pas la clim dans le magasin. Puis je réponds sur un ton pince-sans-rire :

— Alors, il faut que je me trouve un bustier aussi. Histoire d'être bien sapée pour tenir la chandelle.

— Ne dis pas ça ! proteste aussitôt Ella. Tu es toujours la bienvenue avec nous.

Je ne doute pas que David renchérirait en témoignant une sincérité identique, mais il n'empêche que, parfois, on préfère être à deux. Personne ne le sait mieux que moi.

ENDORMIE

Dimanche 9 septembre

— Tu vas me rendre dingue dans cette robe ce soir.

La main de Freddie remonte sur ma cuisse quand nous nous garons dans le parking du restaurant. C'est un endroit où nous sommes venus plusieurs fois, plutôt chic, branché, avec lumière tamisée et chaises stylées bien qu'un peu trop dures.

Freddie me prend la main tandis que nous nous dirigeons vers la porte.

— Tu l'as achetée pour mon anniversaire ?

Freddie a eu vingt-neuf ans il y a deux jours. J'ai célébré son anniversaire dans ma vie éveillée en me rendant sur sa tombe après le travail ; je le célèbre dans ma vie endormie en l'emmenant dîner dans son restaurant préféré et, apparemment, en inaugurant une nouvelle robe.

Tout en repérant les signaux qui me sont fournis par le décor de mon autre vie, j'affecte un ton désinvolte et lui réponds :

— Bien sûr.

Freddie porte une chemise que je lui ai achetée l'an dernier en vacances, et je sens l'odeur de sa lotion après-rasage mêlée à mon parfum.

— Une table pour quatre, au nom de Hunter, dit-il en souriant à la fille de l'accueil.

Elle consulte sa liste et hoche la tête. Son regard appuyé s'attarde sur Freddie. Je ne suis pas inquiète ; cela arrive souvent. J'ai l'habitude du coup d'œil qui m'est ensuite adressé, pour me signifier : « Veinarde. » Pendant que nous la suivons dans la salle animée du restaurant, les paroles de Freddie résonnent à mes oreilles. « Une table pour quatre », a-t-il dit. Je ne me demande pas longtemps avec qui nous allons dîner : Jonah se lève au moment où nous approchons d'une table dans un coin. Il salue Freddie en le serrant dans ses bras puis en lui assénant une grande claque virile dans le dos. C'est seulement lorsqu'ils s'écartent que je découvre la quatrième personne. Dee. La prof de yoga.

Elle me sourit et tend la main pour m'inviter à prendre place à côté d'elle. Ce soir, elle est différente de la personne que j'ai rencontrée dans ma vie éveillée. Ses cheveux sombres flottent sur ses épaules et sa robe noire sans manches met en valeur ses bras finement sculptés.

— D'accord, c'est l'anniversaire de Freddie, mais tu veux bien t'asseoir à côté de moi ? Tu sais comment ça se passe quand ils sont ensemble, ces deux-là.

Je pense : Évidemment que je le sais, je les connais depuis quinze ans, figure-toi. Ce n'est pas très gentil de ma part et j'espère que mon mouvement d'humeur n'a pas transparu sur mon visage. Est-ce que nous sommes proches dans cette vie-ci ? Amies ? Ce n'est sûrement pas une relation qui remonte à cette lointaine époque où l'on s'invitait à dormir le samedi soir et où l'on se tressait mutuellement les cheveux, mais nous devons être assez intimes malgré tout puisque nous nous tutoyons et que je l'ai invitée à ce dîner. Freddie s'assied à ma gauche et me prend la main sur l'étroite table carrée.

— Salut, Dee. Quoi de neuf ?

Elle a un joli rire perlé.

— Oh, moi, tu sais… Je suis toujours dans les émotions et les ressentis corporels dont tu adores te moquer.

— *Moi*, me moquer ? dit-il d'un air innocent. Je n'oserais jamais.

Elle rit encore, en roulant des yeux à mon intention.

— Explique-lui, Lydia, que le yoga est une pratique aussi exigeante que le foot et le rugby.

Freddie rétorque avec un grand sourire :

— Tu plaisantes ? Comment peut-on comparer une demi-heure de stretching pour quinquas, et quatre-vingt-dix minutes à décharger de l'adrénaline non-stop sur le terrain. T'es pas d'accord avec moi, Jo ?

Freddie est la seule personne au monde qui appelle Jonah « Jo ». Et Jonah, pour l'instant, est coincé entre Dee et Freddie qui lui demandent tous deux de choisir un camp. Il se défausse en adoptant un ton professoral.

— Je suis trop impliqué personnellement pour rendre un jugement impartial sur cette épineuse question.

Après avoir bu une gorgée de sa bière, il ajoute sournoisement :

— Il me semble que c'est à toi de trancher, Lyds.

Quelque chose a changé chez Jonah ce soir, mais je ne comprends pas tout de suite de quoi il s'agit. Ce n'est pas seulement qu'il n'a plus sa cicatrice au-dessus de l'arcade sourcilière ni ses cernes sous les yeux. Il paraît plus *vivant*, d'une certaine manière ; ses joues ont retrouvé leur couleur. Il est… je ne sais pas, plus relax ? D'un coup, l'explication me vient : Jonah Jones est redevenu *lui-même*. L'éternel vacancier qui se la coule douce sur une plage. En le voyant maintenant, dans cet étrange présent, je m'aperçois soudain qu'il me manque atrocement dans ma vie éveillée. Les autres me regardent et attendent ma réponse, sans se douter des pensées qui m'agitent. Je me rappelle à peine la question.

— Alors ? dit Freddie en tapotant ma main de son index. Le yoga ou le foot ?

Dee observe son geste et proteste :

— Tu essaies de l'influencer. Ça, c'est un coup bas, Freddie Hunter.

Freddie fait mine d'être offensé.

— Absolument pas ! Je ne peux pas m'empêcher de la toucher, c'est tout.

Je décide de me détendre et de profiter au maximum de cette soirée. D'un ton grave, comme si j'étais confrontée à un dilemme de la plus haute importante, je réponds :

— Eh bien… En temps normal, je me prononcerais en faveur du yoga, qui bien sûr n'a rien à voir avec du stretching pour mamies… Mais parce que c'est ton anniversaire, je choisis le foot.

— Bel exemple de diplomatie, lâche Jonah.

Dee m'envoie un coup de coude dans le bras.

— Et la solidarité féminine, alors ?

— Pas aujourd'hui, hélas. C'est le seul jour de l'année où je suis obligée de déroger.

En souriant à Freddie, j'attrape la bouteille de vin sur la table.

— Comment vont les amours clandestines ? demande Freddie à Dee.

Il est en train de finir mon dessert. J'en aurais bien mangé quelques cuillerées de plus, mais j'ai cédé parce que c'est son anniversaire.

Dee consulte Jonah du regard, et je jurerais presque qu'il rougit.

— Je crois qu'on a été démasqués, répond-elle. Ce n'est pas facile d'échapper aux radars, dans un collège. Tout finit par se savoir.

— Les profs adorent les commérages, commente Jonah en haussant les épaules. Alors que, franchement, je ne vois pas ce que ça peut leur faire.

Dee contemple le fond de vin dans son verre, non sans lui avoir glissé un coup d'œil mutin.

— J'avoue que ça ne me déplaît pas de devoir me cacher, monsieur Jones.

Freddie pose sa cuillère et se frotte les mains d'un air intéressé.

— Houlà ! Ne me dites pas que vous vous êtes planqués derrière l'abri à vélos !

Jonah préférerait visiblement parler d'autre chose. Mais pas Dee.

— Non…

Elle me jette un regard de conspiratrice, puis fixe Jonah avec insistance.

— Enfin, pas *exactement*.

— Quoi ? s'exclame Freddie, ravi de maintenir Jonah sur la sellette. Dans le placard à balais ?

— Oh, ça, c'est d'un banal…

Dee laisse s'écouler quelques secondes de suspense, et lâche enfin :

— Dans le labo !

Toute à l'excitation de ce petit jeu de devinette – et aussi grâce à l'action désinhibitrice de l'alcool –, elle a haussé la voix.

— Dee…, grogne Jonah, l'œil amusé malgré la menace qui perce dans sa voix.

Il me regarde avec l'air de dire : « Désolé. » En réalité, il ne s'excuse pas du tout ; c'est une façon déguisée de m'appeler à la rescousse. Depuis toujours, nous faisons bloc lorsque Freddie taquine l'un de nous deux et ne semble pas près de s'arrêter. Ce qui est le cas ce soir, d'autant plus que Dee lui renvoie la balle.

— Oui, enfin, on n'est pas allés jusqu'à…, continue-t-elle, délibérément énigmatique. Je n'avais pas enlevé mon…

— Et vous deux, alors, interrompt Jonah. Ça se précise, ce mariage ?

Captant son regard implorant, je viens à son secours. Heureusement, j'ai assisté à une conversation entre Ella et maman la dernière fois que je les ai vues dans ce monde-ci.

— On a déjà réservé la salle, et nos alliances sont enfermées dans le coffre-fort de maman.

Ne me demandez pas pourquoi elle a un coffre-fort. Plus exactement, c'est un « livre coffre-fort », que l'on cache dans sa bibliothèque. Un téléachat, bien sûr, particulièrement inutile puisqu'elle n'avait pas de bibliothèque ; elle a dû en acheter une, ainsi qu'une encyclopédie en douze volumes afin de dissimuler le coffre-fort.

— Et ta robe ? demande Dee, les yeux brillants.

J'attrape mon verre et je bois une gorgée de vin pour masquer mon trouble. La vérité, c'est que je ne sais absolument pas où j'en suis avec ma robe de mariée, *ici*. Ai-je déjà fait les essayages ? Si oui, je parie que maman et Ella étaient présentes. Peut-être même que tante June est venue aussi. Ma mère et sa sœur sont comme Ella et moi. Je les imagine assises côte à côte dans la boutique, pleurnichant et s'échangeant des mouchoirs.

Je souris et prends un air mystérieux pour déclarer :

— Je veux que ce soit une surprise.

— C'est chouette de voir Jonah avec quelqu'un comme Dee, dit Freddie en déboutonnant sa chemise, plus tard dans notre chambre.

— Mmm.

Assise au bord du lit, j'enlève mes boucles d'oreilles.

— Quoi ?

Les doigts de Freddie se figent sur un bouton.

— Je croyais que tu la trouvais sympa. Non ?

Je me rattrape aussitôt en essayant d'être convaincante.

— Si, si, je la trouve très sympa.

— On ne dirait pas…

Il me connaît trop bien, ce qui est à la fois une bonne et une mauvaise chose, selon les circonstances.

— Elle t'a dit quelque chose dans les toilettes ? Si elle t'a donné des détails sur leurs parties de jambes en l'air dans le labo, raconte-moi tout.

J'éclate de rire, soulagée qu'il n'insiste pas pour comprendre mon hésitation.

— Hélas, non. Dommage pour toi… Non, c'est vrai, ils ont l'air d'être bien ensemble.

Il lance sa chemise en direction de la chaise, me renverse en arrière et se couche sur moi. Sa poitrine est un poids doux et chaud.

— Pas aussi bien que nous, dit-il, ses lèvres contre mon cou, sa main remontant sous ma robe.

Je murmure :

— Personne n'est aussi bien que nous…

Il redresse la tête et m'embrasse, un baiser à la fois fougueux et tendre. C'est une combinaison qui me ravit à tous les coups.

— Je t'aime plus que Naomi Campbell, dit-il en souriant contre ma bouche.

Je ris aussi.

— C'est parce qu'elle ressemble à Julia…

— Julia est beaucoup plus terrifiante, chuchote-t-il, tandis que ses doigts dégrafent le haut de ma robe.

— Je t'aime plus que Dan Walker, dis-je tendrement.

— C'est qui celui-là ? Il est nouveau.

— Le beau gosse qui présente le journal du matin à la télé.

— Ah, d'accord. Je t'aime plus que… Carol, celle qui fait madame météo juste après.

— Copieur ! Tu n'as pas le droit de me piquer mes idées.

Il s'esclaffe et fait glisser la fermeture Éclair de ma robe dans mon dos.

— C'est ta faute. Tu me rends fou… Je propose qu'on passe directement à Keira et à Ryan, comme ça tu enlèveras ta robe ! Je t'aime beaucoup avec, mais je t'aimerais encore mieux sans.

Je l'aide à ôter ma robe, et enfin nous sommes nus l'un contre l'autre. Notre amour est trop immense pour se cacher dans un placard à balais, derrière un abri à vélos ou dans un labo. Vous me trouverez peut-être conventionnelle, mais l'endroit que je préfère plus que tout au monde, c'est mon grand lit de palace avec Freddie Hunter.

ÉVEILLÉE

Dimanche 16 septembre

— Tu es sûre que c'est une bonne idée ?

Il n'est guère plus de 9 heures, dimanche matin, et Jonah et moi attendons l'ouverture du refuge de la SPA.

— Tu n'as pas l'air franchement enthousiaste…

Phil et Susan ont adopté un chat ici il y a deux mois, et depuis, Phil est intarissable sur leur jeune ami aux yeux bleus ; il nous abreuve de photos et d'anecdotes, au point qu'il m'a convaincue que ma vie serait considérablement plus douce avec un compagnon félin. J'ai demandé à Jonah de venir le choisir avec moi, avant tout parce que cela nous fournissait une occasion de faire quelque chose ensemble. Nous ne nous sommes pas beaucoup vus depuis la première phase du deuil. Nous nous envoyons un SMS de temps à autre ; il a fini par répondre au mien alors que je commençais à mal le prendre, et il m'a relancée un mois plus tard, un jour qu'il emmenait sa classe dans un parc d'attractions. Il n'aime pas tellement les montagnes russes ; il m'a adressé une photo de lui dans le wagon de tête, avec le message :

Freddie serait plié de rire s'il me voyait, les élèves m'ont obligé.

En effet. Plus le parcours était terrifiant, plus Freddie s'éclatait, et il trouvait hilarant de tanner Jonah pour que celui-ci accepte de monter avec lui. Nous avons échangé plusieurs SMS ce jour-là, puis plus rien à nouveau, jusqu'à ce que je le rencontre par hasard pendant ma pause déjeuner vendredi. C'est là que je lui ai proposé de m'accompagner ce matin, et il n'a trouvé aucune bonne raison de refuser.

Enfin, la porte du refuge s'ouvre.

— Tu sais à peu près ce que tu veux ? interroge Jonah pendant que je remplis un formulaire.

Les photos du chat de Phil défilent devant mes yeux.

— Un mignon… Qui viendra sur mes genoux quand je regarde la télé.

— Mâle ou femelle ?

— Femelle, je pense.

Je ne sais pas pourquoi j'ai répondu cela. J'imagine que je préfère une compagnie féminine chez moi.

Une fille aux cheveux verts qui ne doit pas avoir plus de dix-huit ans nous entraîne vers les cages. Dans la première, des chatons noir et blanc s'agitent autour de leur mère qui a l'air épuisée. Je ne m'arrête pas ; je n'ai ni le temps ni l'énergie pour un chaton. Jonah les observe un moment, et il rit quand l'un des chatons vient lui mordiller le doigt à travers le grillage.

Nous découvrons ensuite deux chats noirs adultes. Un mot écrit sur une ardoise signale qu'ils sont frères et doivent rester ensemble. Pas question. Je continue mon chemin.

— Ceux-là non plus ? dit Jonah. Désolé, les gars.

— Deux d'un coup, je ne peux pas.

Dans la cage suivante, je découvre un chat à la robe écaille de tortue. Betty, indique l'ardoise. Âgée de deux ans.

— Salut, ma belle, dis-je doucement en approchant la main du grillage. Comment tu vas ?

Elle vient se frotter contre le grillage en me regardant de ses grands yeux verts. Je suis aussitôt séduite. Jonah aussi.

— C'est une maligne, commente-t-il. Elle te fait un numéro de charme.

Je ris quand Betty donne de petits coups de tête contre ma main.

— Et ça marche !

Freddie n'aurait jamais voulu avoir un chat. Contrairement à moi, il n'aimait pas tellement les animaux, et il se moquait des gens qui débattent de leurs affinités avec les chats plutôt que les chiens, ou *vice versa*. En réalité, je préférerais un chien, mais c'est plus contraignant et je ne me sens pas capable d'assumer cette responsabilité pour l'instant. Tandis qu'un chat… Le côté indépendant m'arrange, et ce serait quand même une compagnie, un autre cœur qui battrait dans la maison. J'ai des journées bien remplies grâce à mon travail, mais par contraste, le calme qui règne chez moi me pèse. J'essaie de ne pas trop solliciter Ella ; elle est très occupée avec l'hôtel, et les moments qu'elle passe avec David sont comptés.

— Je te vois bien en coloc avec Betty, dit Jonah. Mais il te faudra peut-être un gros bâton pour repousser tous les gros matous qui lui tourneront autour.

— Ça, je m'en charge.

Je suis certaine de pouvoir défendre Betty, et j'ai presque pris ma décision quand, dans la cage voisine, j'aperçois un vieux chat raplapla couché par terre, blanc, avec un œil cerné d'une grosse tache noire. « Turpin », est-il écrit sur l'ardoise. « Douze ans, à tenir hors de la présence d'enfants ou d'autres animaux (même d'un poisson), maîtresse souhaitée plutôt que maître. »

Malgré moi, je m'accroupis pour mieux l'examiner et il me renvoie un regard infiniment pessimiste dans lequel je lis : « *Rien à voir ici. Circulez. J'en ai assez de cette mascarade. Laissez-moi déprimer seul.* » Puis il enfouit son museau sous sa patte et m'ignore.

— Celui-là, dis-je.

Jonah s'accroupit à côté de moi.

— Tu crois ?

Il est trop gentil pour se permettre la moindre critique, mais ne peut empêcher le doute de filtrer dans sa question.

— Douze ans, fait-il observer, tandis que Turpin relève la tête pour le regarder. C'est un sujet plutôt… euh, mature. Tu risques de lâcher pas mal de fric chez le véto.

J'apprécie son approche pragmatique. Il a raison. Turpin va bientôt entrer dans le quatrième âge de sa vie de chat.

— Mon patron me tuerait s'il m'entendait, chuchote la fille aux cheveux verts, mais Turpin est là depuis plus d'un an… Il n'est pas très sociable. À votre place, je prendrais Betty.

Jonah et moi nous fixons longuement Turpin. Il soutient notre regard de ses yeux marron terne, un peu voilés, et je suis sur le point d'opter pour la voix de la raison quand il lâche un soupir qui me va droit au cœur. « J'en étais sûr », semble-t-il dire.

— Moi non plus, je ne suis pas très sociable en ce moment. On s'entendra bien.

Jonah cache un sourire derrière sa main, mais je sais qu'il aurait réagi comme moi. C'est un grand sensible.

La fille aux cheveux verts hausse les épaules en retenant un « Tant pis pour vous », et ouvre la porte de la cage de Turpin.

Je suppose que c'est la tristesse dans ses yeux qui l'a emporté. Je l'ai reconnue. Je m'y suis identifiée. Il m'a dit : « Il n'y a aucune place pour toi dans les ténèbres de mon cœur », et j'avais envie de lui répondre : « Je comprends, mon pote, mais quelqu'un m'a expliqué que le soleil, hélas, allait continuer à se lever tous les jours, alors autant être ensemble, toi et moi, pour contempler cet horrible spectacle. »

Et maintenant, il est là, présence menaçante dans mon salon, et je commence à me demander si je n'ai pas été prise d'un coup de folie quand je n'ai pas choisi la gentille Betty qui m'aimait bien. Turpin, lui, n'a pas du tout l'air de m'apprécier.

— Tu veux manger ? dis-je, ma vie avec Freddie m'ayant appris que le meilleur moyen d'amadouer un mâle était de satisfaire son ventre.

Le refuge m'a donné un sac des croquettes auxquelles il est habitué. Une fois les papiers signés, quand Turpin est devenu officiellement mon chat, deux employées se sont assurées que j'avais bien compris l'étendue de son asociabilité.

— D'après son historique, il a attaqué un cochon d'Inde, a indiqué l'une.

— Et le jour de son arrivée, il s'en est pris au patron, a ajouté l'autre. On n'avait jamais vu ça… Mais bon. Depuis, on s'est aperçus qu'il préférait les femmes.

En tout cas, il n'a pas essayé d'agresser Jonah. Durant le trajet jusque chez moi, il est resté silencieux dans sa boîte sur mes genoux, tandis que Jonah négociait très lentement les virages. J'étais contente de passer ce moment avec lui – Jonah, je veux dire. Notre amitié endommagée va mettre du temps à guérir. Je lui ai demandé de m'accompagner au mariage de Dawn dans quelques semaines. Je ne veux pas faire faux bond à Dawn, mais je n'ai pas la force d'y aller toute seule non plus, et Jonah, au moins, connaît mes collègues, parce que la mairie participe souvent à l'organisation d'animations pour le collège. Il a accepté ; encore un pansement sur la blessure.

Turpin ne me rejoint pas dans la cuisine lorsque je remplis sa gamelle et, quand je reviens en agitant le sac de croquettes, je m'aperçois qu'il s'est installé sur le fauteuil de Freddie, la tête vers le fond du siège. J'ai la nette impression qu'il me tourne le dos.

— Tu devrais peut-être choisir un autre fauteuil, je marmonne, en imaginant la réaction outrée de Freddie s'il le découvrait assis à sa place préférée.

Rien. Pas le moindre tressaillement. J'ai un chat buté qui m'offre ostensiblement la vue de son postérieur.

— Turpin.

Je l'ai interpellé sur un ton calme et autoritaire. Il m'ignore royalement. Changeant de tactique, je chantonne :

— Youhou… Tu-urpin…

Toujours rien. Je pose une main sur son dos, et je sens quelque chose ; je ne sais pas s'il ronronne ou s'il grogne. J'ai envie de croire à la première option, mais je crains que ce ne soit la deuxième. Je soupire en essayant de me convaincre que je n'ai pas commis une erreur. Il est encore tôt.

ENDORMIE

Dimanche 30 septembre

Oh, bon sang, nous sommes dans une *salle de sport* ? Voilà bien une activité que nous ne pratiquions *jamais* ensemble. Freddie était accro, et moi je préférerais me crever les deux yeux plutôt qu'essayer de tenir en équilibre sur un tapis de course. D'ailleurs, ne pas partager sa passion ne me gênait pas le moins du monde. Qui est assez fou pour occuper son dimanche après-midi de cette manière ?

— Ça va ? demande Freddie, une main plaquée sur mes reins quand nous franchissons la porte.

Hélas, il est trop tard pour suggérer une autre idée.

— Mmm…

Il rit.

— Tu ne peux pas te dégonfler maintenant, Lyds ! Fais du tapis de course comme d'habitude, si tu veux. Tu deviens presque bonne.

Un frisson d'agacement me parcourt l'échine quand j'entends le ton légèrement condescendant de sa voix, et je comprends aussi que je viens souvent ici. Ai-je décidé de me sculpter une silhouette de top-modèle en vue du mariage ? Ou est-ce que j'aime vraiment le sport dans ce monde-ci ? Je m'arme de courage et je jette un coup d'œil autour de moi, cherchant une machine qui me rebuterait moins que le tapis de course, mais je n'ose en essayer aucune autre. Très bien. Je vais donc monter sur cet instrument de torture, et je ferai semblant d'adorer. Sans quitter des yeux le dos de Freddie à l'autre bout de la salle, je soupire de soulagement en m'apercevant qu'il m'est possible de régler l'allure sur une tranquille petite foulée.

— Comment ça va aujourd'hui, Lydia ?

Un type qui n'a sûrement pas plus de vingt ans s'arrête près de moi. Il arbore un badge sur lequel est écrit : Martin, entraîneur.

— Bien… Je travaille la distance.

Mais qu'est-ce que je raconte ? *Je travaille la distance ?* Je crois le voir réprimer un sourire narquois quand il regarde mon compteur. Tu parles d'une tortue !

— Mais d'abord, je m'échauffe…

— C'est toujours préférable, dit-il.

Il s'éloigne, et après une série de pensées négatives, je trouve une étrange consolation à accepter que rien n'est parfait en ce monde-ci non plus. Ma vie avec Freddie n'était pas un délicieux paradis tous les jours. Pourquoi cet endroit serait-il un jardin d'Éden embaumant la rose et le chèvrefeuille ? Une chose est sûre : s'il s'agissait seulement d'un produit de *mon* imagination, nous ne passerions pas un dimanche après-midi dans une fichue salle de sport. Je serre les dents, j'ajuste l'allure du tapis, et j'accélère rageusement mes foulées au point que je transpire bientôt à grosses gouttes. Et *ça*, croyez-moi, c'est du jamais-vu dans *toutes* mes vies.

Il y a un moment bizarre quand nous partons de la salle de sport. Comme les clés de voiture se trouvaient dans ma poche, c'est moi qui conduis. Pendant que je sors du parking en marche arrière, Freddie laisse aller sa tête contre l'appuie-tête et me regarde gravement.

— Tu as quelque chose à me reprocher, Lyds ?

— Qu'est-ce que tu veux dire ?

— Tu étais de bonne humeur en allant à la salle, mais après, une fois qu'on est arrivés, tu t'es mise à tirer une tête de six pieds de long comme si tu n'avais pas du tout envie d'y être. Et maintenant, ça.

Il montre le volant.

— Quoi, ça ?

— Tu insistes pour conduire.

Du coin de l'œil, je vois qu'il a l'air perplexe, même troublé. Je comprends soudain que je lui ai fait un coup à la Dr Jekyll et Mr Hyde cet après-midi. J'en prends bonne note : la prochaine fois, je dois prendre le temps d'évaluer la situation avant de sauter dedans à pieds joints.

— Excuse-moi, dis-je. J'ai un peu râlé, c'est vrai. Ce n'était pas contre toi… Tu sais bien que je ne raffole pas du sport en salle.

Je croise les doigts intérieurement, en espérant que je ne suis pas une fan de l'exercice physique ici, mais Freddie ne réagit pas. Pour être honnête, ça m'aurait franchement étonnée.

— Toi aussi, excuse-moi. Je ne suis pas très cool quand ce n'est pas moi qui conduis.

Il se penche pour actionner mon clignotant, et je me retiens de lui donner une tape sur la main.

À la maison, je nous prépare un thé, et le simple fait d'attraper deux mugs au lieu d'un me bouleverse. J'en viens à comprendre qu'il y a un prix à payer pour ces moments ; celui-ci, je le paierai la prochaine fois que je prendrai un seul mug.

— Ton bain est prêt, madame la râleuse.

Je me laisse aller dos contre lui en souriant.

— Ton thé est prêt, monsieur control freak.

— Non, c'est juste que moi, je *sais* ce qui me plaît.

Il rit et m'embrasse le cou.

— Et toi, tu me plais.

— Quelle chance j'ai !

— Ça, c'est bien vrai.

Je lui enfonce mon coude dans les côtes pour le punir de cette remarque.

— Appelle-moi si tu veux que je te frotte le dos, dit-il. Mais il faudra que tu cries fort, parce que je vais regarder le match.

Je me tourne vers lui pour continuer notre petit jeu de provocation.

— Tu veux dire que le rugby te tente plus que moi ?

Il réfléchit, et sa conclusion lui arrache une grimace.

— C'est le début du championnat, ma puce.

— Tant pis pour toi, dis-je en lui donnant un coup de fouet avec mon torchon.

Il attrape ma main au vol et m'attire contre lui.

— Tu sais que je plaisante, hein ?

— Tu as intérêt !

Il m'embrasse en riant. Je ris aussi, et puis je cesse de rire, parce que notre baiser devient de plus en plus sérieux. Il passe de tiède à brûlant. De *Pardon* à *J'ai envie de toi*.

— Le bain…, dis-je dans un souffle quand ses doigts cherchent à tâtons le bouton de mon jean.

— Il faut que tu te déshabilles, de toute façon. Mais je l'ai fait couler tellement chaud que tu dois attendre un peu qu'il refroidisse.

— C'est vrai ?

Je soulève son tee-shirt. Sa peau est douce et chaude sous mes mains. Il descend ma fermeture Éclair, et toute idée de bain s'envole.

Plus tard, tandis que je me prélasse dans la baignoire, je repense à l'après-midi qui vient de s'écouler. Je me rends compte que, depuis l'accident, au fil des mois, j'ai déjà commencé à changer. J'ai dû me débarrasser de mes œillères pour survivre, et la fille que je suis maintenant voit le monde – mes *deux* mondes – d'une façon légèrement différente. Je connais cette vie ici à quatre-vingt-dix-neuf pour cent – après tout, je marche dans mes propres traces –, pourtant on dirait que mes chaussures ne sont pas exactement à ma taille. Ce n'est rien et c'est tout à la fois, une petite irritation à l'arrière du talon, mais j'ai vu récemment (à la télé dans mon monde éveillé, bien sûr) un reportage sur une femme qui souffrait d'une ampoule au pied ; elle ne s'en est pas occupée et a fini avec une septicémie qui a failli l'emporter. C'est affreusement difficile de passer du temps ici dans cette vie avec Freddie, et d'être en même temps consciente de ma vie sans lui.

Je prends donc une décision : quand je suis ici, je ne penserai pas à mon autre vie. Je ne veux pas gâcher des moments si précieux à cause de doutes et d'interrogations qui ne traverseraient pas l'esprit de la fille que je suis ici.

ÉVEILLÉE

Samedi 20 octobre

Je suis assise à la table de la cuisine, un café devant moi. Turpin était là quand je suis descendue ; il s'est dépêché de finir ses croquettes et a filé par la porte. Le moins qu'on puisse dire, c'est qu'il n'est pas collant. Je ne lui en veux pas, d'ailleurs. J'aurais pu choisir Betty, mais le « c'est à prendre ou à laisser » que j'ai lu dans le regard de Turpin m'a touchée.

Comme d'habitude, quand je prends un somnifère et que je rejoins Freddie dans le monde parallèle, j'ai l'impression d'avoir une gueule de bois. Que suis-je en train de faire là-bas en ce moment ? Sans doute à peu près la même chose qu'ici, je traîne en pyjama.

C'est incroyable, même effrayant, de voir avec quelle rapidité mon cerveau s'est adapté à mener une double vie. Les premières semaines, je me perdais un peu entre ces deux espaces-temps, mais comme dans tout, l'excellence vient à force d'entraînement. Je passe de l'un à l'autre depuis cinq mois maintenant, et chaque fois j'apprends à mieux les compartimenter.

L'autre monde n'est pas la copie exacte de ma vie ici, *avec* Freddie. C'est une version très différente. Dans les deux univers, en tout cas, je sais que c'est lui qui m'accompagnerait ce soir au mariage de Dawn et pas Jonah. J'ai revu Jonah plusieurs fois depuis l'aventure du chat. Nous avons même mis au point une sorte de rituel devant la tombe de Freddie – il arrive tôt le samedi, moi un peu plus tard, et nous passons un petit moment assis ensemble à parler de tout et de rien. En fait, nous réparons notre amitié, du moins nous essayons, parce que nous sommes importants l'un pour l'autre, nous l'avons toujours été. Nous partageons tant de souvenirs. Tant de souvenirs de Freddie. Tous les trois ensemble, nous avions fait un voyage scolaire en Normandie et visité le musée où est conservée la tapisserie de Bayeux. Les longs trajets en car, l'alcool bu en cachette et nos bêtises d'adolescents, tout cela a maintenant disparu dans les brumes de la jeunesse, et aujourd'hui, je me rappelle surtout la tapisserie elle-même. À l'époque, elle m'avait paru immensément longue, avec ces innombrables héros et vilains, ces conquêtes sanglantes et ces batailles perdues, ces rois et reines, ces chevaliers, et ces soldats tombés au combat. La tapisserie de ma vie elle aussi s'allonge : ses reines sont ma mère et Ella, Freddie est le soldat tombé au combat.

— Prête ?

Le taxi vient de nous déposer devant la salle où a lieu le mariage. J'ai les nerfs qui s'entrechoquent, comme les bracelets prêtés par Ella pour aller avec la robe verte que j'ai achetée lors d'une de nos virées shopping.

— Honnêtement, pas du tout. Mais c'est un grand jour pour Dawn, et j'ai promis d'y être.

Jonah hoche la tête,

— Elle est jolie, ta robe…

Il a l'air gêné et évite de me regarder, mais je sais qu'il essaie de me donner confiance.

— Merci d'avoir fait un effort toi aussi, dis-je en me forçant à sourire.

Jonah, qui est bien plus heureux en jean et vieux tee-shirt, porte ce soir une chemise sombre et a visiblement essayé de dompter ses cheveux rebelles. Il pose une main contre mon dos, inspire à fond, et ouvre la porte.

— Allez. On peut y arriver.

— Tu es superbe, dis-je, en veillant à ne pas laisser de trace de rouge à lèvres sur la joue de Dawn quand je l'embrasse.

Ses yeux se posent un bref instant sur Jonah à côté de moi, puis elle presse ma main dans les siennes.

— Merci d'être venue. Ce n'est sûrement pas facile…

Dawn et moi avons commencé à prévoir notre mariage en même temps. Nous feuilletions ensemble des catalogues de robes de mariée pendant notre pause déjeuner. Je plaque résolument un sourire sur mon visage et je lui prends les mains à mon tour.

— Je n'aurais pas voulu rater ça pour tout l'or du monde.

Je suis sincère. Dawn n'a pas eu une vie facile. Sa mère est morte quand elle était petite ; les autres membres de sa famille, qui habitent à Plymouth, n'ont pas les moyens de venir jusqu'ici. Sa nouvelle belle-mère semble l'avoir prise en grippe et critique déjà ses idées sur l'éducation de ses futurs enfants.

— Tout le monde est là-bas dans le coin, indique-t-elle avec un geste du menton.

Je n'ai pas l'habitude de voir mes collègues ainsi, sur leur trente et un, accompagnés de leurs partenaires. Ryan m'aperçoit le premier et soustrait deux chaises à la tablée voisine. C'est vraiment un amour de garçon ; je n'arrive pas encore à le considérer comme un homme – il habite toujours chez ses parents et passe autant de temps à jouer à des jeux vidéo qu'à sortir avec un nombre impressionnant de filles.

— La voilà ! s'exclame Phil d'une voix forte.

Très élégant dans son costume éclairé d'un nœud papillon rouge, il se lève pour m'embrasser sur la joue.

— Hé, Jonah…

Phil lui secoue la main avec enthousiasme. Tous mes collègues ont rencontré Jonah lors de manifestations organisées conjointement par le collège et la mairie, et, bien sûr, ils savent que c'était le meilleur ami de Freddie. Dans une petite ville comme la nôtre, la plupart des gens se connaissent, ou du moins se sont croisés à une occasion ou une autre. Freddie aurait préféré déménager dans un grand centre urbain plus cosmopolite, comme ses propres collègues, mais nous avons acheté ici parce que je ne voulais pas m'éloigner de maman et d'Ella.

Julia nous sourit, très digne dans son tailleur noir et chemisier blanc. Bruce, son mari qui est d'une timidité maladive, croise mon regard et détourne aussitôt les yeux.

— Tu veux boire quelque chose ? me souffle Jonah.

J'acquiesce avec gratitude. Comme à son habitude, il offre une tournée à tout le monde, et Ryan bondit pour l'aider à aller chercher les boissons au bar. Avant de s'éclipser, il se rend compte qu'il ne m'a pas présenté sa compagne.

— Lydia… Olivia.

Je n'en suis pas certaine, mais il me semble avoir perçu une infime hésitation chez lui, comme s'il était pris d'un doute au moment de prononcer son nom.

Je m'assieds à côté d'Olivia, qui est sublime, et je la complimente sur ses ongles immaculés, très longs, d'un bleu assorti à sa robe minuscule. Puis j'enchaîne, pour engager la conversation :

— Tu connais Ryan depuis longtemps ?

— Pas vraiment, répond-elle en sirotant son cocktail avec une paille. On s'est rencontrés à une soirée mousse.

Je ne sais pas quelle attitude adopter face à cette information. Je ne suis jamais allée à une soirée mousse ; je ne savais même pas que cela existait, à part aux Baléares.

— Marrant, dis-je enfin.

Elle aspire bruyamment une autre gorgée en agitant les glaçons.

— Et le tien, comment tu l'as connu ? demande-t-elle, les yeux fixés sur Jonah debout au comptoir.

Je ne m'attendais pas à une question formulée de cette manière.

— Jonah ?

Comment pourrais-je lui expliquer ce qu'est Jonah pour moi ? Je suis encore en train de réfléchir quand elle déclare :

— Joli cul.

Elle ajoute aussitôt en riant :
— Pardon.
Je secoue la tête.
— On n'est pas ensemble. C'est juste un ami.
Olivia me dévisage d'un air sceptique.
— Ouais, c'est ça…
— Non, c'est vrai. Il a une copine et moi, je…
Je m'interromps, parce que je n'ai pas franchement envie d'entrer dans les détails. Il me semble que Jonah et Dee se voient de temps en temps, mais je ne pourrais pas me prononcer quant à la nature de leur relation. Par chance, Olivia n'insiste pas.
— Bon. Puisque tu le dis.
Peu importe qu'elle me croie ou non, en fait. Je n'ai pas besoin de me justifier. Et j'ai peut-être mal interprété sa réaction ; mes talents en société ont pris un sacré coup dernièrement, conséquence inévitable de ma vie de recluse. Je suis dispensée de poursuivre cet échange par Susan, la femme de Phil, assise de l'autre côté d'Olivia, qui nous a entendues. Elle se penche vers nous et lance :
— Dawn est magnifique, n'est-ce pas ?
Je lui envoie un merci silencieux. Susan passe au bureau une fois par semaine, souvent pour apporter un gâteau qu'elle a préparé ou acheté afin que Phil le partage avec l'équipe. Nous lui vouons une adoration sans bornes ; particulièrement moi, en cet instant précis. Tandis qu'elle me délivre du pénible fardeau de ma conversation avec Olivia, Jonah et Ryan reviennent du bar avec des plateaux chargés de boissons. Je bondis pour laisser ma place à Ryan près d'Olivia. Il tente de m'en dissuader, et je comprends soudain dans ses yeux

qu'il n'a pas envie non plus de s'asseoir à côté d'elle. J'ai l'impression que les jours d'Olivia sont comptés. De toute façon, vu le regard appuyé dont elle a enveloppé Jonah au bar, je ne pense pas qu'ils seront déçus ni l'un ni l'autre. En attendant, Ryan l'a amenée ce soir ; c'est à lui de lui tenir compagnie.

— Ça va ? me chuchote Jonah, un bras sur le dossier de ma chaise quand nous sommes installés à table.

Sa présence me rassure. Il est comme un caméléon qui s'adapte à n'importe quel environnement. Les gens aiment lui parler, parce qu'il est sincèrement intéressé par ce qu'ils racontent et qu'il les écoute sans ramener la conversation à lui. Pour cette raison, entre autres, je ne doute pas qu'il soit un excellent professeur.

Je bois une gorgée de sauvignon frais.

— Oui, je crois…

— Qu'est-ce que tu penses d'Olivia ?

Sa question m'étonne.

— Pourquoi ?

Il s'esclaffe, discrètement, en portant son verre de bière à sa bouche.

— Ryan m'a dit qu'il avait essayé de rompre avec elle deux fois cette semaine. Elle refuse. En fait, elle le terrifie.

J'observe les ongles de la jeune fille qui caressent la nuque de Ryan, lentement, dans un geste empreint de possessivité.

— Tu m'étonnes…

Je m'aperçois que je suis en train de rire lorsque Ryan surprend nos regards et articule silencieusement : « Au secours ! » Jonah lève son verre dans sa direction, je hausse les épaules d'un air impuissant.

Bientôt, l'orchestre entame un morceau de rock. Bruce se lève tel un pantin dont on aurait remonté le ressort, et attrape la main de Julia avec autorité. Sous nos yeux pétrifiés, ils se livrent ensemble à un époustouflant numéro dans lequel Bruce mène la danse sans la moindre hésitation. Il fait virevolter sa partenaire, la balance entre ses jambes, exécute d'audacieux portés qui nous laissent tous bouche bée. Lui qui n'a jamais prononcé plus d'une dizaine de mots aux repas de Noël et autres événements festifs de la mairie ! Les autres danseurs s'écartent pour admirer le spectacle, et je me dis soudain que je n'ai jamais vu ce côté-là de Julia. Elle exulte. Je me suis parfois demandé comment fonctionnait le couple Julia et Bruce, mais en les regardant à présent, je comprends qu'il y a dans leur relation quelque chose auquel personne n'a accès. C'est une femme différente avec lui – peut-être la *vraie* Julia, qu'elle montre seulement à son mari.

J'ai trop bu. Comme tout le monde. Les barmans servent des doses massives ici, et Ryan a offert une tournée de Jägerbomb. Une première pour Julia et Bruce, et aussi, me semble-t-il, pour Phil et Susan. Je n'ai jamais été fan des shots que l'on doit avaler d'un trait, et ce n'est pas trop le truc de Jonah non plus, mais en l'honneur des mariés, nous avons tous docilement levé le coude.

En réalité, je me suis plus amusée à cette soirée que je ne m'y attendais, au point que je me sens presque coupable. J'ai *ri.* Jonah aussi. L'alcool et la musique aidant – à quoi s'ajoute la bonne humeur générale –, j'ai senti monter en moi une légèreté à laquelle je voudrais m'accrocher comme à un radeau sur un océan dans le noir, une résurgence de la fille insouciante et détendue que j'étais autrefois. Est-ce une affreuse trahison de ma part que d'éprouver le sentiment d'avoir pris un soir de congé par rapport à ma vie ? Non, je ne crois pas. En fait, il est probablement nécessaire d'ouvrir une soupape de temps en temps, sinon on risque de péter une durite.

— Viens danser !

Ryan me tire par la manche. Le DJ passe « Come on Eileen », comme tout bon DJ qui se respecte et pioche largement dans les pépites des années quatre-vingt. Je secoue la tête en riant.

— Ah non, dis-je, farouchement agrippée à ma chaise. Je ne suis même pas sûre de pouvoir tenir debout…

Ryan jette alors son dévolu sur Susan, qui accède à sa demande. Jonah me regarde en souriant.

— Tu adores danser, dit-il. Tu devrais y aller.

Il a raison. C'est vrai que j'adore danser. Depuis toute petite. Ella et moi tenons ça de maman, qui est toujours la première à se précipiter sur la piste. Je me contente de hausser les épaules, en suivant des yeux Ryan et Susan qui agitent furieusement les bras en l'air. Jonah et moi sommes assis côte à côte, face à la piste, et je perçois la chaleur du bras de Jonah sur le dossier de ma chaise.

— On ressemble à deux juges dans un concours de chant à la télé, dit-il.

J'évalue les danseurs d'un œil critique.

— Tu désignes qui ?

Le DJ baisse la musique et appelle Dawn et son mari sur la piste, puis lance la chanson qu'ils ont choisie pour leur mariage. Comme des millions d'autres jeunes couples de par le monde cette année, ils ont voulu danser sur Ed Sheeran. Le DJ demande à tout le monde de les rejoindre, et bientôt, il n'y a quasiment plus que Jonah et moi à rester assis. Même Ryan et Olivia dansent. Il le regrettera sans doute demain, mais pour l'instant il semble avoir jeté l'éponge parce qu'elle lui enfonce sa langue dans la bouche si profondément qu'elle doit savoir s'il a été opéré des amygdales.

Au moment où il passe près de moi, entraîné par Susan, Phil m'ébouriffe les cheveux dans une caresse retenue, presque paternelle, qui en dit plus long qu'aucune parole. Je les regarde danser, et l'affection que j'éprouve pour eux me serre la gorge.

Jonah m'observe. Je suis certaine qu'il voit la bataille qui fait rage dans ma tête tandis que je me demande ce qui est pire : danser, ou être les seuls dans la salle à *ne pas* danser.

— Viens, dit-il enfin en me tirant par la main.

Il me guide délicatement, une main dans mon dos, ses doigts entrelacés aux miens.

— On danse, c'est tout, chuchote-t-il, une esquisse de sourire aux lèvres.

Nous évoluons au milieu des autres, sans parler. Dawn et son mari tournoient, les yeux dans les yeux. Je suis obligée de regarder ailleurs. C'est trop dur.

Voyant que je ravale des larmes, Jonah me serre doucement contre lui et approche sa bouche de mon oreille pour murmurer :

— Je sais, Lyds… Je comprends.

J'essaie de ne pas pleurer, mais je ne peux pas m'empêcher. C'est tellement, tellement injuste.

— Oh, Jonah…

J’enfonce mon visage dans sa chemise. Il est plus grand que Freddie ; même avec mes talons, j’arrive à peine à la hauteur de son menton, et l’odeur familière de son eau de toilette ambrée me rassure. D’une voix entrecoupée de sanglots, je gémis :

— Ne plus avoir Freddie… Ne plus danser… Ne plus aimer…

Il ne me répond pas. Les mots sont impuissants, il le sait. Nous ne faisons même plus semblant de danser et restons immobiles, enlacés, au milieu des autres qui tournent sur la piste. Il me souffle des paroles douces et inintelligibles en me caressant les cheveux, et j’essaie aussi de le réconforter parce que je me rappelle comment il est dans mon autre vie : joyeux, sans culpabilité, sans cernes sous les yeux. Ici, dans ma vie éveillée, il a les joues mouillées de larmes et le cœur brisé, comme moi, il est perdu, il a besoin d’une épaule sur laquelle s’appuyer. Je le serre contre moi et j’espère que nous pourrons nous aider mutuellement à retrouver notre chemin.

ENDORMIE

Samedi 17 novembre

— Et voici la grange ! déclare Victoria en ouvrant deux immenses portes en bois.

Victoria est l'organisatrice du mariage dans l'auberge de campagne que nous avons choisie, flanquée d'une grange aménagée. À l'intérieur, une pâle lumière d'hiver filtre par les hautes fenêtres, illuminant de minuscules particules de poussière en suspension dans l'air. Mon cœur romantique y voit des paillettes.

Victoria montre les guirlandes rouge et or qui garnissent les vieilles poutres.

— Nous avons un mariage demain. Déco hivernale, comme vous pouvez le constater… Le mois prochain, ce sera bien sûr le thème de Noël, beaucoup de gens se marient aussi à cette époque de l'année. Mais la meilleure saison, c'est vraiment l'été. Nous disposons des bouquets de fleurs sauvages, avec des bougies partout et des guirlandes lumineuses… C'est féerique.

— J'adore.

Je dois être déjà venue ici, dans cette vie. Je suppose que nous avons visité d'autres endroits, avant de nous décider pour celui-ci, et je suis absolument enchantée.

— C'est parfait, dis-je d'une voix étranglée, tellement je suis heureuse.

Un bras sur mes épaules, Freddie me serre contre lui.

— Est-ce que la cérémonie se déroule ici aussi ?

— Oui et non…

Victoria se dirige vers une porte au fond de la grange.

— La cérémonie, c'est là.

La pièce, plus petite, a été rénovée avec des briques gris pâle de forme irrégulière qui semblent taillées à la main, afin de respecter le charme désuet, légèrement délabré, du lieu. Des lustres en laiton pendent du plafond. Ils ne sont pas allumés aujourd'hui, mais j'imagine l'allure qu'ils auront, et l'odeur suave qui montera de l'autel de fleurs, au bout de l'allée, devant lequel Freddie m'attendra.

— Tu adores toujours ? demande-t-il en me prenant la main.

Je me tourne vers Victoria.

— Vous pourriez nous laisser seuls deux minutes ?

Elle comprend mon émotion et sourit.

— Prenez tout le temps que vous voudrez. Rejoignez-moi dans le bar de l'auberge.

Une fois que la porte s'est refermée derrière elle, Freddie et moi remontons lentement l'allée centrale.

— La prochaine fois que tu marcheras ici, dit-il, tu porteras une robe de mariée.

— Et toi, une redingote. Tu seras anxieux ?

Il rit.

— Pas du tout ! Sauf si tu me plantes au dernier moment et que je me retrouve tout seul.

— Je te promets que je ne te planterai pas.

Il n'imagine pas à quel point je suis sincère. Je sais trop ce qu'on éprouve quand l'autre n'est plus là.

— Et toi, tu seras anxieuse ?

— Oh oui, je m'inquiéterai pour un tas de choses. Je me demanderai si les plis de ma robe tombent bien. Si Ella n'essaie pas de tout diriger à la place de Victoria. Si Jonah n'a pas oublié les alliances.

Nous avons atteint le bout de l'allée, la dalle patinée par les ans où tant de couples ont échangé leurs vœux.

— Jonah n'oubliera pas les alliances, assure Eddie. J'y veillerai. Et Ella se calmera dès qu'elle aura bu deux coupes de champagne. Elle sera ravie de se mettre les pieds sous la table.

Il a raison. Ce sont des soucis tellement mineurs. Lui ne se laisse jamais déstabiliser par les petits détails. Il a tenu à s'occuper de notre lune de miel, mais pour tout le reste, il s'est déchargé sur moi dès le début. Je ne lui en ai pas voulu, d'ailleurs, même si j'aurais apprécié qu'il fasse au moins semblant de s'intéresser à la décoration des tables ou aux bonbonnières de dragées. Dawn et moi nous étions envoyé une foule de liens Internet vers des sites offrant toutes les informations possibles et imaginables. Préparer son mariage est une expérience formidable, joyeuse, vibrante d'espoir. Je regrette de ne pas en savoir davantage sur ce qui est prévu ici. Ici, où je suis avec Freddie, et où je me rappelle cette danse poignante avec Jonah au mariage de Dawn. C'est tellement *étrange*.

Il m'enlace avec fougue.

— Tu seras la plus belle fille du monde dans ta robe de mariée. Lydia Bird… je pourrais t'épouser là, tout de suite, dans ton jean crasseux ! Sauf que je n'ai pas mon pendentif porte-bonheur sur moi.

J'éclate de rire, entre autres raisons parce qu'il n'a pas de pendentif porte-bonheur, et je me hausse sur la pointe des pieds pour l'embrasser. Mon nez est froid, mais tout le reste de mon corps est chaud. La main de Freddie glisse sous mes fesses, il me soulève de terre et j'enroule mes jambes autour de sa taille.

— Tu devrais m'embrasser dans cette position, le jour J, murmure-t-il.

— Ce ne sera pas très pratique, avec ma robe…

Il plante son regard dans le mien.

— Tu n'as pas honte de me provoquer comme ça ?

Je le serre contre moi, très fort. Il me serre aussi, et pendant un instant béni, je suis à cent pour cent heureuse.

ÉVEILLÉE

Mardi 25 décembre

— Gin tonic…

Elle me tend un verre.

— J'ai forcé sur le gin.

Ma sœur choque son verre contre le mien, plus pour exprimer sa solidarité que pour célébrer l'événement. Nous savions qu'aujourd'hui serait un jour difficile ; la semaine dernière, j'ai même envisagé de ne pas venir du tout chez maman. Freddie et moi n'avons jamais eu à décider dans quelle famille nous passerions le 24 au soir ou le déjeuner du 25, parce que sa mère part toujours en Espagne à cette époque de l'année. À mesure que la date approchait, j'ai senti l'angoisse monter. Noël est tellement partout ! À la radio, dans les magasins, sur toutes les lèvres. Le pire, c'est que j'adore Noël. J'adore les films, les décorations et les guirlandes, les repas. Dès le mois d'octobre, je commence à dresser des listes que je recopie et corrige inlassablement : films, cadeaux à acheter, recettes à essayer.

Freddie était un grand enfant. Il se préparait pour les festivités en entraînant tout le monde dans son enthousiasme. Jonah m'a envoyé une photo par SMS ce matin, de Freddie et lui à quinze ans ; Freddie leur avait acheté de ridicules bonnets de Père Noël avec une lumière qui clignotait. Ils rigolent comme des bossus, unis par un lien fraternel qui éclate aux yeux encore plus que le rouge de leurs bonnets. Ils étaient tous deux enfants uniques et chacun avait trouvé un frère en l'autre. J'ai appelé Jonah aussitôt. C'était bon d'entendre sa voix et de pouvoir nous dire combien Freddie nous manquait. J'ai versé mes premières larmes de la journée quand il a ajouté que je lui manquais aussi ; il venait toujours chez nous le matin pour prendre un petit déjeuner spécial Noël avec des sandwichs au bacon. Jonah passe les fêtes au pays de Galles cette année, dans la famille de Dee. Je soupçonne que c'est aussi une façon de s'enfuir, ce que je comprends. Je lui ai renvoyé une photo du vélo que Freddie m'a offert il y a deux ans, parce que je lui avais raconté que j'héritais toujours des anciens vélos d'Ella quand j'étais petite. Il l'avait caché dehors dans le jardin, avec un énorme ruban rouge. Je suis redevenue une gamine – et j'en avais tout l'air – quand j'ai essayé mon nouveau vélo dans la rue avec deux autres enfants de moins de dix ans. Je suis presque sûre que je criais ma joie plus fort qu'eux.

Il n'y a rien de joyeux aujourd'hui ; nous sommes graves, retenus, nous sourions parce qu'il le faut, pas parce que nous en avons envie. Je me sens coupable de gâcher le Noël des autres membres de ma famille. C'est comme si un énorme corbeau avait atterri sur le toit et déployé ses ailes noires, assombrissant les fenêtres et les lumières du sapin, jetant un voile mélancolique sur cette journée. Au moins, il n'y a que nous quatre. Ma tante June a insisté pour que nous allions chez elle, mais nous avons finalement décliné son invitation. Être ailleurs n'aurait pas rendu l'absence de Freddie plus acceptable, et au moins, ici, je peux sangloter sur mon assiette de dinde si j'en ai besoin. Mais je suis triste aussi de décevoir tante June ; elle aurait adoré accueillir tout le monde à sa table, ne serait-ce que pour contrebalancer les remarques acerbes de ma cousine Lucy.

— Ta mère est affolée, elle a oublié les pommes de terre, fait remarquer David en sortant de la cuisine.

Il est vêtu d'un chandail de Noël traditionnel. Tous les ans, Freddie et lui se livraient à une petite joute consistant à dénicher le chandail le plus kitsch possible. Ella m'a annoncé la semaine dernière que David n'en porterait pas cette année. Je me suis dépêchée d'en commander un en ligne – j'ai trouvé un modèle orné d'un renne avec un énorme nez rouge et des lunettes de soleil fluo, choix que Freddie aurait sûrement validé –, et je l'ai offert à David tout à l'heure. Il a eu du mal à maîtriser son émotion pendant qu'il l'enfilait. À présent, son visage crispé contraste avec le sourire jovial de Rudolph ; quant à moi, je souris et je soupire à la fois en le voyant.

C'est comme si une pierre avait été lâchée au milieu d'une mare. Des cercles concentriques s'élargissent et propulsent le chagrin à partir du point d'impact. Freddie était la pierre. Je suis le premier cercle ; viennent ensuite sa mère et Jonah, puis tous ceux qui l'aimaient : ma famille et la sienne, la bande de copains au pub, ses collègues et amis. Toutes ces rides à la surface de l'eau. Tous ces gens qui pensent peut-être à lui aujourd'hui.

J'essaie de m'extraire de mes sombres pensées et de me concentrer sur ce que je dois accomplir aujourd'hui : honorer dignement le déjeuner de Noël avec ma famille. Après, je pourrai rentrer chez moi et passer mon vrai Noël avec Freddie.

— Elle a oublié les pommes de terre ?

Je n'arrive pas à y croire. Ma mère est extrêmement fière de ses pommes de terre rôties. Elle clame haut et fort qu'elle ne les rate jamais, ce que, en tant que témoin de longue date, je confirme.

— Ce n'est pas possible…

Dans la cuisine, je la trouve accroupie devant le congélateur.

— Qu'est-ce qui se passe, maman ?

Elle se redresse et me regarde, rouge écarlate, les joues baignées de larmes.

— Oh, Lydia. C'est cette saleté de ménopause, j'en suis sûre ! J'ai une mémoire de poisson rouge en ce moment. Je voulais tellement que tout soit parfait, et tu te rends compte ? J'ai oublié les *pommes de terre rôties* ! Tout est fichu maintenant. En plus, je croyais qu'il me restait un sac de petits pois congelés, mais non. Même pas !

Je réprime un sourire.

— Est-ce qu'on doit appeler les secours ? dis-je en lui posant une main sur l'épaule. Déclarer un sinistre à ton assurance pour dégât de pommes de terre ?

Elle renifle.

— Ne plaisante pas. Ce n'est pas drôle.

— D'accord. Et si je servais des chips dans un saladier à côté ? Personne ne s'en apercevrait, une fois qu'elles auraient baigné dans la sauce.

Elle lève des yeux outrés, et je lui tends un mouchoir en papier pour qu'elle essuie ses larmes.

— Ce n'est pas grave, maman, dis-je en reprenant mon sérieux. Vraiment. Ce n'est pas grave du tout.

Elle ne paraît pas convaincue, mais hoche quand même la tête.

— Bon. Mais pas de chips. Ce n'est pas un squat d'étudiants ici.

— Pas de chips. Pas de choux de Bruxelles non plus, hein ?

C'est une plaisanterie récurrente depuis notre enfance. Elle cachait toujours les choux de Bruxelles sous les pâtes ou la purée, parce que nous les détestions.

Elle rit, bien qu'elle ne soit pas complètement rassérénée.

— Aide-moi à tout mettre sur la table.

J'emporte la dinde et la pose à la place d'honneur sur la table. La décoration de maman ne varie pas d'une année sur l'autre : les mêmes fleurs dans son plus beau vase en cristal, et au centre, un ornement en forme de bûche de Noël. En réalité, c'est une horrible vieille chose – une bûche en plastique imitation bois, parsemée de neige synthétique, avec un rouge-gorge aux pattes maigrelettes perché sur le dessus –, mais c'est un cadeau qu'Ella et moi lui avons offert avec notre argent de poche quand nous étions âgées respectivement de sept et neuf ans. Maman lui ajoute des branches de houx et une grosse bougie de couleur crème, comme toujours. À la vue de cette bûche aujourd'hui, je suis envahie d'une bouffée de nostalgie qui est aussi réconfortante. Dans le paysage dévasté de ma vie, il y a des choses qui ne changeront jamais.

Nous sommes bientôt assis autour de la table, et c'est alors qu'il nous faut franchir un autre obstacle : qui va découper la dinde. C'était toujours Freddie qui s'en chargeait.

Ma mère se fige, le couteau à la main.

— Passez-le-moi, dit David en se levant.

Il s'éclaircit la gorge, aussi anxieux qu'avant de prononcer son discours le jour de son mariage.

Nous adorons David, mais il n'a aucun sens pratique et sa maladresse est légendaire. Maman écarquille légèrement les yeux, hésitant à lui confier des instruments avec lesquels il risque de trébucher et d'envoyer quelqu'un aux urgences.

— Il a regardé des tutos sur YouTube, m'informe Ella à voix basse.

Maman me lance un coup d'œil interrogateur, auquel je réponds par un signe de tête affirmatif ; je suis attendrie à l'idée que David, toujours très studieux, se soit soumis à un entraînement intensif pour apprendre à découper une dinde. Avec prudence, il tâte le terrain en plantant d'abord la fourchette, puis se lance, si concentré qu'il se mord la lèvre inférieure presque jusqu'au sang. Le résultat n'est pas un fiasco total ; je lui mets trois pour la technique, et dix pour l'effort, ce qui rattrape largement le tas de viande en charpie que je contemple dans mon assiette.

— Passe les pommes de terre rôties, s'il te plaît.

Ella adresse un sourire complice à maman, et celle-ci, sans rien laisser paraître, lui tend le plat de choux de Bruxelles. Puis, devant la mine ostensiblement dégoûtée d'Ella, elle déclare :

— Ils sont excellents pour la santé. D'ailleurs, je te trouve un peu pâlotte.

Bizarrement, Ella rougit. Je suppose que nous sommes tous à fleur de peau aujourd'hui.

J'attrape la bouteille de vin et je sers d'abord maman, puis Ella. C'est David qui vend la mèche.

— Euh… Ella… Tu n'avais pas décidé de ne pas boire…

Elle le fusille du regard. Les joues de David s'embrasent d'une inquiétante couleur pourpre. Pour dissimuler son trouble, il se lève et attaque à nouveau – sans raison aucune – le pauvre volatile déjà bien endommagé.

— Tu sais…, bredouille-t-il. À cause de ton régime…

Je croise les yeux paniqués d'Ella ; elle n'a jamais fait un seul régime de sa vie. Alors, je comprends. Maman aussi : elle pose sa fourchette et plaque une main tremblante sur sa gorge.

— Ella… Tu veux dire que… Tu es…

David est effondré. Il se rassied et prend la main d'Ella sur la table.

— Je suis désolé… C'est sorti tout seul.

Un silence tombe, durant lequel nous nous regardons les uns les autres. C'est Ella qui craque la première.

— On n'allait pas l'annoncer aujourd'hui… En fait, on ne le sait que depuis quelques jours.

— Ma chérie…

Maman se met à pleurer, pour la deuxième fois aujourd'hui. À mon tour, je fonds en larmes, et Ella pleure aussi. Tous les quatre, autour de la table, nous nous prenons la main – Ella à ma gauche, maman à ma droite, David en face, et nous restons ainsi, moitié sanglotant moitié souriant, sans plus vouloir nous lâcher.

Enfin, je me dégage et je remplis mon verre de vin jusqu'en haut.

— Je vais boire pour deux, alors, dis-je en riant.

Ella me surveille d'un air inquiet. Elle cherche à savoir si je fais semblant. Ce n'est pas le cas, et en même temps, ça l'est.

Je ne fais pas semblant, parce que je suis sincèrement, profondément, absolument ravie pour elle ; elle veut être mère depuis que, toutes petites, nous poussions nos landaus dans le jardin. À l'époque, déjà, elle avait beaucoup plus la fibre maternelle que moi ; ses poupées étaient toujours immaculées, bien coiffées, alors que les miennes avaient souvent un bras en moins ou le visage gribouillé au stylo. Je comprends pourquoi elle ne voulait pas l'annoncer aujourd'hui, mais je suis contente de savoir. Je ne veux pas que David et elle, pour ne pas me faire de peine, se sentent obligés de cacher un événement qui va changer leur vie à ce point.

Mais je fais *aussi* semblant, parce que c'est un choc. Un bébé. La vie qui continue, un petit être qui commence déjà à grandir, et le rappel douloureux que Freddie et moi ne connaîtrons jamais ce bonheur d'avoir un enfant.

Je lève mon verre et sèche mes larmes. C'est un moment d'une importance exceptionnelle pour eux.

— À vous deux !

— Vous trois, corrige maman, en contenant une joie hystérique.

Nous trinquons et je presse à nouveau la main d'Ella. C'est une bonne nouvelle.

ENDORMIE

Mardi 25 décembre

— Ta mère est officiellement la reine du déjeuner de Noël, grogne Freddie, assis à côté de moi sur le canapé. Je n'aurai plus besoin de manger jusqu'à l'année prochaine.

— Tu parles ! À 8 heures, tu quémanderas déjà un sandwich à la dinde.

Je présume, comme les autres années, que nous sommes rentrés à la maison avec des tonnes de restes de dinde que nous ne terminerons pas avant la mi-février. J'essaie d'effacer de mon esprit le déjeuner que j'ai avalé avec peine pour faire bonne figure.

— Je n'arrive pas à croire qu'Ella va avoir un bébé, dit Freddie.

Elle est donc aussi enceinte dans ce monde-ci. Je soupire :

— Oui, c'est dingue…

— Alors, nous aurons une demoiselle d'honneur avec un gros bidon.

J'acquiesce en souriant. J'aime bien l'idée que nos photos de mariage montreront Ella, enceinte et rayonnante. Un mariage, et maintenant, un bébé. C'est comme si, là-haut dans le ciel, quelqu'un donnait un coup de sifflet et lançait : « Allez, les filles, on change ! » Certaines choses ne changent pas, heureusement. À Noël prochain, nous serons tous rassemblés autour de la table chez maman. Nous devrons juste nous serrer un peu pour loger une chaise haute. Évidemment, il ou elle n'aura sans doute pas encore l'âge de tenir assis dans une chaise haute. Je me laisse aller à une rêverie de future tante légèrement ivre, alanguie après un bon repas, et j'allonge mes jambes sur les genoux de Frankie.

— Tu crois que nous aurons des bébés un jour ?

C'est une pensée qui me donne des frissons d'une douceur presque insupportable. Freddie allume la télé et zappe d'une chaîne à l'autre.

— On regarde *Doctor Who* ? demande-t-il.

Je ne réponds pas. Est-ce qu'il évite ma question ? Je ne crois pas ; nous avons souvent évoqué la question des enfants, et il m'a toujours semblé que c'était pour nous deux une évidence. Ai-je pu me tromper ? Mais non. Je suis juste un peu barbouillée parce que j'ai repris de la dinde, et le doute qui m'étreint soudain est parfaitement ridicule. Rien ne presse.

Sans remarquer mon subtil changement d'humeur, Freddie se penche vers la table basse et attrape la boîte de bonbons Quality Street.

— Je croyais que tu avais trop mangé ?

— Il me reste toujours de la place pour un caramel.

C'est une des millions de raisons pour lesquelles nous sommes si compatibles : il mange les caramels, je préfère les chocolats fourrés aux fruits. Je ne pense pas que je pourrais vivre avec quelqu'un qui m'obligerait à les partager.

Tandis que je me formule cette pensée d'une générosité absolue, il me présente la boîte. Je secoue négativement la tête.

— Allez, insiste-t-il. Un petit à la fraise…

— Peut-être plus tard.

Il secoue la boîte sous mes yeux.

— Lydia ! s'écrie-t-il d'une voix suraiguë. Mange-moi ! Je sais que tu en as envie !

— Un fourré à la fraise ne parlerait pas du tout comme ça, je réplique, amusée malgré moi.

— C'en était un à l'orange, et tu l'as vexé, déclare Freddie avec solennité.

Je lève les yeux au ciel.

— Bon, d'accord. Passe la boîte.

Il secoue à nouveau la boîte avant de me la tendre, et quand je regarde à l'intérieur, je comprends pourquoi il a tant insisté.

— Freddie…

Je soupire en prenant le cadeau caché parmi les bonbons.

— Qu'est-ce que c'est ?

Il hausse les épaules.

— Demande au Père Noël.

Nous étions convenus de ne pas dépenser trop d'argent l'un pour l'autre cette année ; les factures liées au mariage affluent en masse, et il y a aussi la maison, la voiture… Malgré tout, Freddie a adoré les boutons de manchettes que j'ai trouvés à la friperie. Il aime être celui qui est le mieux sapé dans une réunion – il dit toujours que ça lui fournit d'emblée un avantage, même avant de commencer à parler. Il aime aussi arriver le premier, un tuyau qu'il a piqué en regardant un documentaire sur Barack Obama. Il ne cache pas qu'il est ambitieux, mais à la différence de la plupart de ses collègues, il ne donne pas l'impression de vouloir réussir à tout prix – ce qui, en fait, le rend plus dangereux.

Le cadeau est astucieusement présenté comme un gros bonbon, avec du papier métallisé et des rubans bleus.

— Ouvre-le, dit-il en refrénant mal son impatience.

— C'est toi qui l'as emballé ?

— Évidemment.

Mais il me fait un clin d'œil malicieux, parce que nous savons tous deux qu'il a sollicité une secrétaire à son travail en la charmant pour parvenir à ses fins.

Je commence à dénouer les rubans, et je mentirais si je disais que je ne suis pas excitée.

— Tu n'aurais pas dû…

— Si, j'aurais dû.

— Mais moi, je n'ai pas d'autre cadeau pour toi.

— Tu te rattraperas d'une autre manière…

Freddie me sourit d'un air égrillard, mais je devine qu'il meurt d'impatience de me voir découvrir mon cadeau.

Je suis de ces gens qui ne se pressent pas pour déballer leurs paquets, qui décollent le scotch et déplient soigneusement les rabats, sans chercher à apercevoir un coin de la surprise. Freddie est tout le contraire : il tâte brièvement l'objet, décrète que c'est un livre, un tee-shirt ou une boîte de chocolats, puis déchire le papier comme un enfant de cinq ans. Ma lenteur le rend dingue, et aujourd'hui je prends un malin plaisir à traîner encore plus.

— Tu veux essayer de deviner ? demande-t-il pour accélérer le processus.

C'est une petite boîte oblongue, à peu près de la taille d'une barre chocolatée.

— Un appareil photo ? Un service de table ? J'espère que non.

— Tu n'y es pas du tout.

Je détache le scotch.

— Un chiot ?

Quand j'écarte le papier, une boîte grise toute simple apparaît. Je me fige, puis, très délicatement, j'effleure le couvercle de mes doigts en feignant de ne pas trouver le fermoir. Je brûle d'envie de savoir à présent, mais le désir de taquiner Freddie est plus fort.

— Allez, ouvre ! explose-t-il, à bout de patience, penché sur la boîte comme s'il ignorait ce qu'elle contient.

J'obéis. Et j'en ai le souffle tellement coupé que je ne peux que murmurer :

— Freddie… On n'a pas les moyens d'aller à Paris.

Il hausse les épaules.

— J'ai vendu ma guitare.

— Quoi ?!

C'est presque un cri qui m'a échappé. J'ai toujours connu Freddie avec sa Fender.

— Je n'en joue jamais. Elle ne faisait que prendre la poussière dans le grenier.

— Mais tu l'adorais !

— Je t'adore plus qu'elle.

Et voilà, j'ai déjà expliqué comment il s'y prenait : il braque son spot lumineux pour me sortir du lot, montrer que je suis l'Élue. Mon cœur se serre à l'idée qu'il s'est séparé de sa guitare, mais il se gonfle aussi de savoir qu'il l'a vendue pour me faire plaisir. J'ai parlé de Paris un million de fois, mais jamais je n'aurais imaginé y mettre les pieds dans un avenir proche.

Je le regarde au fond des yeux, et tout ce que je vois, c'est un amour clair et brillant comme une étoile.

— Alors, là, c'est vraiment une surprise, Freddie.

— Je fais juste mon boulot.

Il saisit ma main et m'embrasse le bout des doigts.

— Ton boulot ?

Il dépose un baiser sur ma paume.

— Te rendre heureuse.

— Pour ça, tu n'as pas besoin de m'emmener en voyage.

— Tu me connais, je suis un grand romantique.

Puis il redevient sérieux.

— Je voulais t'offrir quelque chose d'unique, c'est tout.

— Eh bien, c'est réussi. Tu me donnes toujours l'impression d'être, *moi*, quelqu'un d'unique.

— Tant mieux.

Il me donne une petite tape sur le nez.

— Bon, je peux regarder *Doctor Who* maintenant ?

Nous regardons un épisode de la série, puis le film qui suit, une assiette garnie de sandwichs à la dinde posée entre nous sur le canapé.

— C'est toi qui as fait ces oignons au vinaigre ? me demande Freddie, des larmes dans les yeux tellement ils sont forts.

— Oui.

C'est un mensonge. En fait, c'est Susan qui les a préparés ; Phil a apporté plusieurs bocaux au bureau et nous a suppliés de les prendre.

— Avec de l'acide sulfurique ?

— Grossier personnage…

Je réprime un frisson en mordant dans un oignon. Ils sont vraiment, vraiment âcres.

— Heureusement que je ne t'épouse pas pour tes talents culinaires, dit Freddie.

— Ni pour mon repassage.

Je ne repasse quasiment *jamais*. Lorsqu'il arrive que la planche soit dépliée, c'est en général par Freddie qui s'occupe lui-même de ses chemises.

— Non, confirme-t-il. De ce côté-là, j'assure.

— En plus, tu offres de super cadeaux.

— Tu en as de la chance, dit-il en posant l'assiette sur la table basse.

Je m'allonge, la tête sur ses genoux.

— C'est vrai…

Je souris, les yeux fermés, et je me laisse aller à cette douce somnolence qui accompagne la fin d'une journée heureuse en compagnie de ceux qu'on aime. Freddie joue distraitement avec mes cheveux en enroulant leurs mèches autour de son doigt.

— Au fait, Lyds, murmure-t-il. La réponse est oui. Un jour, on aura des bébés. Plein de bébés. Une tripotée de mouflets. Certains hériteront de ton intelligence, d'autres de ma grande gueule, et ceux-là nous vaudront d'être sans cesse convoqués par la principale du collège.

Pendant quelques délicieuses minutes, je peux presque les voir, j'entends leurs pieds dévaler l'escalier. Et je pense, en même temps que je m'assoupis : *Bon sang, Freddie Hunter. Tu me fais battre le cœur.*

ÉVEILLÉE

Lundi 31 décembre

Même lors des meilleures années, le soir du 31 décembre a toujours quelque chose de terrible, non ? Tant de joie forcée, d'embrassades et de claques dans le dos, suivies des inévitables larmes dues à l'excès d'alcool. J'ai résisté à tous ceux qui essayaient de me faire sortir de chez moi ce soir, et je suis déterminée : je choisis d'oublier que c'est la Saint-Sylvestre. Je ne regarderai pas les émissions de divertissement ni le feu d'artifice à la télé, je n'écouterai pas les cloches de Big Ben sonner minuit, et Freddie ne sera pas la première personne que j'embrasserai le premier jour de la nouvelle année. Ma mère et ma sœur se désolent de mon entêtement à vouloir être seule à minuit, au point que j'ai accepté de les retrouver à midi. C'est pourquoi je traîne à présent les pieds en approchant de la porte rouge vermillon de maman. Je refuse de *penser* que c'est la veille du Nouvel An, parce que même si cette année a été une épreuve terrible, demain je devrai dire : « Freddie est mort l'an dernier. » Entendre cette phrase dans ma tête me donne l'impression qu'il s'éloigne de moi d'une façon qui m'est absolument *intolérable*, qui me remplit de colère et de larmes. Depuis notre Noël ensemble, j'ai replongé dans la tristesse. Ma vie éveillée ne fait tout simplement pas le poids.

— Ma chérie, dit maman en ouvrant la porte avant que j'aie le temps de frapper. Je suis contente que tu sois venue.

Dehors, les trottoirs sont gelés, mais la chaleur du couloir m'enveloppe dès que je franchis le seuil.

— Attention à la moquette, me lance-t-elle avec un coup d'œil à mes bottines.

Je n'ai aucun mal à décoder son message : « Déchausse-toi immédiatement sinon je t'arrache les yeux. » J'aime qu'elle se sente encore obligée de me le rappeler, alors même que cette habitude est gravée dans ma mémoire à la manière des jours de la semaine. C'est une de ces choses qui ne changent pas et sur lesquelles je peux compter. Elle sourit en voyant mes chaussettes de Noël au moment où je range mes bottines à côté des siennes sur le banc de bois prévu à cet effet. Je les ai mises spécialement pour elle ce matin ; elle évalue mon état à de tels détails, des signaux indiquant que je reprends goût à la vie. Je ne reprends pas goût à la vie, évidemment, mais pour elle je fais *comme si*, en espérant que ça vienne. Mais que se passe-t-il si *ça* ne vient jamais ? Est-ce qu'on continue éternellement à faire semblant, jusqu'à n'être plus jamais soi-même ?

Ella et David sont déjà assis à la table quand j'entre dans la cuisine.

— Je t'ai préparé un chocolat chaud.

Ma sœur montre un grand mug à motif bonhomme de neige, coiffé de chantilly sur laquelle sont empilés des copeaux de chocolat et des guimauves. Le genre de breuvage qui coûte une fortune dans un café en ville.

Je tente une plaisanterie.

— On se rabat sur ça, alors, maintenant que tu ne bois plus ?

Ella grimace.

— Ne m'en parle pas. Je vendrais mon âme pour un gin tonic.

— Il fait froid dehors, dis-je en me frottant les mains. Une boisson chaude, c'est parfait.

— Tu peux ajouter du brandy si tu veux, propose Ella d'un air maussade.

Je bois une gorgée. C'est délicieux ainsi, sans alcool. En plus, je me connais. Je descendrai deux ou trois verres de vin ce soir avant de me coucher. Si je commence à boire si tôt dans la journée, je risque de ne pas m'arrêter avant l'année prochaine, que je fêterai à genoux devant les toilettes en rendant tripes et boyaux entre deux sanglots.

— Maman a préparé à manger ?

J'essaie d'estimer le temps qu'il me faudra passer ici. Ce n'est pas mesquin de ma part ; j'ai juste envie d'être seule chez moi aujourd'hui.

— Des sandwichs, je crois, répond Ella.

Bon, c'est mieux qu'un vrai repas.

— Tu es sûre que tu ne veux pas venir avec nous ce soir ? demande David, serrant son mug à deux mains.

— On ne restera pas tard, précise Ella. Tu pourrais dormir chez nous après.

Il est clair qu'ils espèrent encore que je change d'avis et les accompagne au Prince. C'est là que nous passons le réveillon depuis plusieurs années, je sais donc à quoi m'attendre. Le pub bondé, tout le monde sur son trente et un, une marée de visages familiers et des verres d'origine douteuse propulsés dans votre main, une excitation contenue jusqu'à minuit, puis les bouchons de champagne qui sautent, les confettis, les serpentins, les mirlitons… Exactement l'endroit où je ne veux *pas* être ce soir.

Je leur oppose un vague sourire d'excuse.

— Non, je vais m'abstenir cette année.

Ils n'insistent pas ; en fait, ils savent que je ne reviendrai pas sur ma décision.

Nous tournons tous la tête vers la porte en entendant les pas de maman descendre l'escalier. Elle apparaît sur le seuil, chargée d'une boîte en carton à rayures bleues et blanches. Je surprends un regard d'Ella et je devine aussitôt qu'elle a participé à l'élaboration d'un plan lié au contenu de la boîte.

Je souris pour dissimuler mon malaise.

— Qu'est-ce que c'est ? Des nouvelles chaussures ?

Maman s'assied. Encore un échange de regards avec Ella, inquiets cette fois. Manifestement, chacune préférerait que l'autre prenne la parole.

Maman pose la main à plat sur la boîte et se jette à l'eau.

— Parce que c'est la veille du Nouvel An, je voulais que tu saches qu'aucun de nous n'oubliera jamais Freddie non plus. (J'entends les larmes qui menacent de brouiller sa voix.) Alors nous avons choisi des photos de lui que nous aimons particulièrement, des petits objets qui nous le rappellent, aussi, et nous les avons rassemblés dans cette boîte pour toi.

Oh. Je fixe le chocolat que j'ai à moitié bu et, au prix d'un effort surhumain, je réussis à ne pas pleurer.

— Tu n'es pas obligée de les regarder maintenant si tu ne veux pas, ajoute vivement Ella. Mais on tenait à marquer cette journée avec toi.

Quand je me suis réveillée ce matin, ma seule intention était justement de ne pas marquer cette journée. Je ne sais pas comment réagir à présent.

— J'aimerais les voir, dis-je.

Maman soulève le couvercle. J'aperçois aussitôt des choses que je reconnais : des photos et des souvenirs de vacances qui n'ont aucune valeur si ce n'est par l'absence qu'ils évoquent.

Maman sort une photo, la pose sur la table, et lisse un coin corné.

— Je crois que c'est la première photo que j'ai de vous deux. Tu devais avoir quinze ans environ.

— Quatorze, je murmure. J'avais quatorze ans.

Elle hoche la tête, sans quitter la photo des yeux.

— Au début, j'avais peur qu'il soit trop « coureur »…, reprend-elle avec un petit rire tremblant. Je craignais qu'il te brise le cœur.

Je ne me rappelle pas où a été prise la photo, mais je revois avec une incroyable clarté notre premier été ensemble. Un été très long, inondé de soleil. Je vivais chaque journée comme une délicieuse torture, dans l'ivresse de ce premier amour d'adolescence. Maman pousse la photo vers moi sur la table et je contemple mes propres yeux. Un bref instant, je me demande s'il n'aurait pas mieux valu que maman ait raison à propos de Freddie, s'il m'avait brisé le cœur cet été-là plutôt que quatorze ans plus tard. Non, bien sûr que non. Je ne peux pas imaginer comment ma vie aurait été sans lui. Plus froide, certainement, et plus terne. Moins… moins tout.

— Regarde les cheveux de Jonah ! s'esclaffe Ella, et je lui suis reconnaissante d'essayer de détendre l'atmosphère.

— Les permanentes étaient à la mode à l'époque.

Ayant ainsi pris la défense de Jonah, David passe la main dans ce qui lui reste de cheveux. Je ne me rappelle pas vraiment David avec des cheveux ; de toute façon, il est blond, donc la transition entre une coupe ras à la tondeuse et la calvitie ne sera pas un choc.

— Ce n'est pas une permanente, je lance, surprise moi-même par le rire qui me vient spontanément. Ce sont ses vrais cheveux.

— Merde alors, marmonne David dans son mug.

Sur la photo, Freddie a passé son bras sur mes épaules, et Jonah regarde distraitement ailleurs. L'indéfectible trio. Jonah et sa tignasse brune, moi et mes longs cheveux blonds ; et Freddie, au centre, avec son grand sourire et sa personnalité déjà si charismatique, même à quatorze ans.

— Tu te rappelles quand il m'a offert ceci ?

Maman me tend un fragile éventail en nacre et papier rouge sang. Je revois aussitôt Freddie, ravi de son idée, fouillant dans le panier d'un vendeur ambulant près d'une plage en Crète.

— Il l'avait choisi spécialement pour toi… pour tes bouffées de chaleur.

— Pour mes bouffées de chaleur, dit maman en même temps que moi.

Elle secoue la tête et essuie une larme au coin de son œil.

— Quel petit effronté…

Il y a une autre photo prise pendant ces mêmes vacances : Freddie en casquette et short de bain vert fluo, moi avec un coup de soleil sur les épaules dans une robe à bretelles bleu pâle que j'ai gardée, quelque part au fond du grenier, parce qu'elle me rappelle notre premier voyage à l'étranger.

Ella attrape la boîte et en sort une carte d'anniversaire.

— Ça, c'est moi qui l'ai mise dedans.

Je me rappelle très bien la carte que je lui ai offerte pour ses trente ans, en février dernier. J'ai écumé les magasins avant d'en trouver une qui me plaisait, et je frémis à présent en relisant le message que j'ai écrit à la fin d'une soirée arrosée au pub. Mais ce n'est pas mon message qui justifie la présence de la carte dans la boîte, c'est celui de Freddie, rédigé au feutre rouge. « Joyeux anniversaire, Ella Bella, ma sœur de cœur ! Tu ne fais pas du tout quarante ans ! »

— Pff… Sœur de cœur…

Ella est saisie d'un long frisson et me jette un petit regard triste.

— Pardon.

Je referme lentement la carte. Ella et moi étions toujours contentes de nous retrouver seules toutes les deux, mais au fil des années, Freddie est devenu comme un frère pour elle, de la même manière que David pour moi. À son tour, David prend la boîte et en extrait une photo de lui avec Freddie, chacun arborant un chandail de Noël d'un ridicule achevé.

— Cette année-là, c'est moi qui ai gagné, déclare-t-il fièrement.

Je ne conteste pas ; il avait déniché une espèce de robe-pull à rayures jaunes et vertes qui lui arrivait au-dessous des genoux, ornée de toutes sortes de motifs – luges, Pères Noël, cadeaux, rennes – aux couleurs de l'arc-en-ciel. Et, cerise sur le gâteau, il avait demandé à sa grand-mère d'y coudre des boules de Noël en tissus criards à l'intérieur desquelles étaient brodés nos noms à tous. Ce chandail est par la suite devenu une légende dans notre famille. David plonge à nouveau dans la boîte et me tend la boule portant le nom de Freddie.

— Je l'ai découpée ce matin…

Il se mord la lèvre, submergé par l'émotion.

— Pour qu'elle soit dans la boîte.

Je regarde le morceau de tissu dérisoire que je tiens à la main et un hoquet monte brusquement dans ma gorge, violent, irrépressible. Un flot de larmes jaillit de mes yeux.

— Oh, ma chérie…

Maman se précipite vers moi et me serre dans ses bras.

— On ne voulait pas te faire de peine.

— C'est… Je…

Je suis incapable de parler, tant les sanglots m'étouffent.

— Est-ce qu'on a eu tort ?

— Non… Oui… Oh, je ne sais pas…

Je pleure parce que je ne peux pas m'en empêcher, parce que je suis profondément touchée par leur gentille attention, et personne ne dit plus rien. Ella me prend la main, des larmes silencieuses roulent sur ses joues aussi. Ma sœur est quelqu'un qui aime que tout s'arrange, elle essaie toujours de réparer les choses ; je sais qu'elle est dévastée de ne pas pouvoir réparer ma détresse.

David range dans la boîte ce qui en a été sorti et ferme le couvercle.

— Tu regarderas plus tard…

Je hoche la tête sans répondre. La seule pensée qui me vient, c'est que parfois on n'a pas cette chance, il n'y a pas de « plus tard », et je sens se lever en moi une rage qui ne s'éteint jamais. Je l'éprouve chaque jour, avec plus ou moins d'intensité. Elle flambe si fort à présent que je m'éclipse dès que possible pour rentrer chez moi.

Il est maintenant 11 heures du soir, j'ai bu les trois quarts d'une bouteille de vin, j'ai regardé un navet à la télé, et j'ai réussi à éviter la joyeuse frénésie médiatique du réveillon. Même Turpin a choisi de rester à la maison ce soir ; depuis son arrivée il y a quelques mois, je pourrais compter sur les doigts d'une main le nombre de nuits qu'il a passées sous mon toit. Il vient parfois manger quand je rentre du travail, mais apparemment il s'est pris d'affection pour une de mes voisines, Agnès, qui habite un peu plus loin dans la rue. Je sais qu'elle le nourrit, je l'ai vue acheter des croquettes à la supérette du coin, et elle n'a pas de chat. J'ai remarqué aussi que Turpin dormait souvent sur le rebord de sa fenêtre – à l'intérieur. Je ne suis pas vexée. Il ne m'a rien promis au refuge ; au contraire, il m'a mise en garde. Mais il doit sentir que j'ai besoin d'un ami ce soir. Même un ami qui ne s'intéresse pas beaucoup à moi en général.

Dans l'ensemble, je suis assez fière de moi aujourd'hui. Alors que je me suis réveillée ce matin avec une boule d'angoisse dans le ventre, je termine la soirée presque apaisée, en tout cas relativement détendue. Je ne prendrai pas de cachet ce soir. Après deux semaines d'incessantes tergiversations, je me suis décidée. J'en ai envie, bien sûr, mais je ne crois pas que ce soit une bonne idée – c'est trop d'émotions pour mon cœur fragile et je reconnais à contrecœur que je dois préserver ma santé mentale. Et puis, finalement, le soir du 31 décembre est ce qu'on en fait : un événement énorme au tournant de l'année, ou juste un jour comme les autres. Je resserre d'une main mon peignoir autour de moi, j'éteins les lumières et je monte l'escalier. Un jour comme les autres.

Je suis couchée depuis dix minutes à peine lorsqu'on frappe à ma porte. Je n'ai pas pris de somnifère, mais l'alcool m'a suffisamment émoussé l'esprit pour que, un bref instant, je me demande si je n'ai pas dérivé d'un monde à l'autre malgré tout. J'allume la lampe, rien n'a changé dans la chambre. Aucun désordre ne signale la présence de Freddie, il n'est pas encore minuit, et je n'ai pas rêvé : on frappe à ma porte. La panique m'envahit. Ella ? Un problème avec le bébé ? Maman ? Le cœur battant, je me lève et me précipite dans l'escalier, redoutant d'ouvrir et criant en même temps :

— J'arrive !

Mon Dieu, pas le bébé. Mon Dieu, pas ma sœur. Je me rends vaguement compte que je parle tout haut.

Pas ma mère. Je ne peux pas perdre encore quelqu'un. Je tire le verrou d'une main tremblante et j'ouvre grand la porte.

— Jonah ?

Jonah vacille contre le chambranle, une bouteille de Jack Daniel's à la main. Haletante, agrippée au col de mon peignoir, je l'interroge d'une voix rauque :

— Qu'est-ce qui se passe ? Ella ?

Jonah, complètement désorienté, a l'air d'avoir mal. Quand enfin il comprend le sens de ma question, une expression horrifiée se peint sur ses traits.

— Merde, Lyds..., dit-il en se passant une main sur le visage. Non. Non, il n'y a rien... Ella et David vont bien, tout le monde va bien, ils sont au pub. Oh, je suis désolé... Quel crétin ! Venir frapper chez toi en pleine nuit...

Il offre un spectacle pitoyable et tient à peine debout. À présent que les battements de mon cœur se calment, je peux parler plus normalement.

— Qu'est-ce que tu fais là, Jonah ?

Il s'adosse au mur à côté de la porte et regarde le ciel. Une larme roule sur sa joue.

— J'en sais rien...

— Viens, entre.

Mais il secoue la tête et ne bouge pas.

— Je ne peux pas, répond-il, la bouche tordue dans un effort pour ne pas pleurer. Freddie était trop présent pour moi, là-bas... Je suis venu ici à cause de lui, et maintenant j'ai les jetons d'entrer parce qu'il est partout...

D'un geste de sa main qui tient la bouteille, il désigne la porte et l'intérieur de la maison.

— Je vais te faire du café. Allez, viens…

— Mais c'est le soir du Nouvel An. On ne boit pas de café le soir du Nouvel An, Lydia, c'est contraire au règlement.

Il bafouille et contrôle mal son élocution, mais il n'est pas ivre au point de ne plus savoir ce qu'il dit.

— Je ne peux pas m'asseoir dans sa maison, sur son canapé, avec sa copine. Pas ce soir. Pas moi…

Si j'ai décidé que le soir du Nouvel An était un jour comme les autres, Jonah semble prendre le choc de plein fouet.

Il se tourne vers moi, et lâche enfin ce qu'il est venu dire.

— Je… je suis tellement désolé, murmure-t-il, le regard fou. C'est ma faute… Ç'aurait dû être moi !

Il plaque ses deux mains sur son visage et s'affale, assis par terre contre le mur.

— Si seulement ça avait été moi !

Il n'entrera pas, c'est clair. Avec un soupir, je sors pour m'asseoir à côté de lui sur la pierre froide, et je prends une de ses mains dans la mienne ; elle est glacée.

— Ne dis pas ça. Non… Ne redis jamais ça.

— Toi, tu le penses !

Je le regarde avec stupeur.

— Jonah, ce n'est pas vrai. Je ne le pense absolument pas. Je pleure tous les jours Freddie, mais je le jure devant Dieu, jamais je n'ai souhaité que tu sois mort à sa place.

Je ne mens pas. J'ai regretté cent fois que Freddie ait fait un détour pour aller chercher Jonah, mais ce n'est pas la même chose.

Il boit au goulot, puis effleure d'un doigt tremblant sa cicatrice au-dessus de l'arcade sourcilière.

— *Ça*. C'est tout. Moi, j'ai ça, et lui, c'est son *cœur* qui ne bat plus.

Je prends la bouteille qu'il me tend et j'avale une bonne lampée. Le whisky me brûle la gorge, mais la chaleur qui se répand dans mes veines est un réconfort contre le froid de la nuit. Je ne sais pas ce que je pourrais dire pour atténuer la détresse de Jonah. Et puis une idée me vient.

— Maman et Ella m'ont offert une boîte souvenir aujourd'hui. Avec des photos et des objets qui leur rappellent Freddie.

— Comme si on allait l'oublier…

Jonah pose les coudes sur ses genoux relevés.

— Il y avait une photo qui datait du collège. Toi, moi, et Freddie. On avait quatorze ans… De vrais bébés.

Il fixe le sol devant lui et laisse échapper un petit rire.

— Quatorze ans. Merde… C'est l'âge de mes élèves.

— On a tous grandi.

— Et on vieillit, complète sombrement Jonah. Sauf Freddie… Je n'arrive pas à l'imaginer vieux.

— Moi non plus.

Je bois une autre gorgée de whisky. C'est vraiment fort. En s'ajoutant aux effets du vin que j'ai bu plus tôt, le whisky me fait tourner la tête et délie ma langue.

— Tu n'as pas changé, dis-je. Sauf les cheveux.

Il m'interroge du regard. Avec mes deux mains, je dessine une masse de cheveux autour de ma tête.

— Oui, ben…, lâche Jonah en réprimant un sourire. Je n'avais pas les moyens d'aller chez le coiffeur et on n'avait pas encore inventé le chignon pour homme.

Je n'ai jamais vraiment perçu les difficultés financières de Jonah quand nous étions ados, il se débrouillait pour me les cacher. C'est seulement récemment que j'ai appris, par Freddie, combien l'enfance de Jonah n'avait rien eu d'un conte de fées.

— Tu étais son meilleur ami. C'était toujours toi qui venais le tirer de ses embrouilles.

Jonah renverse sa tête en arrière contre le mur.

— Bon sang, qu'est-ce qu'il a pu faire comme conneries. La seule fois où je me suis battu, c'était sa faute.

Ma curiosité est piquée. Je ne me rappelle pas avoir jamais vu Jonah se battre.

— Avec qui tu t'es battu ?

Il réfléchit, en tapant doucement de la tête contre la brique.

— Non… c'est trop loin tout ça. Quelqu'un que Freddie n'aurait pas dû provoquer, en tout cas.

Je confirme, parce que j'en ai été témoin moi-même :

— Il ne savait jamais s'arrêter.

— Et il n'avait peur de rien.

— Ce qui n'est pas toujours souhaitable, dis-je, entamant légèrement l'image du héros que Jonah me présente.

— C'est mieux qu'être un lâche.

Jonah s'assombrit de nouveau et contemple fixement sa bouteille. Je décide de proposer un autre sujet, même s'il ne m'intéresse pas particulièrement.

— Comment ça va avec Dee ?

Jonah fait rouler sa tête contre le mur pour me regarder.

— Il y a des hauts et des bas.

— Littéralement parlant ?

Je rêve ! Voilà que je me lance dans des plaisanteries salaces maintenant.

— Très drôle, répond Jonah, sans rire. À vrai dire, je ne suis pas sûr que ça marchera. Elle n'est pas franchement amoureuse de moi.

Je lui prends la bouteille et bois encore.

— J'ai du mal à le croire.

— Elle trouve que je ne suis pas clair dans mes émotions.

— Hein ?

Je prends aussitôt sa défense.

— Tu viens de perdre ton meilleur ami. C'est normal que tu sois un peu troublé, non ?

Après un silence, il explique :

— Ce n'est pas ma relation avec Freddie qui l'inquiète. Il y a toi, aussi.

— Moi ?

Je ne connais même pas Dee. Depuis le jour de l'atelier méditation, je l'ai croisée une ou deux fois avec Jonah.

À la tête qu'il fait, je vois qu'il regrette d'avoir parlé. Puis il soupire et hausse les épaules.

— Elle ne comprend pas, c'est tout. Que toi et moi, on était amis avant. *Avant* que tu te mettes avec Freddie… Des amis platroniques.

— Plantoniques.

Je ris, parce que je n'arrive pas non plus à articuler correctement. Bon sang, je suis bien éméchée maintenant, et soudain un feu d'artifice éclate dans le ciel au-dessus de nous.

— Il doit être minuit, marmonne Jonah.

Il se relève péniblement et me tire par la main pour me hisser. Debout sur mon perron, nous regardons le ciel s'embraser, tandis que la chanson *Ce n'est qu'un au revoir* nous parvient par la fenêtre ouverte de la maison d'en face où a lieu une fête.

Faut-il nous quitter sans espoir de retour. Un flot de larmes inonde mes joues. *Faut-il nous quitter sans espoir de nous revoir un jour.* Je hurle à l'intérieur et lutte pour ne pas m'effondrer. C'est exactement la raison pour laquelle je ne voulais pas sortir ce soir. Je ne voulais pas entendre ces paroles. Je ne voulais pas éprouver cette émotion. Je savais que je serais dévastée, et j'avais raison.

Jonah et moi restons silencieux, en larmes, appuyés l'un contre l'autre. À la fin de la chanson s'élève un concert de rires et de cris : « Bonne année ! »

— Je ne peux pas le dire, Lyds.

Il y a tant de tristesse dans la voix de Jonah que mon cœur se brise, pour la première fois cette année. Je me mords la lèvre. Moi non plus, je ne peux pas prononcer ces mots.

— Je vais faire du café, dis-je. Tu entres ?

— Je n'aurais pas dû venir.

Jonah s'essuie les yeux et secoue la tête.

— Ça ne nous aide ni l'un ni l'autre, Lyds.

Je suis estomaquée. Notre amitié est un petit bateau en bois qui a été ballotté sur une mer déchaînée depuis l'accident, subissant les assauts de la colère, du désespoir, d'une terrible impuissance. Nous avons grimpé sur la crête des vagues et plongé au fond de vertigineux abîmes, en nous demandant parfois si le seul moyen de survivre n'était pas de jeter l'autre par-dessus bord pour alléger l'embarcation. Ce soir, Jonah baisse les bras : nous ne rentrerons pas ensemble au port.

— Désolé, dit-il.

Il a donc conscience des lourdes conséquences qu'implique son constat. Je soupire :

— Tu as sans doute raison.

Je suis frigorifiée et je resserre mon peignoir autour de moi. La porte des voisins d'en face s'ouvre, répandant un flot de lumières, d'invités qui sortent en riant et en chantant. Le chat saisit l'occasion pour filer chez Agnès où il retrouvera son rebord de fenêtre préféré.

— Il faut que j'y aille, murmure Jonah.

Il a les yeux creux et la pâleur de quelqu'un qui est sur le point de vomir. Dès qu'il s'est détourné, il se met à courir, comme s'il se dépêchait de mettre le plus de distance possible entre nous et nos deux chagrins.

Une fois rentrée dans ma maison obscure et silencieuse, je m'assieds sur la première marche de l'escalier et laisse aller ma tête contre le mur. Il y a maintenant neuf mois que Freddie est mort. En neuf mois, j'aurais pu donner la vie à un autre être humain. Au lieu de quoi j'ai perdu celui que j'aimais plus que tout au monde, et à présent, j'ai aussi perdu mon plus vieil ami.

2019

ÉVEILLÉE

Jeudi 3 janvier

Je me terre chez moi, après avoir raconté à maman et à Ella que j'ai attrapé une vilaine gastro. En temps normal, ça n'empêcherait pas Ella de me rendre visite, mais elle se montre plus prudente depuis qu'elle est enceinte. Quant à maman et tante June, elles sont parties pour leur traditionnel week-end on-commence-bien-l'année-par-une-thalasso. Elles ont essayé de m'emmener, d'où mon mensonge avec ce virus que je ne voudrais pas transmettre tel un cadeau de Noël en retard.

Freddie me manque affreusement. Quand je le vois, ce sont des moments magiques, mais ensuite, mes heures d'éveil me paraissent interminables. Je jette un coup d'œil à ma montre. Je suis debout depuis plus d'une heure et il n'est que 8 h 30 du matin, le jour se lève à peine. Dans un petit moment, je m'obligerai à un minimum d'action : prendre une douche, réchauffer un bol de soupe. Je me traîne depuis le Nouvel An, je n'ai aucune énergie ni envie de rien. Néanmoins, je ne veux pas être trop dure avec moi-même. Après tout, il est normal que la charge émotionnelle liée à cette période de fêtes soit suivie de retombées, mais je ne pourrai pas continuer ainsi. Lundi, il faudra que je retourne travailler, que je retourne à ma vie. Je dois m'occuper un peu de moi pour être présentable, manger, peut-être même faire une lessive et passer un coup d'aspirateur. J'ai appelé Ella il y a deux minutes mais elle n'a pas répondu. Depuis deux jours, elle souffre de terribles nausées le matin, elle est sûrement encore au lit.

Assise dans le coin du canapé, je remonte mes genoux au menton. Je n'ose pas appeler Jonah, pas après la façon dont nous nous sommes séparés le soir du réveillon. Il avait raison, je le sais – en nous voyant, nous ne nous aidons pas l'un l'autre. J'ignore s'il nous sera possible un jour de restaurer notre relation. Saisie d'une immense lassitude face à cette question sans réponse, j'abandonne ma joue sur mon genou. Il n'y a aucune fuite possible. Je suis atrocement seule. Mon regard effleure le flacon de cachets posé sur le manteau de la cheminée, et la résolution que j'avais prise de me secouer aujourd'hui s'envole, parce qu'il y a un endroit où je peux aller et où je ne me sentirai pas aussi seule.

ENDORMIE

Jeudi 3 janvier

Ce n'est pas notre lit. Ce n'est pas notre chambre. Je reste parfaitement immobile dans la lumière tamisée du matin, et mon regard explore les riches moulures au plafond, les rideaux de soie tirés devant la fenêtre. Freddie dort à côté de moi, un bras en travers de son visage comme si souvent, la bouche légèrement entrouverte. Ses paupières tremblent comme s'il était en train de rêver.

Où sommes-nous ? Je n'ai jamais vu un tel décor. Beaucoup trop raffiné pour que ce soit la chambre d'amis chez quelqu'un que nous connaissons. Pas de meubles Ikea ici. C'est un hôtel, j'en suis sûre.

Mes orteils s'enfoncent dans un épais tapis lorsque je me lève et vais jeter un coup d'œil entre les rideaux. Je me faufile ensuite *derrière* le lourd tissu de soie pour mieux voir, tandis qu'une exclamation étouffée s'échappe de ma gorge. Il neige dehors, de gros flocons blancs comme il en tombe dans les pays féeriques, et c'est incontestablement Paris. Oui, bien sûr ! Mon Dieu, on se croirait dans un livre d'images. Malgré le halo de buée que mon haleine dépose sur la vitre, j'aperçois une file qui s'est formée devant une petite boulangerie plus loin dans la rue, et sans réfléchir, je saute dans mes vêtements pour aller la rejoindre. Je suis manifestement venue équipée pour l'hiver : mes bottes fourrées et mon manteau attendent près de la porte, j'enroule l'écharpe de Freddie autour de mon cou avant de sortir sans bruit de la chambre. Son odeur m'emplit tout entière quand j'enfouis mon visage dans la laine douce et inspire à fond, pétrifiée au milieu du couloir. Dans mon univers éveillé, je n'ai presque plus rien qui conserve encore cette odeur – subtil mélange de gel douche et de lotion après-rasage –, mais cette écharpe en est tellement imprégnée que c'est comme s'il se tenait juste à côté de moi. Un bref instant, je me retiens de faire demi-tour pour le retrouver dans la chambre d'hôtel. Il sera encore là quand je reviendrai, me dis-je. Je sais maintenant comment ça marche : tant que je ne me rendormirai pas, la scène se déroulera à Paris et je compte bien en profiter jusqu'à la dernière minute.

L'hôtel semble se composer de deux maisons anciennes qui ont été réunies. Je descends le grand escalier central. En bas, à la réception, où règne un calme absolu, je réponds au sourire de l'hôtesse. Elle me reconnaît, c'est évident. Une fois dehors, je me fige sur le perron pour laisser mes sens absorber tout ce qui leur est offert. La neige ne doit pas tomber depuis très longtemps, une fine couche saupoudre les trottoirs d'une blancheur magique. Notre hôtel est situé dans une petite rue tranquille, et je suis soudain prise d'une euphorie qui m'arrache un rire irrépressible. Je suis à Paris, avec

Freddie, et il neige. Je ris encore en traversant la rue, le visage levé vers les délicats flocons qui dansent dans l'air vif. Bientôt, je rejoins la file devant la boulangerie d'où s'échappe cette odeur de pain frais et de croissants que nul ne saura jamais reproduire en Angleterre. Des clients emmitouflés dans de gros manteaux se pressent à l'intérieur, et c'est seulement lorsque j'arrive devant le comptoir que je panique à l'idée de devoir m'exprimer en français. Me reviennent les lointains souvenirs de cours auxquels j'assistais au collège – hélas, sans guère m'y intéresser.

— *Deux croissants, s'il vous plaît.*

Bon, c'est un début. La boulangère, sans doute habituée aux touristes qui écorchent sa belle langue, glisse deux croissants dans un sac en papier et me le tend sans un mot. Je lui suis reconnaissante de m'épargner ainsi une réponse par laquelle je me couvrirais de ridicule. Mais je dois payer ! Fouillant dans la poche de mon manteau, je trouve des euros et j'adresse un remerciement silencieux à mon autre moi, qui est plus organisée que je ne le suis d'ordinaire. Je ressors de la boutique, fière de mon exploit.

Sur le trottoir, une jeune fille glisse dans la neige ; son compagnon la rattrape et en profite pour la prendre dans ses bras et l'embrasser longuement. Mon éducation typiquement britannique et mon sens des convenances prenant aussitôt le dessus, je suis un peu choquée. Puis je lève les yeux vers la fenêtre de l'hôtel où un homme m'attend, celui qui m'a amenée ici, à Paris, pour m'embrasser *moi aussi*, en pleine rue, du matin au soir. Un sourire ravi m'étire les lèvres, je dépasse le couple et me précipite dans l'hôtel.

— Tu es la femme de mes rêves !

Freddie, toujours au lit, redressé contre les oreillers, pose son téléphone sur la table de chevet.

— Parce que j'apporte les croissants, c'est ça ?

Il acquiesce.

— Je ne t'ai pas crue hier quand tu as dit que tu irais à la boulangerie.

Seigneur. Et moi qui pensais avoir agi sur une impulsion. En fait, ma sortie était préméditée depuis la veille. Je tends le sac en papier à Freddie.

— Les deux sont pour moi ? dit-il en jetant un coup d'œil à l'intérieur.

Je lui lance un regard outré pour signifier « tu exagères ! » et je colle le dos de ma main sur sa joue.

— Il fait super froid dehors.

Il frissonne.

— Tu viens te recoucher ?

C'est tentant. Mon Dieu, oui. Mais… Paris ! J'ôte mon manteau humide.

— Trop tard, je suis habillée. Allons plutôt découvrir Paris.

Après avoir prélevé un croissant, Freddie me rend le sac. Je m'assieds sur le bord du lit pour manger.

— Tu es contrariée d'avoir perdu à pile ou face ? demande-t-il.

Comme je ne sais absolument pas de quoi il parle, je feins de ne pouvoir répondre parce que j'ai la bouche pleine.

— Je veux bien faire une petite concession, si tu tiens vraiment à voir *La Joconde*.

J'incline la tête sur le côté d'un air narquois. Bon sang, ce croissant est *divin*.

— Tu sais que je ne suis pas fan des musées, dit encore Freddie.

C'est exact. Il ne s'intéresse pas tellement à l'art ou à l'histoire, et même si j'adorerais déambuler avec lui dans les salles du Louvre, je ne me leurre pas : il n'éprouverait pas la même émotion que moi. Ce qui ne me dérange pas, d'ailleurs. Freddie n'est pas inculte, il se connaît et il sait ce qu'il aime, voilà tout. Mais je me demande ce que nous avons joué à pile ou face.

— Ce croissant est délicieux…, dis-je après avoir enfin avalé ma bouchée.

— Toujours partante pour une balade à pied, malgré la neige ?

Je comprends immédiatement : Freddie veut se promener le nez au vent, sans guide, pour découvrir la ville à sa manière. C'est ce que nous avions fait à Londres, et nous étions tombés sur un petit jardin caché où nous nous étions allongés au soleil, puis nous avions déjeuné dans un vieux pub qui n'avait pas dû changer depuis l'époque de la reine Victoria, et il m'avait acheté un bracelet en argent et agate parce que le bleu de la pierre était exactement celui de mes yeux. Aujourd'hui aussi, nous allons découvrir un Paris *à nous*.

— Attends, je réfléchis… Est-ce que j'ai envie de visiter la ville la plus romantique du monde sous la neige avec toi ?

Je soulève la couette et je me glisse dans ses bras.

— Tu me promets qu'on boira un chocolat chaud ?

— Je te promets tout ce que tu veux, si tu te déshabilles.

Le visage enfoui contre sa poitrine, je me retiens de lui demander de me promettre de rester en vie. Il m'embrasse sur le sommet de la tête, et nous demeurons ainsi un moment, dans la chaleur de son corps qui se communique au mien.

— Je ne sens plus mes orteils.

Nous sommes assis sur un banc au bord de la Seine, après avoir passé une matinée délicieuse à errer, main dans la main, au hasard des rues et des jardins publics. La tour Eiffel est noyée dans la brume, mais il me suffit d'apercevoir sa silhouette de temps à autre pour me sentir folle de bonheur. Nous sommes à Paris ! J'y suis venue une fois, en voyage scolaire, et je ne me rappelle pas grand-chose hormis une visite de Notre-Dame bondée de touristes. Jamais je n'aurais imaginé qu'un jour j'arpenterais la ville sous la neige avec Freddie Hunter. D'ailleurs, je ne le connaissais pas encore. C'est étrange ; j'ai du mal à me souvenir qu'il y a eu une époque dans ma vie où son nom et le mien n'étaient pas inextricablement mêlés.

— Tu as faim ?

Je ris, parce que je sais qu'il espère une réponse affirmative de ma part. Freddie, lui, a *toujours* faim.

À peine ai-je acquiescé qu'il m'entraîne par la main.

— Un endroit où il fait chaud, s'il te plaît…

Il m'enfonce mon bonnet sur les oreilles comme si j'étais une gamine. Son téléphone bipe dans la poche de son manteau mais il n'y prête pas attention, à mon grand étonnement. Il a reçu des appels professionnels toute la matinée.

— Tu ne réponds pas ?

— Sûrement pas ! Ils peuvent aller se faire voir. Je suis à Paris avec ma princesse.

Je souris, touchée par cette déclaration, mais un drôle de frisson me parcourt. Peut-être à cause des flocons de neige qui se posent sur ma nuque en partie exposée, ou peut-être parce que le Freddie que je connaissais n'aurait jamais pu s'empêcher de vérifier que ce n'était pas urgent. Bien que la vie dans ce monde-ci ressemble beaucoup à l'autre, il y a de subtiles différences. C'est troublant.

Au détour de chaque rue que nous empruntons se dresse un trésor d'architecture. Sous la neige, c'est une succession de magnifiques tableaux impressionnistes que nous découvrons. Les Parisiens vont et viennent, pressés ou vaquant tranquillement à leurs activités quotidiennes ; en hiver, la ville leur appartient, avant l'arrivée des hordes de touristes au printemps. Et miraculeusement, ce Paris authentique s'offre à nous aussi.

Nous débouchons devant un monument colossal précédé d'une galerie de colonnes. Mon guide m'apprend qu'il s'agit d'une église : la Madeleine.

— On dirait un temple romain, non ? dis-je en grimpant les marches qui conduisent à la porte.

Freddie me rejoint. Main dans la main, nous pénétrons dans un majestueux sanctuaire au sol de marbre, éclairé par des lustres suspendus au sommet de la nef. J'ai le souffle coupé à la vue des trois hautes coupoles somptueusement décorées de fresques polychromes. Il règne ici un silence qui inspire la paix et le respect, c'est une oasis au cœur de la ville. Freddie et moi ne sommes pas pratiquants, mais personne ne peut rester insensible à la puissante spiritualité qui s'exprime dans ce lieu. Nous avançons jusqu'à une rangée de cierges allumés en souvenir des disparus, et, du coin de l'œil, je vois que Freddie cherche de la monnaie dans sa poche. Aucune parole ne me vient lorsqu'il glisse les pièces dans le tronc et prend deux cierges. Il parle rarement du père qu'il a perdu quand il était enfant ; il était trop jeune pour garder un souvenir de lui, mais il a cruellement souffert de son absence. Au début, j'étais déçue qu'il ne se confie pas à moi, mais j'ai compris par la suite qu'il avait été élevé ainsi. Sa mère professe résolument qu'il faut « vivre le moment présent ». Nul doute que, chez elle aussi, cette attitude qui peut sembler parfois égoïste résulte d'une histoire personnelle.

Je ne sais pas exactement pourquoi il me tend l'un des cierges ; pour mes grands-parents, peut-être, ou par politesse. Il soupire avant de déposer son cierge parmi les autres. Il y en a des grands, d'autres plus petits, déjà presque consumés. Puis il se tourne vers moi et allume mon cierge. Je n'oublierai jamais son regard : c'est comme s'il *savait*. Un instant, nous restons les yeux dans les yeux. Tout se joue là. Tous nos lendemains, chaque jour de notre amour, concentrés dans une petite lumière qui s'éteindra trop tôt. Mes mains tremblent, j'hésite quant à l'endroit où placer mon cierge sur le plateau. Finalement, je le plante à côté de celui de Freddie.

— Allons-y…, chuchote-t-il en me prenant la main.

Avant de ressortir de l'église, je me retourne et jette un dernier regard au brûloir. Deux cierges funéraires. L'un pour un père regretté, l'autre pour son fils tant aimé.

— Ici ?

Nous nous arrêtons devant un minuscule café au coin d'une rue, dont l'auvent vert et or accuse le poids de la neige. Il y a beaucoup de monde à l'intérieur, mais les tables en terrasse sont abritées et j'en choisis une à côté d'un parasol chauffant. Freddie commande des moules frites. Pour moi, ce sera un chocolat chaud et une tarte au citron meringuée. Je sais, des croissants au petit déjeuner, une tarte au citron pour le déjeuner… Tant pis, je suis à Paris ! Alanguis dans la douce chaleur du parasol, nous observons le spectacle de la rue, la circulation ralentie à cause de la chaussée glissante, les passants emmitouflés dans leurs manteaux et leurs écharpes qui rentrent la tête dans les épaules en bravant le froid.

Je regarde ensuite la mine ravie de Freddie au moment où le serveur lui apporte son plat. Ses yeux s'illuminent, il se délecte à l'avance en humant la délicieuse odeur du vin blanc et de l'ail. J'aimerais pouvoir immortaliser cette scène – deux amoureux qui déjeunent sous l'auvent d'un café parisien – dans une de ces boules en verre où il neige quand on les retourne. C'est un de ces moments parfaits qu'on souhaiterait mettre sur pause, et c'est ce que je fais maintenant : j'appuie sur le bouton « arrêt sur image » dans ma tête, pour mémoriser chaque détail et l'inscrire à jamais au fond de mon cerveau. Le treillis métallique des chaises, le bleu de l'écharpe de Freddie, le délicat motif floral sur les couverts en argent, la meringue dorée sur ma tarte au citron. Et soudain, comme pour me rappeler que la perfection n'existe pas, mon téléphone vibre sur la table et un message de David apparaît à l'écran.

> Désolé de te déranger pendant tes vacances, mais j'ai pensé qu'il valait mieux te prévenir. Ella a perdu le bébé. Elle va bien… enfin, si l'on peut dire. Pour l'instant, elle dort. Appelle-moi quand tu pourras. Bises.

ÉVEILLÉE

Jeudi 3 janvier

Je me redresse brusquement sur le canapé, mon cœur battant la chamade, hors d'haleine comme si j'avais couru pour attraper le dernier train. Je me précipite sur mon portable et regarde l'écran, mais il n'y a aucun appel manqué ni message. J'en envoie un à Ella, aussi vague que possible, pour lui demander si elle va bien. Elle répond presque immédiatement : est-ce que je suis dispo pour une virée achat poussette le week-end prochain ?

Oh, le soulagement. Haletante, je me rabats contre les coussins. Jusqu'à présent, mes visites dans l'autre monde ont été une bénédiction, une échappatoire, mon refuge et mon sanctuaire. Mais ça… Ella. Je n'imaginais pas que des choses terribles, *vraiment* terribles, pouvaient arriver là-bas aussi.

ENDORMIE

Dimanche 6 janvier

— Comment va-t-elle ?

Je fais un café à David qui a l'air lessivé. Ella est en train de prendre une douche, et j'en profite pour poser ma question. Ma sœur, forcément, me répondra qu'elle va bien.

Il est assis à la table de la cuisine et se frotte les yeux.

— Un peu mieux. Elle était très abattue ce matin, mais elle a mangé un peu de soupe que ta mère a apporté.

J'avais décidé de lever le pied sur les cachets mais il *fallait* que j'y retourne, sachant l'épreuve que ma sœur traverse. J'ai parlé à maman avant de venir, et elle se ronge d'inquiétude pour eux deux. Leur joie sur leur visage le jour de Noël, et maintenant… C'est trop dur.

Debout derrière David, je me penche pour l'étreindre.

— Et toi ?

— Je voulais l'appeler Jack, comme mon père… Si c'était un garçon.

Il tourne la tête et, à mon grand désespoir, pleure dans le creux de mon bras. Nous restons ainsi un moment, puis il attrape un torchon et s'essuie les yeux.

— Pardon…

Je lui presse l'épaule. Il ne veut pas craquer devant Ella, j'en suis sûre, c'est pourquoi je murmure :

— Tu n'es pas obligé d'être toujours fort.

Nous nous retournons en entendant les pas de ma sœur dans l'escalier. Avec son pyjama bleu marine, ses cheveux mouillés lissés en arrière et son visage pâle, on dirait une adolescente.

Elle me sourit.

— Salut… Ce n'était pas la peine de venir, je t'ai dit de ne pas t'inquiéter. Maman est passée ce matin, et la mère de David aussi.

— Je sais.

J'ai envie de la serrer dans mes bras, mais elle s'active aussitôt et entreprend de vider le lave-vaisselle. Je comprends parfaitement ce qu'elle ressent, pour l'avoir éprouvé moi-même : je ne voulais pas que l'on me touche ou qu'on se montre trop gentil avec moi, sinon je risquais de m'effondrer.

— Je ne reste pas longtemps…

— Allez regarder un peu la télé, toutes les deux, suggère David. Je vous apporte un petit thé.

D'un regard, il m'appelle en renfort.

— Bonne idée, dis-je.

Ella me suit dans le salon. Elle a choisi un thème nautique pour la décoration, avec un papier mural rayé blanc et bleu, rehaussé çà et là de touches orange. Par ses goûts et son sens de l'ordre, elle ressemble à maman. Moi, je suis l'élément bohème de la famille. Je m'assieds au coin du canapé tandis qu'elle reste debout sur le tapis, indécise, frottant l'un de ses pieds nus derrière sa cheville. Je lui ouvre les bras. Immédiatement, son visage se décompose et elle se précipite pour se blottir près de moi sur le canapé en sanglotant à fendre l'âme. Des larmes brûlantes me montent aux yeux. J'enveloppe de mes bras son corps fluet qui tremble et s'affole, je reconnais ce moment où le chagrin est tel que l'on perd pied. Il n'y a rien à dire pour l'instant, je n'essaie pas de trouver les mots. Je berce contre moi, tendrement, ma sœur que j'aime tant.

ÉVEILLÉE

Jeudi 17 janvier

— Du speed dating ? Comme pour les mariages arrangés, tu veux dire ?

Tout le monde a ouvert son Tupperware sur la table. Je me sers encore de ma boîte rose parce que je la trouve réconfortante, même si Julia m'en a offert une transparente pour Noël en déclarant qu'elle était allergique au rose. Je suis soulagée d'avoir repris le travail, et aussi d'échapper à la tristesse de mon monde parallèle. Là-bas, je souffre de voir Ella aussi affligée ; du coup, ici, je l'appelle sans cesse pour vérifier que tout va bien.

Ryan détache l'opercule de son yaourt et le lèche. Il sourit.

— C'est du speed dating un peu particulier.

— Oh non…, dit Dawn. Vous êtes nus ?

Éclat de rire général. Ryan lève les yeux au ciel, puis retrousse sa manche jusqu'à l'épaule et gonfle ses biceps.

— Pas possible. Rien qu'en montrant ça, je déclencherais une émeute.

Grognements.

— Qu'est-ce qu'il a de si particulier, ce speed dating ? je demande.

— Les rencontres se déroulent en silence.

Dawn fronce les sourcils en piochant dans son paquet de gâteaux secs. Depuis son mariage, elle a nettement relâché son régime.

— Comment sait-on si l'autre vous plaît, alors ?

— Moi, je suis tombée amoureuse de la voix de Bruce avant de voir son visage, déclare Julia.

Personne ne rit, parce que c'est Julia, et personne ne met ses paroles en doute non plus, parce que c'est Julia.

Je suis inquiète pour Ryan. Dans quelle histoire s'est-il encore fourré ?

— Donc vous faites quoi, si vous ne parlez pas ? Vous vous touchez ?

— Quand j'étais jeune, on appelait ça une partouze, dit Phil en déballant un énorme sandwich. (Il a toujours le meilleur déjeuner.)

Ryan grimace pour signifier que nous sommes tous à côté de la plaque.

— N'importe quoi ! On se regarde un peu, c'est tout. Ensuite on passe à la table voisine et on en regarde d'autres.

Dawn est franchement dubitative.

— Mais vous n'avez pas le droit de poser de questions ?

— Les gestes avec les mains sont autorisés.

— *Là*, évidemment, il n'y a aucune possibilité de mal interpréter, lance Julia, sarcastique.

Phil fait semblant de vider une bière d'un trait, et Dawn laisse échapper un petit rire.

— J'espère que personne ne donnera de coups de hanche façon Elvis Presley.

Nous mangeons en silence, perplexes. Je suis probablement celle qui apprécie le moins son sandwich. Dans un souci d'économie, je l'ai fait au thon, et j'ai dû trop charger sur la mayo : le pain est complètement détrempé.

— Ça se passe où, exactement ? interroge Phil au bout d'un moment.

Nos regards sévères convergent sur lui, parce que nous adorons Susan.

— Oh, il y en a pour une heure de route au moins, répond Ryan. On y va en covoiturage et c'est mon tour de conduire, donc je ne pourrai même pas boire.

— Ça a l'air super, dis-je. On ne parle pas, on ne boit pas…

Il marmonne un juron inintelligible et je lui tapote gentiment l'épaule.

— Nous pourrions peut-être envisager ce genre d'événement dans la grande salle ici, suggère Phil.

Bon, tout va bien. L'intérêt qu'il a manifesté tout à l'heure n'était pas d'ordre personnel, mais professionnel. Je m'aperçois ensuite qu'il sollicite mon opinion, puisque je suis responsable de l'événementiel. Les idées ne se sont pas bousculées au portillon ces temps-ci, je devrais sans doute y réfléchir. Mais je ne lui dis pas que je préférerais largement organiser une conférence sur les mycoses des ongles plutôt que me spécialiser dans le domaine des rencontres sentimentales.

— Peut-être, dis-je sans enthousiasme. Je vais me renseigner.

— Tu pourrais venir avec nous si tu veux, pour enquêter sur le terrain ?

Le sourire malicieux de Ryan se fige quand il se rend compte de sa gaffe. Me proposer une sortie dont le but premier consiste à chercher un partenaire amoureux peut en effet sembler déplacé.

Dawn détourne les yeux, Phil a l'air gêné, Julia soupire et mime un geste obscène d'une main. C'est tellement inattendu chez elle, tellement en désaccord avec son personnage, que nous éclatons de rire.

Ryan glisse vers moi le Babybel que sa mère inclut toujours dans sa boîte repas. C'est ce qu'il préfère. Je lui tapote la main et repousse le fromage pour le lui rendre avec un petit sourire. Il s'en sortira très bien à ces rencontres ; sa maîtrise de la communication non verbale ne fait aucun doute.

ÉVEILLÉE

Mercredi 13 mars

Demain, c'est mon anniversaire.

Demain, Freddie sera mort depuis un an.

Je suis de plus en plus angoissée à mesure que le jour approche. En un sens, cela ne change rien puisqu'il me manque quotidiennement, mais ce matin je surveille ma montre de manière obsessionnelle. Je tente de me rappeler ce que je faisais l'année dernière à la même heure, je calcule le temps qu'il me restait avant que ma vie ne bascule. Mon Dieu, mon cœur saigne pour la fille que j'étais et qui allait bientôt subir une telle épreuve. Que ne donnerais-je pas pour revenir en arrière et obliger Freddie à rentrer directement au lieu de passer chercher Jonah.

Maman et Ella veulent m'emmener dîner demain soir, mais je ne peux vraiment pas. Je ne veux pas marquer cette date d'une quelconque façon, et surtout pas fêter mon anniversaire. J'ai d'ailleurs conscience que mon anniversaire sera à jamais entaché, à jamais *incélébrable*. Freddie s'en voudrait terriblement s'il le savait, lui qui en faisait toujours des tonnes à cette occasion – il avait même envoyé une carte à ma mère pour la remercier de m'avoir donné naissance. Maman me l'a rappelé hier en essayant une dernière fois de me vendre son idée de restaurant. « En mémoire de Freddie », a-t-elle dit. Un chantage affectif, plutôt – quoique bien intentionné –, dans le but de m'éviter une soirée à me morfondre seule chez moi. « Je ne me morfondrai pas », ai-je promis.

Et je suis sincère. J'irai travailler le matin, mais j'ai pris mon après-midi afin de pouvoir passer un peu de temps au cimetière et parler avec Freddie. Ensuite, je rentrerai à la maison et je me coucherai tôt. Je n'ai pas ouvert le flacon de cachets depuis début janvier. Il n'en reste plus beaucoup, je me rationne. En fait, la vraie raison, c'est que dans mon monde parallèle, Ella a perdu son bébé. Sa grossesse ici, dans le monde éveillé, occupe une part très importante de ma vie ; elle a toujours d'horribles nausées le matin et la recherche de prénoms est notre principal sujet de conversation. Son ventre s'est déjà bien arrondi. Dans quelques mois, il y aura un nouveau petit être qui n'existe pas dans mon autre monde ; c'est comme une horloge qui fait tic-tac, ou peut-être une bombe à retardement.

ÉVEILLÉE

Jeudi 14 mars

Est-ce bizarre de pique-niquer dans un cimetière ? J'imagine que oui, mais c'est mon anniversaire, je fais ce que je veux. D'ailleurs, ce n'est pas exactement un pique-nique ; juste la couverture de ma voiture que j'ai étendue par terre pour m'asseoir et une Thermos de café. J'ai aussi une part de gâteau. Mes collègues se sont rassemblés autour de mon bureau à midi, ils ont chanté, un peu faux, et m'ont donné un ballon gonflé à l'hélium en me regardant d'un air à la fois honteux et plein d'espoir. Ils m'ont ensuite mis dans les bras un bouquet de fleurs et une bouteille de vin pétillant. Le geste m'a touchée. J'ai laissé le ballon et la bouteille dans la voiture – une note festive qui n'aurait pas sa place au milieu de cet univers de granite – et j'ai apporté les fleurs à Freddie. Je comptais passer chez un fleuriste, mais puisque celles-ci m'ont été offertes, je suis contente de les lui offrir à mon tour. J'ai l'impression de partager mon anniversaire avec lui, aussi étrange que cela puisse paraître. De toute façon, j'ai cessé de m'interroger sur mes intentions et mes motivations. Il faut parfois accomplir sans réfléchir les actes qui vous permettent de tenir jusqu'à la fin d'une journée.

Je ramène mes genoux contre ma poitrine.

— Salut, Freddie… Me revoilà.

Les yeux fermés, dans le silence qui m'emplit, je l'imagine assis sur la couverture à côté de moi. Je sens le poids de son bras sur mes épaules, je souris quand il enfonce son nez dans mon cou et me souhaite un joyeux anniversaire. C'est un après-midi brumeux et froid. Je perçois presque la chaleur de son corps qui enveloppe le mien.

— À ton avis, qu'est-ce qu'on ferait ce soir ?

Il me répond que c'est un secret. J'entends l'écho de son rire tout autour de moi et des larmes jaillissent de mes yeux.

— Tu me manques.

L'ampleur de cet euphémisme me désespère.

— La plupart du temps, j'essaie de m'accrocher… Je lutte, Freddie, je lutte *vraiment*. Mais aujourd'hui… Les mots ne peuvent rendre compte de mon immense peine.

— C'est *tellement* dur, tu sais !

Je me cache le visage dans mes mains. Il me chuchote qu'il éprouve la même chose, que c'est dur pour lui aussi sans moi.

— Hé…

Je sursaute lorsqu'une main se pose sur mon épaule. Une main réelle. Je lève les yeux. Jonah s'accroupit à côté de moi et me scrute de son doux regard brun.

— Tu as envie d'un peu de compagnie ?

Je ne l'ai pas revu depuis le soir du Nouvel An. Je lui ai écrit un ou deux SMS mais je les ai effacés au lieu d'appuyer sur la touche « envoyer », et nos chemins ne se croisent pas si souvent. Sauf ici, apparemment.

— D'accord…

J'essuie mes larmes et je m'écarte pour lui faire de la place sur la couverture.

En silence, il fixe longuement le nom de Freddie en lettres dorées.

— Un an, dit-il au bout d'un moment.

— Oui…

J'étouffe tant j'ai la gorge nouée.

— Toute une année… sans lui.

— Comment tu vas ?

À sa voix hésitante, je comprends qu'il veut parler du Nouvel An et des longues semaines glacées qui se sont écoulées depuis.

— Oh… Mon travail m'occupe, heureusement, et Ella est très affaiblie par sa grossesse. Je passe pas mal de temps avec elle.

Ce n'est pas un mensonge. Ella est vraiment handicapée par ses nausées. Je vais souvent la voir après le boulot et je reste jusqu'à ce que David rentre. Je sais que ce n'était pas le sens de la question de Jonah, mais à part la gestion pratique de ma survie, je n'ai rien à offrir.

— Et toi, ça va ?

Jonah hausse une épaule, sans enthousiasme.

— Oui… Comme toi. Les élèves, la routine…

Je bois une gorgée de café.

— Et Dee ?

Jonah arrache un à un des brins d'herbe devant lui. Il réfléchit à sa réponse.

— On se voit de temps en temps… Pas tant que ça… J'aime bien son rire.

Les mots que nous taisons en disent plus long que ceux que nous prononçons. Il ne veut pas me parler de sa relation avec Dee, parce que, moi, je n'en suis pas du tout au même point dans ma vie.

Jonah remonte ses genoux au menton, comme moi. Il est vêtu de noir, mais c'est la couleur qu'il porte par défaut, je ne crois pas qu'il s'agisse d'un choix conscient pour aujourd'hui. Il enlève son bonnet en laine bleu marine et le fourre dans la poche de son manteau.

— Je suis désolé, Lyds, déclare-t-il d'une voix sans timbre, le regard fixe. Pour le soir du Nouvel An. Je ne sais pas ce qui m'a pris. Je regrette ce que j'ai dit.

J'examine son profil que je connais si bien. Il a toujours eu un visage mince et pâle, avec des cheveux en bataille et des pommettes saillantes qui lui donnent un air romantique, mais ses joues n'ont jamais été aussi creuses. Il ferme ses yeux frangés de longs cils et soupire.

— J'ai essayé de t'écrire un SMS, dis-je. Plusieurs, en fait, mais je n'arrivais pas à trouver les mots justes. Je les ai effacés.

— Pareil pour moi.

Jonah hoche la tête et laisse passer un moment avant de développer :

— J'ai essayé, parce que je suis sincèrement désolé. Je regrette d'avoir frappé à ta porte comme un fou furieux, de ne pas être entré quand tu me l'as proposé, et d'être parti en te laissant pleurer toute seule le soir du Nouvel An. Voilà. Je regrette, Lyds. Je suis désolé, pour tout.

— Tu penses vraiment que c'est pire quand tu me vois ?

Il se pince l'arête du nez.

— Bon sang, non. Quand je suis avec toi, je pense à lui.

Il lance un regard à la stèle de Freddie.

— Et c'est dur, parfois, mais c'est réconfortant aussi. Tu comprends ? Nous deux, ici… C'est une consolation.

Je lui tends mon gobelet de café. Il se réchauffe un peu les mains avant de boire, puis lâche un rire sans joie.

— L'année prochaine, je partirai pour le Nouvel An. Loin, très loin, sur une île… Pour être sûr de ne pas débarquer bourré à ta porte.

Je lui réponds par un sourire triste quand il se tourne vers moi.

— OK, c'est noté.

Le soulagement se peint sur son visage, ses épaules se détendent. Je n'avais pas bien mesuré à quel point cette entrée dans une nouvelle année a été dure pour nous deux.

Jonah me raccompagne à ma voiture, la couverture sous le bras.

— Bon sang, c'est ton anniversaire, bien sûr ! dit-il, gêné, en remarquant le ballon qui flotte au-dessus du siège passager, la bouteille de vin pétillant et le reste du gâteau.

— Je n'ai pas envie de le fêter, de toute façon.

La Thermos m'échappe des mains au moment où j'ouvre la portière. Je me précipite pour la récupérer avant qu'elle ne roule sous la voiture et le ballon à l'hélium s'échappe. Il s'envole aussitôt, sans nous laisser la moindre chance de l'attraper par sa ficelle.

— Merde…

Je me fiche du ballon, mais il me semble que ce n'est pas l'endroit adéquat pour un lâcher de ballon. Sa touche rouge pimpant dérive au-dessus des tombes grises, puis il s'élève, de plus en plus haut, et soudain, alors que je n'ai pas l'habitude de m'attacher aux symboles, je suis émue aux larmes par le sens que prend cette image. En silence, nous suivons le ballon des yeux, jusqu'à ce qu'il disparaisse derrière un voile de brume.

Quand je me tourne vers Jonah, il me regarde gravement.

— Tu seras toujours importante pour moi, Lydia. Ne perdons pas notre amitié… Nous avons déjà trop perdu.

Je hoche la tête, retenant une autre montée de larmes parce que c'est ce qui aurait dû se passer entre nous le soir du Nouvel An. Une conversation comme un baume entre vieux amis, pas ce désespoir destructeur qui nous a séparés.

— Toi aussi, Jonah Jones, tu seras toujours important pour moi.

Je me dresse sur la pointe des pieds et embrasse sa joue glacée.

Il garde la main sur la poignée de ma portière pendant que je m'installe au volant et boucle ma ceinture de sécurité.

— Bon anniversaire, murmure-t-il avant de fermer doucement la portière.

En sortant du parking, je cherche à apercevoir le ballon une dernière fois dans le ciel. Il a disparu.

Sur le chemin du retour, je m'arrête pour laisser une vieille dame traverser au passage pour piétons. Tandis qu'elle progresse lentement devant le capot de ma voiture, je reconnais Maud, de l'atelier deuil-méditation. Elle a les épaules voûtées et tire un caddie à roulettes.

Je jette un coup d'œil au gâteau posé sur le siège passager, et, prise d'une impulsion subite, je descends ma vitre et je l'appelle au moment où elle remonte sur le trottoir.

— Maud !

Je me range le long du caniveau.

— Bonjour !

Elle se penche pour m'examiner d'un air méfiant et lâche dans un aboiement rauque :

— Je ne vous ai jamais vue de ma vie.

— Si. On s'est croisées à l'atelier méditation au collège, vous vous rappelez ? L'été dernier ?

Elle pince les lèvres, perplexe, le temps de fouiller sa mémoire.

— Quel ramassis de sornettes !

— Hmm… Je n'en garde pas un souvenir ébloui non plus.

Elle me dévisage sans faire le moindre effort pour engager la conversation. Consciente du ridicule de la situation, je bredouille :

— Euh… C'est mon anniversaire aujourd'hui, et…

— Et alors ? Vous n'avez pas d'amis, pour racoler comme ça des inconnues dans la rue ? Vous tombez mal : je hais les anniversaires.

— Dommage. Parce que je me rappelle que vous aimez les gâteaux, et je me demandais si celui-ci vous plairait.

J'indique le gâteau au chocolat sur le siège passager. Elle suit mon regard et fronce le nez.

— Le chocolat, c'est pas ce que je préfère.

— Ah. Alors, tant pis. Pas de problème.

— Mais bon, je veux bien vous le prendre, dit-elle en soulevant le rabat de son caddie. Du moment que j'ai quelque chose à boire avec.

Elle fixe la bouteille de vin pétillant et je ne peux pas m'empêcher de rire devant tant d'audace. Je lui tends le gâteau, puis la bouteille ; elle se dépêche de les enfouir dans son caddie. Songeant alors qu'elle aurait peut-être envie d'un peu de compagnie, j'ajoute gentiment :

— Si vous voulez, je peux venir le manger avec vous…

— Trouvez-vous un autre pigeon, maugrée-t-elle en se redressant. D'ailleurs, vous n'avez pas le droit de stationner en double file ici.

Fin de l'échange. Elle s'éloigne avec son caddie et ne se retourne même pas quand je démarre et lance joyeusement : « Au revoir, Maud ! » Elle pesterait encore plus si elle savait qu'elle a éclairé ma journée.

ENDORMIE

Jeudi 14 mars

— Joyeux anniversaire, ma belle.

Nous sommes au restaurant Chez Alfredo.

Évidemment.

— Je sais qu'on a déjà fêté ton anniversaire ici l'an dernier, dit Freddie, mais ce soir, il n'y a que nous deux. Tu regrettes peut-être que ta mère ne soit pas là pour renvoyer son assiette parce qu'elle trouve le poulet froid ?

Il rit.

— J'ai vraiment cru qu'Alfredo allait l'empoigner par les cheveux et la foutre dehors.

Voilà donc ce qui s'est passé l'année dernière dans ma vie ici. J'essaie de sourire à l'évocation d'une anecdote dont je n'ai aucun souvenir, mais je suis presque en colère que l'on retienne en premier lieu un événement aussi insignifiant – le poulet critiqué par ma mère – de ce jour où ma vie a basculé.

Freddie, sans surprise, commande une côte de bœuf ; je bouscule mes habitudes en choisissant le saumon.

En général, je prends du poulet, mais je préfère ne pas provoquer d'autres allusions à l'année dernière.

— Comment allait Ella cet après-midi ? interroge Freddie en remplissant mon verre de vin.

Je ne sais pas comment va Ella, bien sûr, aussi je me protège par une réponse vague :

— Pas trop mal…

J'aimerais en apprendre davantage, mais comment pourrais-je tourner mes questions sans qu'elles paraissent bizarres ?

— Tu veux qu'on parle de choses plus gaies ? demande Freddie.

Nous suspendons notre conversation pendant que le serveur pose nos assiettes devant nous. Je suis contente qu'il existe un autre endroit, quelque part, où le ventre d'Ella s'arrondit sous la poussée d'un bébé en bonne santé et où elle n'a pas le cœur brisé. Une fois que le serveur est parti, j'attrape à nouveau mon verre de vin.

— Oui, s'il te plaît.

— Jonah s'installe chez Dee. Son bail arrive bientôt à échéance, alors ils vont essayer de vivre ensemble. Elle a un trois-pièces dans le nouveau lotissement du côté du parc, tu vois lequel ?

Oui, je vois. Nous avions envisagé d'acheter un des pavillons là-bas, mais renoncé à cause de leurs jardins ridiculement exigus.

Je suis étonnée, c'est le moins qu'on puisse dire. Jonah adore son appartement au rez-de-chaussée d'une belle maison victorienne proche du collège. Le loyer est trop cher pour lui, mais il a besoin de la grande fenêtre en saillie pour loger son piano.

— Il y aura la place pour son piano ?

Freddie me jette un drôle de regard et répond :

— Aucune idée. Ça m'étonnerait que ce soit sa priorité.

Je bois trop vite ; il faut que je ralentisse, mais ce n'est pas exactement l'anniversaire que j'espérais. Pour commencer, je ne raffole pas de ce lieu. C'est le restaurant préféré de Freddie, pas le mien.

— Ils font une fête le week-end prochain. On est libres, hein ?

J'acquiesce et note dans ma tête : ne pas prendre de somnifère samedi prochain. Tout en remplissant nos deux verres de vin, je demande sur un ton détaché :

— Quoi de neuf avec BioDo ?

Je cours le risque qu'il m'en ait parlé la veille – ou même dans la voiture en venant –, mais j'ai envie de savoir comment il va depuis ma dernière visite. Ma question ne semble pas le surprendre.

— Rien de définitif. Ils voudraient ouvrir des succursales au Brésil, mais c'est encore trop tôt.

— Waouh ! Ce serait un gros coup pour toi !

BioDo occupe énormément Freddie depuis qu'il est devenu le responsable pub de l'agence. Son ambition a toujours été une arme à double tranchant : un atout pour ses patrons, un danger pour sa vie privée. Je l'ai déjà vu à plusieurs reprises obsédé par un gros client, et j'éprouve à présent une pointe de ressentiment tandis qu'il se lance dans un récit détaillé de ses récents accomplissements. Au lieu de l'écouter, je regarde sa bouche qui forme des sons, le mouvement souple de ses épaules sous la chemise pendant qu'il coupe sa viande, le renflement de son biceps quand il porte son verre à ses lèvres. Ses cheveux sont plus courts que d'habitude et je ne suis pas sûre d'aimer cette nouvelle coupe. Ou alors, ce que je n'aime pas, c'est qu'il ne soit pas *exactement* le même dans cette vie-là.

Je saisis une phrase au vol :

— Au moins, il avait accepté mes congés avant de faire son infarctus. Trois semaines entières.

Je présume qu'il parle de Vince, son patron.

— Il va bien ?

— Il ira bien, à condition qu'il se mette au régime. Vince n'est pas quelqu'un que j'apprécie particulièrement. Pour autant, je ne souhaite pas qu'il passe l'arme à gauche.

— Trois semaines ?

— J'arrête le 12 juillet. À mon retour, je serai un homme marié.

Freddie lève son verre pour porter un toast. Je souris, nous trinquons, mais mon cœur est avec ma sœur ce soir. Je mène une vie délicieuse ici, alors qu'elle souffre. Malgré moi, j'ai l'impression que son bonheur est sacrifié en échange du mien.

ÉVEILLÉE

Vendredi 17 mai

— Et s'il ne venait personne ?

Ryan se regarde dans son téléphone.

— Bien sûr que si ! On a vendu trente billets avec une boisson gratuite. Les gens viendront au moins pour boire un coup.

Je suis toujours anxieuse avant les événements que j'organise, mais je n'ai pas eu grand-chose à faire cette fois. Les animateurs des « rencontres silencieuses » seront sur place. Je me suis contentée de vendre les billets – à un nombre égal d'hommes et de femmes –, j'ai recruté le personnel du bar et préparé la salle. À part ça, je ne sais pas trop comment se déroulera la soirée.

— À ton avis, j'ai une chance ? demande Ryan, une main sur la hanche, le regard perdu dans le lointain comme un mannequin sur la couverture de *GQ*.

Il est très excité, toujours à l'affût du prochain grand amour de sa vie. Je me demande parfois si je ne devrais pas lui conseiller d'endurcir un peu son cœur d'artichaut, mais je crois hélas que c'est une leçon qu'on apprend seulement au travers d'expériences douloureuses. Je ne peux donc que l'encourager :

— Elles t'enverront toutes des baisers du bout des lèvres.

— J'espère que je ne connaîtrai personne, dit-il, soudain inquiet. Ce serait bizarre de croiser quelqu'un que j'ai zappé.

— Zappé ?

— Ben oui, tu sais, quand tu n'as pas le courage de rompre avec quelqu'un… Alors, tu ne donnes plus signe de vie, tu ne réponds pas aux appels… Tu disparais.

— Oh.

Il parle évidemment de situations qui ne sont pas des drames, mais je ne peux pas m'empêcher de plaindre tous ceux qui ont été « zappés » par quelqu'un qu'ils aiment. Freddie ne m'a pas zappée, pourtant je sais ce qu'on éprouve quand quelqu'un disparaît de votre vie sans prévenir. C'est salaud d'infliger ça à quelqu'un, volontairement.

La gravité de mes pensées doit se lire sur mon visage, car Ryan ajoute :

— Personnellement, je ne l'ai fait qu'une fois. C'était une hystérique qui n'arrêtait pas de me harceler… J'ai dormi avec la lumière allumée pendant un mois après !

Je coupe court à cette conversation en plaquant un sourire sur mes lèvres.

— Bref. Tu seras très demandé, j'en suis sûre.

Ryan est le seul de mes collègues qui participe ce soir. Tous les autres sont mariés, sauf moi.

Les animateurs des rencontres sont d'une efficacité redoutable. Quinze tables pour deux, disposées le long d'un circuit tortueux qui ferait pleurer d'envie le personnel d'Ikea, quinze nappes rouge carmin et quinze vases de pivoines artificielles ; ils ont apprêté la grande salle de la mairie pendant le temps qu'il m'a fallu pour leur servir un café.

— Il y a longtemps que vous organisez ces rencontres ?

Je tends une de nos tasses « pour les clients seulement » à Kate, la chef de l'équipe. Blanche toute simple, avec une bordure dorée, à la différence des vieux mugs ébréchés que nous utilisons en haut.

Elle s'assied sur le gros radiateur en fonte et secoue son carré noir à frange d'un noir de jais. On dirait Uma Thurman dans *Pulp Fiction*, jusqu'au fin trait d'eye-liner noir qui souligne le bord de sa paupière. Son look frappant est peut-être le secret pour réussir dans le domaine du speed dating, parce qu'on ne vous oublie pas. Elle est petite, moulée dans un pantalon en cuir qui épouse ses rondeurs à la perfection.

— Un an à peu près, répond-elle. Avant, on faisait du speed dating traditionnel, et puis on a lancé ce nouveau concept. Pour se distinguer des autres. Les gens sont toujours prêts à essayer quelque chose *une fois*, non ?

Ah oui ? Je reste dubitative, même après réflexion. Personnellement, je n'ai pas envie d'essayer le saut à l'élastique, la corrida, ou la traversée de la Manche à la nage.

— Très chaud…, murmure-t-elle.

Je me demande si elle parle du café, du radiateur, ou de Ryan qui passe devant elle en portant des chaises empilées les unes dans les autres.

— Vous participez, vous ?

Elle accueille ma question avec un petit rire.

— Sûrement pas.

Comme publicité, on s'attendrait à mieux.

— Ah non ?

— Je ne cherche pas l'amour. Si vous voulez mon avis, on vit très bien sans.

— J'imagine que vous ne le dites pas à vos clients.

— Non, j'évite, réplique-t-elle avec une grimace comique. N'empêche que dans ces rencontres, il y a vraiment quelque chose qui marche… Des études scientifiques ont prouvé qu'on pouvait tomber réellement amoureux en se regardant dans les yeux en silence pendant un moment.

— De quelqu'un qu'on ne connaît pas du tout ?

Je suis très sceptique. Tomber amoureux, comme ça, en quelques minutes ? L'idée me traverse soudain que je ne crois plus du tout en l'amour, point final. L'amour de ma vie m'a quittée, je n'éprouverai plus jamais ce sentiment.

— Bon, d'accord, il faut quand même qu'il y ait une certaine attirance au départ… Et que les deux personnes soient disponibles, évidemment. Mais si on vient à du speed dating, en général, c'est que cette case-là est cochée.

— Oui, sans doute.

— Croisons les doigts pour que tout le monde se pointe, conclut-elle.

Une demi-heure plus tard, la salle est pleine. Un souffle d'excitation mêlée d'anxiété frémit entre les participants, venus seuls ou avec des amis, qui serrent leurs boissons gratuites dans des mains sûrement moites. J'observe la scène, détachée, mais fascinée aussi. Quoique je n'aie plus aucun rôle à jouer maintenant, je suis restée par pure curiosité. J'écoute le discours de bienvenue que prononce Kate, une version approfondie de notre conversation sur le concept de rencontre silencieuse et ses fondements scientifiques – en passant sous silence ses réticences personnelles quant à l'amour. Elle sait incontestablement capter l'intérêt de son public. Les participants écoutent attentivement, lançant de furtifs coups d'œil à la ronde. À la fin, obéissant au signal de Kate, ils gagnent les tables qui leur ont été assignées, où ils vont se livrer à leurs deux premières minutes de silence générateur d'amour. Je remarque soudain que Kate fronce les sourcils, et, suivant son regard, je vois une femme enfiler en hâte son manteau et se précipiter vers la sortie. À son langage corporel – épaules raides, oreilles rouge écarlate – je devine qu'elle ne se laissera pas dissuader par l'assistante de Kate debout près de la porte.

— Zut, murmure Kate en s'approchant de moi.

J'avise la chaise vide, et l'homme mal à l'aise assis seul à la table. C'est déjà embarrassant de se faire poser un lapin en public, encore plus à une rencontre pour laquelle on a payé.

— Vous ne voulez pas y aller, vous ?

Je ris, puis je comprends qu'elle est sérieuse.

— Je… non… je ne peux pas, Kate.

— Ça nous aiderait, insiste-t-elle. Avec un nombre impair, ça ne peut pas fonctionner.

C'est une démarche professionnelle : elle ne me demande pas d'être romantique, juste de lui rendre service pour un événement que je lui ai commandé et dont elle doit assurer le bon déroulement. Je regarde la chaise vide, au désespoir. Il me suffit pourtant de m'asseoir sans parler à chacune des tables. Je devrais y arriver. Dieu sait que je passe pas mal de temps seule en silence, je suis bien entraînée. Puis j'ai une idée : en enlevant Ryan, nous retrouverons un nombre pair. Il est assis à une table au fond de la salle, face à moi, mais il ne me regarde pas – ses yeux sont déjà plongés dans ceux de la fille devant lui. Mon cœur se serre. Je ne peux pas lui infliger ça ; il y a tant d'espoir dans son jeune enthousiasme que j'en perçois les vibrations même à distance. Sentant mon hésitation, Kate me pousse gentiment dans le dos.

— Il n'y a rien à faire, chuchote-t-elle. Rentrez en vous-même et pensez au contenu de votre boîte mail.

Elle ne me pousse pas, en réalité, mais sa main appliquée contre mes reins m'envoie un message très clair : « S'il vous plaît. » Elle interprète mon soupir comme un accord.

— Merci, vous êtes super !

À contrecœur, je me dirige vers la table du participant solitaire. Bon sang, comment me suis-je laissée prendre au piège ? Je n'ai *pas* envie. *Vraiment* pas envie de me jeter dans le monde des rencontres sentimentales, silencieuses ou non. Quatorze mois ont passé depuis l'accident, et pas une seule fois je n'ai pensé qu'il me serait possible d'éprouver un jour du désir pour un autre homme. Je ne peux pas.

Je tire la chaise et m'assieds sans le regarder. C'est parti pour le candidat numéro un. Le pauvre. Il a payé avec l'espoir de trouver quelqu'un qui aspire comme lui à une belle union romantique, et il ne recevra que deux minutes d'un cynisme désabusé. Kate donne le signal : c'est le moment de lever les yeux et de découvrir le grand amour. Mais pas pour moi. Que ma vie soit longue ou courte, je n'aimerai jamais quelqu'un comme j'ai aimé Freddie Hunter.

Je réussis quand même à lever les yeux, après avoir glissé mes mains sous mes cuisses pour cacher leur tremblement. J'ai écouté le laïus de Kate, je sais que beaucoup de choses sont permises, tant que nous respectons la règle du silence. Les gestes (hormis lubriques) sont autorisés, les sourires aussi ; on peut même se tenir la main si on veut. *On ne veut pas.* Mon éphémère partenaire pose sur moi un regard dénué d'intérêt dans lequel je comprends que je ne suis pas vraiment son genre. Parfait, puisque c'est réciproque. Si je devais deviner son âge, je dirais vingt et un an maximum ; à peine sorti de l'université et pas encore entré dans le monde des adultes. Je ne suis pas non plus vexée par son air d'ennui, à peine poli, ni par sa manière de se ronger les ongles en attendant que le temps soit écoulé. Au milieu de la deuxième minute, j'esquisse un sourire du style « désolée-je-pourrais-être-ta-mère », et il me répond par un haussement d'épaules. Je ne pense pas me tromper en affirmant que le candidat numéro un, une fois le tour des tables terminé, ne cochera pas la case pour en savoir davantage sur moi.

Le numéro deux est plus proche de moi en âge, mais il me fixe comme s'il s'agissait d'obliger l'autre à baisser les yeux. Je ne les baisse pas. Ce jeu ridicule m'agace, et si nous pouvions parler, je lui conseillerais de changer de stratégie dans le cadre de ces rencontres à visée sentimentale. Il a un regard dur – ou un regard de malade façon Norman Bates dans *Psychose*, au choix – qui ne laisse rien transparaître de sa personnalité. Cela dit, je ne pense pas que je lui donne à voir une once de la mienne non plus. Deux longues minutes.

Les numéros trois, quatre et cinq relèvent tous de la catégorie « je-suis-là-pour-la-bière ». Ils sont visiblement amis et s'observent les uns les autres pour voir comment chacun progresse. Je suis presque sûre qu'ils notent les candidates, puis déplient les doigts d'une main sous la table pour communiquer le chiffre à leurs camarades.

J'aurais envie d'emmener le numéro six chez ma mère pour qu'elle lui prépare à manger ; il a un air de chien battu, maigrichon et affamé. Je distingue ses tétons sous sa fine chemise en polyester. Pas terrible… D'autant plus que la chemise est vert menthe, et pire encore, assortie d'une cravate *Retour vers le futur*. À la mi-parcours, il sort de sa poche un sachet de gommes aux fruits et m'en offre une. Je refuse poliment. Jusqu'à la fin, il mâche lentement son bonbon sans cesser de me regarder derrière ses lunettes cerclées d'or.

Ce n'est pas si difficile que ça, en réalité, sans doute parce qu'il n'y a aucun enjeu sentimental pour moi. Je pourrais presque me mettre à rire quand je salue le ruminant d'un signe de tête et me dirige vers la table suivante.

Même s'il est assis, je vois que le numéro sept est grand, avec de larges épaules. Il a des cheveux blond genre viking et une lueur amusée dans ses yeux gris pâle, comme s'il était parti du mauvais côté en sortant du bar et se trouvait là par erreur. Moi non plus, je ne devrais pas être ici. Je me raidis quand il se penche en avant. Il est différent des autres, je ne saurais dire en quoi exactement ; quelque chose dans son regard me parle. Je lui donne cinq ou six ans de plus que moi. C'est un homme accompli, en aucun cas un gamin attardé qui se gave encore de bonbons, et je ne peux pas m'empêcher de chercher sur sa main la trace d'une alliance qu'il aurait ôtée pour la circonstance. Il secoue imperceptiblement la tête en réponse à ma question muette, puis interroge à son tour ma main gauche. Elle est nue. Je porte la bague de fiançailles de Freddie accrochée à une chaîne autour de mon cou, pour mieux la sentir près de mon cœur. Au bout de quelques secondes, les yeux dans ceux du Viking, je confirme de la tête que, non, personne ne m'attend à la maison. Il déchiffre mon expression, fronce un peu les sourcils, puis enfreint l'une des règles cardinales de Kate et me demande, d'une voix presque inaudible, si je vais bien. Cette délicate attention, complètement inattendue, touche quelque chose dans les recoins les plus enfouis, les plus sombres de mon âme ; c'est comme si un vieux moteur rouillé toussait. Il me faut un moment pour comprendre ce qui se passe : le moteur démarre, et c'est terrifiant.

Je murmure :

— Infraction à la règle.

Il rit en jetant un regard gêné, presque honteux, autour de lui. Brusquement, l'idée me vient qu'il est attirant. Mon Dieu. Je trouve le numéro sept attirant, et je ne sais pas du tout quoi en penser. Il ne me rappelle pas Freddie. Il ne me rappelle personne. Si nous pouvions parler, je lui raconterais que je suis ici uniquement pour que les participants forment un nombre pair, que je n'offre aucune case à cocher et que je ne cherche pas l'amour, silencieux ou autre. Mais comme je n'ai pas le droit de parler, j'essaie d'expliquer tout cela avec mes yeux. Et puis c'est fini, nos deux minutes sont écoulées. La consternation se peint sur son visage ; juste avant que je ne me lève, il tend la main et pose le bout de ses doigts sur les miens.

— Je m'appelle Kris, dit-il, enfreignant la règle à nouveau.

Dans le mouvement général et le jeu des chaises tournantes, personne ne remarque rien. Je n'en avais pourtant pas l'intention, mais je souffle :

— Lydia.

Il me serre très doucement les doigts.

— Ravie de vous avoir connue, Lydia.

Je me lève, terrifiée, reconnaissante de devoir rejoindre le numéro huit. Dieu merci, c'est un jeune homme dont le tee-shirt moulant et le torse de body-builder ne produisent aucun effet sur mon moteur. Je n'en produis pas non plus sur le sien, apparemment, vu le message très clair (« rejoins-moi-au-bar ») que ses yeux lancent à la fille qui vient de le quitter. Elle lui sourit avec une absence totale d'ambiguïté, et je plains le candidat devant qui elle s'est assise ; une minute plus tard, elle ne lui a toujours pas accordé un seul regard. Je me retire en moi-même, mais, à la différence du numéro huit, je suis suffisamment bien élevée pour feindre de m'intéresser à lui. La fin est une délivrance pour nous deux.

Je pourrais embrasser le numéro neuf, d'abord parce que je n'ai plus à regarder le numéro huit qui regarde quelqu'un d'autre, mais surtout, parce que c'est Ryan. La stupeur fige ses traits lorsque je me laisse tomber sur la chaise, puis il se penche vers moi, riant et incrédule à la fois. Je hausse les épaules et écarte les bras dans un geste d'impuissance. Après un fugace moment de gêne, il se frotte les yeux et entre dans le jeu en me fixant avec sérénité. Je l'imite. Bientôt son expression s'altère, je devine qu'il pense au terrible effort que je dois fournir ce soir. Il a mal pour moi. Je lui prends spontanément les mains sur la table, soudain bouleversée parce que je participe à une soirée de rencontres et que j'ai éprouvé quelque chose pour quelqu'un que je ne connaissais pas. Sa bouche se crispe et je lis dans son esprit, telle une déclaration écrite en lettres incandescentes, qu'il est fier de moi. Admiratif. Il me regarde comme si j'étais une princesse guerrière, et tandis que notre deuxième minute approche de sa fin, il me serre très fort les doigts pour m'encourager sur mon chemin victorieux. À cet instant, je l'aime comme je pourrais aimer un frère de sang. Je suis à deux doigts de pleurer, il s'en aperçoit et articule silencieusement : « Dégage, gros naze » pour me faire rire. Il atteint son but : c'est avec la dignité d'une princesse guerrière que je franchis l'étape des six dernières tables. Ils sont tous aussi insignifiants, du moins à mes yeux. Je me rappellerai d'un seul ce soir. Le numéro sept. Kris. Celui qui enfreint la règle. Le Viking.

Kate et son équipe remballent leur matériel aussi vite qu'il a été installé, et Ryan et moi fermons la salle après leur avoir dit au revoir.

— Qu'est-ce que tu en as pensé ? me demande-t-il sur le parking, en sortant ses clés et son portable de la poche arrière de son jean.

Je hausse les épaules.

— J'ai l'impression que ça s'est bien passé… En tout cas, les feuilles d'observations étaient toutes remplies.

Kate a emporté les feuilles sur lesquels chacun exprimait son opinion, afin de mettre en contact les partenaires compatibles. J'y ai jeté un coup d'œil furtif pendant qu'elle les ramassait. Sur l'une d'elles, les cases étaient cochées avec un surligneur vert fluo. Qu'est-ce que ce choix révèle de son utilisateur ? me suis-je interrogée. Insouciant ? Extraverti ? Puéril ? Bordélique (« je-n'ai-rien-trouvé-d'autre-au-fond-de-mon-sac ? ») ?

— Ils organisent aussi des *silent discos*, dit Ryan, où chacun écoute de la musique dans un casque.

— Oui, Kate m'en a parlé.

J'ouvre la portière de ma voiture et je lance sur le siège passager un dossier que j'emporte pour travailler à la maison.

— Je suis sceptique, dis-je, un bras sur la portière. Pour moi, la musique, c'est un truc qui se partage…

Je risque de passer pour une vieille hippie si je développe, aussi je reviens au sujet principal.

— Tu as choisi quelqu'un ?

Ryan lève les yeux au ciel de l'air de dire « est-ce-que-le-jour-succède-à-la-nuit ? ».

— Euh, oui… tout le monde. Sauf le numéro quatre. Elle m'a fichu la trouille. Elle a enlevé ses lunettes pour me regarder, comme ma mère avant de m'engueuler.

Après une pause, il ajoute :

— Et sauf toi, évidemment.

— Évidemment.

Le ton cassant de ma réponse me surprend moi-même. Malgré moi, j'ai été vexée en entendant dans sa voix à quel point je suis « inchoisissable ».

— Je ne voulais pas dire…, dit-il, en s'enferrant encore davantage.

Je ris pour le mettre à l'aise.

— J'ai compris. Je n'étais là que parce qu'il fallait un nombre pair.

Il ouvre la portière de sa voiture à côté de la mienne.

— Vraiment ?

— Comment ça ?

— Tu n'étais là *que* parce qu'il fallait un nombre pair ?

Il devient tout rouge. Je ne comprends pas pourquoi il me pose cette question. Brusquement, je suis prise d'une horrible et fulgurante panique à l'idée qu'il va me déclarer son amour, même si je sais que c'est parfaitement ridicule.

— Quelqu'un m'a demandé de te faire passer ça…

C'est mon tour de rougir en regardant le morceau de papier plié dans la main de Ryan. Je le lui arrache comme s'il était en feu et je le fourre dans mon sac, non pas parce que j'ai envie de savoir ce qu'il dit mais pour mettre un terme à cette conversation.

— Je ne l'ai pas lu.

Ryan évite mon regard ; il n'est pas très convaincant.

— Et je ne le lirai pas non plus. Bon allez, je m'en vais.

Atrocement gênée, furieuse contre moi-même, je m'assieds au volant et je claque la portière. Mon moteur s'emballe bruyamment quand j'appuie trop fort sur la pédale d'accélérateur. J'aurais dû refuser quand Kate m'a demandé de lui rendre ce service.

Un peu plus loin, je tourne dans l'allée d'un lotissement encore en construction et je m'arrête sur le bas-côté. Les maisons de brique attendent sagement que leurs futurs propriétaires personnalisent leurs jardinets avec les traditionnelles haies de laurier et garnissent leurs fenêtres de rideaux. Une pancarte signale qu'il ne reste plus que deux pavillons à vendre. Je remarque aussi que l'allée s'appelle « chemin des Glycines », et un rire cynique s'échappe de ma gorge devant cette piètre tentative de donner à l'endroit un caractère pittoresque. En fait, je suis en train de différer le moment où je vais plonger la main dans mon sac et extraire le morceau de papier. J'ai l'impression que mon sac se dilate et palpite sous l'effet de son brûlant contenu. Je pourrais baisser ma vitre et être la première personne à souiller le chemin des Glycines, sauf que ce n'est pas mon genre de jeter mes déchets par terre. J'enrage quand je vois les détritus divers dont les gens se débarrassent de manière éhontée, les mégots enterrés sous le sable d'une plage, les emballages de sandwichs dans le parc. Aussi, puisque ce n'est pas mon genre, je prends le papier dans mon sac et je le déplie sur le volant.

Lydia,

J'ai remarqué que vous n'aviez pas de feuille d'observations, donc j'en déduis que vous n'aviez pas prévu de participer ce soir. Moi non plus, en fait. Ce n'est pas dans mes habitudes, mais justement j'essaie de rompre mes habitudes en ce moment parce qu'elles ne me satisfont plus depuis quelque temps. Bref. Je me demandais si je pourrais vous offrir un café un de ces jours, ou un thé, ou un chaï latte au lait d'amande si vous êtes végane. C'est sûrement présomptueux de ma part, mais voici mon numéro. J'aimerais beaucoup vous revoir.

Kris

Son écriture à l'encre bleue n'est ni brouillonne ni trop soignée, sans fioriture ni smiley déplacé. Le texte est concis, mais en le parcourant à nouveau, plus lentement, je lis entre les lignes et j'apprends plusieurs choses sur Kris. Il a traversé une épreuve. Sûrement pas aussi difficile que la mienne, me dis-je, et je regrette aussitôt cette pensée. De quel droit puis-je juger la souffrance des autres ?

Quoi qu'il en soit, s'il cherche à rencontrer quelqu'un, c'est qu'il a retrouvé un peu de confiance en lui, ou bien qu'il est très courageux, ou les deux. Mais je ne dirais pas désespéré ; personne ce soir ne m'a semblé particulièrement désespéré. Enfin, il ne se prend pas trop au sérieux, si j'en crois sa plaisanterie sur le chaï latte végan. Ces quelques indices, et ce que j'ai observé durant notre bref échange quasi muet, devraient me suffire pour lui accorder une place dans la salle d'attente de ma vie.

ÉVEILLÉE

Vendredi 14 juin

— Je suis grosse ! gémit Ella en se laissant tomber sur mon canapé. Je vais devoir rester assise ici jusqu'à l'accouchement, je ne peux plus me lever !

— Tu es superbe.

Avec mes deux mains, je fais le geste mudra qui symbolise la plénitude de Mère Nature, mais Ella ricane :

— Superbement grosse. Je n'ai pas vu mes pieds depuis un mois ! Et il fait trop chaud ici.

Je me détourne pour ouvrir une fenêtre et rire sous cape. Ella n'est pas une femme enceinte radieuse et épanouie. Elle est grognon, exigeante. La semaine dernière chez maman, David m'a confié qu'elle le terrifiait de plus en plus ; et que Jekyll s'effaçait le plus souvent au profit de Hyde. La patience de ma sœur diminue avec chaque centimètre que sa fille ajoute à son tour de taille. Maman a tenté de lui remonter le moral en racontant qu'elle-même avait souffert de ces brusques changements d'humeur et que tout était très vite rentré dans l'ordre par la suite. Mais elle s'est alors lancée dans le récit de ma naissance, durant laquelle elle a cassé deux doigts de mon père en lui serrant la main pour supporter une contraction. Je crois que si elle pouvait revivre ce jour, elle essaierait de lui en casser trois. Ou quatre. Voire de lui arracher le bras entier, de sorte qu'il aurait renoncé à devenir un surfeur médiocre. Bref, le pauvre David doit maintenant affronter la peur d'être blessé pendant l'accouchement, en plus de sa longue liste d'inquiétudes à propos d'Ella et du bébé. C'est un planificateur ; il n'est pas très doué pour les situations qu'il ne peut pas contrôler avec des chiffres, des évaluations prévisionnelles et des calculs de risques.

— Tu veux un thé ?

Ella écarte sa frange et s'essuie le front avec la paume de sa main.

— Parce je n'ai pas assez chaud déjà ?

Je lui réponds qu'au moins, ce ne sont pas des bouffées de chaleur provoquées par une ménopause précoce.

— Ménopause ou pas, je ne retrouverai jamais ma ligne, geint-elle encore.

— Arrête un peu de râler, dis-je en riant. Tu préfères de l'eau glacée ?

Toujours maussade, elle accepte avec un haussement des épaules.

— Même si je devrai faire pipi juste après, et que je ne pourrai pas me lever de ce canapé.

— Je te hisserai avec un treuil.

Dans la cuisine, je songe encore une fois que les rôles se sont inversés depuis qu'Ella est enceinte. L'année dernière, elle m'a aidée à ne pas sombrer dans la folie ; cette année, j'essaie de lui renvoyer l'ascenseur. Au début de sa grossesse, je veillais à ce qu'elle ne manque jamais de biscuits au gingembre, et à présent il y a toujours des glaçons dans mon congélateur parce qu'elle se plaint d'avoir trop chaud quel que soit le temps. David m'en est reconnaissant ; « l'union fait la force », m'a-t-il chuchoté récemment. D'autant plus qu'il s'absente parfois pour son travail plusieurs jours d'affilée. Très égoïstement, cela me permet de remplir mon temps. Je suis heureuse de m'occuper de quelqu'un, au lieu de dîner devant la télé tous les soirs et de me demander ce que je pourrais bien faire le week-end.

Je n'avais jamais mesuré à quel point j'étais devenue dépendante de Freddie. Maintenant que je dois toujours agir seule, je comprends combien il est plus facile de partager le poids du quotidien avec quelqu'un, ne serait-ce que pour décider de ce qu'on va manger le soir. Même si, en fait, c'était moi qui choisissais pour nous deux. Mais n'avoir personne avec qui en parler ou pour qui cuisiner rend la préparation d'un repas tellement inintéressante que je me contente souvent de deux toasts. Ou d'un verre de vin. Ce ne sera pas facile, mais je vais essayer de changer.

— C'est quoi ça ?

Je n'ai pas entendu Ella entrer dans la cuisine, et je n'ai pas pensé non plus à cacher le mot de Kris que j'ai laissé sur les étagères, devant les tasses. Je ne sais toujours pas quoi en faire, mais je n'ai pas réussi à le jeter à la poubelle.

— Qui est Kris ?

Je me retourne. Je tiens à la main le verre d'eau d'Ella dans lequel j'ai ajouté des glaçons, et malgré le froid qui sort par la porte du congélateur grande ouverte, une chaleur me monte aux joues.

— Personne.

Je décide d'en dire le moins possible, tandis qu'Ella relit le message.

— Si, dit-elle, c'est quelqu'un qui aimerait t'offrir un café.

Je pose le verre sur la table et, lentement, je referme le congélateur.

Ella tire une chaise pour s'installer et rapproche le verre.

— Assieds-toi une minute, Lyds.

Je n'ai pas envie de m'asseoir, et je n'ai pas envie de parler du mot, mais j'obéis parce qu'elle me regarde avec des yeux menaçants en se frottant le ventre.

— Raconte-moi, prononce-t-elle d'une voix autoritaire.

Je frémis, comme devant un professeur qui me retiendrait après la classe pour me sommer de m'expliquer sur un comportement répréhensible. Je pousse un long soupir.

— C'est juste quelqu'un que j'ai croisé à une soirée de rencontres silencieuses.

Ella écarquille des yeux stupéfaits.

— Tu es allée à une soirée de rencontres ? Quand ? Où ?

— Bien sûr que non, je n'y suis pas *allée*. J'avais organisé un événement à la mairie… Je travaillais, Ella, c'est tout. Je n'avais pas l'intention de participer, mais une femme s'est désistée à la dernière minute et j'ai dû donner un coup de main… Pour qu'il y ait un nombre pair… Je n'ai pas eu le choix, et ça n'a pas été une partie de plaisir non plus.

Je ne voulais pas hausser le ton, mais je n'ai pas pu m'en empêcher.

— Ne fais pas ça, dit Ella, l'air grave.

— Ne fais pas quoi ? Je n'ai rien *fait*. Je me suis assise aux tables et j'ai regardé chaque participant pendant deux minutes en suivant les instructions.

— Ce n'est pas ce que je voulais dire, bêtasse.

Je vois des larmes briller dans ses yeux qu'elle lève au plafond et suis envahie par le terrible sentiment d'avoir trahi.

— Tu ne le raconteras à personne, hein ? Surtout pas à maman.

Ella lâche une exclamation exaspérée.

— Enfin, Lydia ! Je ne suis pas en colère contre toi, je ne te juge pas, je ne te critique pas. Si c'est ce que tu penses…

Elle a touché juste, bien sûr. Je réponds en me retenant de pleurer :

— Tu sais que je n'aurais pas accepté de participer à la soirée si Freddie était encore là…

Bouleversée, elle tend la main pour chercher la mienne.

— Et toi, tu sais que tu n'as pas besoin de te justifier avec moi. Mais le fait est qu'il n'est plus là, et tu es trop jeune pour rester seule tout le temps. On s'inquiète pour toi.

— Je ne suis pas seule, dis-je faiblement. Je t'ai, toi, et maman… et le bébé va bientôt arriver. Et j'ai mon travail qui m'occupe aussi…

Je m'interromps parce que mes larmes débordent et que j'entends l'accent pitoyable dans ma voix. J'ai d'autres amis, évidemment, mais mon amie la plus proche a toujours été Ella, de sorte que je n'ai jamais eu besoin d'en avoir une autre. Si je n'étais pas avec elle, j'étais en général avec Freddie. Mon petit cercle me suffisait ; je n'ai jamais anticipé une vie où Freddie aurait disparu, où Ella deviendrait mère de famille et où je boirais du vin en guise de dîner dans ma maison vide.

— Je voulais t'en parler depuis un moment, reprend Ella, mais je ne savais pas comment aborder le sujet. Tu sais combien nous adorions Freddie… Hélas, tes larmes ne le ramèneront pas.

Je hoche la tête et m'essuie les joues. Je ne peux pas lui raconter que, si, il y a un moyen de le ramener, une autre réalité dans laquelle il est délicieux de se glisser. Ella continue, en choisissant prudemment ses mots :

— David et moi… et maman aussi, en fait… on pense que tu devrais élargir un peu ton cercle d'amis…

Elle se tait, un sourire crispé aux lèvres, redoutant visiblement ma réponse.

Sonnée, je ne peux tout d'abord que répéter :

— Élargir mon cercle ?

Puis je comprends, et c'est comme le froid d'une solution intraveineuse qui pénètre dans mes veines.

— Je m'appuie trop sur vous, c'est ça ?

Ella ouvre des yeux horrifiés.

— Quoi ? Non, pas du tout. Lydia… ce n'est pas du tout ça !

Je n'écoute plus, assourdie par le discours intérieur qui résonne à mes oreilles : je leur prends trop de temps, Ella et David ont envie de retrouver leur vie à deux, bientôt à trois, et maman en a assez de se faire du souci pour moi. Ils ont tous besoin de revenir à la normale, ce qu'ils traduisent en m'expliquant que, *moi*, j'ai besoin d'une autre compagnie et d'autres endroits où aller. Très bien. Parfait. Je me lève brusquement, je mets en marche la bouilloire et je déplace quelques tasses sur l'étagère pour me donner une contenance.

— Tu veux du thé ?

— Je ne veux pas de thé, et non, tu ne t'appuies pas trop sur nous, répond Ella d'une voix ferme. Je ne dirais jamais ça, et tu le sais.

Je me retourne vers elle, adossée au plan de travail, toujours blessée malgré sa déclaration.

— De toute façon, tu as raison. Tu seras occupée avec le bébé, et maman a son Stef maintenant…

Stefan, ou Stef, est un collègue de maman. Récemment, elle a mentionné son nom plusieurs fois dans la conversation. Stef a dit ceci, Stef a dit cela. Et Stef était assis dans sa cuisine il y a deux semaines, quand je suis passée sans prévenir après le travail. Maman est devenue rouge écarlate tirant sur le bordeaux, aussi paniquée que si on l'avait surprise au lit et non pas en train de dîner devant la télé. Je ne me suis pas attardée. Elle m'a raccompagnée à la porte en marmonnant qu'ils étaient simplement amis, qu'il était venu jeter un coup d'œil à son ordinateur en panne, et que, comme elle avait préparé trop à manger, elle lui avait proposé de rester… C'était la moindre des choses, vu qu'il lui faisait économiser une petite fortune pour la réparation de l'ordi. J'avais envie de lui dire qu'elle n'avait pas besoin de m'expliquer quoi que ce soit, que je me réjouissais à l'idée qu'elle ait trouvé quelqu'un.

Depuis notre adolescence, Ella et moi ne cessons d'encourager notre mère à avoir une vie amoureuse. Mais je dois reconnaître qu'en ce moment, précisément, ça tombe mal pour moi. C'est très égoïste de ma part, n'est-ce pas ? En réalité, je ne voudrais pas qu'elle rate une occasion qui pourrait ne pas se reproduire. C'est juste que… je me sens plus seule que jamais.

— Bon, alors il était comment ? Kris…

Ella tapote d'un doigt le morceau de papier. Je suis soulagée qu'elle ait décidé de ne pas relever l'agressivité dans ma voix.

— Je ne me rappelle pas vraiment, en fait… (C'est vrai, et en même temps, ça ne l'est pas.) Il avait l'air plutôt sympa.

— Attirant ?

Je fronce les sourcils. Je hausse les épaules. Et je mens.

— Non, normal.

— Me voilà drôlement éclairée, dit-elle avec un sourire ironique. Tu vas l'appeler ?

— Je ne crois pas.

Par chance, Ella n'insiste pas pour en savoir davantage.

— Personne ne remplacera jamais Freddie, mais ça ne signifie pas que tu ne seras plus jamais heureuse, sœurette.

— Oui…

Je redoute encore plus qu'avec le temps, quelqu'un *puisse* me rendre heureuse, mais je ne le dis pas à Ella. Si je me rappelle assez vaguement les détails du visage de Kris, en revanche je n'ai pas oublié ce que j'ai ressenti ; et à ce moment-là, je ne pensais pas du tout à Freddie Hunter.

— Il était pas mal, en fait. Avec le sens de l'humour…

L'espoir s'allume dans les yeux de ma sœur, mais elle essaie de ne pas trop le montrer.

— Boire un café, ça n'engage à rien.

— Sauf si je me le renverse sur le dos de la main et que je suis brûlée au troisième degré.

Elle sourit, ravie de me voir plaisanter même si ma blague est nulle.

— Tu pourrais aussi passer un très bon moment.

— J'y réfléchirai, dis-je sans rien promettre.

— N'attends pas trop. S'il est sympa…

Je ramasse le mot et le plie en deux.

— Lâche-moi avec ça, d'accord ? Et surtout, *surtout*, n'en parle pas à maman !

Ella acquiesce, puis jette un regard dégoûté au verre qu'elle tient toujours à la main.

— Je rêve… Les glaçons ont déjà fondu.

Ça y est, elle recommence.

Mon téléphone me paraît brûlant dans ma paume. Ella est partie il y a une demi-heure et je suis toujours assise à la table de la cuisine, le mot de Kris devant moi et mon portable à la main, en essayant de rassembler mon courage pour lui envoyer un message. Mais en ai-je vraiment envie ? Est-ce seulement pour faire plaisir à Ella ? Sans doute pas, puisque j'avais gardé le papier. Mais que dois-je dire ? Je relis le message, les nerfs à vif. Je n'ai pas encore entré le numéro, donc je peux taper un texte sans craindre d'appuyer accidentellement sur « envoyer ».

Bonjour Kris, c'est Lydia, de la soirée rencontres. Vous vous rappelez ?

J'efface en soupirant. Combien de Lydia pourrait-il connaître ? Et s'il m'a déjà oubliée, alors ce n'est peut-être pas la peine de me manifester.

Salut

Non, ça ne va pas.

Coucou

Bon sang ! Pourquoi est-ce si difficile ?

Bonjour, Kris. Je serais partante pour un chaï latte végan un de ces jours, si la proposition tient toujours. Lydia.

Je ne pourrai pas faire mieux. C'est bref, direct, rien de lourd. Je tape son numéro et j'envoie aussitôt le SMS pour ne pas risquer de me dégonfler. Puis je pose ma tête sur la table en gémissant.

Il ne met pas longtemps à répondre. Dix minutes, tout au plus. Cette prompte réaction me rassure – ce n'est pas quelqu'un qui parle en l'air.

Salut Lydia. Content d'avoir de vos nouvelles. Je travaille à domicile donc je suis assez dispo. Dites-moi où et quand, j'y serai. K.

ENDORMIE

Lundi 17 juin

— Il a pris du retard au boulot, me dit Jonah en posant un mug de café pour moi sur la table.

— Il t'a envoyé un SMS ?

— Oui. Il a dit de commencer sans lui.

Je roule des yeux furibonds, à la fois parce que Freddie est en retard et parce qu'il s'est défilé en confiant à Jonah le soin de me l'annoncer. Il est plus de 8 heures ! Commencez sans moi, cela signifie qu'il ne pourra pas venir. C'est exaspérant. Le rendez-vous de ce soir, chez Jonah, était écrit sur le calendrier de la cuisine afin de choisir la musique pour notre mariage. Une chance que Jonah ne se soit pas encore installé avec Dee. Il devait déménager il y a plusieurs semaines, mais sa propriétaire l'a quasiment supplié de rester deux mois de plus, jusqu'à ce qu'elle trouve un nouveau locataire. C'est typique de Jonah de se plier en quatre pour rendre service à quelqu'un ; dans le cas présent, une vieille dame qui loge au sous-sol et monte de temps en temps chez lui pour l'écouter jouer.

Je ne viens pas ici très souvent ; Jonah se sent tellement à l'aise dans notre salon.

C'est un espace tout à fait à son image : un mur tapissé de livres et de disques vinyles, un piano dans la saillie de la fenêtre. Très paisible. Du moins ce le serait si je n'étais pas furax contre Freddie qui se décharge sur moi, encore une fois, de tous les détails concernant l'organisation de notre mariage.

Pour changer de sujet, je demande :

— Comment va Dee ?

— Bien. Elle est tout excitée par la soirée d'enterrement de ta vie de jeune fille. Je crois que quelque chose est prévu…

— Quoi ?

— J'ai juré de garder le secret, répond-il en souriant.

Inutile de le cuisiner, il ne trahira pas. Je reviens à la raison de ma présence ce soir.

— Donc, pas de musique religieuse… C'est une cérémonie laïque.

— D'accord.

Jonah inspecte le mur de vinyles, tenant son mug de café à la main. Il est pieds nus, vêtu d'un vieux tee-shirt des Rolling Stones, comme une star de rock dans son refuge à l'abri des caméras.

— Quelque chose de traditionnel, ou… ?

— Non, plus personnel. Et sûrement pas la « Marche nuptiale » de Wagner.

Jonah pose son mug sur le rebord de la fenêtre. Il s'assied au piano et joue les premières mesures de la célèbre Marche. Assise sur son canapé à rayures blanches et taupe, je remonte mes genoux au menton tandis qu'un frisson me parcourt l'échine.

— Arrête. Ça m'angoisse !

Il rit et enchaîne avec « Somewhere Over the Rainbow », en m'interrogeant du regard. Je fixe le fond de mon mug, en proie à une vive émotion parce que cette chanson a quelque chose de douloureusement prémonitoire.

— Non, je souffle.

— Les Beach Boys ?

— Je ne connais pas vraiment…

Jonah aurait dû vivre pendant les années soixante. Il adore Elvis et les Stones, mais il revient toujours aux Beatles.

— Tu connais sûrement ça.

Il joue le début d'un air que j'ai souvent entendu. J'attrape mon carnet et le stylo que j'ai sortis pour prendre des notes.

— Oui ! J'aime bien. C'est quoi, le titre ?

— « God Only Knows ».

Je fais la moue.

— Rien qui soit en rapport avec Dieu.

— Ça ne l'est pas, en fait, affirme Jonah.

Il ne me convainc pas. Alors, sans surprise, il suggère :

— Et quelque chose des Beatles ?

Je crois qu'il n'existe aucune occasion pour laquelle Jonah ne proposerait pas les Beatles.

Je souris.

— « Help » ?

Jonah reprend son mug de café sur le rebord de la fenêtre et tape la mélodie avec un doigt. Jonah est à l'aise partout, mais encore plus lorsqu'il est assis devant un piano.

— Non, peut-être pas… Et « All You Need is Love » ?

Il pose le mug et me soumet une interprétation virtuose de la célèbre chanson, mais tout ce que je vois, c'est la scène avec Keira Knightley dans *Love Actually*.

— Je ne veux pas que Freddie pense à Keira le jour de notre mariage ! dis-je en riant.

Jonah, qui connaît l'obsession de Freddie pour Keira Knightley, cesse de jouer avec une grimace comique.

— Ouais, t'as raison.

Anxieuse soudain, j'ôte le chouchou qui retient mes cheveux pour refaire aussitôt mon chignon.

— Oh là là… et si on ne trouve rien ?

Jonah se mordille l'intérieur de la joue.

— Je peux essayer quelque chose ?

J'acquiesce, consciente de dépendre totalement de ses suggestions et pleine de gratitude.

Il joue le début, puis s'arrête, secoue ses mains, et recommence. C'est encore une chanson des Beatles, je crois, une que je ne connais pas très bien, aussi j'écoute avec attention les paroles que chante Jonah. Des étoiles qui brillent dans un ciel sombre, un amour qui ne mourra jamais… Une larme coule sur ma joue, parce que c'est absolument parfait.

— J'adore, dis-je à la fin.

Jonah hoche la tête.

— « And I Love Her »… C'est une de mes préférées.

J'attrape mon cahier et je note le titre en haut de la liste.

ÉVEILLÉE

Jeudi 20 juin

— Merci d'être venue.

Dee se lève et m'embrasse.

— J'avais peur que tu trouves l'idée un peu bizarre…

Elle me sourit, gênée. C'est vrai que j'ai été étonnée ce matin par son mail me proposant de prendre un café ici. Je l'ai croisée plusieurs fois avec Jonah, mais il n'y a rien entre nous qui pourrait ressembler à une amitié naissante. Je m'assieds en face d'elle et pose la question rituelle :

— Comment vas-tu ?

Elle tripote nerveusement l'anse de sa tasse.

— Ça va. J'ai pas mal de boulot en ce moment…

Tout en souriant au serveur qui m'apporte mon café, je cherche quelque chose à dire. Sans Jonah, je ne me sens pas à l'aise avec elle.

— Tu dois te demander pourquoi je voulais te parler, dit-elle.

Au moins, elle est directe. Je lui réponds donc avec franchise :

— Oui, en effet.

Je ne peux pas m'empêcher d'ajouter poliment :

— Mais je suis contente que tu nous fournisses une occasion de nous voir.

Encore cette fichue éducation britannique ! Pour un peu, je me fendrais d'une remarque sur le temps radieux qu'il fait aujourd'hui.

Dee est vêtue d'un débardeur jaune canari et d'un legging noir ; ses cheveux bruns sont attachés en queue-de-cheval haute. Elle paraît toujours en route vers la salle de sport.

— J'aimerais que tu me donnes ton avis…

Elle marque une hésitation, puis :

— En fait, j'ai besoin de ton aide… Au sujet de Jonah.

Je prends peur aussitôt.

— Il va bien ?

— Oui et non… Je suis vraiment inquiète pour lui, Lydia. Il refuse de me parler de l'accident. Chaque fois que je prononce le nom de Freddie, il se ferme comme une huître.

Elle tire sur l'élastique fluo qu'elle porte autour du poignet et se mord la lèvre inférieure. Je me doute que cette démarche n'est pas facile pour elle.

— Je ne connaissais pas Freddie, continue-t-elle. Je sais qu'ils étaient très amis, évidemment, et je sais ce qui est arrivé, mais à part ça… Je n'ai même jamais vu de photo de lui. Tu le crois ?

Je suis surprise d'apprendre que Jonah ne se confie pas à elle. Il a toujours été assez bavard, bien plus que ne l'était Freddie, mais maintenant que j'y pense, je m'aperçois que ni lui ni moi n'évoquons vraiment l'accident. Je n'en ai pas particulièrement envie, c'est sans doute pourquoi je n'ai pas remarqué sa réticence. J'ai écouté le récit qui lui a douloureusement été arraché lors de l'enquête, et il n'a plus jamais abordé le sujet par la suite ; jusqu'à ce que la vérité, si difficile à entendre pour moi, lui échappe pendant l'atelier sur le deuil. Nous parlons souvent de Freddie, mais pas de l'accident.

Je sors mon portable de mon sac pour chercher une photo de Freddie et Jonah ensemble. Cela ne me prend pas longtemps, j'en ai des tonnes. Je tends mon portable à Dee et elle regarde longuement le cliché.

— Waouh, dit-elle enfin. Ce n'est pas du tout comme ça que j'imaginais Freddie.

Je ne sais pas comment interpréter sa remarque.

— Ah non ?

— Je m'attendais à ce qu'ils se ressemblent comme deux frères, explique-t-elle.

Elle sourit et me rend mon portable.

— Il était très beau. Il doit te manquer terriblement.

Que puis-je répondre ? « Il est mort il y a quinze mois et, oui, il me manque tous les jours » ? Ou : « Bien sûr qu'il me manque, mais je le vois en secret dans un univers parallèle, et ça m'aide beaucoup à supporter mon chagrin » ? Ou : « Oui, mais j'essaie de refaire ma vie et, d'ailleurs, dans deux semaines j'ai rendez-vous avec quelqu'un que j'ai connu à une soirée de rencontres silencieuses » ? Toutes ces réponses sont vraies, mais je ne crois pas que Dee soit venue pour parler de moi, aussi je reviens à Jonah avec un petit sourire crispé.

— Ils ne se ressemblaient peut-être pas comme deux frères, mais ils *étaient* comme deux frères. Jonah a passé presque toute son adolescence chez Freddie.

Je n'ajoute pas que la vie chez Jonah n'avait rien d'exaltant. Dee est sans doute au courant de son passé, et dans le cas contraire, ce n'est pas à moi de l'éclairer. Maggie, la mère de Freddie, m'a raconté un jour qu'elle avait donné à Jonah, pour son quatorzième anniversaire, un vieux vélo BMX abandonné au fond de leur remise. Il n'avait jamais reçu aucun cadeau auparavant. Elle avait compris qu'il ne savait pas faire de vélo quand, après avoir audacieusement enjambé la barre et tenté de pédaler, il s'était étendu de tout son long sur le trottoir. Elle l'avait aidé à se relever, avait nettoyé sa plaie à l'épaule et avait passé la semaine suivante à le tenir par la selle pendant qu'il apprenait à piloter un vélo à l'insu de tous dans le jardin. C'est sans doute une histoire que Jonah n'aime pas trop se rappeler, et il n'apprécierait pas que je la partage avec Dee.

— Je crois qu'il aurait peut-être besoin de changer d'air, dit-elle en se mordant à nouveau la lèvre, visiblement anxieuse.

— Des vacances ? Si tu veux lui offrir un voyage, ne choisis pas un endroit trop chaud, parce qu'il n'est pas trop du genre à se prélasser sur une chaise longue. L'Italie, peut-être ? Les lieux historiques, il aime bien.

Dee a soudain l'air gênée.

— Je pensais à un changement plus… durable. Ma mère est partie vivre au pays de Galles il y a quelques années, et le coin où elle habite est magnifique. Si tu voyais ces paysages, Lydia, on peut faire de très belles randonnées…

— Le pays de Galles ? dis-je, alarmée.

Je savais vaguement que Dee avait de la famille là-bas – elle y a emmené Jonah à Noël –, mais que veut-elle dire par « durable » ? Elle ne compte tout de même pas s'y installer ?

Dee serre son mug dans ses deux mains et soupire.

— Tu as remarqué les cernes sous ses yeux ? Il dort mal, il touche à peine son piano, il a même réglé la radio de sa voiture sur une station d'infos en continu pour éviter la musique. Je peux compter sur mes doigts le nombre de fois où je l'ai entendu rire vraiment. C'est comme s'il s'oubliait, un court instant, et aussitôt après il se sent coupable.

Je ne l'écoute que d'une oreille, parce que mon cerveau est encore en train d'assimiler la possibilité que Jonah déménage au pays de Galles. Dee ne trouve peut-être pas cette ville très intéressante, mais c'est celle de Jonah. Ces rues, ces pubs ont vu naître et grandir son amitié avec Freddie. L'ADN de leur adolescence, de notre vie à tous les trois, est inscrit ici. Je suis assez vieille maintenant pour comprendre que les choses ne peuvent rester identiques à jamais, mais il y a déjà eu tant de changements. L'égoïste en moi voudrait que ce qui n'a pas disparu demeure identique.

— Je ne sais pas, Dee… Au moins, ici, il est entouré de gens et d'endroits qu'il connaît. C'est peut-être ce dont il a besoin pour l'instant.

— Ou peut-être qu'il lui serait plus facile d'avancer dans sa vie *ailleurs*. Oh, moi non plus, je ne sais pas ! Tout ce que je sais, c'est que ce deuil le ronge, et que ce n'est pas en ne faisant rien qu'il s'en remettra.

Je réfléchis en buvant une gorgée de café.

— Le temps est le seul remède pour se remettre d'un deuil, il n'y a rien à *faire*. Même si mon médecin a dit qu'il fallait le « conscientiser » avant de pouvoir ressortir au bout du tunnel.

Un silence tombe. Dee et moi échangeons un regard.

— Foutaises, lâche-t-elle.

Nous rions toutes les deux. C'est la première fois que nous sommes liées par un sentiment de complicité.

— Tu veux bien lui parler ? demande Dee, en dévoilant enfin ses cartes. Pour le pays de Galles ?

Mon rire s'étouffe dans ma gorge. Instinctivement, j'ai envie de dire que non, je ne *peux pas* conseiller à Jonah de partir à des centaines de kilomètres. Je ne le vois pas très souvent ; il est passé d'un invité permanent sur mon canapé à quelqu'un que je croise une fois tous les trente-six du mois, mais c'est rassurant de savoir qu'il n'est pas loin si j'ai besoin de lui. L'idée qu'il pourrait disparaître de ma vie m'emplit d'un étrange désespoir. Mais… Et si Dee avait raison ? Si l'air frais du pays de Galles le débarrassait de ses cercles bleu pâle sous les yeux ? Si les ombres du passé, ici, l'empêchaient à jamais de revoir la lumière ?

— Je vais réfléchir.

C'est tout ce que je peux répondre pour l'instant.

ÉVEILLÉE

Vendredi 28 juin

Sur une échelle de regrets qui va de un à dix, je suis entre huit et onze ce matin, tellement tendue que j'ai du mal à avaler mon petit déjeuner. Je n'ai parlé à personne de mon rendez-vous avec Kris aujourd'hui, et j'ai perdu le compte du nombre de fois où je me suis saisie de mon téléphone pour annuler. J'essaie de ne pas le considérer comme un rendez-vous galant ; cela pourrait être n'importe quoi d'autre, du moment que je le décrète, aussi je choisis de penser que je retrouve juste un ami pour boire un verre après le travail. Nous avons échangé des SMS ; il m'a envoyé une photo aérienne de la côte, prise sur le toit d'un immeuble qu'il a construit, je lui ai répondu par celle d'un dîner que j'avais brûlé quand il m'a demandé si j'aimais faire la cuisine. Jusque-là, c'est resté très léger, seule raison pour laquelle j'ai effacé tous les messages d'annulation que j'ai écrits. Enfin, pas la *seule* raison. Je me dis sans doute que si je peux gérer un rendez-vous galant – ou « un verre avec un ami après le travail » –, j'aurai franchi un autre obstacle dans la course de haies qu'est devenue ma vie. Je n'ai pas l'intention de me précipiter, mais je suis suffisamment honnête avec moi-même pour savoir que je ne souhaite pas passer le restant de mes jours à contempler un fauteuil vide. Le fauteuil bleu que je regarde en cet instant précis, où je ne m'asseyais presque jamais parce que c'était celui de Freddie. Je ne m'y assieds toujours pas à présent ; d'une certaine façon, je le vois comme un territoire interdit.

Je me lève du canapé pour prendre la télécommande, je change de chaîne, et je tombe sur une pub pour BioDo. C'est assez accablant, je suis sûre que Freddie aurait fait beaucoup mieux. Après avoir éteint la télé, sur un coup de tête, je décide de finir de manger mon toast dans le fauteuil de Freddie. Je m'assieds sur le bord, raide et mal à l'aise, je m'oblige à rester là une minute, deux au maximum, puis je vais me tenir dos à la cheminée.

J'ai acheté de nouveaux coussins pour le canapé la semaine dernière, de couleurs vives, ornés de broderies. J'en attrape un et le pose dans le fauteuil de Freddie. Le résultat est tout à fait satisfaisant, mais je sais que Freddie aurait détesté les coussins, et qu'il n'aurait sûrement pas accepté celui-ci dans *son* fauteuil. En terminant mon toast, je replace le coussin sur le canapé et je file préparer ma boîte repas dans la cuisine.

J'ai parcouru la moitié du chemin jusqu'à l'arrêt de bus quand je m'aperçois que j'ai oublié mon portable sur la table basse. Je me trouve face à un dilemme. D'un côté, je ne veux pas être en retard, et je ne connais pas bien les horaires du bus ; je ne le prends pas souvent, seulement les jours où je suis susceptible d'aller au pub après le travail. Mais d'un autre côté, je tiens vraiment à avoir mon téléphone aujourd'hui, au cas où je déciderais d'annuler mon « verre avec un ami ». Kris pourrait annuler, lui aussi, ce qui franchement me soulagerait, mais je n'en saurai rien si je n'ai pas mon portable. Je me dis finalement que la pire option serait de l'attendre en vain au café et je fais demi-tour. Dans le salon, après avoir récupéré mon portable, je pose le coussin sur le fauteuil de Freddie. Je caresse doucement le dossier, comme pour m'excuser, mais je laisse quand même le coussin et je fonce attraper le bus.

Parfois, une journée au travail paraît aussi longue qu'une semaine. Ce n'était pas le cas aujourd'hui – j'ai l'impression d'être entrée et sortie par une porte tournante –, et à présent je me dirige vers le café où je dois retrouver Kris. Je ne savais pas comment m'habiller ce matin ; j'ai pensé qu'un jean risquait d'envoyer un message de type « je-ne-fais-aucun-effort », et j'espère que ma robe bain de soleil bleu et blanc semblera une tenue simple et appropriée pour ce radieux début d'été. J'ai gardé mes cheveux attachés en queue-de-cheval jusqu'à l'heure du déjeuner, puis je les ai lâchés, et maintenant ils sont de nouveau relevés en un chignon souple parce qu'ils me tiennent trop chaud à la nuque. Mon Dieu, boire un verre avec un ami, ce n'est quand même pas comme traverser un champ de mines ! Je ne suis sans doute pas du tout prête à m'engager dans une relation avec quelqu'un ; je m'en veux de m'être fourrée dans cette situation et, tout en marchant, je cherche mon portable dans mon sac. Est-ce trop tard pour annuler ? Je connais la réponse : oui, il est trop tard – je devrais déjà être arrivée depuis cinq minutes… Les pouces suspendus au-dessus des touches du clavier, prise d'une ultime hésitation, j'aperçois Kris qui s'approche du café en venant de la direction opposée. Zut, je ne peux pas annuler maintenant, ce serait grossier. D'ailleurs… en le voyant, je me rappelle ce qui m'a attirée chez lui. Il est en jean sombre et tee-shirt, et au moment où il pousse la porte du café, il enlève ses lunettes de soleil et les accroche à son col. Je ne sais pas pourquoi, mais il y a quelque chose dans ce geste tout naturel qui me calme ; je me représentais mentalement un inconnu effrayant, alors qu'en réalité c'est un type tout à fait normal. Je peux bien prendre un café avec un type normal, non ? Je range mon téléphone dans mon sac et je coince une mèche de mes cheveux derrière mon oreille en m'exhortant au courage. C'est juste un verre avec un ami après le travail. J'en suis capable.

Il fait délicieusement frais à l'intérieur du café. Bien que l'endroit soit assez fréquenté à cette heure un vendredi, je repère vite Kris assis à une table dans le coin. Il m'adresse un signe de la main, et en avançant vers lui, je vois à son expression qu'il est soulagé.

— Bonjour.

Il se lève pour m'accueillir ; j'avais oublié qu'il était si grand. Il y a un bref moment de gêne. Est-ce que nous devons nous serrer la main ? Kris rit et m'embrasse sur la joue, sa main chaude effleurant délicatement mon épaule nue.

— J'ai commandé une cafetière pour deux, dit-il en se rasseyant, mais vous préférez peut-être autre chose ? Un verre de vin ?

Remarquant que la cafetière et les tasses ont déjà été apportées sur la table, je réponds avec un sourire :

— Un café, c'est parfait…

— Vous venez souvent ici ?

Il remplit nos deux tasses.

— De temps en temps. Avec des collègues après le boulot… Pour un anniversaire, ou un pot de départ…

C'est un endroit agréable, joliment rénové, avec un charme désuet et un beau plancher en bois blond. On y sert aussi de bons repas sans prétention, ce qui attire le week-end une clientèle familiale heureuse d'échapper aux fast-foods.

J'ajoute :

— Il y a pas mal de monde le soir.

Et je pense aussitôt : *Dieu, quelle platitude.*

— Alors, dit-il en posant la cafetière. Est-ce qu'on se regarde en silence, pour rester fidèle à notre tradition ?

— Ça vous dérangerait qu'on parle, plutôt ?

Nous rions tous deux et j'attrape ma tasse. La tension est rompue.

— C'était bizarre cette soirée, non ?

— Carrément, répond-il. En fait, je ne sais pas pourquoi j'y suis allé.

— Moi, je *sais* pourquoi j'y suis allée, dis-je sans réfléchir. Je travaille à la mairie… Une participante s'est désistée au dernier moment et on m'a demandé de la remplacer pour conserver un nombre pair.

— C'est ce que j'avais cru comprendre. Enfin, plus ou moins…

Kris lève sa tasse et trinque avec moi.

— Je suis content que vous vous soyez sacrifiée pour l'équipe.

Des rides s'étoilent autour de ses yeux quand il sourit, et devinez quoi ? Ce n'est absolument pas gênant. Je bois une gorgée de café et je sens que mes épaules se détendent.

— Votre chantier avance ?

Je ne suis pas sûre d'avoir correctement formulé ma question. Il est architecte. Les architectes parlent-ils de chantier ? De projet ?

— C'est presque fini. Encore deux ou trois semaines, et on pourra sans doute boucler.

— Ce doit être gratifiant… De voir vos dessins devenir réalité.

Il hausse les épaules.

— Ou bien c'est une série d'emmerdes du début à la fin, selon la nature de la construction et le client.

— C'est le métier que vous avez toujours voulu faire ?

— À part pilote d'essai chez Ferrari, oui.

— Là, il doit y avoir une sacrée compétition…

— Si on est italien, ça aide.

— Ah. Mais vous n'avez pas l'air italien.

— Pourquoi ? Trop grand ? Je suis à moitié suédois, en fait. Père anglais, mère originaire de Stockholm.

— Mais vous avez toujours vécu ici ?

Il hoche la tête.

— Sauf l'été, où nous allions deux mois en Suède quand nous étions enfants. Une de mes sœurs y habite maintenant, je vais la voir quand je peux.

— Vous avez plus d'une sœur, donc ?

Il sourit.

— Trois, toutes plus vieilles que moi. Je suis le seul garçon.

— Au moins, vous n'héritiez pas de leurs vêtements quand ils étaient devenus trop petits pour elles. Je crois que je n'ai jamais rien eu sur le dos que ma sœur n'ait pas porté avant moi, jusqu'à ce que je m'achète moi-même mes habits.

— Détrompez-vous, dit Kris en riant. Ma mère est une farouche adepte de la théorie du genre.

Peu à peu, je me rends compte que j'apprécie sa compagnie. Il sourit facilement, et il donne l'impression d'être quelqu'un de très ouvert. Nous parlons de son travail et du mien, de l'état déplorable de ce pays, du chat borgne qu'il a recueilli parce que celui-ci squattait son jardin et ne voulait plus en partir, et de Turpin qui, au contraire, m'a quasiment quittée pour une autre femme. Il remplit à nouveau nos tasses. Je m'aperçois que ma tension nerveuse s'est changée en faim quand il ouvre le menu et propose de manger quelque chose. Nous choisissons une assiette de charcuterie à partager, et je m'entends alors lui demander ce qui l'a poussé à venir à la soirée de rencontres silencieuses.

Il fixe un moment la bière qu'il a commandée pour accompagner notre dîner.

— La solitude, j'imagine. J'étais marié avant. Ma femme et moi nous sommes séparés il y a deux ans.

— Oh… je suis désolée.

À peine ces mots ont-ils franchi mes lèvres que je les regrette. Tant de gens m'ont sorti cette phrase si banale.

— Moi aussi, j'ai été désolé au début, continue-t-il. Désolé pour moi-même, en tout cas. Pas pour Natalie. Elle est partie vivre en Irlande avec son patron, qui, au passage, roule en Ferrari.

Je pourchasse une olive sur mon assiette avec une pique.

— Le salopard…

Kris sourit devant cette expression de solidarité primaire.

— Bref. J'en ai eu assez de mon tête-à-tête avec le chat et je ne sais pas ce qui m'a pris, je me suis inscrit à une soirée pour regarder de parfaites inconnues dans les yeux.

— Vous avez rempli votre feuille d'observations à la fin ?

D'accord, je le reconnais : je vais à la pêche aux infos.

— Non, dit-il, une étincelle amusée dans les yeux. Et vous ?

— Je n'en avais pas, vous vous rappelez ?

— Ah oui, c'est vrai. Vous ne faisiez que votre boulot.

Puis il ajoute doucement :

— Si vous voulez mon avis, vous êtes une pro.

Je me sens rougir, d'autant qu'il ne rit pas pour atténuer le compliment.

— Merci. J'avais peur, mais je ne regrette pas d'avoir accepté.

Comme lui, je marque une pause avant d'ajouter :

— Maintenant.

— À cause de moi, c'est ça ? dit-il en riant, les yeux dans les miens.

— À cause des olives.

Il pose une main sur son cœur comme si je l'avais mortellement blessé. Puis il boit une gorgée de bière et demande :

— Pourquoi aviez-vous peur ?

Je savais qu'on en viendrait à parler de ma vie, et j'ai réfléchi à la manière dont je présenterais ma situation. Non que j'aie l'intention de mentir ; mais je ne veux pas que Kris me regarde différemment quand il saura ce qui m'est arrivé. Pour la première fois depuis l'accident, quelqu'un me traite normalement, sans compassion ni regards furtifs pour s'assurer que je vais bien. C'est un soulagement.

— Je n'ai pas eu de relation depuis un moment.

Kris détache une tranche de jambon fumé de la pointe de sa fourchette.

— Ah non ?

C'est une façon de me demander de développer. Je tourne plusieurs formules dans ma tête pour chercher celle qui conviendra le mieux.

— J'étais avec quelqu'un, dis-je, et je me corrige aussitôt. J'étais avec Freddie. Nous étions ensemble depuis longtemps, et… euh… il est mort.

Voilà. Je l'ai dit. Kris pose sa fourchette et me regarde sans ciller. Pourvu qu'il m'épargne un : « Je suis désolé. »

— Bon sang, Lydia. Je comprends que vous ayez eu peur ! Vous avez dû vivre un enfer.

C'est une description assez juste. Je me suis parfois trouvée si proche des flammes de cet enfer qu'elles ont failli me brûler le visage, mais à présent j'ai l'impression de m'éloigner lentement du brasier.

— Ça y ressemblait, oui. Vous êtes le premier… Je veux dire, le premier homme, depuis…

Il ne me laisse pas longtemps hésiter.

— Vous voulez en parler, ou ne pas en parler ?

— Ça vous embête si on n'en parle pas ?

Je lui suis reconnaissante de m'avoir donné ce choix, sans essayer d'en savoir plus. Assise ici ce soir avec lui, je me sens légère, presque gaie. Je n'ai pas envie de perdre cette sensation.

— Bon. Dans ce cas, seriez-vous tentée comme moi par un des cocktails proposés sur cette carte d'un goût douteux ?

Il me tend un menu en plastique laminé turquoise qu'il a pris sur la table voisine.

Et ainsi, tout simplement, il ferme la porte du passé et nous ramène au présent.

— Je n'arrive pas à croire qu'il est 10 heures.

Il fait encore bon quand nous sortons du café et j'accroche ma veste à mon sac.

— Je comptais ne rester qu'une heure…

— Moi aussi, admet-il. J'avais convenu avec ma sœur aînée qu'elle m'appelle en urgence si je lui envoyais un SMS.

J'éclate de rire.

— C'est pas vrai !

— Si. Vous auriez pu être une insupportable mégère.

Nous approchons de la borne de taxis. Il n'y a plus guère de monde dans la rue. C'est une de ces soirées délicieusement tièdes, d'autant plus agréables qu'elles sont si rares en Angleterre.

— Elle devait se casser le bras en tombant dans l'escalier.

Sans doute à cause du vin qui me coule dans les veines, j'en ris encore quand nous parvenons devant la voiture qui attend en tête de la file, moteur tournant au ralenti.

Nous sommes debout face à face. Kris me sourit et effleure mes cheveux.

— Vous êtes encore plus jolie quand vous riez.

Je lis dans ses yeux qu'il n'exige rien de moi, et je suis soudain terrifiée parce que je crois que j'ai envie de plus. Je réponds dans un souffle :

— Merci… J'ai passé un très bon moment.

— Merci de m'avoir permis d'être le premier.

Mon cœur bat à tout rompre quand je lui prends la main.

— Je suis contente que ce soit vous…

Il incline la tête vers moi.

— Vous tremblez, souffle-t-il.

— Embrassez-moi…

Ses lèvres se posent sur les miennes. Je ferme les yeux et j'éprouve un million de sensations oubliées. C'est étrange, beau, sexy, mélancolique. Sa main sur mes reins, la douceur de son baiser, trop bref… Quelque chose bascule en moi. On dirait que s'ouvre un flacon de senteurs nouvelles : une odeur fleurie qui parle d'amour, l'ambre de longues nuits. C'est un parfum que je ne reconnais pas ; ce n'est pas le mien, mais je crois qu'avec le temps je pourrais me l'approprier. Je crois que je pourrais même l'aimer.

— Au revoir, Lydia, chuchote-t-il.

Je lui tiens toujours la main et, de l'autre, il ouvre la portière du taxi. Maladroitement, je me tourne pour monter à l'intérieur.

— Ce serait peut-être plus facile si vous me lâchiez la main, dit-il en riant.

Je regarde nos deux mains et je secoue la tête d'un air incrédule. Une fois assise sur la banquette, je lève les yeux vers lui.

— Au revoir…

— Je peux vous appeler ?

Tenant la portière toujours ouverte, il n'essaie pas de cacher que ma réponse ne lui sera pas indifférente.

— J'aimerais bien.

Moi non plus, je ne cherche pas à dissimuler mes sentiments.

Il ferme la portière, le chauffeur met son clignotant et démarre. Je renverse la tête en arrière contre le dossier, les yeux fermés, tandis que le taxi me ramène chez moi. Je vois presque ma mère et Ella, debout l'une à côté de l'autre, pouces levés pour me féliciter. J'inspire à fond, absorbant en moi l'ultime vestige de cet étrange parfum.

ENDORMIE

Samedi 6 juillet

— Il n'en est pas question !

Ella est debout devant moi, une écharpe en travers de sa poitrine portant l'inscription « sœur de la mariée ». Elle est souriante, hâlée, vêtue d'une combinaison bustier rouge assortie d'escarpins à talons, et elle semble avoir retrouvé la forme depuis la dernière fois que je l'ai vue. Je me sens un peu coupable de ne pas être passée chez elle plus souvent ce mois-ci. Elle me tend un voile que je dois porter pour cette soirée d'enterrement de ma vie de jeune fille, sur lequel sont cousus divers accessoires. Une plaquette de comprimés de paracétamol. De fausses alliances affreuses. Un bouchon de champagne. Je ne vois pas de préservatif, mais je serais prête à parier qu'il y en a un quelque part.

— Tu es obligée de le mettre, déclare-t-elle. Dee l'a fabriqué, elle sera vexée.

— Dee a fabriqué ça ?

Ella ouvre les barrettes qui permettent d'accrocher le voile. Pour l'occasion, elle s'est peint les ongles avec un vernis rouge sang immaculé.

— Tu devrais me remercier. Elle voulait commander le même tee-shirt pour tout le monde, orné d'un slogan rose néon.

— Je maintiens que c'était une bonne idée !

Je me retourne en entendant Dee qui surgit dans ma cuisine, une bouteille de champagne à la main. Elle est ultramaquillée, en minirobe bleue à paillettes, et a troqué sa queue-de-cheval contre une cascade de boucles à la Kate Middleton. Je ne l'aurais jamais imaginée avec un look pareil.

— J'ai pensé qu'on pouvait s'ouvrir une bonne bouteille avant d'y aller.

Ella applaudit et se tourne aussitôt vers le placard où sont rangés mes verres. Elle se moque parfois de l'obsession qui me pousse à augmenter sans cesse ma collection, afin de pouvoir servir chaque type d'alcool dans le verre approprié : vin rouge, vin blanc, whisky, champagne, cognac, martini, digestif... Bref, c'est mon truc. Je réprime une grimace lorsqu'elle attrape trois flûtes à champagne sur l'étagère. En général, je n'acquiers pas de lots incomplets, mais ces trois-là, avec leur tige incroyablement fine en cristal rose, me criaient de les emporter, toutes sales qu'elles étaient, posées en équilibre au milieu d'un fatras de casseroles et d'assiettes à une brocante où nous étions allés un dimanche matin glacial. Freddie a maugréé de devoir porter ça en plus, la vendeuse a maugréé lorsque je lui ai demandé de les emballer dans une double épaisseur de papier journal, mais je les ai achetées quand même et j'y suis extrêmement attachée. Trop attachée pour ne pas frémir en voyant Ella les tenir par la tige dans une seule main.

— Donne-les-moi…

Je prends aussi la bouteille des mains de Dee.

— Je n'arrive pas à croire que tu te maries dans quinze jours, murmure Ella d'un air songeur. J'aimerais bien me marier une deuxième fois…

— Ah bon ?

— Oui, c'est tellement romantique… La robe, la cérémonie, les fleurs…

J'adore le fait que ma sœur, qui organise presque chaque week-end des mariages à l'hôtel où elle travaille, pense encore au sien avec nostalgie.

— Mais toujours avec David, hein ? demande Dee en s'asseyant à la table.

Ella lève les yeux au ciel.

— Évidemment.

Elles applaudissent toutes les deux quand je fais sauter le bouchon.

— Je ne sais pas si je me marierai un jour, soupire Dee.

Ella me glisse un coup d'œil avant de lui renvoyer :

— Je croyais que ça devenait sérieux entre Jonah et toi.

Dee accepte la flûte que je lui tends.

— Assez sérieux, oui. Mais je ne suis pas sûre qu'il soit le genre qui se marie.

Je lui demande :

— Mais toi, si ?

— Tout le monde est le genre qui se marie, assène Ella sans laisser à Dee le temps de répondre. Fais-moi confiance, j'ai vu toutes sortes de gens à l'hôtel… Le genre qui se marie, ça n'existe pas. Il s'agit seulement de se trouver avec la bonne personne au bon moment, et bingo, tu remontes l'allée déguisée en meringue.

Dee soupire à nouveau.

— Alors, il n'est peut-être pas fan du bingo…

Je suis troublée. Dans cette vie-ci, Dee fait manifestement partie du cercle de mes proches. Sa relation avec Jonah doit mieux marcher aussi, si elle pense au mariage. Il est vrai que le Jonah qu'elle connaît ici est différent, plus expansif, plus rieur ; tel qu'il était autrefois.

— Laisse-lui le temps, dis-je. Il a toujours été quelqu'un qui se pose beaucoup de questions… Un cérébral. Ça se fera quand il sera prêt, j'en suis sûre.

Dee n'a pas l'air convaincue.

— Peut-être.

— Jonah Jones…

Ella a prononcé son nom avec délectation, puis se met à rire.

— J'en pinçais secrètement pour lui quand j'avais seize ans.

— Non !

Je n'en reviens pas. Ma sœur ! Elle ne m'en a jamais parlé. Une rougeur envahit ses joues.

— Je ne voulais pas te l'avouer, confirme-t-elle. J'étais gênée !

Elle boit la moitié de son champagne et déclare, avec un grand geste de sa main qui tient la flûte :

— Il faut reconnaître qu'il était craquant ! Avec son côté ténébreux, ses cheveux longs et son visage en lame de couteau…

Je me ressers du champagne en essayant de digérer cette révélation. Ma sœur, amoureuse de Jonah Jones. Non. Pas possible.

— Il est beau, hein ? roucoule Dee à la manière d'une ado.

— Je dirais plutôt qu'il a « une gueule », corrige Ella en riant.

Devant l'air perplexe de Dee, elle explique :

— Ben oui, façon Mick Jagger.

Moi, j'ai très bien compris à quoi Ella faisait allusion. Jonah a une bouche un peu trop grande pour son visage et un charisme particulier. À la différence de Freddie, qui est énergie et ardeur, Jonah est calme et relax. Ensemble, ils sont comme le jour et la nuit, deux faces de la même pièce. C'est peut-être ce qui manque à Jonah dans mon monde éveillé : il a perdu sa source d'énergie.

— En tout cas, je l'aime, résume Dee.

Ella et moi prenons place avec elle à la table. Je lisse la jupe de ma robe noire. Courte, simple, adaptée à n'importe quelle occasion festive, pourtant elle ne me plaît pas tellement. Ce n'est pas une tenue habituelle pour moi, et je me demande comment m'est venue cette allure plutôt classique ici. Normalement, je suis plutôt du style jean et tee-shirt ; au mieux, « bohème ». L'idée me traverse que je ne sais toujours pas à quoi ressemble ma robe de mariée, alors que je m'apprête à fêter l'enterrement de ma vie de jeune fille. J'ignore même où elle est. Chez maman, sans doute, je ne l'ai vue nulle part ici.

— Tu veux que Lydia lui en touche un mot ? propose Ella, sans me demander mon avis.

Mon Dieu, j'espère qu'elle refusera.

Dee secoue ses boucles soyeuses.

— Ça donnerait l'impression que je suis désespérée, non ?

— Pas nécessairement, répond Ella, si c'est fait de manière subtile. Juste pour tester la température de l'eau…

Le visage de Dee s'éclaire, elle se tourne vers moi.

— Tu crois ?

J'ai envie de dire que non, je ne crois pas, pas vraiment. Même pas du tout, en fait, Dee. Parce que si j'œuvre pour tes fiançailles avec Jonah, tu l'entraîneras loin d'ici au fin fond du pays de Galles, où tu veux mener avec lui une vie galloise bien saine, faire de belles randonnées dans les collines galloises et habiter près de ta mère galloise. Mais je ne le dis pas.

Je me contente d'acquiescer en souriant, je remplis à nouveau nos flûtes, et nous portons un toast silencieux au succès de ma démarche auprès de Jonah. Mais comment en est-on arrivé là ?

— Je n'aime pas que tu commandes du canard, Ella, tu le sais.

Maman fait pivoter le plateau tournant sur la table pour piocher dans les crevettes à la sauce aigre-douce. Bien qu'elle adore la viande, elle supporte mal l'idée que l'on puisse manger des canards.

— Tu n'es pourtant pas végétarienne, réplique Ella, qui manie ses baguettes à la perfection.

Nous sommes dans le restaurant chinois que je connais bien pour l'avoir souvent fréquenté. Il y a maman et Ella, évidemment, et Dee, ainsi que mes collègues Julia et Dawn, et aussi tante June. À côté d'elle est assise ma cousine Lucy, qui était dans la classe entre Ella et moi à l'école, quand elle acceptait d'y aller. Je ne comprends pas trop ce qu'elle fabrique ici ; elle a toujours affiché un air condescendant à notre égard, comme si son intelligence supérieure l'élevait au-dessus de notre médiocre condition. Pour info, ce n'est pas le cas. Donc nous sommes huit, chacune affublée d'une écharpe en travers de la poitrine qui indique sa position dans le groupe. MARIÉE ! MÈRE DE LA MARIÉE ! PREMIÈRE DEMOISELLE D'HONNEUR ! Celle de tante June clame : DEMOISELLE TATIE ! Le ridicule de notre accoutrement provoque soudain chez moi un accès d'hilarité que j'ai du mal à maîtriser, sûrement à cause du champagne de Dee, suivi du vin qu'on me sert à flots comme si je devais subir une opération du foie demain et ne plus jamais toucher une goutte d'alcool. Il se trouve que je suis attachée à mon foie, aussi je vais essayer de me freiner, mais j'ai pour adversaire un sauvignon du meilleur cru et je crains de succomber avant la fin de la soirée.

— Pourquoi tu ris ? demande Ella, assise à côté de moi.

— À cause de ces écharpes stupides…

La mienne m'a déjà valu les sifflements d'une bande de garçons en voiture et la proposition lubrique du barman du pub où nous sommes allées avant le restaurant. Il faut dire qu'il avait sous les yeux le préservatif dans un sachet métallisé rouge accroché à mon voile. (Oui, il y en a un. Dee l'a agrafé de telle sorte qu'il me pend sur le front.)

Ella retourne un sachet de thé à la cannelle sur un côté du voile.

— À la cannelle, tiens donc.

— C'est un aphrodisiaque naturel peu connu, lance Dee.

Elle marque une pause afin de préparer son effet dramatique, puis chuchote en réussissant à se faire entendre de tout le monde :

— Pour les hommes, évidemment… Spécial nuit de noces.

— La cannelle, tu es sûre ?

Tante June lève si haut les sourcils qu'ils touchent presque la racine de ses cheveux. Elle en est à son troisième verre de vin, alors qu'elle ne boit presque jamais. Il est tout aussi rare qu'elle sorte sans oncle Bob – on les trouve en général occupés à assembler un puzzle sur leur table de salle à manger, ou en train de découvrir un nouveau hobby ensemble. La dernière fois que je suis passée chez eux, je me suis assise dans le fauteuil qu'ils avaient retapissé, j'ai mangé un gâteau qu'ils avaient confectionné à leur atelier de pâtisserie la veille, et j'ai bu du vin de sureau qu'oncle Bob distille dans sa remise au fond du jardin. Ils aiment participer à la vie de la commune, et toujours à deux. Bob et June. June et Bob. Exceptionnellement ce soir, tante June est venue seule.

— Ah, ça explique tout, dit-elle, rouge comme une pivoine.

À côté de moi, Ella glousse.

— Qu'est-ce qu'il y a, tante June ? Oncle Bob abuse de la cannelle en ce moment ?

Maman interroge sa sœur du regard, tandis que Lucy manque de s'étrangler avec sa crevette.

— Nous avons refait plusieurs fois la recette d'escargots briochés à la cannelle que nous avons apprise à l'atelier pâtisserie, explique tante June. Bob les adore…

Elle tourne dans ses doigts la médaille de Saint-Christophe que j'ai toujours vue à son cou. Pendant ce temps, Dee a eu le temps de concocter une chute à sa plaisanterie. Elle se sert du riz cantonais et, imperturbable, laisse tomber :

— Vous connaissez le proverbe, June. « Cannelle le matin, rend Bob très câlin. »

Je ris, parce que Dee n'a jamais rencontré mon oncle Bob, un géant vêtu de son sempiternel cardigan et passionné par son potager.

— Ce proverbe n'existe pas !

— C'est pourtant ce que June voulait dire, intervient Dawn de l'autre côté de la table. Je vais peut-être ajouter des bâtons de cannelle à ma liste de courses. Mon « Bob » (elle dessine des guillemets en l'air avec ses doigts comme pour protéger l'innocent, ce qui est parfaitement vain puisque nous savons tous de qui elle parle) et moi, on essaie d'avoir un bébé, et c'en est au point où il ferait n'importe quoi pour ne plus jamais devoir jouer les étalons. Il est épuisé.

— Pauvre Bob.

Julia secoue la tête. Elle ne mange presque rien, mais se rattrape sur le vin.

— Moi, je peux faire l'impasse sur la cannelle, déclare-t-elle tranquillement.

Je retiens un sourire en revoyant Julia et Bruce danser au mariage de Dawn. C'est un couple bien assorti, sans aucun doute.

— Moi aussi, dit Ella en roulant des yeux. Mon « Bob » est bien assez fringant, en général à 6 heures du matin quand j'essaie de dormir encore une demi-heure avant que le réveil sonne.

Elle jette un coup d'œil faussement inquiet à maman, comme si elle se rappelait – trop tard – sa présence.

— Pardon, maman.

Je ris franchement.

— Je vous trouve bien indiscrètes de parler de vos Bob en mangeant des boulettes de porc…

Lucy pose ses baguettes d'un air pincé et prend son verre de vin.

— Bob est mon père. Je préférerais parler d'autre chose, merci.

Un éclat de rire général salue sa remarque, mais Lucy ne daigne même pas sourire. Pour lui épargner d'autres affronts, maman sort de son sac un petit paquet emballé et me le tend.

— J'attendais le bon moment pour te le donner.

Les rires retombent, et tout le monde regarde le paquet dans mes mains qui laisse supposer une petite boîte à bijoux.

— J'ai toujours regretté de ne pas vous avoir offert le modèle d'un mariage réussi, dit maman.

Ella et moi protestons vigoureusement.

— Tu étais formidable !

— Une mère et un père à la fois ! renchérit Ella.

Et j'ajoute :

— Il ne nous a jamais manqué.

— Faire du surf, à son âge…, marmonne tante June avec une moue écœurée.

— Bref, coupe maman. J'espère en tout cas que vos grands-parents, *mes* parents, vous ont montré un bel exemple.

Ella et moi n'avons pas connu nos grands-parents paternels, mais les parents de maman ont été très présents durant toute notre enfance. Leur maison impeccable, à deux pas de chez nous, était comme l'extension de la nôtre, et nous dînions très souvent à leur table. Je sens encore l'odeur qui nous accueillait en entrant, un mélange de cire, de viande rôtie et de tabac à pipe. Même Lucy semble soudain nostalgique.

— Ils me manquent tellement, dit Ella, que l'alcool rend facilement larmoyante.

Je hoche la tête en silence. Ils nous manquent à tous. Surtout à maman et à tante June.

— Allez, ouvre.

L'injonction de Dee, heureusement, nous évite de verser dans un excès de sentimentalisme. Je détache les rubans blanc et argent d'une main tremblante.

À l'intérieur se trouve une boîte carrée en velours rouge, aux coins élimés. Quand je soulève le couvercle, je découvre une petite broche en marcassite figurant un paon qui me regarde de son œil vert. Ce n'est pas un bijou d'une grande valeur, mais il est très précieux pour maman, et pour moi aussi. C'était la broche préférée de ma grand-mère, elle la portait à tous les mariages, les baptêmes et les enterrements. Je me rappelle distinctement m'être endormie sur ses genoux pendant une réunion familiale, mon doigt caressant le paon tandis que mes yeux se fermaient. En y repensant maintenant, je sens presque le parfum de ma grand-mère, alors que je ne devais pas avoir plus de cinq ans à l'époque.

— C'est le premier cadeau que ton grand-père a offert à ta grand-mère, explique maman. Elle avait seize ans.

Ella effleure délicatement la broche.

— Elle l'avait accrochée au revers de son tailleur bordeaux, le jour de ma remise de diplômes…

Quand Ella s'est mariée, elle portait la montre de grand-mère, un autre bijou modeste mais d'une valeur inestimable à nos yeux. Je la remarque parfois à son poignet lors de certaines réunions familiales.

Trop émue pour parler, je passe la boîte à Dee. Elle fait un effort, mais la broche n'a vraiment rien d'impressionnant si on ne l'associe pas au souvenir d'une grand-mère aimée.

À son tour, Dawn regarde le bijou, puis tend la boîte à Julia. Celle-ci lui jette un bref coup d'œil et la remet aussitôt à Lucy en déclarant avec sa franchise habituelle :

— Il y a des gens qui refusent d'avoir des plumes de paon chez eux. On dit qu'elles portent malheur. J'en ai rapporté une à la maison un jour, et ma mère l'a jetée directement dans la poubelle dehors.

— Oh…

Je suis brutalement arrachée à mon nuage sentimental et je bascule dans la peur. Pourvu qu'une brèche ne s'ouvre pas dans cette vie, par laquelle s'infiltrerait mon autre monde…

— Il ne restera plus rien pour moi quand je me marierai, grommelle Lucy. Même si de toute façon, je n'aurais pas voulu avoir *ça*.

En général, tante June s'écrase devant Lucy ; elle a manifestement compris qu'il est plus facile de ne pas s'opposer à sa fille unique. Mais pas ce soir.

— Ne t'inquiète pas, ma chérie. Tu pourras avoir son dentier, elle l'aimait beaucoup.

Silence. Nous regardons Lucy sans oser rire.

— Ce ne sera pas possible, dit maman. Je l'ai donné à la boutique de charité. Il était dans son sac à main bleu marine.

Je ris tellement que le préservatif dans son sachet rouge se balance devant mes yeux.

Il est plus de 11 heures. J'ai trop bu, trop mangé de canard laqué, et je suis en train de danser sur une table au Prince de Galles. Inévitablement, la soirée devait se terminer ici, de même qu'il était inévitable que Freddie finisse d'enterrer sa vie de garçon ici aussi. Nous n'étions plus que trois après le restaurant. Dawn et Julia ont pris un taxi ensemble, et Lucy, toujours maussade, a été chargée de ramener maman et tante June. À mes pieds, Ella se trémousse en agitant les bras au-dessus de sa tête, tandis que Dee nous livre un numéro époustouflant de danse orientale.

Freddie me cueille dans ses bras pour m'aider à descendre de la table.

— Jolie robe, souffle-t-il à mon oreille.

— Tu trouves ? Je ne fais pas trop « dame » là-dedans ?

— Tu *es* une dame maintenant, Lydia Bird.

Il caresse le col en dentelle de ma robe.

— Ça te change, mais en bien.

Il a raison, ce n'est pas mon style habituel. Jonah apparaît et troque la bouteille de bière vide dans la main de Freddie contre une pleine. Il écarte le préservatif qui pend sur un côté de mon voile pour m'embrasser sur la joue.

— Bravo pour la danse prénuptiale…

— Tout est dans le déguisement, dis-je en désignant d'un geste vague le voile et ses divers ornements.

Jonah secoue la tête, incrédule.

— Je n'aurais jamais pensé que tu le porterais.

— Tu étais au courant ?

Il tend la main pour donner une chiquenaude au préservatif.

— Ça, c'est moi qui l'ai agrafé hier à minuit.

— Tu l'as pris dans ton portefeuille ? demande Freddie en s'esclaffant.

Je ne suis pas exactement ravie d'apprendre que Dee a mis Jonah à contribution pour fabriquer mon ridicule costume. En revanche, je suis contente que Freddie et sa bande nous aient retrouvées au pub, même si je doute que Freddie s'attarde encore longtemps. Il a rendez-vous avec un client important demain, un compte qu'il espère rafler à un concurrent. C'est le genre de défi qui le fait exulter, au point qu'il n'hésitera pas à écourter son enterrement de vie de garçon pour arriver au bureau lundi matin avec une mine éclatante et l'esprit plus affûté qu'une épée. Sans doute un autre tuyau qu'il tient de Barack Obama.

Une demi-heure plus tard, Jonah joue du piano. Ella est assise sur les genoux de David dans un coin du pub et Dee s'appuie contre moi, façon « je-ne-tiens-pas-debout-toute-seule ». Elle continue de boire à la paille le contenu d'une mystérieuse bouteille bleue qui, à mon avis, va l'achever.

— Ne lui dis rien, me chuchote-t-elle.

— À qui ?

Levant les yeux, la paille fichée au coin des lèvres, elle regarde Jonah.

— Ella a raison. C'est Mick Jagger… et moi, je ne suis pas Jerry Hall.

Je ris de cette grandiloquence typique des fins de soirée alcoolisées.

— Ce n'est pas Mick Jagger, et Jerry Hall n'en ferait qu'une bouchée.

Dee secoue la tête, pas convaincue.

— Je ne sais même pas chanter, Lydia. Je ne serais jamais Adele…

— Arrête de te morfondre. Tu as de super cheveux.

Je lui donne un coup d'épaule pour lui remonter le moral. Elle pousse un soupir théâtral.

— Non… C'est toi qui as de super cheveux. Tu as les cheveux de Jerry Hall.

— J'aimerais bien être aussi riche qu'elle !

Nous nous taisons pour écouter Jonah. Il ne regarde même pas le clavier en jouant, sûr de lui, captivant son public comme toujours ici.

— C'est inscrit dans ses gènes, hein ? murmure Dee. La musique, je veux dire.

Je hoche la tête. Soudain une immense tristesse m'envahit, parce qu'elle a absolument raison et que je pense à Jonah dans ma vie éveillée. S'il a perdu la musique, il est encore plus mal en point que je ne le pensais. Peut-être vaudrait-il mieux qu'il parte au pays de Galles, finalement.

Profitant de ce que Dee se cale contre la table derrière nous, je lui fausse compagnie et je file aux toilettes.

Enfermée dans la cabine, je m'assieds sur la cuvette et je sors mon téléphone de mon sac, par réflexe, et aussi parce que j'ai besoin d'une pause dans cette soirée interminable.

Mon écran s'allume. Une photo de Paris sous la neige remplace l'image de stock que j'ai choisie dans ma vie éveillée. Je laisse aller ma tête contre la paroi de la cabine en fixant longuement l'écran, et une foule de souvenirs me reviennent : mes mains engourdies par le froid serrant une tasse de chocolat chaud, les stalactites qui pendent aux auvents des cafés, les baisers que nous échangeons en pleine rue, nos lèvres glacées. J'ai l'étrange impression que ces scènes sont tirées d'un film, pas de ma vie.

— Tout va bien, là-dedans ?

Je sursaute. Manifestement, j'occupe l'unique cabine depuis trop longtemps.

— Une minute…

Je range vite mon téléphone dans mon sac et je tire la chasse, même si c'est inutile. La femme qui attend me jette un drôle de regard quand je sors. Je comprends pourquoi en surprenant mon reflet dans la glace : avec mon voile de travers et mon mascara qui a coulé, j'ai plutôt l'air d'une sorcière que d'une future mariée. J'essuie le noir sous mes yeux du bout des doigts. Je n'étais pas censée pleurer dans les toilettes à la fin de la soirée d'enterrement de ma vie de jeune fille.

Dans le couloir, frais et désert, je me demande si je ne préférerais pas rentrer chez moi plutôt que retrouver l'ambiance bruyante du pub. La porte arrière du bar s'ouvre, livrant passage à un vacarme de voix et de musique, ainsi qu'à Jonah Jones.

Il me sourit et s'approche, tandis que la porte en se refermant étouffe le bruit.

— Tu te caches ?

— Non… Oui, un peu.

Il s'adosse au mur en face de moi, un doigt pointé sur mon voile.

— Tu ne peux pas passer inaperçue avec ce truc.

Je décroche le voile de mes cheveux en regrettant de ne pas l'avoir jeté dans la poubelle des toilettes.

— Au fait, il ne vient pas de mon portefeuille, dit Jonah.

Je mets une ou deux secondes à comprendre qu'il parle du préservatif dans sa pochette rouge métallisé.

— C'est Dee qui les a achetés.

Ai-je envie d'imaginer Dee en train d'acheter des préservatifs à la fraise ? Pas vraiment.

— C'est gentil de sa part, dis-je.

— Oui…

— Je la trouve très sympa.

Ne serait-ce pas le moment de lui glisser que Dee aimerait qu'il se décide à la demander en mariage ?

— Moi aussi, répond-il.

— Tu l'aimes ?

J'ai posé ma question sur un ton désinvolte, presque taquin. Jonah se rembrunit.

— Je crois que je ne sais pas ce qu'est l'amour, Lydia, lâche-t-il d'une voix sombre où je décèle une pointe d'agacement. C'est facile pour toi. Freddie et toi, vous êtes ensemble depuis toujours. Vous avez grandi ensemble, vous avez un passé en commun, un socle. Mais si l'on n'a pas ça avec quelqu'un ? Si l'on n'a pas ces fondations sur lesquelles bâtir une histoire ?

Je ne m'attendais pas à de telles paroles et je ne sais pas comment réagir.

— Dee et moi, nous n'avons rien de tout ça, continue Jonah. Je ne lui ai pas tenu les cheveux la première fois qu'elle s'est soûlée et qu'elle a vomi, je n'ai pas porté son sac à dos qui pesait une tonne en rentrant du collège. Je n'ai pas sorti sa première voiture d'une congère, et je ne lui ai pas passé mon devoir de chimie à recopier tous les lundis matin avant d'aller en cours.

Il s'arrête net. Je suis perplexe, parce qu'il a dévidé d'une traite des situations qui ont jalonné notre amitié au cours des années. Il m'a tenu les cheveux ici même, dans ce pub, quand j'avais dix-sept ans, et il est venu pousser ma voiture quand je l'ai appelé, paniquée, après m'être enlisée dans une congère.

Je me risque enfin à répondre, sans être sûre d'avoir bien compris ce qu'il voulait dire.

— Tu n'as pas besoin de tout ça pour aimer quelqu'un, Jonah. Peu importe ce qui s'est passé hier, ou la semaine dernière, ou il y a dix ans… Ce qui compte, c'est maintenant, ici, aujourd'hui, demain, l'année prochaine. Certaines personnes ont un coup de foudre et restent ensemble leur vie entière, d'autres se marient avec leur amour d'enfance et finissent par divorcer. On ne peut pas prédire la vie, Jonah, on ne peut qu'essayer d'accueillir de son mieux ce qu'elle nous envoie.

J'ignore où je suis allée chercher ce discours, et je n'y crois pas complètement moi-même. Dans ma vie éveillée, tout ce qui me reste de Freddie, ce sont nos précieux hiers.

Jonah regarde le plancher, puis lève les yeux vers moi.

— Et si on tombe amoureux d'un ou d'une amie ?

Je pense à Freddie et à moi.

— C'est une chance.

Jonah hoche tristement la tête.

— J'imagine. Du moment que c'est réciproque.

J'ouvre la bouche pour parler, mais rien ne sort parce que j'ai soudain peur de continuer cette conversation, peur de ce qui pourrait être dit.

— Toute ma vie, j'ai été le lieutenant de Freddie…, murmure Jonah.

Quelque chose en moi se crispe. Dans un autre univers, il a prononcé exactement les mêmes paroles, à l'enterrement de Freddie. Mais il a ajouté alors que c'était un honneur et un privilège. Je ne suis pas certaine qu'il s'apprête à développer la même suite ici.

Pile à ce moment-là, Freddie sort par la porte arrière du pub. Un grand sourire s'épanouit sur son visage quand il nous voit.

— Hé ! Mes deux personnes préférées au même endroit !

Je me hausse sur la pointe des pieds pour l'embrasser, et je m'aperçois que je tremble. Freddie s'adosse au mur à côté de Jonah. Ils se tenaient toujours ainsi au collège, côte à côte, quand ils m'attendaient à la sortie.

— On va se manger un curry chez l'Indien ? Je meurs de faim.

— Tu as *toujours* faim, réplique Jonah en se ressaisissant. Tu es le roi de la fête, mon pote. C'est toi qui décides.

Freddie se tourne vers moi.

— Lyds ? Tu viens ?

— Je ne pense pas que ce soit souhaitable de fêter l'enterrement d'une vie de garçon avec la mariée… Non, je vais rester avec Dee et Ella.

— La dernière fois que je les ai vues, elles commandaient des shots de tequila. Ça va dépoter…

Freddie disparaît dans les toilettes pour hommes en fredonnant un air qui ressemble vaguement à ce qu'on entend de l'autre côté de la porte. Jonah et moi nous retrouvons à nouveau seuls dans le couloir. Il déglutit avec peine et se frotte la nuque d'une main.

— Laisse tomber, oublie…, dit-il. Je raconte n'importe quoi… Trop de bière.

J'accepte ce mensonge avec gratitude.

— OK. Bon allez, j'y retourne…

Il lâche un rire qui sonne faux.

— C'est parti pour la tequila !

Deux filles dans lesquelles je reconnais vaguement d'anciennes élèves du collège sortent par la porte, et j'en profite pour m'éclipser. Troublée par cet échange bizarre avec Jonah, je cherche Ella parmi la foule qui emplit le pub. Je ne la trouve pas. Ne voyant pas Dee non plus, je renonce et m'assieds sur un tabouret à côté de la machine à sous. Tout est légèrement décalé ce soir : Dee est trop expansive, Ella trop bourrée, Jonah trop sérieux, Freddie trop guilleret. Et puis il y a moi, au centre de tout ça, dans ma robe noire classique et mon voile orné de gadgets. Je ferme les yeux ; je suis lasse et j'ai envie de rentrer chez moi. Je ne veux pas de tequila, je ne veux pas rester avec Dee, ni même avec Ella. Ce soir, j'ai trop l'impression de marcher sur une corde raide. En fait, c'est une bonne image pour décrire ma vie en ce moment : j'évolue constamment sur un fil invisible tendu entre deux mondes, en espérant que je ne vais pas tomber la tête la première. Pour une fille qui n'a pas le sens de l'équilibre, c'est un sacré effort.

ÉVEILLÉE

Dimanche 7 juillet

J'ai atrocement mal à la tête et je n'ai même pas bu hier soir avant de prendre le cachet. Est-il possible que je rapporte une gueule de bois d'un univers dans un autre ? Mes allées et venues sont fatigantes de manière générale, mais aujourd'hui, je me sens exténuée, à la fois physiquement et mentalement.

Après trois comprimés de paracétamol et deux mugs de café, je ne vois toujours pas pointer la moindre étincelle d'énergie. Je mange des œufs à la coque avec des mouillettes – un retour au menu préféré de mon enfance qui d'ordinaire me réconforte –, mais apparemment il n'y a pas moyen d'échapper à cet état d'épuisement. J'ai l'impression d'avoir des bleus partout… à l'intérieur. Comme si quelqu'un avait enchaîné les tirs au but en prenant mes organes pour une cage de foot.

Même un après-midi sur le canapé ne me permet pas de restaurer mes forces. Je ne serais pas plus éreintée si j'étais clouée au lit par une grippe avec quarante de fièvre. En allumant les infos à la télé, j'apprends que nous sommes le 7 juillet. Mon cerveau ayant rendu son tablier, je dois compter sur mes doigts jusqu'à vingt. Treize jours. Dans une semaine et six jours, Freddie et moi nous marierons dans un monde où je n'ai jamais vu ma robe de mariée. La pensée de mon mariage me ramène à Jonah, le garçon d'honneur et meilleur ami de Freddie. Cette conversation que nous avons eue hier soir dans ma vie endormie… J'ai essayé de la chasser de mon esprit jusqu'à maintenant. Après tout, cela ne s'applique pas ici. Enfin, pas vraiment. En suis-je si sûre ? Il n'a rien dit d'explicite et n'a franchi aucune limite, mais il s'en est suffisamment approché pour que je puisse comprendre à demi-mot. Je soupire et ferme les yeux en abandonnant ma tête contre les coussins. Bon sang, pourquoi faut-il que tout soit toujours si compliqué ? J'ai peut-être mal interprété les paroles de Jonah. C'est possible. Mais mon cœur sait que, non, je ne me suis pas trompée. Il y avait une tension palpable entre nous, des questions dans ses yeux sombres auxquelles je n'avais pas de réponse immédiate. Ici, dans mon monde éveillé, il ne parlerait jamais ainsi, et maintenant il y aura inévitablement une gêne dans ma vie endormie.

Peut-être prétextera-t-il un empêchement le jour du mariage. Après ce qu'il a exprimé hier, ce serait plus facile s'il n'était pas là, du moins pour moi. Mais Freddie ne concevrait pas de ne pas avoir son meilleur ami à ses côtés pour ce grand jour. Je ne vois pas d'autre solution que de suivre le conseil de Jonah : « Laisse tomber, oublie. »

Je somnole quand mon portable émet une alerte, un peu après 5 heures. J'ai réussi à prendre une douche, puis j'ai remis mon pyjama – au moins je me suis lavée –, et je fais semblant de regarder un film tellement nul que je n'ai même pas capté le nom du personnage principal. Je récupère mon portable qui a glissé derrière les coussins. Nouveau message : c'est Kris. Nous avons échangé plusieurs SMS, mais je ne l'ai pas revu depuis notre premier rendez-vous. Bien que j'en aie envie, quelque chose me l'interdisait.

Un café, ça te dirait ? Je me sens un peu seul… K.

Mes pouces tapent un mensonge pour ne pas le vexer.

Je suis chez ma mère, réunion de famille… Je t'appelle demain.

Après réflexion, je l'efface. Kris est la seule personne qui ne s'inscrive pas dans la complexité de ma double vie, et son honnêteté me touche. Je peux quand même trouver en moi une once de bienveillance, non ? Au lieu de l'envoyer balader purement et simplement.

Salut. J'ai une gueule de bois terrible… Appelle si tu veux. L.

Il répond aussitôt.

Ce serait trop bizarre si je passais te voir ? Je tourne en rond chez moi, besoin de prendre l'air.

Oh. Je ne m'attendais pas à ça. J'ai déjà joué ma carte par laquelle je lui fais savoir que je suis dispo pour parler, impossible de revenir en arrière. Pendant que j'hésite, un autre SMS arrive.

Désolé. On laisse tomber. C'est juste un jour comme ça.

Et parce que je sais exactement ce que signifie « un jour comme ça », je lui réponds que non, ce n'est pas bizarre, et que oui, il peut passer. Ensuite, je suis prise de panique et je me fonce m'habiller.

Nous buvons du café, assis à la table de la cuisine, et il me raconte que sa femme s'est pointée sans prévenir ce matin. Elle est entrée avec la clé qu'elle avait gardée, et elle est restée juste le temps de remplir un sac bleu Ikea d'objets qu'elle voulait récupérer. À la fin, elle lui a annoncé qu'elle était enceinte de trois mois et attendait des jumeaux.

Je suis horrifiée. Il a un air de chien battu qui me va droit au cœur.

— Mon Dieu, je ne sais pas quoi dire… Est-ce que je dois la traiter de tous les noms ?

— Je l'ai déjà fait, après son départ. Ça n'a pas beaucoup aidé. Elle a emporté la bouilloire aussi.

Il termine son café.

— Non, mais tu imagines, Lydia ? La bouilloire !

— C'était une bouilloire spéciale ?

— Elle allait avec le grille-pain, répond-il en haussant les épaules.

— Est-ce qu'elle a pris le grille-pain ?

Il hoche tristement la tête.

— Pas de thé, pas de toast.

Je soutiens son regard dans lequel je détecte enfin une lueur d'humour.

— Tu peux les racheter au supermarché, tu en auras pour une vingtaine de livres à peine.

— Je ne mange même pas de pain grillé, grommelle-t-il avec une mauvaise humeur exagérée qui frise la drôlerie. Et je ne bois pas de thé non plus.

J'essaie de ne pas rire mais je ne peux pas m'en empêcher, parce que c'est franchement ridicule de venir chercher le petit électroménager de la cuisine.

— On me propose un nouveau boulot, déclare-t-il sans transition. Un partenariat avec un confrère, en fait.

— C'est bien, ça. Non ?

Il acquiesce, mais son visage montre qu'il est soucieux.

— À Londres, précise-t-il.

Ah.

— Tu vas accepter ?

— Sans doute. C'est un ami de la fac…

— Parfait.

L'annonce de son départ change complètement la dynamique entre nous. Je ne crois pas que je le reverrai après aujourd'hui.

Je me lève et pose une main sur son épaule.

— Un autre café ?

— C'est ça… Tu frimes parce que, toi, tu as une bouilloire.

Je souris, mais je ne pense plus ni au café ni aux bouilloires. Je pense que je me sens bien avec lui, je pense aux petits points verts qui éclairent ses yeux gris quand on les regarde de près, et je ne résiste pas quand il me prend la main pour m'attirer sur ses genoux.

Il soupire, m'enveloppe de ses bras et respire mes cheveux. Je ne sais pas lequel de nous deux réconforte l'autre. Il n'est pas venu ici pour parler de sa bouilloire. Il est venu parce qu'il est effondré après avoir revu la femme qu'il aimait et qu'il a perdue ; il n'imagine pas à quel point je le comprends. Il est ici parce que je n'appartiens pas à sa vie ; je comprends ça aussi. Nous ne connaissons pas nos familles et nos amis respectifs – nous ne nous connaissons même pas l'un l'autre –, mais en cet instant précis, c'est justement ce qu'il nous faut. Je suis pour lui ce qu'il est pour moi : une page vierge. Je l'apprécie beaucoup, et à un autre stade de nos existences cette page aurait pu devenir un chapitre, voire un livre entier, mais il part à Londres et ma vie est trop compliquée pour que je puisse y accueillir quelqu'un de nouveau. Cette histoire a donc une page unique : un homme rencontre une femme, ils se portent mutuellement secours, et ensuite ils ne se revoient jamais.

— Lydia…, murmure-t-il en me prenant doucement le visage dans ses mains.

Quand il m'embrasse, toute pensée rationnelle déserte aussitôt mon cerveau. Son chagrin s'emboîte dans ma détresse et nous perdons tous deux le contrôle.

— Je ne suis pas venu pour ça, dit-il tandis que je lui enlève son tee-shirt, et je le crois.

— Je sais…

Ses doigts dégrafent mon soutien-gorge.

— Tu veux que j'arrête ? demande-t-il, une main sur mon sein, l'autre essuyant une larme qui roule sur ma joue.

— Non. Non… continue…

Je ne me serais jamais imaginé faire l'amour avec quelqu'un d'autre que Freddie. Hormis dans des fantasmes que nous nous racontions (moi avec Ryan Reynolds, par exemple). Mais Kris m'offre tout ce dont j'ai besoin. Je peux même me laisser aller à pleurer, parce qu'il pleure aussi, le front appuyé contre le mien, sa main chaude sur ma nuque.

Plus tard, nous restons un moment immobiles dans la lumière du soir qui tombe. Une fois qu'il a repris son souffle, il se dresse sur un coude, me regarde gravement et déclare :

— J'ai complètement oublié la bouilloire.

Je ris en enfouissant mon visage au creux de son épaule.

Je suis de nouveau assise à la table de la cuisine, seule à présent, et j'ai ouvert la bouteille de cognac à laquelle normalement je ne touche jamais. Le livre sur le deuil que l'on m'a donné à l'atelier me prévient qu'il est normal de faire des choses qu'on ne fait pas d'habitude ; il y a même une liste. Je ne sauterai pas en parachute et je n'essaierai pas le rafting, mais je ne peux pas totalement écarter la possibilité de me faire couper les cheveux.

Je ne veux pas regretter ce qui s'est passé avec Kris ce soir. C'était un moment merveilleux, encore plus fort parce que nous en comprenions tous deux la véritable signification : un au revoir. En fait, il a été mon saut en parachute. Il comprenait ce qu'est le gouffre de l'absence, quand l'amour que vous avez perdu a emporté trop de morceaux de vous pour que vous puissiez encore fonctionner. Pas comme auparavant, en tout cas. J'ai dû examiner les morceaux de moi qui restaient et construire une nouvelle version, Lydia 2.0, en vissant petit à petit de nouveaux boulons. Ce soir, j'ai inséré un fragment de Kris dans cette personne qui reprend vie et je lui ai donné un éclat de moi en échange – un échange juste, je l'espère.

Je termine le cognac, et, tandis que je dispose nos tasses à café dans le lave-vaisselle, je me demande pourquoi l'on tombe amoureux de certaines personnes et pas d'autres, même si on le souhaite. Des milliards d'êtres humains sur cette planète, qui tombent amoureux les uns des autres sans que ni la logique, ni les chiffres, ni le bon sens puissent l'expliquer. Que nous sommes donc étranges.

ÉVEILLÉE

Vendredi 12 juillet

Jonah m'a appelée au travail et m'a demandé s'il pouvait passer ce soir ; il a vaguement prétexté qu'il était désœuvré, mais je pense que c'est à cause du mariage. Il veut vérifier que je tiens le coup à l'approche de la date fatidique.

J'ai paniqué pendant quelques secondes après avoir raccroché, puis je me suis raisonnée : Jonah Jones ici n'est pas le même que dans mon monde endormi. Ici, il est fiable, gentil, attentionné, et je suis à quatre-vingt-dix-neuf pour cent sûre qu'il ne m'aime pas en secret depuis des années. Il restera une heure, nous parlerons de choses et d'autres, après quoi je l'enverrai rejoindre la bande au Prince. À moins que je ne trouve un moyen d'orienter la conversation sur le pays de Galles… Je ne cesse de remettre à plus tard, je l'avoue. Ce soir, j'essaierai de ne pas penser qu'à moi et à ce dont j'ai besoin, mais à ce qui est le mieux pour lui. Et puis, soudain, je comprends : il vient m'annoncer qu'il part.

J'ouvre la porte et m'appuie au chambranle, comme pour lui barrer le passage.

— Ça va ?

Il hausse une épaule.

— Pas trop mal.

Il me suit à l'intérieur et referme la porte derrière lui. Je me dirige droit vers la bouilloire, il sort des mugs ; nous préparons le café, dans un silence heureusement meublé par le bruit de la télé au salon. Je ne me suis jamais sentie gênée avec lui ; j'ai déjà été en colère, bien sûr, mais jamais anxieuse comme à présent et incapable de lui parler.

— Assieds-toi, dis-je en prenant place à un bout du canapé, tenant mon mug chaud à deux mains.

Il se laisse tomber dans le fauteuil qui était toujours le sien, en face de celui de Freddie.

— Joli coussin…

Il y a comme une interrogation dans sa voix – il sait aussi bien que moi ce que signifie ce changement de décoration.

— Comment ça va, le boulot ?

J'ai l'impression d'engager la conversation avec une connaissance croisée dans la salle d'attente du médecin.

— Les vacances arrivent, Dieu merci.

— Tu en as de la chance…

Les nombreuses vacances de Jonah rendaient Freddie vert de jalousie, même s'il savait qu'une large partie de ce temps libre était consacrée à corriger des copies et à préparer des cours.

— Justement, c'est pour ça que je voulais te voir. Je compte partir un peu.

Nous y voilà. Il va m'annoncer que Dee et lui passent l'été au pays de Galles, pour tâter le terrain et peut-être s'y installer.

— C'est bon, je suis déjà au courant. Dee m'a parlé du pays de Galles.

Il pose son café sur la table basse et se frotte les yeux.

— Je ne vais pas au pays de Galles.

— Ah non ?

Il secoue lentement la tête, en fixant un point sur le tapis.

— Dee et moi, c'est fini. On l'a décidé hier soir. Enfin, *j'ai* décidé.

— Oh. Mais je croyais…

Je m'interromps, à court de mots. Surtout, je m'aperçois que je redoute d'entendre la suite.

— Elle veut déménager là-bas, continue Jonah. Pour être plus près de sa famille.

— Oui… Elle espérait que tu l'accompagnerais.

Jonah grimace.

— Je ne sais pas ce que je veux, Lyds. J'ai envie de bouger, mais pas de vivre au pays de Galles. Dee et moi… on n'en était pas là, tu comprends ? À mon avis, elle en avait conscience, mais elle a obtenu un poste permanent dans un lycée, alors…

Il hausse les épaules.

— Alors, elle part. Elle s'imaginait sans doute que si je la suivais, on pourrait essayer de construire quelque chose ensemble.

— Je suis désolée… Je croyais que ça allait tenir, vous deux.

Il a un soupir résigné.

— Je l'ai cru aussi… pendant un moment. C'est salaud de ma part d'avoir laissé traîner autant. Elle méritait mieux.

Il boit son café d'un air songeur, et je sens qu'il a autre chose à dire. Il n'est pas venu pour m'annoncer que c'est fini avec Dee.

— Je pars en vacances à Los Angeles.

Hein ?

— À Los Angeles ?

Ma voix incrédule monte dans les aigus. Los Angeles ne figure pas parmi les endroits du monde où j'imagine Jonah en vacances. Le Pérou, peut-être. Les îles grecques les moins touristiques, oui. Mais Los Angeles ? Les paillettes d'Hollywood, le culte du corps et les gens bronzés qui font du roller le long de la plage… Oui, je sais, c'est une vision réductrice. Il n'en reste pas moins que je ne *peux pas* me représenter Jonah dans ce décor.

— Je me suis remis à écrire, dit-il. Depuis l'accident.

Encore une révélation inattendue. Quand nous étions plus jeunes, Jonah voulait devenir journaliste, mais il a finalement décidé qu'il ne se satisferait pas de passer sa vie à courir après les gros titres. Il a donc écrit autre chose – des paroles de chansons, de la musique –, et il s'est aussi essayé au roman et au scénario. C'est un créatif-né, ce qui explique probablement qu'il soit un si bon professeur.

— C'est bien, dis-je.

Je ne vois pas très bien le rapport avec Los Angeles, mais je suppose qu'il y en a un. Un atelier d'écriture dans les collines avec vue sur le Pacifique, peut-être ?

— Et tu écris quoi ?

— Justement, Lyds…

Il me regarde un long moment avant de répondre :

— J'ai écrit un scénario et je l'ai envoyé à plusieurs agents… En fait, tout s'est enchaîné plus vite que je ne l'imaginais…

À nouveau, j'ai l'impression qu'il tarde à m'annoncer la véritable nouvelle.

— Waouh, Jonah, dis-je en riant. C'est super excitant !

— C'est surtout assez dingue…

Son rire gêné renforce en moi le sentiment qu'il ne m'a pas encore balancé le plus important.

— Donc tu pars à Los Angeles pour…

— Trois producteurs sont intéressés. Je vais discuter avec eux, voir ce qu'ils me proposent, tout ça…

— *Trois* studios veulent faire un film de ton scénario ? Ils se disputent pour t'avoir ?

J'imagine des déjeuners dans des restaurants huppés d'Hollywood, sur des terrasses inondées de soleil, où l'on sert des plats basses calories et pauvres en glucides. Jonah rit à nouveau.

— On n'en est pas encore là ! Mais mon agent me conseille de les rencontrer pour échanger nos idées… D'après lui, je suis en position de force et je peux choisir celui qui me plaît.

— Eh ben, dis donc ! Alors, c'est quoi le sujet de ce film que tout le monde s'arrache ? Tu as écrit la suite de *Star Wars* ? Je rêve… Tu vas t'acheter une maison à Beverly Hills et être le voisin de Bruce Willis.

Je ne sais pas pourquoi j'ai cité Bruce Willis. J'aurais pu prendre quelqu'un de plus jeune. Ryan Reynolds, tiens. Ça montre à quel point je suis à côté de la plaque.

— Ne t'emballe pas si vite ! réplique Jonah. Ce n'est pas parce qu'on signe un contrat d'option que le film sera tourné, loin de là…

Il a de nouveau l'air gêné.

— En fait, c'est un peu un film sur Freddie…

Le regard grave, il continue en surveillant ma réaction :

— Un film sur l'amitié, plus généralement… Et sur la perte d'un ami.

— Tu as écrit un film sur Freddie ?

C'est une idée tellement étrange, mon esprit n'arrive pas à l'appréhender. Je demande d'une voix blanche :

— Il meurt, dedans ?

— Ce n'est pas exactement *son* histoire… Plutôt celle de deux adolescents, d'une amitié masculine, d'un deuil…

Je suis un monstre. Sûrement. Parce que la pensée qui me vient, c'est que Jonah a trouvé un moyen d'exprimer ses sentiments avec une liberté et une précision que je n'aurai jamais ; et qu'alors son chagrin devient plus grand que le mien. Au lieu de me réjouir pour lui, je songe confusément qu'il tire profit de cette chose inconcevable qui nous est arrivée. Qui est arrivée à Freddie, et ensuite, surtout, à *moi*. Pas à Jonah Jones.

— Tu n'en as jamais parlé. Pas une seule fois tu ne m'as dit que tu écrivais.

— Je ne l'ai dit à personne. Même pas à Dee.

Je pense : *Mais je ne suis pas Dee ! Je suis Lydia, ta plus vieille amie, et si tu écrivais sur Freddie tu aurais dû m'en parler.*

— Au début, j'ai écrit parce que j'avais besoin de sortir tout ça de ma tête, tu comprends ?

Il cherche un encouragement sur mon visage. Voyant que je ne lui en donne pas, il continue :

— C'était trop lourd en moi.

Évidemment que je comprends

— Et puis, à mesure que les pages s'accumulaient, je me suis mis à apprécier l'acte d'écrire lui-même. Je me suis rappelé ce que j'éprouvais en créant des mondes différents du mien, en inventant une histoire qui n'était pas la mienne.

Il n'imagine pas à quel point ses paroles résonnent en moi. Sauf que je n'ai pas besoin d'écrire un monde différent ; je le vis.

— Et donc, dans le film, c'est toi le héros ?

C'est un coup bas, et je m'en veux d'insinuer que dans la vraie vie, il ne l'était pas aux côtés de Freddie.

Jonah se penche en avant dans le fauteuil, les coudes appuyés sur ses genoux.

— Je te le répète, ce n'est pas exactement Freddie et moi, mais je me suis inspiré de notre histoire. Je voulais que tu le saches…

J'entends l'accent cassant de ma voix lorsque je l'interromps.

— Merci, c'est gentil.

— Ça te gêne ?

— Tu croyais que ça me gênerait ?

Ce n'est pas par agressivité que je réponds à sa question par une question. J'essaie seulement de gagner du temps et de comprendre pourquoi ma réaction égoïste me fait si mal.

— Je ne savais pas comment tu le prendrais, explique-t-il avec une sincérité que je ne peux pas mettre en doute. Je ne voulais pas que tu penses que je me suis servi de lui.

— Ce n'est pas ce que je pense.

Je soupire, parce que je viens de mettre le doigt sur la véritable nature de mes sentiments et que je n'en suis pas fière.

— Je suis jalouse de toi.

Il me dévisage d'un air incrédule.

— Jalouse ?

C'est à mon tour de parler et de chercher les mots justes.

— Oui, je… c'est trop lourd en moi aussi, tu sais ? Toi, tu vas bouger, rencontrer des gens nouveaux… dans un endroit où les souvenirs ne seront pas là à te cerner de toutes parts…

Il hoche la tête, et ses yeux me disent son infinie compassion.

— À la fin de l'été, tu décideras probablement que tu adores Los Angeles et tu ne reviendras plus jamais.

Jonah se lève et s'assied à côté de moi.

— Je reviendrai, Lydia. Je te le promets.

— Tu n'en sais rien. Ils te feront peut-être une offre que tu ne pourras pas refuser.

Il a l'air sceptique.

— Il n'y a vraiment rien de ferme encore… J'aurais pu tout aussi bien parler à ces gens par Skype. Si j'y vais, c'est autant pour partir d'ici que pour aller là-bas… Enfin, tu me comprends.

— Une sorte de fuite, dis-je sombrement.

— Je n'aime pas trop me voir comme quelqu'un qui s'enfuit… Mais bon, oui, peut-être un peu.

Nous restons silencieux un moment. Je m'imagine faire quelque chose de semblable, sauter dans un avion pour les antipodes et découvrir que la vie est plus légère là-bas, mais très vite, je reviens à la réalité.

— Et donc ? Ton plan, c'est de passer l'été à Los Angeles et d'espérer que tout ira bien ?

— J'ai besoin de changer d'air, répond-il en haussant les épaules. Pourquoi pas Los Angeles ?

Dee avait en partie raison ; Jonah doit partir d'ici, mais peut-être pas pour toujours. Alors, parce que je sais qu'il est venu me demander ma bénédiction, je lui dis doucement :

— C'est une bonne décision, Jonah Jones. Je souhaite que ce soit le début d'une nouvelle vie…

Il me prend la main avec une sincère émotion.

— Ton opinion est tellement importante pour moi. *Toi*, Lyds, tu comptes tellement pour moi. Je ne veux jamais perdre notre amitié.

Je serre ses doigts dans les miens.

— Moi non plus.

Il jette un regard au fauteuil de Freddie, puis au salon tout autour.

— Ça commence à changer, chez toi, déclare-t-il.

— Tu trouves ?

Je suis étonnée qu'il s'en aperçoive. Je n'ai pourtant pas modifié grand-chose : un nouveau coussin ici, une lampe là, un miroir que j'ai repéré l'autre jour à un vide-greniers en rentrant du travail. Mais il a raison. C'est inévitable, je suppose. Des petits détails qui reflètent l'évolution nécessaire de ma vie.

De nouveau, un silence. Et puis, presque à mon insu, je m'entends dire :

— J'ai rencontré quelqu'un.

Bouche bée, Jonah ne peut que répéter platement :

— Tu as rencontré quelqu'un ?

— On s'est vus plusieurs fois…

Il secoue la tête comme s'il venait d'apprendre la plus extravagante des nouvelles.

— Je n'aurais jamais pensé que tu trouverais quelqu'un d'autre.

Je suis froissée par sa remarque dans laquelle je crois déceler un jugement.

— Il n'y a pas que toi qui as le droit d'avoir une vie après lui, tu sais.

Il pose son bras sur mes épaules et m'attire contre lui.

— Je ne voulais pas dire ça. C'est juste que… toi avec quelqu'un d'autre. C'est bizarre.

S'il savait à quel point. Je me contente de répondre avec sobriété :

— Imagine ce que ça me fait à moi.

Un nouveau silence nous enveloppe. Son bras est un poids agréable sur mes épaules, nous laissons aller nos têtes en arrière contre le canapé.

— Quand je pense que tu vas faire un tabac à Hollywood…

Je lui envoie un coup d'épaule, il rit. Je me rends compte que cette familiarité entre nous m'a énormément manqué.

— On commande une pizza ? propose Jonah.

Je regarde la table basse. Elle a accueilli un nombre incalculable de pizzas au fil des années et des matchs de foot que Freddie et Jonah commentaient bruyamment.

J'imagine qu'elle peut en accueillir encore une.

Debout sur le perron, j'agite la main tandis qu'il monte dans sa Saab un peu après 9 heures. Jonah Jones à Los Angeles. Qui l'eût cru ? Ils n'en feront qu'une bouchée. Ou peut-être pas. Peut-être qu'il abandonnera la pizza et le café industriel pour se convertir aux omelettes sans jaunes d'œufs et au jus de chou kale. En fermant la porte, je me console avec deux pensées : un, il ne m'a pas déclaré son amour, et deux, au moins ce n'est pas le fichu pays de Galles.

ÉVEILLÉE

Samedi 20 juillet

Il pleut. Il est 6 h 30 du matin, samedi, je suis au lit, et la pluie martèle la fenêtre de ma chambre. Aujourd'hui aurait été le jour de mon mariage. Aujourd'hui est *toujours* mon mariage, dans un monde parallèle au mien. Est-ce qu'il pleut des cordes là-bas aussi ? Sommes-nous rassemblés dans la cuisine de maman, en peignoir, à boire du café et à regarder par la fenêtre en maudissant les gros nuages noirs ? Ou bien sommes-nous attablés devant un petit déjeuner festif, en nous fichant complètement du temps parce que c'est le jour de mon mariage, et que s'il le fallait j'épouserais Freddie Hunter en jean sous un déluge de grêle ? J'espère que c'est plutôt la deuxième option.

À mesure que la date approchait, ma famille a adopté la stratégie « on n'en parle pas ». Ella travaille ce week-end ; c'est son dernier mariage à l'hôtel avant de partir en congé maternité. Elle est enceinte de huit mois maintenant, et elle veille à ce que son ventre ne pointe pas dans le coin de la photo des mariés souriants.

Stef, dont je n'ai pas encore fait la connaissance officiellement, a emmené maman en vacances. Elle a tenu à nous présenter un énorme bobard, racontant qu'elle allait dans la région des Lacs et que, par une coïncidence stupéfiante, Stef avait réservé au même endroit, au même moment, de sorte qu'ils covoituraient pour économiser l'essence. Même David, qui ne se permet jamais aucun commentaire, a dû s'abriter derrière son journal pour ne pas montrer à maman qu'il riait.

Jonah est parti à Los Angeles il y a deux jours. Tous les acteurs principaux de mon mariage inexistant sont donc occupés ailleurs. La vie est bizarre, non ? Aujourd'hui aurait dû être un jour rempli de gestes liés au mariage : maman, en bigoudis, accrochant des fleurs aux boutonnières ; Jonah, vérifiant avec angoisse que les alliances sont toujours dans sa poche. Et parce qu'à présent rien de tout cela ne va arriver, aujourd'hui a été rempli avec autre chose : le travail, la région des Lacs, Los Angeles. La seule personne qui ne s'est pas souciée de remplir sa journée, c'est moi. Parce que moi, je vais quand même à mon mariage.

ENDORMIE

Samedi 20 juillet

Ma robe est tellement, incroyablement, belle. Je suis debout devant le miroir dans la chambre de ma mère, prête, seule, et fascinée par la femme qui me renvoie mon regard. Je ne sais pas quelle heure il est, si j'ai encore un peu de temps ou si je suis en retard comme d'habitude : dans tous les cas, j'ai besoin de quelques minutes encore pour me préparer mentalement. Quelqu'un a coiffé mes cheveux en une masse souple sur mon épaule, ornée de fines tresses fleuries. Du bout des doigts, je touche le diadème piqueté d'étoiles d'argent qui me ceint le front ; on dirait un bijou tombé du ciel par une nuit d'été. Ma robe n'est pas blanche ; elle a la couleur subtile de l'écume, et la soie mousseuse rehaussée de dentelle est si délicate que j'ai presque peur de bouger. De minuscules étoiles scintillent aussi sur le tissu quand je me tourne d'un côté ou de l'autre. Dieu sait où je l'ai dénichée ; je suis moitié sirène, moitié déesse, une créature à la fois éthérée et envoûtante. En caressant le bustier, je découvre la broche en marcassite de ma grand-mère épinglée au niveau de ma taille.

— Lydia, ma chérie, la voiture est arrivée.

Maman apparaît sur le seuil derrière moi, accrochant l'une de ses boucles d'oreilles en perle préférées. Elle est superbe, dans une robe bleu marine et crème à col bateau digne de Jackie Onassis.

— Tu bats Carol Middleton à plate couture, lui dis-je en souriant à travers des larmes de bonheur, tant je suis heureuse d'avoir vu ma mère le jour de mon mariage.

— Et toi, Kate *et* Meghan ne t'arrivent pas à la cheville.

Elle s'avance vers moi et me prend les mains. Je remarque sa manucure nude, impeccable, et les taches sur ses mains contre lesquelles elle a essayé toutes les crèmes dépigmentantes du monde.

— Prête ?

Je hoche la tête.

— Je crois.

— Alors, viens.

Elle me presse une dernière fois les mains.

— Plus vite tu seras mariée, plus vite je pourrai me taper un gin tonic !

Il ne pleut pas ici. Quand Ella m'aide à descendre de voiture, le ciel est du même bleu lavande que les volets dans le sud de la France. Ses cheveux sombres sont noués en chignon bas sur la nuque, et elle porte une adorable robe bustier bleu Méditerranée. Victoria, l'organisatrice, veille sur les moindres détails ; un court instant, j'ai l'impression que Victoria et elle se disputent une corde (moi) en la tirant chacune d'un côté. Je croise les yeux d'Ella et je lui fais un clin d'œil pour lui rappeler qu'elle est une invitée ici, pas la directrice des opérations. Je vois qu'elle se soumet à l'autorité de Victoria, mais à contrecœur. Elle ne peut pas s'en empêcher : c'est une organisatrice-née, et en cette occasion, précisément, elle a un mal fou à freiner son élan naturel.

— Il est là ?

Victoria rit de ma question.

— Bien sûr. Tout le monde vous attend.

La grange couleur de miel est baignée de soleil, ses énormes portes grandes ouvertes laissent entrevoir la décoration à l'intérieur lorsque nous approchons. C'est infiniment plus beau que tous les luxueux mariages montrés dans les magazines ; l'ambiance rustique et romantique nous ressemble, avec des fleurs à profusion et des bougies disposées dans les renfoncements devant les fenêtres. Je sens l'odeur du chèvrefeuille et des aiguilles de pin, j'entends une musique que je n'identifie pas, et mon cœur cogne dans ma poitrine tant j'ai hâte de découvrir Freddie devant l'autel.

Quand nous atteignons la porte, maman se place d'un côté de moi, Ella de l'autre, et nous nous prenons par la main. Je ne pense pas que nous l'ayons prévu de cette manière, mais comme je ne lâche pas la main d'Ella, nous remontons l'allée à trois. Maman, moi, Ella. Nous n'avons été que toutes les trois pendant tant d'années ; autour de la table du petit déjeuner avant l'école, le samedi soir serrées sur le canapé en nous disputant pour avoir la télécommande, blotties dans le lit de maman quand nous ne pouvions pas dormir. C'est ainsi, à trois, que nous devons remonter cette allée aujourd'hui.

La musique commence. Il y a un pianiste, et dès qu'il entame une chanson des Beatles, je comprends que c'est Jonah. Évidemment que c'est Jonah : à qui d'autre demanderions-nous de chanter à notre mariage ?

Les gens se retournent pour nous regarder, les conversations se taisent, l'excitation est palpable. J'avance dans la lumière radieuse, et au bout, je vois Freddie le dos tourné. Partout, j'aperçois des visages familiers : mes collègues de travail ; Phil et Susan, aussi rayonnants que si j'étais leur propre fille ; Dawn, les larmes aux yeux ; Ryan, qui n'est pas loin de pleurer aussi. Julia m'a prévenue dès réception du faire-part qu'elle ne pourrait pas être là ; elle est partie au Ghana avec Bruce pour fêter le soixantième anniversaire de son frère.

Jonah chante une histoire d'amour et de roses. Tante June attrape brièvement la main de maman et lève le pouce à mon attention. Même ma cousine Lucy, coiffée d'un énorme chapeau rouge corail, consent à sourire. La personne derrière elle ne verra rien du tout. La famille de Freddie s'est rassemblée de l'autre côté de l'allée – des parents éloignés que je connais moins, ceux qui viennent chaque fois qu'ils peuvent profiter d'un repas gratuit –, et les copains du pub ont sorti le costume qui leur sert probablement aussi bien pour les mariages, les enterrements et les entretiens d'embauche. La mère de Freddie a pris place dans la première rangée, vêtue d'une robe orange vif qui évoque davantage une tenue de plage, mais ça n'a aucune importance parce que j'ai presque rejoint Freddie et qu'il se retourne pour m'accueillir. Oh, mon cœur. Je m'avance vers lui, seule, tandis que son regard descend de ma tête à mes pieds puis remonte, se plante dans le mien, et c'est un miracle que je tienne encore debout tant est forte l'émotion qui me submerge.

— Tu es là…, chuchote-t-il, comme s'il savait que je viens de très loin.

Et, alors que ce n'est sûrement pas prévu dans le scénario, il se penche sur moi et pose ses lèvres tièdes sur ma bouche.

— Toi aussi, tu es là…, dis-je dans un souffle, émerveillée.

Il me prend la main, et je ne veux plus jamais la lâcher. Son rire est tendre, sa voix une caresse contre ma joue.

— Où pourrais-je être, sinon ici ?

Nous écoutons la maîtresse de cérémonie souhaiter la bienvenue aux membres de l'assistance et leur exprimer notre bonheur de partager ce grand jour avec eux. Elle explique ensuite que nous avons choisi d'écrire nous-mêmes le texte des vœux que nous allons prononcer. Le sens de ces paroles perce brutalement mon nuage de béatitude et la panique m'envahit, car je n'ai rien préparé ! Je réprime un soupir de soulagement quand l'officiante se tourne vers Freddie en souriant ; au moins, c'est à lui de parler en premier.

Dans le silence magistral, Freddie s'éclaircit la gorge. À deux reprises. Sa nervosité se lit sur son visage, ce qui est rare chez lui.

— Pour être honnête, commence-t-il, j'ai eu du mal à mettre en mots ce que je voulais dire aujourd'hui. C'était toujours Jonah qui écrivait mes rédac à ma place.

Il tourne la tête pour jeter un coup d'œil à Jonah.

— Je lui ai demandé de m'aider, mais il m'a répondu que celle-là, je devais la faire tout seul.

Rires étouffés dans l'assistance. Jonah confirme d'un haussement d'épaules. Il croise mon regard, à peine une seconde, mais j'ai le temps de lire dans ses yeux qu'il regrette ce qu'il a dit le soir de mon enterrement de vie de jeune fille. Mon cœur se serre, parce que, dans ma vie éveillée, il me manque déjà et que je me demande s'il s'installera définitivement à Los Angeles.

Freddie attend que le silence soit revenu pour poursuivre :

— Lyds, tu avais quatorze ans quand je t'ai vue pour la première fois, avec tes cheveux blonds et tes jambes d'une longueur insensée. Moi, j'étais un gamin qui caracolait sur son vieux BMX avec un phare bricolé par ma mère.

Cette fois, c'est vers sa mère qu'il tourne la tête. Encore des rires. Pour un homme qui a le trac, il a déjà conquis son public.

— Du diable si je sais…

Il s'interrompt en regardant l'officiante d'un air coupable, même s'il ne s'agit pas d'une cérémonie religieuse, et celle-ci incline gracieusement la tête.

— Dieu seul sait pourquoi…

À nouveau, une pause. L'officiante ne peut retenir un sourire. Quand les rires cessent, Freddie continue :

— Bref, ce que j'essaie de dire, avec mes propres mots et sans blasphémer, c'est que je n'ai jamais compris pourquoi tu m'avais dit oui, ni comment j'ai réussi à te garder toutes ces années. Tu es plus futée que moi, plus gentille que moi… Plus « tout » que moi, en fait. Mais tu as dit oui, et je suis l'homme le plus chanceux du monde.

Il est incroyablement touchant, justement parce qu'il s'exprime avec ses propres mots.

— Je sais que je te rends dingue parfois, mais je te garantis une chose : toi et moi, c'est pour toujours. Je veillerai toujours sur toi. Je t'étalerai de la crème solaire dans le dos, et en hiver, je boutonnerai ton manteau. Tu es mon soleil, Lydia Bird. Je ne veux pas d'une vie sans toi.

Oh, Freddie. Si seulement tu savais. C'est la promesse qu'on fait à quelqu'un qu'on aime, n'est-ce pas ? Et puis, plus tard, vient toujours un moment où l'un des deux est obligé de continuer sans l'autre. En le regardant à présent, je tire une maigre consolation de la pensée qu'il n'a jamais eu à connaître la terrible épreuve que j'ai traversée dans mon monde éveillé.

Je lutte pour ne pas m'effondrer. Du coin de l'œil, je vois qu'Ella essuie une larme. Non, je ne pleurerai pas. Il faut que je puisse parler clairement, pour dire ce qu'il ne m'a pas été permis de dire.

— Freddie…

J'ai voulu d'abord tester ma voix ; elle est rauque et reste bloquée dans ma gorge. Je déglutis avec peine. Freddie doit sentir que je suis au bord de l'évanouissement parce qu'il me prend la main. Autour de nous, le silence est total. Tout le monde attend… J'inspire à fond, avant de prononcer les paroles les plus importantes que j'aie jamais prononcées.

— Je te regarde aujourd'hui, Freddie, et mon cœur… et je me demande comment mon cœur peut contenir tant de choses sans éclater.

Je soulève la main de Freddie qui tient la mienne et la pose sur mon cœur.

— Il est plein de désirs et de « un jour ». Il est plein de nos hiers, qu'il garde bien à l'abri. Il est plein de nos demains aussi. Les visages de nos enfants, tous les endroits où nous irons, nos triomphes et nos difficultés.

À présent, je pose ma main sur sa poitrine.

— Ma vie est entrelacée à la tienne depuis que j'ai quatorze ans.

Freddie plonge ses yeux dans les miens, et nous sommes parfaitement connectés. Je sens son être au fond de moi, dans chaque atome de mon corps, dans tous les univers qui tournent autour de tous les soleils.

— Le temps est le grand maître, Freddie, et j'ai compris maintenant qu'il fallait l'accepter, parce que ce que nous avons est plus que simplement ici, ou simplement nous. Toi et moi, nous sommes le temps, nous sommes toujours, nous sommes partout. Si je vis un million de vies, je te trouverai dans chacune de ces vies, Freddie Hunter.

Nous nous regardons les yeux dans les yeux et nous pleurons. Pas de gros sanglots déchirants qui embarrassent tout le monde, mais un flot de larmes silencieuses qui deviennent des rivières, puis des mers. Je veux me souvenir de nous ainsi, pour toujours.

La maîtresse de cérémonie est sur le point de nous déclarer mari et femme, et j'ai hâte d'entendre ces mots prononcés à voix haute, hâte d'entendre que nous sommes unis par les liens du mariage, et les cloches sonnent, sonnent, sonnent, avec de plus en plus d'insistance. Je tremble, je tremble de tous mes membres sous l'effort herculéen que je fais pour rester ici. Le son des cloches ne ressemble plus au son de cloches, et j'ai beau lutter, j'ai beau ne pas vouloir partir, je me détache, je suis aspirée dans une spirale au cœur des ténèbres, je tombe, et mon pyjama est humide de transpiration. Comment puis-je être en pyjama ? J'entends toujours les cloches. Mais soudain, je comprends que ce ne sont pas des cloches. C'est mon portable qui vocifère sur ma table de nuit, qui m'arrache d'un monde pour me happer dans un autre. Le bruit est insupportable, tout comme la détresse pure, incommensurable, qui me saisit tandis que je l'attrape à tâtons. Peut-être pourrai-je y retourner. Peut-être, si je m'agrippe aux vestiges du sommeil, me sera-t-il possible de franchir à nouveau les portes de la grange… Alors même que je m'accroche à ces pensées, je vois le nom qui s'affiche en bleu néon à l'écran. Ella. La terreur me précipite dans l'éveil.

— Lyds, je suis toute seule…

Il y a tant de souffrance dans la voix de ma sœur que j'ai du mal à la reconnaître.

— Le bébé… aide-moi.

ÉVEILLÉE

Samedi 20 juillet

J'arrive avant l'ambulance, toujours vêtue de mon pyjama. J'ai appelé le numéro d'urgence depuis mon fixe, sans cesser de parler à Ella sur mon portable.

— Tiens bon, attends-moi. Je pars tout de suite…

Après un moment de panique parce que je ne trouvais pas mes clés de voiture, j'ai enfilé les premières chaussures qui me sont tombées sous la main et me suis ruée dehors.

— Ils arrivent… J'arrive… Ne t'inquiète pas, je suis là dans une minute…

Ella a perdu les eaux, David est en déplacement, et elle ne comprend pas pourquoi les douleurs sont déjà si fortes. Moi non plus, ma seule expérience d'accouchement en live remontant à celui de la femelle poisson rouge que j'avais gagnée à une tombola quand nous étions enfants. Nous l'avions appelée Ariel, du nom de la petite sirène dans le film ; quelques jours plus tard, sous nos yeux horrifiés, elle avait expulsé une gerbe d'œufs qu'elle abandonnait dans son sillage avec la plus grande indifférence, tel un canon à neige en fin de batterie. J'ai aussi vu, comme tout le monde, des scènes palpitantes d'accouchement à la télé ou au cinéma. En bref, je ne suis pas du tout qualifiée pour me retrouver, seule, auprès de ma sœur dont le travail a commencé.

Moins de cinq minutes plus tard, je bondis de ma voiture et me précipite vers la porte de la maison d'Ella tout en cherchant la clé parmi mon trousseau. Après l'accident, ma sœur et ma mère ont tenu à ce que nous ayons chacune un double de la clé des deux autres.

Le temps d'insérer la clé dans la serrure, je me penche pour crier par la fente de la boîte aux lettres :

— Je suis là, Ella… Je suis là…

Laissant la porte entrouverte pour les ambulanciers, je fonce vers l'escalier.

Ella est assise sur le bord du matelas, agrippée à la colonne de lit comme au mât d'un bateau en train de couler. Ses cheveux sont humides de transpiration, et ses yeux expriment une panique mêlée de soulagement quand je m'agenouille devant elle et pose les mains sur ses genoux.

— C'est trop tôt, Lyds, me chuchote-t-elle.

Elle tremble tellement qu'on pourrait presque entendre ses dents s'entrechoquer.

— Trois semaines…

Je lui répète ce que m'a dit l'ambulancier qui a pris mon appel il y a cinq minutes.

— Ça va aller. Il y a plein de bébés qui naissent avec trois semaines d'avance.

Ella ne répond pas ; elle ne peut pas parler, submergée par une contraction qui tord son visage et lui arrache un gémissement d'animal blessé. Lorsque la douleur reflue, je m'assieds à côté d'elle et entoure ses épaules de mon bras. Elle s'affaisse contre moi.

— Les contractions sont espacées de combien de temps ?

Je pose la question rituelle, même si j'ignore quelle devrait être la bonne réponse.

— À peu près ?

— Pas assez…, souffle-t-elle. Pas assez espacées…

Je lui masse doucement le dos. Il y a du sang sur ses jambes, mais je ne dis rien.

— Tu veux essayer de respirer comme tu as appris ?

Bon sang, j'espère qu'elle a bien retenu les leçons, parce que, moi, je n'ai aucune idée de ce qu'il faut faire. Je regrette de ne pas l'avoir mieux écoutée quand elle me racontait ses séances de préparation à l'accouchement. Heureusement, ma sœur a toujours été une bonne élève. Elle se met à respirer en forçant sur l'expiration.

— On dirait un ballon qui se dégonfle, dis-je.

Ella hésite entre le rire et les larmes.

— Je me *sens* comme un putain de ballon…

Nous rions toutes les deux, conjurant l'angoisse par une hilarité teintée d'hystérie.

— Et si le bébé naît avant que l'ambulance arrive ? demande Ella, pleurant à présent plus qu'elle ne rit.

— On se débrouillera.

J'affiche une conviction que je suis loin d'éprouver. Si cette ambulance ne rapplique pas, et vite, je risque de tomber dans les pommes. Moi qui ne supporte même pas de regarder *Grey's Anatomy*.

— Et si ça se passe mal et qu'il n'y a personne pour nous aider ? demande encore Ella.

Je remarque que sa respiration s'accélère. Quelques secondes plus tard, son visage se tord à nouveau de douleur. Deux minutes, je dirais. Sûrement pas trois. Et deux, c'est un tout petit chiffre très inquiétant.

— Je suis là, je t'aiderai. Ils vont arriver, Ella, mais s'ils n'arrivent pas, on réussira toutes les deux. D'accord ?

Elle cherche le soutien dans mes yeux et je lui renvoie un regard calme, déterminé.

— D'accord ?

Après la contraction, elle reprend son souffle.

— C'est trop tard pour aller à l'hôpital…

— Eh bien, on n'ira pas.

— David n'est pas là, gémit-elle, et elle fond en larmes.

— Non, il n'est pas là. Mais *moi*, je suis là, et je vais rester avec toi. Je l'ai appelé. Il est en route.

Sa main toute pâle serre la mienne. Petites, Ella et moi nous tenions toujours la main quand nous avions peur ; sous la tente dans le jardin où nous avions décidé de passer la nuit, âgées respectivement de cinq et sept ans ; quand mon père était soudain réapparu, le jour de mon neuvième anniversaire ; et plus tard, à l'enterrement de notre grand-père, alors que je venais d'avoir vingt et un ans. C'est aussi instinctif que rassurant. J'espère que ma main pourra lui communiquer la force dont elle a besoin aujourd'hui.

— Merci, murmure-t-elle.

Sa lèvre tremble, elle a la voix d'une fillette de dix ans, et je comprends que, dans la situation présente, c'est moi qui dois être la grande sœur.

— Tu devrais t'allonger, dis-je.

— Je ne sais pas si je peux.

J'insiste, doucement mais avec fermeté.

— Si, tu peux. Allez, on y va… avant la prochaine contraction.

Accrochée à moi, elle parvient à se redresser, roule à plat dos sur le lit et replie les genoux en haletant. Mais où est donc cette fichue ambulance ? Il y a du sang sur le drap. J'essaie de ne pas y penser ; je ne sais pas si c'est normal.

— Je suis désolée de t'infliger ça aujourd'hui, sanglote Ella.

Des images fugitives de mon mariage passent devant mes yeux ; ma robe d'écume, le sourire de Freddie, Ella, maman et moi remontant l'allée.

— Pas du tout. Je tournais en rond chez moi…

Nous échangeons un regard qui en dit plus long que les mots, puis Ella ferme très fort les yeux et serre les poings, terrassée par une nouvelle contraction. Je ne me suis jamais sentie aussi impuissante. Je lui prends la main quand elle ouvre les yeux.

— À ta place, j'hésiterais, dit-elle avec un pauvre sourire. Je vais peut-être te casser tous les doigts.

Je ris, parce que nous avons entendu si souvent le récit de l'accouchement de maman.

— Tu veux dire que je risque de ne jamais devenir championne de surf ?

— Bon sang, Lydia… je crois que le bébé va sortir… Il faut que je pousse !

Un bras protecteur autour de son ventre, elle agrippe la tête de lit si fort que ses articulations deviennent toutes blanches.

— Tu ne peux pas attendre un peu ?

— Non !

Sous l'effort, son visage devient écarlate. Je me précipite au pied du lit en rassemblant tout mon courage.

— Il faut que je regarde si je vois quelque chose, Ella…

Elle pleure.

— Oui… oui… S'il te plaît, Lyds, je ne veux pas que mon bébé meure. Si jamais elle a le cordon enroulé autour du cou…

Je pleure aussi mais, oh seigneur, ce que je distingue à travers mes larmes me suffit pour savoir que l'ambulance n'arrivera jamais à temps.

— Je vois sa tête !

À genoux devant le lit, j'essaie de me rappeler tous les accouchements que j'ai vus ou ce que j'ai pu lire à ce sujet.

— Écoute-moi, Ella, dis-je en la regardant entre ses genoux écartés. Quand tu seras prête, pousse, jusqu'à ce que je te dise d'arrêter… et à ce moment-là, arrête. Surtout, arrête de pousser, le temps que je vérifie qu'elle n'a pas le cordon enroulé autour du cou, d'accord ?

Ella est terrifiée, mais elle acquiesce. Quelques secondes plus tard, la douleur lui donne le signal et je l'encourage.

— C'est bien. Oui, encore… Pousse !

Émerveillée, je vois apparaître le petit visage tout chiffonné du bébé.

— Arrête !

Délicatement, je glisse un doigt autour du cou du bébé, et Dieu merci, il n'y a pas de cordon. Tout excitée, j'annonce à Ella :

— C'est bon, elle va bien ! Dès que tu es prête, pousse !

Les yeux fermés, Ella hoche vigoureusement la tête. Puis elle lâche un long cri, et j'entends les sirènes au loin. Je crie moi aussi :

— Allez, Ella, vas-y ! On y est presque !

Je soutiens la tête du bébé tandis que les épaules sortent, et, peu à peu, tout en encourageant Ella à pousser encore, je reçois dans mes mains ce petit être minuscule, recouvert d'une substance mouillée et visqueuse.

— Ne la lâche pas ! grogne Ella, hors d'haleine.

— Oh non, je te le promets !

Un bref instant, l'idée me traverse que c'est la deuxième fois en quelques heures que je fais une promesse. Je ne peux pas trier autant de choses dans ma tête, c'est trop. Soudain, toutes mes pensées s'envolent : il ne reste plus qu'ici et maintenant, cette nouvelle vie qui prend sa première respiration dans mes mains.

— Elle est là ! Ça y est ! On a réussi ! Je te l'avais dit qu'on se débrouillerait !

Je ris et je pleure en même temps, de soulagement, de pur bonheur. Puis je tire le drap sur le lit pour envelopper le bébé tout recroquevillé et je le passe à Ella qui le recueille contre son sein.

— L'ambulance arrive…, dis-je doucement.

Ella retient ses larmes, la bouche tremblante.

— Merci.

Je me penche pour la serrer dans mes bras, en veillant à ne pas écraser ma toute nouvelle nièce. Le bruit des sirènes devient plus fort et se tait, enfin, devant la maison.

— Tu as été top !

— Toi aussi, murmure Ella en pleurant, comme moi, de soulagement et de bonheur.

— Je n'avais jamais vu un accouchement de si près…, dis-je pour apporter une note d'humour à notre immense émotion.

— Sauf Ariel.

— Oui, mais elle, c'était beaucoup moins impressionnant.

— Il y a quelqu'un ? lance une voix d'homme, suivie d'un martèlement de pieds dans l'escalier.

Je réponds aussitôt à l'appel :

— On est là !

Deux ambulanciers entrent dans la chambre, un homme au crâne dégarni et une grande femme blonde avec une queue-de-cheval. Ils s'approchent du lit et évaluent la situation, après avoir décliné leurs prénoms : Andy et Louise.

— Eh bien, vous n'avez pas chômé ce matin ! s'exclame Louise.

Ella sourit.

— C'est une fille.

— Vous permettez que je la libère ?

Je recule de quelques pas tandis que Louise pose une pince sur le cordon ombilical et le coupe. Elle se tourne ensuite vers moi.

— Puis-je vous demander de prendre le bébé ? Nous allons examiner la maman…

Confiant Ella à des mains plus expertes, je vais me tenir à côté de la fenêtre, le bébé dans les bras. J'entends confusément les paroles échangées autour du lit pendant que j'observe ce petit être humain. Délicatement, je caresse l'arête de son nez, ses joues. Ma nièce. Elle n'est plus toute rouge mais a maintenant un joli teint de pêche, avec de fins cheveux sur lesquels subsistent quelques traces de sang. Sa bouche avance comme pour téter quand je l'effleure. Je pense : Que tu es futée déjà. Tu sais comment survivre… J'espère que tu auras toujours ça en toi. J'approche ensuite un doigt de la paume de sa main, et ses doigts minuscules, presque translucides, tentent de se refermer sur le mien ; c'est la chose la plus fragile que j'aie jamais vue de ma vie. En contemplant cette nouvelle vie qui vient d'éclore, je prends soudain conscience que, dans l'autre monde, elle n'existe pas. Un murmure s'échappe de mes lèvres.

— Oh…

Elle n'est ici que depuis quelques minutes, et déjà, elle a élargi l'espace entre ici et là-bas. Là-bas, Ella n'est pas mère. Là-bas, ce bébé n'a pas survécu. Je ne sais pas trop qu'en penser, et tout à coup je me rends compte que je suis épuisée. Ces dernières vingt-quatre heures ont été pour le moins éprouvantes. Je suis presque soulagée de rendre le bébé à Ella, qui est maintenant assise dans le lit, qui semble en forme, alors qu'un autre être vient de sortir d'elle ! J'ai entendu Louise la rassurer à propos de la rapidité avec laquelle sa fille était arrivée ; apparemment, c'est variable, a expliqué Louise, qui a vu plus d'un bébé naître à l'arrière de l'ambulance, même un au pied d'un escalier mécanique dans un centre commercial. C'est mieux qu'un travail qui dure deux jours, a-t-elle dit aussi, ce que je veux bien croire.

Après avoir déposé le bébé dans les bras d'Ella, je m'éclipse sur le palier pour appeler David et lui annoncer que sa fille et sa femme vont très bien. Il sanglote au bout du fil. Je le rabroue gentiment en déclarant qu'au lieu de paniquer, il ferait mieux de se dépêcher de rentrer.

Louise et Andy descendent l'escalier pendant que je suis au téléphone. Je reviens ensuite m'asseoir sur le lit d'Ella.

— Tu dois aller à l'hôpital ?

— Non. Louise a téléphoné à ma sage-femme et lui a demandé de passer plus tard. Pour voir si tout va bien… Et pour l'examiner, elle aussi…

Nous regardons toutes les deux la petite qui dort profondément. Je ne suis pas surprise qu'elle soit sonnée ; comme Ella et moi, elle a dû vivre un sacré stress.

— Vous avez trouvé un prénom ?

Ella et David ont envisagé tellement de possibilités au cours des trois derniers mois que j'ai perdu le fil.

Ella contemple sa fille.

— On s'était dit Charlotte, mais maintenant qu'elle est là, je ne suis pas sûre que ça lui aille si bien.

— Hummm… Et Lydia ? Lydia Ariel ?

Ella sourit malgré sa fatigue.

— Il n'y a de place que pour une seule Lydia dans ma vie.

Et moi qui ai tout en double dans la mienne, à part Freddie et ce bébé… J'enchaîne pour masquer mon trouble :

— David ne va pas tarder.

— Je suis tellement impatiente qu'il arrive !

D'un coup d'œil, je montre les draps souillés.

— Tu pourrais t'asseoir un peu dans le fauteuil, pour que je refasse le lit ? Histoire que ce soit moins, euh… genre *Alien*.

Le sourire d'Ella se change en grimace. Elle sait que je ne supporte pas la vue du sang.

— Ça n'a pas été trop dur pour toi, de ce côté-là… ?

— Curieusement, non. Je suis même assez touchée d'avoir été la première à accueillir cette demoiselle parmi nous.

C'est un euphémisme. Les gens emploient de multiples formules pour décrire un accouchement ; ils parlent de miracle, d'une expérience qui vous change la vie, d'un moment unique. Pour moi, c'était tout cela à la fois, et encore plus… Purement, absolument magique. Ma sœur est une alchimiste, et sa fille le Grand Œuvre.

Elles dorment toutes les deux lorsque David se précipite dans la chambre un peu plus tard, après avoir grimpé l'escalier quatre à quatre. Je somnole dans le fauteuil, mais je me redresse d'un coup à son arrivée et lui chuchote :

— Tout va bien.

Il est debout à côté du lit quand Ella ouvre les yeux. Et son expression en le voyant… Ses yeux disent : *Je t'aime, regarde ce que j'ai fait, je suis si heureuse que tu sois là.*

Les yeux de David parlent aussi : *Je t'aime aussi, ce que tu as fait est magnifique, je suis si fier de toi.*

Il s'assied près d'elle, l'enveloppe de son bras, et elle se blottit contre lui en pleurant encore de bonheur. Je sors sans bruit de la chambre pour les laisser goûter ce premier moment à trois. Ils ne remarquent pas que je m'en vais, ce qui est parfait.

Je suis restée assez longtemps pour apprendre qu'ils avaient finalement gardé le prénom Charlotte. David est descendu me rejoindre au salon, sa fille dans les bras, pendant qu'Ella prenait une douche, aidée de la sage-femme. Celle-ci avait d'abord examiné la petite, et David m'a annoncé qu'elle pesait 2,8 kilos, ce qui est tout à fait correct pour un bébé né trois semaines avant le terme.

À présent, de retour chez moi, je bois une tasse de thé. La maison ne m'a jamais paru aussi vide, et je ne me suis jamais sentie aussi seule. Le silence est pesant. Je pourrais allumer la radio, mais je ne crois pas que je supporterais les bavardages ineptes et les rires. Je suis absolument lessivée. J'ai l'impression de flotter, ce qui est étrange après avoir assisté à un événement aussi ancré dans le réel qu'une naissance. J'ai peut-être atteint un état de surcharge émotionnelle ; il est vrai que se marier et voir naître un bébé en l'espace de quelques heures, on serait bousculé à moins. Je n'arrive pas bien à expliquer cette sensation que j'ai d'être déconnectée, tandis que les membres de mon entourage avancent dans leur vie et s'éloignent de moi : maman avec Stef, Ella et le bébé, Jonah à Los Angeles.

Mon pauvre cœur tant malmené. Je me fais penser à ces boîtes à musique dans lesquelles une danseuse tournoie en se reflétant dans de minuscules miroirs. Jonah m'en avait offert une pour mon anniversaire quand nous étions encore enfants, avec des oiseaux de couleurs vives peints sur le couvercle. Je suis cette danseuse qui ne cesse de tourner et se voit renvoyer ses multiples reflets.

Je suis tellement épuisée que je n'ai pas la force de monter me coucher dans ma chambre. Je m'allonge sur le canapé, les mains plaquées sur mon visage pour bloquer la lumière. Je pleurerais jusqu'à ce que le sommeil m'anéantisse, si j'en avais l'énergie ; Dieu sait que je mérite une bonne crise de sanglots après les heures que je viens de vivre. Mais je n'ai pas l'énergie, et je ne pense pas qu'il reste une seule larme dans mon corps. Je suis sèche comme un tas de feuilles mortes qui prendrait feu à la moindre étincelle. Au moment où je ferme les yeux, je vois les feuilles voleter à droite, à gauche, des morceaux de moi emportés par la brise.

La nuit est de nouveau tombée quand je me réveille. J'ai sombré dans un sommeil sans rêves, et voilà qu'à présent je suis bien réveillée, à 10 heures du soir, saisie par une envie pressante de faire quelque chose, d'aller quelque part, de m'extraire d'ici. Je ne travaille pas cette semaine ni la suivante ; j'ai posé mes congés sans mentionner que, si les choses s'étaient passées différemment, Freddie et moi serions à New York en voyage de noces. J'ai raconté à Dawn que je voulais repeindre ma cuisine, et à Phil et à Susan que je partais en thalasso avec maman et Ella avant que le bébé n'arrive. Deux mensonges, évidemment. J'ai bloqué toutes ces journées pour rester chez moi et enchaîner mes visites dans mon autre monde. Aussi fou que cela puisse paraître, je vais *vivre* ma lune de miel.

Mais il me vient maintenant à l'esprit que je ne suis pas obligée d'avaler des cachets pour voyager. En fait, plus j'y pense, plus l'idée de m'évader me séduit. Ici, je serai sans cesse sollicitée : par Ella et le bébé, par maman. Je me dis qu'Ella et David apprécieront d'être seuls pour découvrir leur fille. Si je m'en vais, je pourrai organiser mon temps comme je le veux. Mon cœur se met à battre très fort ; soudain « être ailleurs » est une nécessité impérieuse, plus qu'un désir. Je suis comme un élastique étiré à l'extrême, prêt à craquer, qu'il faut détendre. Mon cerveau écume les différentes possibilités : plage, montagne, croisière… Je pourrais sauter dans un avion pour New York, mais, non, ce serait franchement trop bizarre – quoique j'aie un seuil de tolérance très élevé pour le bizarre – d'être là-bas dans mes deux vies en même temps. Je monte l'escalier en courant littéralement, je passe sous la douche, je me change, je jette des vêtements dans une valise que j'extirpe du placard de la chambre d'amis, des lunettes de soleil, des sandales. Je me connais assez pour savoir que je n'ai pas envie de me retrouver quelque part où il fait froid. *Du soleil.* J'ai besoin de lever mon visage vers le soleil et de sentir sa chaleur sur ma peau. Une fois redescendue avec ma valise, je vais chercher mon passeport dans le tiroir de la cuisine. Il est rangé dans une enveloppe avec celui de Freddie. Un instant, je les tiens tous les deux contre ma poitrine et je nous imagine, tout heureux, en train de faire la queue à l'aéroport. Je n'ose pas regarder le passeport de Freddie ; il faut que je reste dans cet état d'excitation, d'impatience. Je ne peux pas attendre le matin. Je ne peux même pas attendre une heure de plus. J'appelle un taxi et je sors aussitôt le guetter sur le trottoir. Je glisse une enveloppe contenant un peu d'argent et un mot griffonné à la hâte dans la boîte aux lettres d'Agnès, à qui je demande de garder Turpin, même s'il vit déjà plus ou moins chez elle et que je ne lui manquerai sûrement pas. Il n'y a personne d'autre à qui laisser un message pour prévenir de mon coup de folie. J'enverrai un SMS à maman et à Ella quand je saurai définitivement où je vais, pas avant. Je ne peux pas me débarrasser du sentiment que quelqu'un ou quelque chose m'empêchera de partir, mais bientôt le taxi arrive et je me précipite à l'intérieur. Je suis le capitaine de mon navire, même si ce capitaine ignore vers quoi il navigue.

Debout dans le hall de l'aéroport, je consulte le panneau des départs, perplexe. Le premier doigt du doute me tapote l'épaule. À vrai dire, je me sens un peu déboussolée, avec ma valise remplie à la hâte, un demi-flacon de pilules roses et mon passeport. Nul ne sait que je suis ici. Je pourrais faire demi-tour, rentrer chez moi, et personne n'en saurait rien. C'est tentant. Partout où mon regard se pose, il y a des couples et des familles, des enfants fatigués qui jouent distraitement sur leurs iPads, et des bandes de filles réunies pour célébrer un enterrement de vie de jeune fille qui foncent vers le bar. Je ne veux surtout pas d'une destination que l'on pourrait choisir pour ce genre de festivités. En proie à une totale indécision, je reste plantée devant le panneau tandis que tout s'agite autour de moi, captant des bribes de conversation, des soupçons de parfum achetés à la boutique *duty free*.

— Tout va bien, ma p'tite dame ?

En pivotant, je me trouve face à face avec un agent de sécurité.

— Vous êtes là depuis un moment, dit-il. Je peux vous aider ?

Il est âgé, avec l'air las et serein de quelqu'un qui attend une retraite imminente. Je suppose qu'il me demande si j'ai besoin qu'on m'indique mon guichet d'enregistrement, mais notre conversation pourrait aussi me servir à d'autres fins. Sans le savoir, il devient mon second sur ce navire.

— En fait, oui… Où iriez-vous, là, tout de suite, si vous pouviez partir où vous voulez ?

Ted, ainsi qu'il est inscrit sur le badge épinglé à sa poitrine, me dévisage d'un air troublé.

— Chez moi ? hasarde-t-il.

Je ris jaune, parce que ce n'est pas du tout la bonne réponse.

— Non, je veux dire, à l'étranger. Si vous pouviez prendre n'importe quel avion, où iriez-vous ?

Il jette un coup d'œil à ma valise puis me jauge, moi. Que peut-il bien penser ? Recherchée par la police ? Fuyant un mariage rompu au pied de l'autel ? J'espère – quoiqu'un peu tard – que je ne suis pas tombée sur la pire personne à interroger dans tout l'aéroport. Et s'il me faisait arrêter ? Sa main est posée sur l'émetteur radio accroché à sa ceinture : je vois son alliance en or, enfoncée dans un profond sillon sur son doigt.

— Eh bien… Je crois que j'irais dans un endroit avec une bonne connexion Internet, afin de pouvoir dire à quelqu'un où je suis en arrivant.

Cette attitude paternelle touche tout particulièrement la fille sans père que je suis. Sans rien laisser paraître, je désigne du menton le panneau des départs.

— Alors ? Où ?

Ted soupire. Visiblement, il aurait préféré me renvoyer à la maison.

— Vous feriez mieux de voir d'abord ce qui est possible. Adressez-vous aux compagnies d'aviation, là-bas.

Il me montre une rangée de boutiques un peu plus loin, éclairées par des spots rouges et jaunes. Une bonne douzaine. Je sollicite à nouveau mon second.

— Dites un chiffre entre un et douze…

Il lève les yeux au ciel.

— Six.

Six. Pourquoi pas ?

— Merci, Ted.

Je suis gênée tout à coup, ne sachant pas comment terminer cette drôle de conversation.

— Bon, eh bien… J'y vais…

Il s'écarte d'un pas et me fait signe d'avancer.

— N'oubliez pas de prévenir chez vous.

Je hoche la tête : il a raison. Je devrais au moins appeler maman mais je n'ose pas, de peur qu'elle me persuade de renoncer à mon projet insensé. Demain, ce sera très bien… D'autant qu'elle est très occupée aujourd'hui à rentrer de la région des Lacs pour voir sa nouvelle petite-fille.

Six, donc. Je longe les boutiques en comptant dans ma tête. Un : United Airlines. De toute façon, je ne peux pas aller aux États-Unis sans visa. Deux : Air France. Trop près, il n'est pas exclu que maman vienne me chercher. Et puis Paris… Trois : Quantas. Trop loin. Je veux partir loin, mais pas forcément *le plus loin possible*. Quatre : Émirats arabes unis. Hum. Je ne pense pas que les centres commerciaux climatisés de Dubaï soient ce dont mon âme a besoin en ce moment. Cinq : Air Lingus. Non, pas assez dépaysant. Six : nous y voilà. Air India. Je m'étais plutôt représenté le Portugal ou les Baléares, mais l'Inde m'apparaît soudain comme une idée séduisante. C'est suffisamment loin pour que maman ne m'y rejoigne pas, et suffisamment différent. Je ne me suis jamais imaginée voyageant seule, sans parler de me rendre dans un pays à ce point inconnu. Les guichets à l'intérieur semblent fermés pour la nuit, mais j'ai de la chance : un homme surgit par une porte dans le fond et m'aperçois.

— Je peux vous renseigner ?

Encouragée par son sourire, je m'approche.

— Je crois que je voudrais aller en Inde, dis-je, lentement, comme pour éprouver le son que cette phrase rend à mes oreilles.

— Parfait. Où aimeriez-vous aller en Inde ?

— Ah... oui..., dis-je bêtement. En fait... quel est le premier départ possible ?

Si ma question le surprend, il réagit en bon professionnel et ne le montre pas. Il pianote sur son clavier tandis que j'attends, les doigts croisés sous le bureau, en espérant ne pas m'entendre annoncer qu'il n'y a aucun vol imminent.

— Il y a un vol pour Delhi dans deux heures et vingt-sept minutes...

— Alors, celui-là.

— Hélas, il est plein, dit-il avec un sourire compatissant.

Je suis déçue. Moins de trente secondes auparavant, je ne savais pas que je voulais aller en Inde et, déjà, j'ai l'impression d'être passée à côté d'une occasion.

L'homme jette un coup d'œil à sa montre.

— Le suivant part à 2 h 19, mais à destination de Goa.

Il me regarde comme si cette nouvelle devrait me dissuader. Je ne prends pas la peine de lui expliquer qu'entre Delhi et Goa je n'ai aucune préférence.

— Il y a de la place ?

Il tapote encore sur son clavier, pince les lèvres, plusieurs fois. Enfin la sentence tombe :

— Oui.

À peine a-t-il parlé que je lui présente déjà ma carte de crédit.

— Tenez…

Durant une fraction de seconde, le masque impassible du professionnel se fissure.

— Vous êtes sûre ?

— Je vous donne l'impression de ne pas être sûre ? J'ai une valise, et mon passeport…

— Et votre visa est en règle ?

C'est comme si je recevais un coup de poing dans le ventre.

— Il faut un visa pour aller en Inde ?

L'expression affable de l'homme se teinte d'un léger agacement.

— Oui, bien sûr. Vous pouvez facilement l'obtenir en ligne.

Je sors aussitôt mon portable à la main, retrouvant espoir.

— Maintenant ? Je peux le faire tout de suite ?

— Certainement, madame, mais vous le recevrez dans deux jours.

J'en pleurerais. En fait, je retiens mes larmes en rangeant ma carte de crédit.

— Merci… Mais je dois partir ce soir.

Il me regarde m'éloigner, sincèrement désolé, sans doute parce que avec moi disparaît sa commission.

La boutique suivante est un gros tour-opérateur qui sous-traite à plusieurs transporteurs. Je m'approche de la fille qui a l'air de s'ennuyer ferme au guichet et, forte de mon expérience avec Air India, j'essaie une tactique plus ciblée.

— Je voudrais prendre le premier avion possible à destination d'un pays chaud pour lequel il ne faut pas de visa, s'il vous plaît.

Elle écarquille les yeux derrière ses lunettes œil-de-chat.

— *D'accord...*

Elle repousse le sandwich qu'elle était en train de manger et agite sa souris pour rallumer son ordinateur. Levant les yeux vers l'horloge au mur, elle réfléchit en faisant claquer sa langue.

— Vous pourriez avoir le vol pour Majorque. L'enregistrement ferme dans dix minutes.

Je sais que j'ai dit « le premier avion possible », mais je suis déjà allée à Majorque, avec Freddie. Je n'ai pas besoin de ces souvenirs-là.

— Et celui d'après ?

Avant de consulter son écran, elle m'adresse un coup d'œil qui se veut sévère par-dessus ses lunettes, comme si elle admirait mon audace mais que je la décevais en me montrant difficile.

— Ibiza à 1 h 20.

— Je pensais à un endroit un peu moins touristique.

— Vous connaissez ?

Je secoue la tête.

— Vous seriez étonnée. Il y a des tas de coins très différents dans l'île, pas seulement San Antonio et la fête. Et vous pourriez toujours faire un saut à Formentera, si vous aimez le côté hippy.

Je suis plongée dans l'indécision, tandis qu'elle pianote sur le clavier de ses doigts aux longs ongles bleus.

— Sinon, on dirait qu'il reste une place dans le vol de 3 h 45 pour Split…

— Split.

— En Croatie.

Je lui tends ma carte de crédit.

ÉVEILLÉE

Dimanche 21 juillet

Quand on y pense, c'est tout de même étrange d'être dans un avion, non ? Une boîte en métal propulsée sur sa trajectoire entre la Terre et l'espace. Les parents à côté de moi tentent de convaincre leur jeune enfant de manger un petit déjeuner qui ne fait pas du tout envie. Je laisse aller ma tête contre le hublot et j'essaie de m'abstraire du bruit en contemplant les nuages cotonneux au-dessous. Des traînées de rose et de jaune balaient le ciel de l'aube où subsistent de pâles étoiles. Mon autre monde se trouve-t-il là-haut aussi ? En suis-je plus près, ici ? Voit-on là-bas le sillage blanc de cet avion dans le ciel ? C'est une pensée séduisante et troublante à la fois. Peut-être que le pilote se trompera de chemin et que nous atterrirons là-bas par erreur… Je ferme les yeux et, à moitié assoupie, je me rappelle une affiche de Peter Pan qu'Ella avait punaisée au mur de notre chambre, sous laquelle était écrit : *Deuxième étoile à droite, et tout droit jusqu'au matin.*

Obsédée par l'idée de partir, je n'avais pas vraiment envisagé mon arrivée dans un pays étranger. Mais à présent, tandis que par le hublot j'aperçois une côte bordée d'îles et la mer sillonnée de minuscules bateaux, la réalité me rattrape et j'éprouve les premiers soupçons du doute. Des centaines de maisons en brique rouge parsèment un paysage verdoyant, et à mesure que l'avion descend, je distingue les taches bleues de nombreuses piscines – c'est vrai, le climat est plus chaud ici que chez moi. Je ne connais rien de cet endroit à part son nom, et je n'ai aucune idée de ce que je vais faire à l'aéroport. C'est une aventure, en quelque sorte, mais en temps normal je ne suis pas une personne qui recherche l'aventure. En temps normal… voilà peut-être toute la différence. Je ne mène pas une vie *normale* depuis que Freddie est mort.

Comme les autres passagers, je présente mon passeport au poste de contrôle et je récupère ma valise sur le tapis roulant. Soudain, happée par un mouvement de foule, je suis poussée dehors. La chaleur m'enveloppe aussitôt. Je m'écarte de la porte et reste là un moment pour réfléchir. Bon sang. Je suis en Croatie. Je ne sais pas à quoi ressemble la langue ici, les billets que j'ai reçus en échange de mes livres sont pour moi une énigme. Je ne pourrais peut-être même pas situer ce pays sur une carte du monde. Une pensée nostalgique me vient pour ma petite ville familière, pour maman, Ella et le bébé. Je décide de les appeler dès que j'aurai trouvé un endroit où me poser.

Je mets ma main en visière au-dessus de mes yeux, comme un marin qui scrute l'horizon, tout en examinant mes options. Il y a des bus, mais je ne sais pas où acheter un billet. Il y a aussi des cars de tourisme, mais ils sont bien sûr réservés aux membres de voyages organisés. Je repère ensuite une file de taxis, et je suis en train d'hésiter en me mordant la lèvre quand un homme s'approche.

— Vous avez besoin taxi ?

Le fait qu'il parle anglais m'encourage à lui répondre.

— Je ne sais pas trop où aller…

— Vous voulez fête ?

Je fronce les sourcils. Est-ce une question, ou une proposition ? Il a l'air correct, mais on n'est jamais trop prudent…

— Ou vous voulez endroit tranquille pour lire livres ?

Ah, c'était une question.

— Oui, tranquille. Pour lire, c'est bien aussi.

Il jette un coup d'œil à sa montre.

— Ma femme a chambre à louer.

— Ah bon ?

Il hoche la tête.

— À Makarska.

Évidemment, ce nom m'est totalement inconnu.

— Elle a restaurant, avec chambre au-dessus. Près de la plage.

— C'est loin ?

Il hausse les épaules.

— Un peu.

Outre que je ne sais pas comment interpréter cette réponse, je me demande si je dois croire en ma bonne fortune ou craindre d'être assassinée et jetée au bas d'une falaise… Quelque chose me dit d'accepter.

— D'accord.

Un grand sourire éclaire le visage de l'homme.

— Je vous emmène. Vita vous donnera poulet gratuit.

Je suppose que Vita est sa femme, à moins qu'il ne parle de lui-même à la troisième personne, ce qui serait bizarre. Il soulève ma valise d'une main, s'essuie l'autre sur sa chemise à manches courtes et me la tend. J'espère qu'il ne s'agira pas d'un poulet vivant…

— Petar, se présente-t-il.

— Lydia.

Je glisse ma main dans la sienne avec un sourire hésitant. Il me secoue vigoureusement le bras, et j'avoue que je ne lui trouve rien d'inquiétant.

— Par ici…

Je suis contente de voir qu'il m'entraîne vers un mini-van blanc en tête de la file des taxis. Il s'arrête à la hauteur de la vitre d'un autre conducteur, ouverte, pour lui tapoter sur l'épaule. Ma confiance est encore renforcée : cet homme est connu, et apparemment les gens l'aiment bien. Je commence à penser qu'avoir rencontré Petar est un coup de chance – peut-être que la roue tourne, enfin, et Dieu sait que ce serait mérité.

Très vite, j'ai adoré Vita. Elle m'a regardée en silence quand Petar m'a fait descendre du taxi, tel un berger qui ramène son mouton perdu, puis elle a hoché la tête et m'a donné une accolade. Je ne m'y attendais pas et je suis restée raide comme un piquet dans la salle fraîche du restaurant, sans lâcher la poignée de ma valise. Ce n'était pas une accolade exubérante ni faussement joviale ; plutôt un geste thérapeutique par lequel elle m'enveloppait de ses bras. Ensuite, elle s'est écartée, et ses yeux, en plongeant dans les miens, ont sondé l'intérieur de ma tête.

— Vous êtes la bienvenue chez moi.

À présent, elle me soulage du lourd sac que je porte en bandoulière et le charge sur sa propre épaule.

— Vos secrets n'appartiennent qu'à vous ici.

C'est une chose si simple à dire, et en même temps si profonde. L'histoire de ma vie est-elle écrite sur mon visage, offerte à tous ceux qui prennent le temps de l'observer ? Ou bien Vita est-elle une sorte de mystique qui lit dans mon esprit, au-delà des mots ? Je suis trop conventionnelle pour adhérer à ce genre de croyances, mais il y a quelque chose chez Vita, dans son calme et sa sérénité, qui m'attire. Elle est un peu plus grande que moi, mon aînée d'une dizaine d'années environ, mince et discrète dans son jean et son tablier rouge passé ; ses cheveux noirs tirés en arrière dégagent son visage qui n'est pas maquillé.

— Suivez-moi. Je vais vous montrer votre chambre.

Elle chasse son mari de la main et m'indique une porte au fond de la salle.

Je sors sur la terrasse du restaurant, côté mer. C'est un spectacle à couper le souffle. Je suis émerveillée par la clarté de l'air matinal, par la chaleur, par le miroitement de l'eau. Debout au milieu de tables et de chaises en bois toutes simples, je lève mon visage vers le soleil. Une tiède caresse, quelque chose qui ressemble à la liberté, effleure ma peau. Personne ne me connaît ici. Personne ne connaît mon histoire. Je peux simplement être moi.

— C'est ici, me lance Vita en grimpant un escalier en pierre à l'arrière du restaurant.

Je laisse ma valise au pied des marches, et je la rejoins au moment où elle sort une clé de la poche de son tablier. La chambre est sobre et d'une propreté impeccable ; des murs peints à la chaux, un lit double en bois sur lequel sont pliés des draps blanc et rouge, une simplicité monacale qui me ravit. Vita ouvre les volets de la porte-fenêtre, révélant un petit balcon qui donne sur la mer avec une chaise longue en bois garnie d'un coussin rouge. Il n'est pas nécessaire de décorer les murs d'une pièce qui jouit d'une telle vue.

Vita désigne une porte fermée.

— Il y a une salle de bains, là.

— C'est exactement ce que je cherchais, merci ! dis-je, alors que je ne savais absolument pas ce que je cherchais jusqu'à maintenant.

Elle hoche la tête, comme si elle s'en était doutée, et m'explique que je peux louer la chambre à la journée ou à la semaine.

— À moins que vous ne préfériez aider au service ? À midi, le soir… nous avons beaucoup de monde.

J'ai donc une chambre, et un travail aussi si je le souhaite. Que ce serait facile de me réinventer, d'être quelqu'un d'autre… À cette pensée, un rire léger me vient aux lèvres.

— Pourquoi pas ? Je peux réfléchir un jour ou deux avant de me décider ?

— Bien sûr. Prenez tout votre temps. Occupez-vous de vous d'abord, faites connaissance avec l'endroit.

Elle me tend la clé.

— Elle est à vous, aussi longtemps que vous en aurez besoin.

Je serre la clé dans ma paume une fois qu'elle est partie.

« Aussi longtemps que vous en aurez besoin », a-t-elle dit. Ce n'est pas pareil que « aussi longtemps que vous le voudrez ». J'ai le sentiment que Vita comprend parfaitement cette subtile différence.

Je soupire en sortant sur le balcon. Mon Dieu, que c'est beau. On croirait une carte postale : des couleurs à vous remplir les yeux, quelques maisons éparses, l'impression que la vie ici est calme et paisible. Je suis en Croatie, dans une ville dont je ne me rappelle même pas le nom. À la même heure, hier, j'étais chez moi, entourée de gens qui me connaissent. Aujourd'hui, je suis une étrangère dans un pays inconnu. C'est un poids ôté de mes épaules.

— Comment ça, tu es en Croatie ? s'écrie maman. Tu étais ici hier !

En trente secondes, la conversation est passée de « Bonjour, maman » à cette voix haut perchée qui me vrille les oreilles malgré la distance qui nous sépare. Comment pourrais-je lui expliquer ce désir impérieux que j'ai eu de m'enfuir ?

— Je me suis décidée tout d'un coup…

— Mais ta sœur vient d'avoir un bébé !

— Oui, j'étais là quand elle a accouché.

— Mais, Lydia…

Silence. Ma mère est tellement estomaquée qu'elle ne trouve pas ses mots.

— Pourquoi ? demande-t-elle enfin.

Et voilà. La question était inévitable.

— Je… J'avais besoin de partir un peu.

Un silence à nouveau, par lequel s'exprime une profonde incompréhension.

— Pendant combien de temps ?

Comme je n'en ai aucune idée, je lui réponds ce qu'elle a envie d'entendre.

— Une semaine. Deux maximum… J'ai pris un congé.

— Et ensuite, tu reviendras ?

— Bien sûr. Qu'est-ce que je pourrais faire d'autre ?

— Franchement, Lydia, je ne sais pas.

Son intonation suggère qu'elle est à bout, par ma faute, ce qui me blesse d'autant plus que je suis déjà au bord des larmes.

— Que veux-tu dire par là ?

Elle soupire.

— Rien, ma chérie. Je me fais du souci pour toi, c'est tout.

— Maman, je suis en *vacances* !

Je traite son inquiétude comme si elle n'était ni nécessaire ni justifiée, mais je l'imagine, debout à la fenêtre de la cuisine, fronçant les sourcils, tripotant son collier.

— Je t'enverrai une photo, c'est magnifique, ici. Je vais lire sur la plage… Bronzer. Trop manger. Trop boire. Juste me reposer une semaine, c'est tout.

Je ne lui raconte pas qu'on m'a proposé un job.

Incapable d'affronter Ella après avoir parlé à maman, je lui ai écrit un SMS, histoire de préparer le terrain si maman l'appelle pour partager son anxiété. L'après-midi est maintenant bien avancé et elle ne m'a pas encore répondu, mais j'imagine qu'elle a autre chose à faire que regarder son portable. Caresser de minuscules orteils, boutonner une grenouillère, embrasser des joues douces comme du velours… Je repousse au fond de mon esprit toutes les pensées liées à ma vie là-bas, et je reviens à ici, à mon présent.

Je ne lui raconte pas non plus qu'on m'a proposé un job.

Il est un peu plus de 9 heures du soir. Assise sur mon balcon, je m'abandonne à la douce soirée qui s'installe lentement. Vita et Petar m'ont régalée d'un délicieux dîner de poulet en sauce et de riz, largement arrosé avec un vin produit dans la région, et ils m'ont présentée au personnel. À mes pieds, la terrasse du restaurant est pleine de monde maintenant, des bougies brillent sur les tables occupées par des familles ou par des couples d'amoureux. Les épaules sont hâlées, des rires fusent, des enfants assis sur le muret de la terrasse enfouissent leurs orteils dans le sable frais, les couverts tintent contre la porcelaine, des bébés dorment dans des poussettes. Cela ressemble à une scène dans un film, l'image parfaite de ce que l'on trouve sans doute partout ce soir sur les bords de la Méditerranée : des lampions accrochés aux branches des pins, l'odeur du sel et de la crème solaire rapportée de la plage, des gens goûtant ensemble la tiédeur de l'air tandis que les premières étoiles pointent dans le ciel. C'est peut-être le soleil que j'ai pris aujourd'hui, ou cette ambiance de vacances, mais je me sens déjà plus légère.

J'ai posé mon portable à côté de moi sur la chaise longue et je tiens un verre de vin à la main. Petar a insisté pour que j'emporte le reste de la bouteille. C'est un vin fort, presque épicé, qui me monte agréablement à la tête. Toujours pas de réponse d'Ella. Dans ma hâte de m'enfuir, je n'ai pas pensé à ce qu'elle pourrait éprouver, mais je ne pense pas qu'elle m'en veuille. Chaque moment de sa journée doit être rempli par son bébé ; elle apprend à être mère, et de ce côté-là, je n'ai aucune perle de sagesse à lui offrir. Il est d'ailleurs possible que mon absence lui soit un soulagement, même si elle ne le reconnaîtrait jamais.

Je bois une gorgée de vin et mon téléphone vibre. Ella, enfin.

En Croatie !!! C'est le spectacle de mes parties intimes qui t'a donné envie de voir d'autres paysages ? Je suis déjà crevée. Reviens bientôt, tu me manques. Bisous.

Je souris, puis je retiens une exclamation quand apparaît une adorable photo de Charlotte endormie.

Tu l'as débarbouillée depuis la dernière fois que je l'ai vue. Trop mignonne ! Bravo, sœurette. Bisous +++

J'envoie mon message, apaisée par la réponse d'Ella. Elle ne me pose pas de questions mais accepte simplement mon départ. J'ai à peine reposé mon téléphone qu'il vibre à nouveau. Un appel cette fois, et je ne m'attends pas du tout au nom qui s'affiche à l'écran. Jonah. Je me redresse sur ma chaise longue.

— Hé ! Salut, toi !

— Hé, salut, toi, répond-il en me singeant.

Le sourire que j'entends dans sa voix en amène un sur mes lèvres aussi.

— Comment ça va à Los Angeles ? Tu as fait fortune et tu as épousé Jennifer Lawrence ?

— Exactement, dit-il en riant. Et toi, quoi de neuf ?

J'hésite.

— Oh, rien de spécial.

Je ne sais pas pourquoi je ne lui dis pas que je suis en Croatie. Sans doute parce que je n'ai pas envie d'une autre conversation sur le mode « mais qu'est-ce qui t'a pris ? ».

— Quelle heure est-il là-bas ?

— L'heure du déjeuner. Je suis assis devant une énorme assiette de pâtes et j'ai pensé à toi.

— Parce que c'est mou et blanc, tu veux dire ?

Ici, au milieu des peaux bronzées, je ressemble à un cachet d'aspirine.

Il rit encore.

— Parce que la serveuse s'appelle Lydia.

— Oh…

Ma connaissance de Los Angeles se limitant à quelques poncifs, je me représente une créature de rêve, dans le genre Cameron Diaz, juchée sur des rollers pour lui apporter sa commande.

— Non, sans rire… Comment ça se passe ?

Après un bref silence, Jonah répond :

— Tu veux que je te dise ? Ça se passe plutôt bien. Tellement bien, même, que c'est un peu effrayant.

— Ah… Mais tu es content ?

— Oui, oui, très content.

Il a l'air d'hésiter.

— C'est juste que les choses se mettent en place plus vite que je ne l'espérais.

— Tu as choisi le producteur que tu préférais ?

— Oui… Celui qui m'a demandé si je pouvais rester plus longtemps et peaufiner le scénario. Jusqu'à Noël… Peut-être.

Il parle d'un ton détaché, comme si c'était normal de passer six mois à l'autre bout du monde.

— Mais comment tu vas faire, pour le boulot et tout ?

— Je crois que c'est possible. Le proviseur veut bien m'accorder un congé sabbatique.

— Ça alors… c'est super.

J'espère qu'il ne perçoit pas le manque d'enthousiasme dans ma voix ; je le dissimule de mon mieux.

— Et donc, j'ai pensé… enfin, si tu peux prendre des vacances… que tu voudrais peut-être venir passer une ou deux semaines ici. Je te ferais visiter… On pourrait remonter le trottoir des célébrités – le Walk of Fame – et si ça se trouve, tu verrais Ryan Reynolds !

Je suis étonnée, vraiment surprise. Soulagée, aussi, que notre amitié se soit rétablie, du moins suffisamment pour qu'une telle proposition lui paraisse une bonne idée.

— Je suis en Croatie.

Après un silence, il répond :

— En Croatie ?

— Je me suis décidée à la dernière minute.

— Toute seule ? Ou… ?

J'entends la question qu'il ne formule pas.

— Oui, toute seule.

— Waouh !

Je ne sais pas si je dois mal le prendre.

— Quoi ? C'est choquant ?

— Non, non, absolument pas. Je ne m'y attendais pas, c'est tout.

— Ella a eu son bébé.

— Ah bon ? Quand ?

— Hier matin.

— Oh, Lyds, tu as raté ça ! Tu rentres bientôt ?

Je ferme les yeux.

— Je n'ai rien raté. J'y étais. Je l'ai aidée à accoucher.

Il rit, et je comprends qu'il ne me croit pas.

— Je suis sérieuse, Jonah. Le bébé est sorti très vite, et c'est moi qui l'ai reçu dans mes mains. Ma nièce va très bien, si tu veux savoir.

— Oh là là. Oui, pardon, je pensais que tu plaisantais… Donc : hier, tu as aidé Ella à accoucher, et aujourd'hui tu es partie en Croatie sur un coup de tête.

Il récapitule les faits, comme pour me permettre de rectifier si je me suis trompée quelque part.

— C'est ça.

Voyant que je n'explique pas davantage, il conclut :

— C'est formidable. Félicite les nouveaux parents de ma part.

— D'accord.

À nouveau, Jonah marque un silence.

— Il est presque 10 heures du soir ici, dis-je en me renversant en arrière contre le coussin de la chaise longue. Il y a tellement d'étoiles, Jonah, c'est magnifique.

— J'aimerais bien voir ça.

Sa voix est un murmure à mon oreille. Je me sens soudain très loin de chez moi.

— Moi aussi, j'aimerais que tu les voies…

— Rentre bientôt, dit Jonah. Ne reste pas trop longtemps là-bas, toute seule.

— Oui. Et toi, tu devrais finir ta montagne de pâtes.

— Exact.

— Salue Ryan Reynolds de ma part si tu le croises.

— Pas de problème.

J'entends vaguement que quelqu'un lui parle. Il demande l'addition.

— Bon. Je te laisse retourner à ta journée.

— Tu as raison, il faut que j'y aille…

Après une pause, il ajoute :

— Appelle-moi si tu t'ennuies, d'accord ?

— Oui. Merci.

— Et dors un peu quand même. Ne passe pas toute la nuit à regarder les étoiles.

Sa voix me parvient si clairement qu'il pourrait presque être assis à côté de moi sur le balcon éclairé par la lune.

— Bonne nuit, Jonah Jones.

Je raccroche avant que nous n'ayons le temps de dire autre chose. À lui non plus, je n'ai pas raconté qu'on m'avait proposé un job.

ÉVEILLÉE

Lundi 22 juillet

À moi, New York… Je viens de prendre une douche après avoir passé la matinée à regarder les gens sur la plage, et maintenant je frémis d'excitation à l'idée de vivre ma lune de miel avec Freddie à New York. J'ignore tout de ce qu'il a prévu, le secret a été bien gardé. Je pourrais probablement deviner deux ou trois choses ; New York étant ma destination préférée depuis que je suis devenue accro à *Sex and the City*, je lui ai souvent parlé de ce que j'aimerais faire si nous y allions un jour.

Un petit déjeuner chez Tiffany. Une promenade en calèche dans Central Park. Le ferry pour Staten Island et la statue de la Liberté. Oui, je sais, je tombe dans tous les clichés alors que la ville regorge d'une foule d'autres curiosités, mais j'assume. Oh, mon Dieu. New York ! Aujourd'hui, je vais être à New York avec Freddie.

J'ai une pensée fugitive pour Ella, le bébé, et pour maman. J'espère qu'elles comprennent que j'ai besoin de cette escapade, et qu'elles ne me jugent pas trop égoïste. Je me rassure en me disant qu'elles m'aiment et qu'elles me connaissent bien, il ne peut y avoir aucun malentendu entre nous.

Je suis assise au milieu de mon lit en bois, un verre d'eau dans une main, un cachet rose dans l'autre. J'ai presque peur, tant j'ai envie que ce soit parfait. Une foule d'images défilent dans mon esprit : échoppes vendant du café noir, des bagels et des doughnuts, kiosques à journaux, taxis jaunes filant dans les rues profondes comme des canyons entre les gratte-ciel, magasins de luxe le long de la Cinquième Avenue… Je vais voir tout ça *en vrai*.

Oh, New York, New York ! Me voilà, enfin.

ENDORMIE

Lundi 22 juillet

— Je dois être mort et arrivé au paradis !

Cette déclaration troublante de Freddie est la première chose que j'entends tandis que j'essaie de prendre mes repères. Nous sommes assis dans un restaurant à l'ambiance années soixante, trop bruyant, trop éclairé. En face de moi, Freddie termine un burger qui devait être aussi gros que sa tête, et au vu de mon assiette, j'avais pris du saumon grillé. Nous buvons chacun un milk-shake. Il me semble qu'il est encore tôt pour absorber un tel repas. Je regarde discrètement ma montre : d'accord, c'est l'heure du brunch.

— Avec ça, nous aurons mangé pour toute la journée, dis-je.

Je dissimule ma surprise parce que ce n'est pas le genre d'endroit qui figure sur ma liste, mais après tout, c'est aussi la lune de miel de Freddie.

— Garde un peu de place, dit-il.

— Pourquoi ?

— Tu verras. C'est une surprise.

Je souris car je déduis qu'il a aussi prévu quelque chose qui me plaira davantage. Et puis, je n'ai pas envie de me montrer revêche. Ce restaurant n'est peut-être pas sur ma liste, mais je peux quand même le trouver intéressant. Dans ma tête, j'appuie sur le bouton « gratitude ». Freddie a organisé ce séjour à New York pour moi, je ne vais pas exiger que tous les détails soient à la hauteur de mon rêve. D'ailleurs, avec ses banquettes en cuir, ses lumières au néon et ses boules disco, ce lieu offre une certaine vision de l'Amérique. Je ne m'y attendais pas, c'est tout.

J'observe Freddie (mon mari) à la dérobée. Il est dans son élément ici, et même la musique typique de l'époque convient à son énergie trépidante. Je remarque alors l'alliance en platine à son doigt, où elle n'a pas encore imprimé sa marque ; à mon annulaire aussi, une fine alliance en or blanc accompagne ma bague de fiançailles à trois diamants. Nos deux mains unies par un même anneau, c'est exactement comme je l'avais imaginé !

— Alors, Mrs Hunter, dit-il. On bouge ?

Mrs Hunter. D'abord les bagues, et maintenant le nom. En réalité, je ne savais pas trop comment je voulais m'appeler une fois mariée. Je suis Lydia Bird. Maman, Ella et moi, nous sommes les trois Bird, nous l'avons toujours été. J'ai du mal à me reconnaître en « Lydia Hunter », même si c'est un patronyme tout à fait correct. Ella éprouvait le même sentiment quand elle a épousé David, et elle a finalement décidé d'accoler leurs deux noms. Pour moi, Lydia Bird Hunter[1], ce

1. Bird Hunter se traduit littéralement par « chasseur d'oiseau ».

n'est tout simplement pas possible. Nous n'avions pas encore réglé la question dans ma vie éveillée, mais ici, apparemment, je ne suis plus une Bird.

— Mrs Hunter…

Je prononce mon nouveau nom à voix haute et un sourire me vient aux lèvres. Moi qui désirais tant devenir la femme de Freddie, à présent je le suis.

— Ça sonne bien, hein ? dit-il en me prenant la main sur la table.

— Oui… Il va me falloir un peu de temps pour m'habituer.

— Tu seras toujours Lydia Bird pour moi.

C'est exactement ce que j'ai besoin d'entendre. Je suis toujours la même personne, mon nouveau nom n'y change rien. C'est malgré tout un peu troublant d'en adopter un autre, et je suis heureuse que Freddie le comprenne.

Dehors, dans Times Square, je suis assaillie par une formidable exubérance. Tout est plus grand, plus assourdissant, plus lumineux que je l'avais imaginé. Je m'accroche au bras de Freddie et je ris devant ce spectacle d'une incroyable vitalité.

Bientôt je m'arrête net au milieu des passants pour contempler, fascinée, un immense panneau publicitaire.

— Tout va bien ? me demande Freddie.

Je me rappelle soudain que ce n'est pas la première fois que je découvre la ville dans ce monde-ci. Pour donner le change, je déclare :

— Ça fait un effet dingue chaque fois qu'on ressort dans la rue, hein ?

— La ville qui ne dort jamais, répond-il en riant aussi. Allez, c'est ton tour de choper un taxi.

— Ah bon ?

J'ai dû raconter qu'un des éléments de mon rêve new-yorkais était de lever le bras pour arrêter un légendaire taxi jaune, mais maintenant que j'y suis, je ne vois absolument pas comment m'y prendre. Je m'exhorte au courage : tout de même, ça ne doit pas être si difficile ! Il est vrai que je ne passe pas mon temps à héler des taxis chez nous non plus. Si nous avons besoin d'une voiture, nous appelons la seule compagnie de la ville et la mère d'Andrew Fletcher nous en envoie un, le plus souvent conduit par Andrew lui-même.

Freddie me tire par la main jusqu'au bord du trottoir. Je lève timidement le bras en direction du flot des voitures qui s'écoule en un ruban ininterrompu. Freddie éclate de rire.

— Bon sang, Lyds, il faut que tu aies *vraiment* l'air de le vouloir.

Je fais une deuxième tentative, mais on croirait que je suis invisible.

— Ça aiderait peut-être d'en viser un qui est libre, explique Freddie. Ceux qui ont le voyant avec les chiffres allumés, tu te rappelles ?

La troisième fois, j'agite vigoureusement le bras en m'avançant sur la chaussée comme si j'étais prête à me jeter sous les roues de la voiture. Bingo ! Le taxi s'arrête et le chauffeur se penche vers sa vitre ouverte. Alors seulement, je prends conscience que je ne sais pas où nous allons.

Je me tourne vers Freddie, agrippée à la portière de peur que le taxi ne nous échappe.

— On va où ?

— Au Four Seasons, lance Freddie au chauffeur.

Le chauffeur hoche la tête, et Freddie sourit en m'ouvrant la portière.

Mais comment pouvons-nous nous offrir un endroit pareil ! Dans tous mes fantasmes – et il y en a eu beaucoup –, je ne nous ai jamais vus descendre dans un hôtel aussi fabuleux que le Four Seasons. Le marbre, les fleurs, les dorures… tout n'est que splendeur. Je veux que chaque détail s'imprime dans mon cerveau pour toujours. Je veux me rappeler pendant le restant de ma vie la sensation extraordinaire que j'éprouve en traversant le lobby délicatement parfumé avec Freddie. Cette magnificence est si étrangère à notre quotidien que même Freddie doit avoir l'impression de rêver. Je réussis à ne pas m'extasier à voix haute tandis que l'ascenseur nous emmène au huitième étage et que Freddie ouvre la porte de notre chambre. De notre suite, devrais-je dire plutôt.

— J'ai une terrible envie de pisser, dit-il en fonçant à la salle de bains.

Je ne suis pas mécontente qu'il disparaisse un moment parce que j'ai besoin d'être seule pour me ressaisir. C'est bien notre chambre ; je reconnais certaines de nos affaires, d'autres me sont inconnues. J'imagine que nous sommes arrivés hier. Je me demande ce que nous avons fait, où nous avons mangé, quelle a été notre réaction en découvrant ce somptueux décor. Sur une desserte sont jetées des pièces de monnaie et une facture datée d'hier soir au Bar SixtyFive. J'apprends ainsi que je suis allée boire un verre sur la plus haute terrasse de

New York d'où l'on a une vue panoramique de la ville. Même si je n'y étais pas vraiment… Le plus difficile avec mes visites éclair dans cette vie, c'est de comprendre ce que j'ai raté et de deviner ce qui m'attend.

Mais cette chambre… Je promène mon regard ébloui tout autour. C'est tellement luxueux, tellement pas notre monde, en fait. Je vais me tenir à la fenêtre où je contemple New York comme je l'ai vu un nombre incalculable de fois à la télé et sur des photos ; mais rien ne peut rendre compte de la réalité. Il y a une telle vie là-dehors, qui palpite dans cette chair de métal et de verre autour d'une oasis – Central Park.

— On a deux heures devant nous, annonce Freddie en me rejoignant à la fenêtre.

À sa voix légèrement rauque, à sa bouche chaude contre mon oreille, je comprends comment il aimerait utiliser ce temps. J'en ai envie aussi. Faire l'amour avec mon mari, quel bonheur.

— Allez, dis-le-moi…

Je suis blottie contre Freddie, la tête nichée dans le creux de son épaule, nos jambes chaudes et entremêlées sous le drap blanc que nous avons froissé durant nos ébats. Mes efforts à la salle de sport ont payé, incontestablement : j'ai les bras plus musclés ici, les cuisses aussi. C'est étrange, ce corps qui ne ressemble pas tout à fait à celui dont j'ai l'habitude dans ma vie éveillée, soulignant les différences – certaines subtiles, d'autres moins – qui séparent mes deux mondes.

— Tu veux vraiment savoir ?

J'essaie de lui soutirer les détails du programme qu'il nous a établi pour les prochains jours, afin de pouvoir calculer mes retours et passer les meilleurs moments avec lui. Je suis sûre qu'il va tout me dire ; il en brûle d'envie.

Bien que ce soit peu probable, je suggère :

— Le MoMa ?

J'adorerais y aller. Freddie, lui, n'est pas fan des musées.

Il secoue la tête.

— C'est fermé… Pour rénovation, je crois.

Je suis déçue, mais maintenant que j'y pense, je me rappelle avoir lu que le musée d'Art moderne était en travaux. L'important, c'est que Freddie l'ait envisagé.

— Petit déjeuner chez Tiffany ?

Je n'ose pas y croire. Il faut réserver très longtemps à l'avance pour avoir une place dans le café de la légendaire bijouterie.

Freddie ne répond pas tout de suite, il laisse planer le suspense.

— Demain à 10 heures, dit-il enfin en retenant un rire.

— C'est vrai ?

Je me dresse sur un coude pour le regarder. J'ai épluché les avis de TripAdvisor et regardé sur Internet toutes les photos possibles et imaginables de l'intérieur du café, avec sa porcelaine bleu et blanc et ses banquettes en cuir turquoise.

— Et *Wicked* demain soir, enchaîne Freddie, incapable de garder plus longtemps ses secrets.

Je suis aux anges qu'il m'ait écoutée au lieu de choisir une comédie musicale plus récente. À deux reprises l'année dernière, j'ai essayé d'obtenir des billets à l'Apollo Victoria à Londres, en vain. Et maintenant je vais la voir à Broadway ! Je me recouche en riant dans les bras de Freddie. Il y va uniquement pour me faire plaisir, je le sais. Les comédies musicales ne sont pas trop son truc.

— Tu es la personne que j'adore le plus au monde.

— Le *mari* que tu adores le plus au monde, me corrige-t-il.

— Oui, ça aussi.

J'enfouis mon visage dans son cou et j'inspire à fond. Il sent le savon de luxe offert par l'hôtel. Il sent la joie, il sent New York !

La salle de bains aussi est époustouflante. Un camaïeu de marbres, depuis le sol jusqu'au plafond. Je prends un long bain moussant, puis j'enfile un épais peignoir blanc digne d'une star de cinéma. Nous sommes attendus dans le salon de l'hôtel pour un thé accompagné de champagne. Ce n'est pas fabuleux, ça ? Je n'aurais pas pu rêver plus parfaite lune de miel. Freddie s'est démené pour que les premiers jours de ma vie de femme mariée soient aussi mémorables que possible.

Je m'attends à le trouver encore au lit, mais pas du tout ; il est sur la terrasse, en peignoir, et en m'approchant je m'aperçois qu'il parle au téléphone. Bien que je n'entende pas ce qu'il dit, je comprends à ses gestes fébriles qu'il s'agit de son travail. Je ne suis pas surprise que Vince ne respecte même pas notre voyage de noces. Bien sûr, Freddie aurait pu ne pas décrocher, mais Vince sait parfaitement qu'il en est incapable et cela m'agace au plus haut point.

Je suis en train de démêler mes cheveux mouillés, assise devant le miroir de la coiffeuse, quand il revient enfin à l'intérieur. Sans me retourner, je l'observe dans la glace.

— Tout va bien ?

Il s'affale dans un fauteuil et se masse le front.

— Non.

Je pose le peigne et pivote sur le tabouret.

— Qu'est-ce qu'il y a ?

Je n'ai pas vraiment envie de parler de son travail, mais je vois que ce coup de fil l'a stressé. Mieux vaut qu'il me confie son souci afin de pouvoir repasser plus vite en mode lune de miel.

— Trésor…

Quelque chose dans sa voix me met en alerte. Il ne m'appelle pas souvent « trésor », il sait que je n'aime pas tellement ce terme, mais je m'abstiens de commentaire parce qu'il se frotte les joues avec ses paumes, en proie à une anxiété manifeste. J'échafaude aussitôt les pires scénarios. La boîte a coulé ? Il a perdu son boulot ?

— Quoi, Freddie ?

Il secoue la tête, puis vient s'agenouiller devant moi. C'est une attitude humble, presque soumise, qui ne lui ressemble pas.

— Je dois aller à Los Angeles, Lyds. Juste un jour ou deux.

Je fronce les sourcils, sans vraiment comprendre le problème.

— Bon…

Puis la lumière se fait dans mon esprit.

— Tu vas partir directement de l'aéroport JFK, c'est ça ? Je dois rentrer seule ?

Il détourne les yeux.

— Non, ce soir.

Je suis abasourdie.

— Ce soir ?

— Une journée seulement… Ce sera vite passé, tu verras…

Mon sang ne fait qu'un tour.

— Tu plaisantes, n'est-ce pas ? Tu es en *voyage de noces*, Freddie. *Nous* sommes en voyage de noces.

Il acquiesce d'un air sombre.

— Tu crois que je ne le sais pas ? J'ai dit non, Lyds, mais ces clients-là sont notre plus gros poisson… Ils risquent de signer avec un concurrent demain, une autre agence de pub qui a surgi de nulle part et leur promet la lune. Moi, je les courtise depuis des semaines ; j'ai même écourté ma soirée d'enterrement de vie de garçon pour eux, tu te rappelles ?

Il me demande de comprendre, mais je refuse.

— Ce n'est pas tout à fait comparable, il me semble !

Je suis atterrée. Comment ose-t-il mettre sur le même pied une soirée avec ses potes et notre lune de miel ?

— Dis non.

Freddie lève les yeux au ciel.

— C'est Vince, Lyds… Tu sais bien que je ne peux pas dire non.

— Pourquoi ? Il va te punir ? Te virer ?

Il soupire.

— J'ai bossé comme un âne pour décrocher ce contrat. Il est à *moi*. Je ne veux pas qu'une petite agence de merde me le pique à la dernière minute.

Brusquement, tout s'éclaire : Vince n'a pas eu besoin de l'obliger.

— Mais… et nous, alors ? je lâche d'une petite voix.

Freddie fixe un moment le parquet, puis me regarde.

— Je me rattraperai… Je te le promets.

Je calcule rapidement : nous sommes ici pour cinq jours, et il sera absent au moins une journée, deux si l'on compte le voyage. Presque la moitié de notre lune de miel, soufflée parce que Vince a claqué des doigts. C'est complètement fou, je ne veux pas ! Je pose une main contre la joue de Freddie.

— Dis-lui non, Freddie. Dis-lui que notre lune de miel est sacrée.

Nos yeux engagent une conversation silencieuse. Il me demande de voir les choses de *sa* façon, je lui demande de les voir de *ma* façon. Il n'y a pas de compromis possible, pas de demi-mesure. Quelqu'un doit perdre.

— Je ne peux pas, déclare-t-il.

Il se lève et fait quelques pas dans la chambre. Soudain, la colère s'allume en moi comme un brasier.

— Dis plutôt que tu ne *veux* pas !

Il se retourne, les bras écartés, pour me lancer :

— Regarde autour de toi, Lydia ! Regarde cette chambre. À ton avis, qui a banqué pour nous offrir un endroit pareil ? Le Père Noël ?

— Ah…

Je suis tellement outrée que je dois m'y reprendre à deux fois.

— Ah, d'accord. C'est la boîte qui a payé, donc on a une dette envers elle ? Tout était planifié ?

Freddie sort de ses gonds à son tour.

— Bien sûr que non, ce n'était pas *planifié*. J'ai réservé ce séjour depuis des mois, tu le sais. Mais parfois il y a des contretemps. Ça tombe mal, c'est tout !

— Ça tombe mal ?

Je crie presque maintenant.

— Ça tombe mal, c'est tout ? Non, Freddie, ce n'est pas juste un *contretemps* !

Je suis si furieuse que j'en tremble. J'ai déplacé des montagnes pour être ici avec lui, pour vivre ces moments précieux.

— C'est bien plus qu'un contretemps. C'est nous, toi et moi. C'est le voyage de noces que nous ne ferons qu'une seule fois dans notre vie. Et ça ne compte pas plus pour toi que ton *boulot* ?

Il me dévisage fixement.

— Pourquoi es-tu si dure ? Tu ne vois pas que c'est difficile pour moi ? dit-il, comme si j'étais celle qui se montrait déraisonnable. Tu crois que j'ai *envie* d'aller à Los Angeles ?

— Je crois que tu pourrais refuser si tu le voulais.

La stupeur fige ses traits, comme si je l'avais giflé.

— Je ne comprends pas ce qui t'arrive depuis quelque temps.

— Comment ça, ce qui *m'arrive* ?

Il hausse les épaules.

— Tu es… je ne sais pas, tu as changé. Tu es souvent à cran.

J'éclate d'un rire amer. N'importe qui dans cette situation serait agacé, non ?

— Pardonne-moi de dire ce que je pense, je réplique d'un ton cassant. Alors, qu'est-ce que je suis censée faire pendant que tu seras à Los Angeles ? Allez prendre un petit déjeuner chez Tiffany toute seule ? Assister à la représentation de *Wicked* avec un siège vide à côté de moi ?

Il se passe une main sur le visage.

— Je vais changer nos billets. On ira jeudi…

Nous savons tous deux que ce ne sera pas possible, et du reste, la question n'est pas là.

— Si tu t'en vas…

Je ne termine pas ma phrase ; en fait, je ne peux pas imaginer une suite.

Il me regarde, en silence. Puis il se détourne et sort sa valise du placard. Je me laisse tomber dans le fauteuil tandis qu'il y jette quelques affaires. C'est affreux, tout simplement affreux de voir notre lune de miel gâchée de manière si soudaine.

Je me lève et j'essaie encore une fois.

— S'il te plaît, ne pars pas. C'est trop important…

Il me regarde, et à son expression, je vois qu'il ne changera pas d'avis.

— Tu pourrais m'aider, tu sais, déclare-t-il. Tu pourrais profiter du spa de l'hôtel, te promener et découvrir la ville pendant deux jours en m'attendant. Mais tu ne veux pas, hein ?

Nous nous dévisageons, face à face. Il pense sincèrement ce qu'il dit, et soudain je prends conscience que la femme que j'étais trouverait probablement en elle les ressources pour faire ce qu'il suggère. Le laisser partir sans culpabilité, accepter la situation et la renverser en expérience positive. Sauf que je ne suis plus cette femme-là. J'ai traversé la pire épreuve que la vie pouvait m'infliger, j'ai dû chercher en moi une force que j'ignorais, et cette souffrance m'a transformée. Je ne suis plus la même personne à présent. Ici, Lydia n'a pas connu la catastrophe. Elle n'a pas juste les bras et les cuisses plus musclés. Mon cerveau fonctionne différemment, mon cœur aime différemment. Freddie a raison, j'ai changé, et je suis anéantie en comprenant que je n'ai plus vraiment ma place ici.

Il est habillé maintenant, sa valise est prête.

— À plus tard, dit-il sèchement. Essaie de ne pas me détester.

Je ne peux que le regarder, muette, blessée au plus profond. Je ne dis rien parce que je ne suis pas capable d'offrir les paroles apaisantes qu'il voudrait entendre.

Il hésite, comme s'il voulait ajouter quelque chose, mais s'abstient. Puis il empoigne sa valise et s'en va.

ÉVEILLÉE

Mardi 23 juillet

Tout va de travers. Je suis venue en Croatie pour être avec Freddie et connaître un bonheur absolu. Pique-niquer dans Central Park, voir une comédie musicale à Broadway, essayer des diamants que nous ne pourrions jamais nous permettre d'acheter chez Tiffany. Nous allions jeter les guides touristiques et flâner au hasard des rues pour découvrir notre New York à nous, admirer les jolies maisons de Greenwich Village, goûter à des mets délicieux dans des cafés dédaignés par TripAdvisor. Notre voyage de noces allait être merveilleux, mais je m'aperçois maintenant qu'en voulant forger de nouveaux souvenirs avec Freddie je piétine les anciens, les souvenirs heureux que je conserve de nous.

J'ai tourné et retourné notre terrible dispute dans ma tête un millier de fois, je l'ai examinée sous divers angles, cherchant quelque chose qui n'y est pas parce que mon cœur s'obstine à ne pas admettre la vérité : la fille que j'étais aurait accepté le départ de Freddie, elle aurait compris qu'il en avait besoin. « Essaie de ne pas me détester », a-t-il dit ; je suis si triste quand je revois son expression. Pourtant, je ne peux pas m'en empêcher, la fille que je suis maintenant sait que c'était *inacceptable*. Bon sang, Freddie aurait dû dire non à Vince, il aurait dû penser à nous d'abord. Mais il a choisi son travail, et je n'arrive pas à m'en remettre.

Quand vous perdez l'amour de votre vie, vous êtes libre d'imaginer ce qui se serait passé ensuite. Vous pouvez rêver que tous vos lendemains auraient été parfaits avec celui que vous aimiez tant, vous avez le droit de façonner toutes les situations dans votre tête de sorte qu'il ne commette aucun faux pas. Votre histoire d'amour ne s'arrête jamais vraiment, parce que votre cerveau continue à la mettre en scène avec un compagnon qui ne se dispute pas avec vous, qui ne vous déçoit pas, ne prend pas de mauvaises décisions, et, surtout, qui ne vous plante *jamais* à la moitié de votre voyage de noces.

Je suis inconsolable. J'ai pleuré à gros sanglots, comme une enfant abandonnée et effrayée. J'ai tant besoin du réconfort des bras de ma mère, de l'optimisme infaillible et de la tendresse de ma sœur, mais elles sont à des milliers de kilomètres. Moi qui suis venue ici, si loin, pour être avec Freddie, je ne me suis jamais sentie aussi seule.

ÉVEILLÉE

Samedi 3 août

— Emportez plus d'eau avec vous.

Vita ouvre la vitrine réfrigérée derrière elle et attrape deux bouteilles qu'elle pose sur le comptoir devant moi.

— Tenez…

Nous sommes samedi matin. Il est relativement tôt, à peine 7 heures, et Vita a insisté pour que je m'octroie un jour de congé. Je suis ici depuis deux semaines et je n'ai pas repris de cachet après ce terrible voyage le lendemain de mon arrivée.

J'ai travaillé au restaurant tous les jours, par choix, pas parce qu'on me le demandait. Au début, pour me vider la tête, mais bientôt je me suis aperçue que j'éprouvais un sentiment de liberté une fois que j'avais noué les cordons du tablier rouge autour de ma taille, armée d'un bloc-notes et d'un stylo. C'est mieux que n'importe quelle thérapie. J'ai foncé d'un cran la couleur de ma peau en paressant sur la plage presque tous les matins, et à l'heure du déjeuner, j'enfile un short et j'applique un peu de brillant sur mes lèvres pour devenir le bras droit de Vita. Je termine très souvent mes soirées par une conversation avec Jonah sur Skype, les pieds posés sur la balustrade de mon balcon, en contemplant les étoiles. C'est une routine simple, qui nourrit mon âme et me purifie. Comme si j'étais arrivée par miracle exactement là où j'avais besoin d'être, en sécurité, à l'abri de mes deux vies.

Certains après-midi, quand il fait très chaud, Vita et moi nous réfugions à l'intérieur, nous bavardons, et nous nous montrons des photos. J'ai admiré celle de son mariage avec Petar il y a huit ans, un homme peu bavard mais doté d'un grand cœur. Je sais qu'elle a six frères et sœurs, que Petar et elles sont impatients d'avoir un enfant. Je lui ai parlé d'Ella et du bébé, elle a vu des photos de ma famille, et elle comprend vaguement que je travaille à organiser des événements dans ma ville. Je suis sûre qu'elle comprend aussi qu'il y a des pans énormes de ma vie que je n'ai pas encore été capable de confier, et je lui suis très reconnaissante de ne pas poser de questions. À vrai dire, je la mets sur un piédestal et je deviens accro à sa sérénité, sa force tranquille, son humour pétillant. Elle dirige le restaurant sans jamais cesser de sourire. J'imagine qu'elle pourrait gouverner le pays de la même manière, si elle le voulait. Petar a bien de la chance, et, le temps que cela durera, moi aussi.

— Vous vous rappelez le chemin ?

— Oui, je crois.

Je vais visiter un peu la région, en empruntant la mobylette de Vita. Je ne pense pas que j'en aurais conduit une si j'étais venue ici avec Freddie ; il aurait choisi le plus gros modèle et demandé un deuxième casque pour moi à l'arrière. Je trouve plutôt jubilatoire l'idée de me déplacer par mes propres moyens, comme les gens du coin. La plupart me connaissent maintenant et m'appellent par mon prénom parce que je suis l'amie de Vita.

— C'est tout droit, dit-elle. Ne vous dépêchez pas de rentrer.

Je fais la moue. On est samedi, donc il y aura beaucoup de monde au restaurant et je n'ai pas particulièrement besoin d'un congé.

— Et ne rouspétez pas, ajoute-t-elle en feignant de me gronder, ça gâche votre joli visage. Il faut bien que vous fassiez un peu de tourisme pendant votre séjour ici.

— Vous parlez comme ma mère.

— Dans ce cas, votre mère est une femme très avisée.

Elle prend les clés de la mobylette sous le comptoir.

— Il y a assez d'essence, si vous voulez explorer.

— Je serai de retour avant le déjeuner.

— Pas question.

Nos yeux se sourient, puis je balance mon sac à dos sur mon épaule en riant. Vita m'accompagne jusqu'à la mobylette. Là, elle dépose un sac en papier dans le panier accroché au guidon. Je repère le bout d'une baguette de pain qui dépasse.

— Votre déjeuner, dit-elle, sans essayer de le cacher.

J'enfourche la mobylette et attache le casque sous mon menton.

— À tout à l'heure…

— Je ne bouge pas, répond-elle.

Je ne suis pas croyante, mais, sur la suggestion de Vita, je m'arrête et je descends de ma mobylette devant le sanctuaire de Vepric, adossé au pied d'une colline boisée à quelques kilomètres de la ville. Il est encore tôt et seul le vrombissement des criquets emplit le silence. La Croatie semble avoir été créée à partir d'une boîte de couleurs qui contient avant tout du turquoise vif et des verts luxuriants. Deux ou trois promeneurs explorent les environs, aussi discrets que moi.

Le sanctuaire est une grotte naturelle aménagée dans la roche, comportant un autel devant lequel sont disposées deux rangées de bancs vides. Je vais m'asseoir à l'avant, impressionnée par ce lieu qui inspire le recueillement.

Au-dessus de l'autel, dans une alcôve de pierre, une statue de la Vierge Marie veille sur le site. Il règne ici une paix extraordinaire. J'absorbe le silence, les yeux dans le vague. Au bout d'un moment, une femme en noir vient s'asseoir à ma hauteur, de l'autre côté de l'allée. Elle incline la tête et fait rouler les perles de son chapelet entre ses doigts en priant. Il y a eu des moments après l'accident où j'ai souhaité ardemment croire en Dieu, ou en une instance supérieure. Cela doit être réconfortant de se dire que les pièces de l'échiquier sont déplacées pour une raison, même mystérieuse. Je n'ai pas cette foi, néanmoins je peux éprouver de l'apaisement dans un endroit comme celui-ci. Les gens croient que ce sanctuaire guérit les blessures et les maux. Peut-il aussi réparer les cœurs brisés ?

Je repasse dans mon esprit les dix-huit mois qui viennent de s'écouler. Je vois combien j'ai avancé depuis la mort de Freddie, et combien de chemin il me reste encore à parcourir. Des dizaines d'années, si j'ai de la chance.

Un instant, je repense à New York : une catastrophe, un fiasco sur toute la ligne. Je ne sais pas quand je me sentirai assez forte pour retourner là-bas, où ont surgi des questions auxquelles je n'ai aucune réponse.

Fermant les yeux, le visage levé vers le soleil, je me dis que je suis ici, bien ancrée. Mes pieds chaussés de tennis sont plantés sur cette terre dure et sèche, ma chair et mes os reposent sur ce banc de bois. Mon cœur a beau s'affoler dans ma poitrine en ignorant à qui il appartient, *moi*, je suis ici. Je respire, lentement, régulièrement, en me concentrant sur l'odeur des aiguilles de pin et le gazouillis des oiseaux, jusqu'à sentir autour de moi, comme l'émanation de ce lieu sacré, un bouclier invisible qui m'enveloppe et me protège. C'est la sécurité des dîners autour de la table chez mes grands-parents, la force des étreintes de ma mère. C'est Ella qui me tient la main, c'est Freddie qui me prépare un sandwich à la betterave et au bacon exactement comme je les aime, c'est Jonah qui joue du piano au Prince le soir du 31 décembre. Ce sont toutes ces choses et tous ces gens, aussi présents que s'ils étaient assis sur les bancs autour de moi. C'est la sérénité de Vita et la bienveillance de Petar, c'est Dawn et Ryan qui assument ma charge de travail au bureau. C'est Kris qui n'attend rien de moi, et les fleurs dont Julia ne veut pas. Mais d'abord, surtout, c'est moi. Ici, maintenant, sur ce banc, toutes les versions de *moi*. Mes épaules brûlées par le soleil, mes cheveux trop longs enroulés en chignon au sommet de ma tête, mon visage sans maquillage, les bracelets en coton tressé que j'ai achetés à un vendeur sur la plage, le vernis bleu-vert qui s'écaille sur mes ongles, c'est moi, c'est moi, c'est moi.

Une vague monte en moi, la certitude d'être une personne entière, aimée, capitaine de mon propre cœur ; au début, c'est un murmure, puis un rugissement.

Moi. Moi. Moi.

Si je me trouvais ailleurs que dans un sanctuaire, je hurlerais à pleins poumons : « Je suis Lydia Bird et je suis toujours là ! »

Quand je gare la mobylette sur la place réservée à Vita, Petar est en train de laver le trottoir devant le restaurant.

— Vous avez trouvé ? demande-t-il en coupant son jet d'eau.

Je descends de la mobylette et ôte mon casque.

— Oui. C'est un endroit fabuleux, hein ?

— Je l'adore, dit-il. Vous avez prié ?

Je fais une grimace contrite.

— Ce n'est pas trop mon truc.

Il hoche la tête d'un air philosophe.

— Chacun différent.

— Oui. Mais j'ai ressenti quelque chose… Je ne sais pas comment le formuler…

— L'impression pas être seule ? suggère-t-il.

Je réfléchis.

— Pas seulement… C'était plutôt…

Je pose ma main à plat sur ma poitrine.

— Plutôt une sorte d'acceptation. De mon ancien moi, qui est toujours là, et du nouveau moi juste à côté… Les deux se sont réconciliés.

— Ancien moi, nouveau moi…, dit-il, songeur.

J'imagine qu'il ne comprend pas, parce que je ne suis pas sûre de comprendre moi-même. Je tente de lui expliquer, consciente que c'est aussi à moi que je m'adresse pour préciser ma pensée.

— Je crois… je crois que j'ai trop essayé d'être tout pour tout le monde. C'est difficile d'accepter que la vie va toujours vers l'avant, n'est-ce pas ? Toujours vers l'avant, jamais en arrière. J'ai été obligée de changer quand ma vie a brusquement basculé, mais même si ce n'était pas arrivé, j'aurais évolué d'une manière ou d'une autre, tôt ou tard… Parce que les gens changent… personne n'est immuable. Et tout est tellement fragile, vous ne trouvez pas ? Nos décisions dépendent du jour de la semaine, de la météo, de notre humeur, des phases de la lune, de ce que nous avons mangé au petit déjeuner… Je ne peux pas sans cesse m'interroger sur les choix que j'aurais pu faire ou ne pas faire, me reprocher d'être trop faible parfois, trop dure d'autres fois… Je vois maintenant que j'ai marché en rond, et que c'est de la folie.

Je m'arrête et reprends mon souffle.

— Il faut que je marche droit maintenant, Petar.

Il est visiblement surpris par ma tirade. Je ne sais pas ce qu'il a compris, ni même ce que moi j'ai compris.

— Pas facile accepter choses qu'on peut pas changer, dit-il.

Gentiment, il me prend le casque des mains ainsi que la clé de la mobylette.

— Allez vous reposer un peu.

Vita est venue faire ma chambre pendant que j'étais absente. Elle m'a laissé un bouquet de fleurs sauvages dans un bocal. Je m'allonge sur le drap frais et propre, en pensant aux paroles de Petar. C'est un cliché qui figure sur des millions d'affiches et d'aimants à fixer sur son réfrigérateur, mais la réalité – non plus seulement le concept – de l'acceptation commence à s'inscrire dans ma chair.

Quand je me suis assise devant la grotte de Vepric ce matin, il y avait deux personnes en moi : l'ancienne, la fille que j'étais avant la mort de Freddie, et la nouvelle, la femme que je suis devenue depuis l'accident. Cela paraît sans doute ridicule, mais dans le silence de cet endroit sacré, ces deux versions de moi se sont rapprochées l'une de l'autre sur le banc de bois, de plus en plus près, jusqu'à se fondre en une seule personne.

ÉVEILLÉE

Mercredi 7 août

Je suis ici depuis dix-sept jours maintenant. De belles vacances, dirait-on, puisque c'est plus long que la plupart des forfaits touristiques. Plus long aussi que la durée de mes congés. J'ai envoyé un mail à Phil avant-hier pour essayer de lui expliquer, ou plutôt pour le supplier de m'accorder quelques semaines sans solde parce que je ne suis pas prête à rentrer. Je sais que je prends des libertés ; il s'est déjà montré si généreux, si accommodant, je ne peux pas exiger de lui qu'il comprenne. Il a répondu qu'il se débrouillerait pour survivre encore sans moi, ôtant ainsi un poids de mes épaules qui pèlent après mes coups de soleil. Maman m'a donné plus de fil à retordre. Nous ne nous sommes pas exactement disputées, mais elle n'a pas pu me cacher qu'elle était blessée par mon départ soudain et mon absence d'explication. Les photos et les SMS quotidiens d'Ella arrivent maintenant tous les deux jours. Je suis triste à l'idée qu'elles puissent se sentir rejetées, et honnêtement, je ne resterais pas si je n'avais pas le sentiment que c'est vital pour ma santé mentale. J'ai besoin de guérir encore un peu ici, d'être Lydia la serveuse dans le restaurant au bord de la plage, quelqu'un qui ne fait que passer.

ÉVEILLÉE

Mercredi 14 août

Assise sur mon balcon, je contemple la Voie lactée avant d'aller me coucher comme une étoile de mer dans un lit trop large. J'ai réfléchi à ce que je pourrais changer une fois rentrée chez moi. Me couper les cheveux, peut-être refaire la cuisine si j'en ai les moyens. Notre lit de palace… J'ai beau l'adorer, je ne suis pas sûre que je serai capable un jour d'y dormir sans imaginer Freddie à côté de moi quand je ferme les yeux, et je ne veux pas que mon sommeil soit à jamais précédé de tristesse. Je n'ai pas encore vraiment tranché ; c'est juste une idée pour l'instant.

Tandis que mon regard se perd dans le grand ciel étoilé, j'essaie de débrouiller les fils emmêlés, multicolores, de ma vie. J'ai eu une conversation assez tendue avec maman tout à l'heure. Elle pense que c'est irresponsable de ma part de m'attarder ici, que je risque de perdre mon travail, et elle craint même que je décide de rester en Croatie pour toujours. Ce serait possible… Je pourrais vendre ma maison, m'installer ici, mener une vie pieds nus au bord de la plage. Vita m'aiderait, j'en suis certaine.

Mais Ella ? Mes amis ? Maman ? Je ne supporterais pas d'être si loin d'eux, même si pour l'instant, cela me convient. Ils sont mon ancrage, mon empreinte digitale. Et puis il y a le bébé. Charlotte. Mon cœur se serre quand je pense à elle, parce qu'elle aura un mois dans quelques jours et que je ne l'ai pas tenue dans mes bras depuis le matin de sa naissance. Mon travail aussi est une ancre ; d'accord, je ne suis pas Premier ministre, mais j'ai un rôle à jouer à la mairie et il est important pour moi.

Ensuite, bien sûr, il y a Freddie. Je ne suis pas retournée dans l'univers parallèle depuis ce terrible jour à New York, de peur d'aggraver encore les choses. J'ai l'impression de naviguer sur la carte de mon cœur avec une boussole défaillante, en cherchant ma route dans les eaux du moment présent.

Et enfin, il y a Jonah Jones. Quand Freddie était là, Jonah occupait une place bien précise dans ma vie : c'était son meilleur ami, ce qui, quelque part, signifiait qu'il ne pouvait pas être mon meilleur ami en même temps. Nous avons adopté cette dynamique, en mettant notre propre amitié au rancart pour nous tourner chacun vers Freddie et obtenir son attention. C'est comme s'il nous avait séparés et que nous retrouvions maintenant ce qui nous a poussés l'un vers l'autre au départ, le lien fort qui existait entre nous. C'est mon plus vieil ami. Quand son nom apparaît sur l'écran de mon téléphone, mon cœur fait un bond.

ÉVEILLÉE

Dimanche 22 septembre

— Je crois que tu devrais rentrer chez toi.

Je bois un café avec Vita sur la terrasse du restaurant. Ma peau est presque aussi hâlée que la sienne maintenant, comme celle de quelqu'un qui passe ses journées à l'extérieur et pas sous les lumières fluorescentes d'un bureau. La saison touristique tire à sa fin, et la vie s'installe dans un rythme plus tranquille.

— Oui, je sais.

Je suis en effet de son avis. Maman et moi n'échangeons plus que des textos depuis quelques semaines, nos conversations étant devenues trop tendues, et il est plus facile aussi de communiquer avec Ella par écrit. Les deux dernières fois que je l'ai appelée, elle a dû raccrocher brusquement parce que Charlotte pleurait ou venait de régurgiter sur la chemise propre de David juste avant qu'il ne parte travailler.

— Tu pourras toujours revenir, dit Vita. On ne bouge pas.

— Quelle chance vous avez, de vous sentir bien où vous êtes…

Vita enroule le cordon de son tablier autour de ses doigts.

— Chacun se crée sa propre chance, Lydia.

— Tu crois ça, vraiment ? Moi, j'ai plutôt l'impression que la vie me ballotte et que tout ce que je peux faire, c'est éviter les rochers.

— Les rochers ne te tueront pas, réplique-t-elle avec un sourire moqueur.

Je marmonne :

— Pas sûr…

— Alors, tu vas te cacher ici toute ta vie pour éviter les rochers ?

Elle hausse les épaules en me défiant de ses yeux sombres. Je laisse errer mon regard sur la mer calme et bleue.

— C'est ce que je fais ?

Vita hausse encore les épaules.

— Je me trompe ?

Elle a raison, bien sûr. Je suis ici depuis soixante-trois jours. Soixante-trois jours sans voir ma famille, et presque autant sans être retournée auprès de Freddie.

— Que ferais-tu si tu n'avais pas peur, Lydia ?

Comme si souvent, sa question touche un point sensible. Je réfléchis avant de répondre :

— Je me couperais les cheveux.

Un geste énorme, pour moi. Freddie les aimait longs et ce serait signifier que je ne me soucie pas de ce qu'il pense. Ce qui est absurde, je le sais.

— Tu veux que je le fasse, là, maintenant ? propose Vita. Je coupais tout le temps ceux de ma sœur.

Est-ce encore un défi qu'elle me lance ? En est-elle réellement capable ? Peu importe, d'ailleurs, car je réponds en secouant la tête :

— Je ne suis pas encore prête.

Vita repousse sa chaise, se lève et pose une main sur mon épaule.

— N'attends pas trop longtemps.

ÉVEILLÉE

Mardi 24 septembre

— Il n'y a que moi qui réussis à la calmer depuis quelque temps, dit Ella. Elle pleure même dans les bras de David.

Je suis venue dès la première heure ce matin, après être arrivée chez moi très tard hier soir. Je suis ici depuis dix minutes et j'ai la nette impression qu'Ella préférerait que je m'en aille. J'aurais sans doute dû appeler avant. Il règne un désordre inhabituel dans le salon ; quant à Ella, on dirait qu'elle porte le même tee-shirt depuis plusieurs jours. Cela ne lui ressemble pas, je sais combien elle tient à son apparence.

— Je peux faire quelque chose ?

Je me sens vraiment inutile. Charlotte est toute rouge et semble avoir une capacité pulmonaire remarquable compte tenu de sa petite taille.

— Je pourrais… je ne sais pas… ranger un peu ?

Les yeux d'Ella s'emplissent de larmes.

— Je suis débordée, Lydia… Essaie de t'occuper de quelqu'un non-stop alors que tu ne dors que deux heures par nuit, d'un sommeil fractionné, en plus, et tu me diras si tu as l'énergie de ranger la maison.

— Tu veux que je nous prépare un thé ?

Je marche sur des œufs, hésitant à rester en proposant mon aide ou à partir.

— Je n'ai plus de lait, David doit s'arrêter au supermarché en rentrant du travail.

Ella change le bébé d'épaule et rit, un rire plutôt jaune, en montrant ses seins.

— Sauf si tu comptes celui-là. Parce que, lui, on ne *peut pas* en manquer, jour et nuit. Allaitement à la demande, ça s'appelle !

— Je vais sortir t'en acheter, dis-je, heureuse de trouver une mission. Il te faut autre chose ?

Ella ricane.

— Une bonne nuit de sommeil ? Cinq minutes pour moi ? Que ma sœur ne me plante pas au moment où j'avais le plus besoin d'elle ?

— Ella, je suis désolée… Je ne pensais pas que ce serait aussi…

Je suis accablée.

— Dis-moi ce que je peux faire… comment je peux t'aider…

Elle lève la main avec agacement.

— Tu crois que je savais quoi faire quand Freddie est mort ? Comment te soutenir dans la pire épreuve qui pouvait t'arriver ? Je vais te donner la réponse : non. Non, je ne savais absolument pas quoi faire. Mais tu sais ce que je n'ai *pas* fait ? Je ne me suis pas tirée en Croatie !

Je suis blessée. J'ai envie d'argumenter, de dire qu'on peut difficilement comparer la perte de quelqu'un et l'ajout de quelqu'un dans sa vie, mais je m'abstiens, parce que ma sœur n'est pas dans son état normal.

— C'est l'heure du bain, déclare-t-elle sèchement, en changeant à nouveau le bébé d'épaule. J'ai intérêt à me dépêcher avant qu'elle ait faim, sinon elle va piquer une crise.

J'entends le message ; elle me demande de partir. Atrocement mal à l'aise, j'insiste une dernière fois.

— Je peux t'aider avec le bain ?

Elle soupire ; comme si, la fatigue prenant le dessus, elle renonçait à être en colère.

— Pas aujourd'hui, d'accord, Lyds ? J'irai plus vite toute seule.

Puisque je n'ai pas d'autre choix, je sors mes clés de mon sac.

— Je t'appelle plus tard, OK ?

Elle incline la tête vers le bébé.

— Un SMS, c'est mieux. Si jamais elle dort… J'imagine que c'est mieux aussi parce qu'elle ne sera pas obligée de me parler.

Il y a une voiture que je ne reconnais pas dans l'allée de maman quand je m'arrête le long du trottoir, dix minutes plus tard. Mais j'y prête à peine attention tant je suis impatiente de la surprendre.

J'entre avec ma clé, je me débarrasse de mes Converse à la porte, je file sans bruit vers la cuisine… Et là, je tombe sur ma mère en jean et soutien-gorge, en train de rouler un bon vieux patin au réparateur de l'ordinateur, qui est à présent torse nu. Je me fige sur le seuil. Ils font un bond et se séparent comme s'ils avaient reçu une décharge électrique.

— Mais enfin, Lydia ! s'écrie ma mère, toute rouge, en se couvrant maladroitement avec un torchon.

Stef plonge littéralement sous la table, et réapparaît de l'autre côté après avoir mis son chandail à l'envers et ramassé le chemisier de ma mère. Elle le lui arrache des mains et l'enfile sans un mot.

— Content de te revoir, Lydia, marmonne Stef. Désolé, il faut que j'y aille…

Il manque de me bousculer en se précipitant vers la porte et sort. Je le comprends. Quant à maman, elle n'est pas loin de péter les plombs.

— Neuf semaines ! s'exclame-t-elle. Tu pars neuf semaines, et tout à coup tu déboules sans même téléphoner pour annoncer ton retour !

Je n'en reviens pas. Je savais qu'Ella et elle étaient troublées par ma longue absence, mais je ne m'attendais pas à un tel accueil de leur part.

— Je voulais te faire une surprise, dis-je.

— Eh bien, c'est réussi.

— Désolée…

Elle soupire et passe une main dans ses cheveux pour y remettre de l'ordre.

— Quand es-tu arrivée ?

— Hier soir, tard.

Je ne lui raconte pas que la maison était plus froide que jamais, ni qu'il y avait une lettre officielle de Phil m'annonçant qu'il avait dû engager quelqu'un pour me remplacer et me demandant de l'appeler, ni que mon séjour en Croatie a changé quelque chose en moi. Je ne peux que répéter :

— Désolée… J'aurais dû t'appeler avant.

Je vois qu'elle se débat entre la colère et le soulagement de me savoir rentrée.

— Tu n'aurais pas dû partir si longtemps, surtout.

Je hoche piteusement la tête.

— Tu as vu ta sœur ?

— Oui, j'en viens.

— Comment allait-elle aujourd'hui ?

De cette question, je déduis que l'humeur et l'état de fatigue d'Ella varient d'un jour à l'autre. Ma sœur, si calme, si organisée, si solide.

— Elle avait l'air un peu stressée. Le bébé pleurait, je ne suis pas restée très longtemps.

— Elle n'est pas seulement stressée, Lydia. Elle a *beaucoup* de mal. Tu le saurais si tu avais été là.

— Je ne me suis pas rendu compte…

— Oui, interrompt maman. C'est clair.

On dirait que mon absence prolongée a épuisé toutes les réserves de compassion qu'elles conservaient à mon égard.

— Je suis désolée de t'avoir surprise…

Elle regarde son chemisier, consciente de l'avoir boutonné de travers.

— Pauvre Stef…, dit-elle.

— Désolée.

— Tu peux arrêter de t'excuser à tout bout de champ ? Ça n'aide pas.

Je me tais, sans plus savoir que faire ou que dire.

— Tu as mangé ? demande finalement maman.

Je secoue la tête. Aller au supermarché est ce que j'ai noté ensuite sur ma liste ; les placards sont vides. Elle ouvre le réfrigérateur, en sort un plat à moitié rempli de lasagnes et me le fourre dans les mains.

— Tiens. Emporte ça.

Je fixe bêtement le plat, soudain au bord des larmes parce que les deux personnes que j'aime le plus au monde me chassent de chez elles aujourd'hui.

— Merci.

Maman hoche la tête et regarde ostensiblement par la fenêtre.

— Bon, ben je m'en vais… Je t'appelle demain ?

Elle hoche à nouveau la tête, les lèvres pincées.

— Je suis contente de te voir, maman, dis-je doucement. Tu m'as manqué.

Quand je pars, elle n'essaie pas de me retenir.

Je remonte en voiture, les larmes aux yeux, me sentant rejetée. Sur le chemin du retour, je décide qu'il est temps maintenant de retourner dans l'autre monde.

ENDORMIE

Mardi 24 septembre

Il n'est pas là. J'ai trouvé le courage de revenir, enfin, mais la maison est vide. En inspectant les lieux, je découvre qu'il n'y a pas la bière préférée de Freddie dans le réfrigérateur et que le panier à linge ne contient que mes propres vêtements. Où est-il ? Nous ne sommes mariés que depuis deux mois. Je commence à paniquer. Notre dispute à New York a-t-elle déclenché un énorme changement ? Ai-je fait dévier de son cap notre tout nouveau bonheur conjugal au point de le précipiter sur les brisants ? Je me sers un jus de fruits, et, la main tremblante, je consulte mon portable pour chercher une réponse.

J'ai deux messages. Ella, qui me propose de venir manger un *fish and chips* chez eux plus tard ; et maman, qui m'offre de l'accompagner pour voir une pièce de théâtre à Bath le week-end prochain. Ma sœur et ma mère me soutiennent, apparemment… Je caresse l'alliance que je porte toujours à mon doigt. Où es-tu, Freddie Hunter ?

Je clique sur son numéro, en espérant que je ne tomberai pas sur son répondeur. Il est 7 heures du soir. Où qu'il soit, je peux supposer qu'il ne travaille pas.

La connexion prend plus de temps que d'habitude, et la sonnerie ensuite est différente. Je suis perplexe. Quand il décroche, mon cœur fait un bond.

— Freddie ?

Il y a du bruit autour de lui et il est presque obligé de crier pour me répondre :

— Lyds ? Attends, je sors…

J'entends un brouhaha de conversations à l'arrière-plan, de la musique et des rires. Il doit être dans un bar.

— Bon sang, quelle chaleur aujourd'hui, dit-il, d'une voix plus audible. Ma chemise me colle à la peau.

Je ne peux pas retenir ma question.

— Où es-tu ?

— Là, en ce moment ? Devant un bar sur la plage. Vince arrose tout le monde pour essayer de boucler l'affaire.

Je mets dans ma voix une légèreté que je suis loin d'éprouver.

— Je vois… Pourquoi ne pas joindre l'utile à l'agréable, c'est ça ?

Il rit.

— À Rome, fais comme les Romains. Enfin, à Rio, en l'occurrence.

À Rio ? Freddie est au Brésil ? Je me rappelle vaguement qu'il avait parlé d'un voyage, mais une chose est sûre, je ne savais pas qu'il devait y rester longtemps.

— Tu me manques, dis-je, parce que c'est vrai, surtout maintenant que j'entends de nouveau sa voix.

— Toi aussi. Ce ne sera plus très long… Deux semaines, trois max.

— Trois semaines !

Je suis accablée. La scène à New York n'a apparemment pas porté de fruits, puisqu'il a déjà accepté un autre déplacement. Ou que, moi, je l'ai accepté. Si j'en juge par l'état de notre réfrigérateur et les messages d'Ella et de maman, il est parti depuis une quinzaine de jours.

— Ne recommence pas, soupire-t-il d'un air agacé. Tu sais bien que je ne peux pas faire autrement.

Il est clair que nous touchons là un point de discorde.

— Tu as dit que tu étais à la plage ?

Il me répond sur un ton exagérément patient qui masque mal son irritation.

— Non, j'ai dit que j'étais avec Vince, sur le point de conclure un accord avec BioDo. Tout est au bord de la plage ici, Lydia, ce n'est pas ma faute, OK ?

— Je ne t'accuse pas…

Je suis submergée par une vague de tristesse. Je n'ai pas parlé à Freddie depuis des semaines, et voilà que notre conversation dérape de nouveau vers une dispute. Si nous étions ensemble, nous réussirions à lever le malentendu entre nous, mais ce n'est pas si facile au téléphone. Je suis frappée de m'apercevoir de l'importance qu'a toujours eue la proximité physique dans notre relation : le toucher, la possibilité de lire le langage du corps de l'autre. Aujourd'hui, nous n'avons pas ce luxe, et ce qui nous reste est décevant, une source potentielle d'angoisse ou de colère. J'entends une voix qui crie le nom de Freddie, Vince, sans doute, pour lui annoncer que sa caïpirinha est servie. Il prononce mal le mot. Cela ne me surprend pas, c'est un fonceur, pas quelqu'un qui prendrait le temps d'apprendre ce genre de choses. Je serais prête à parier qu'il s'est envolé pour le Brésil avec Freddie sans même se soucier de savoir comment on disait « s'il vous plaît » et « merci » en portugais.

— Je dois y aller, dit Freddie.

— Oui, j'entends…

Je me sens abattue, délaissée, incapable de trouver les paroles justes pour tout arranger.

— Je t'appelle bientôt, conclut Freddie.

Il raccroche et retourne à son cocktail, au bar sur la plage, à sa vie sans moi.

ÉVEILLÉE

Mardi 24 septembre

Seule, assise sous la lampe de mon salon, je serre un mug de chocolat chaud entre mes mains avec l'espoir que cela m'aidera à m'endormir. Quel horrible, quel abominable retour. Maman et Ella regrettent sans doute que je ne sois pas restée en Croatie, et Freddie s'enfile des cocktails au bord de la plage à Rio.

Je vois maintenant combien j'ai cherché à fuir mon chagrin en m'évadant dans mon autre monde. Mais cet après-midi… ce n'est pas une consolation que j'ai obtenue. Je me sens à nouveau désespérée, encore plus déprimée qu'après New York, et surtout, face à une indéniable vérité.

J'ai préféré vivre là-bas plutôt que me rétablir ici. Je me suis servie de cet accès à un univers parallèle pour échapper à mon deuil, alors même que tous les manuels, toutes les thérapies expliquent que c'est impossible. Peut-être que mon imbécile de médecin avait raison, finalement : je n'ai pas « conscientisé » le processus. Pas du tout. Au contraire, je l'ai soigneusement évité grâce à ces allers-retours entre deux mondes, je l'ai contourné en prenant le chemin le plus long et j'ai ainsi ralenti ma guérison sans m'en rendre compte.

Je n'avais pas repris de cachets en Croatie après New York, et je dormais beaucoup mieux la nuit. Les cernes sous mes yeux avaient disparu, mon cœur battait plus tranquillement dans ma poitrine parce que je ne m'imposais pas d'éprouver deux fois plus d'émotions. J'étais moins stressée en ne vivant qu'une vie au lieu de deux.

Je ne peux plus ignorer le fait que je change, que la Lydia qui rend visite à Freddie dans l'autre monde ressemble de moins en moins à celle qu'il connaît. Et à vrai dire, je préfère cette nouvelle version de moi. Elle est encore très fragile, mais elle est courageuse. Audacieuse et forte. Elle essaie d'avancer, lentement, à contre-courant, et pendant tout ce temps je n'ai pas cessé de la tirer en arrière.

ÉVEILLÉE

Samedi 28 septembre

— Vous êtes vraiment sûre ?

Je croise le regard de ma coiffeuse dans le miroir.

— Oui.

Elle est debout derrière moi, les ciseaux à la main, et pour quelqu'un que l'on paie à couper des cheveux, elle n'a pas l'air très enthousiaste.

— Je ne vous pas enlevé plus de cinq centimètres en dix ans, dit-elle en se mordant la lèvre.

C'est vrai. Il m'est arrivé de demander un léger dégradé, ou une frange effilée, mais jamais rien de plus radical.

J'empoigne ma lourde tresse pour la dernière fois.

— Allez-y, Laura.

Elle prend une profonde inspiration et ne me pose plus la question.

Je suis maintenant assise au volant de ma voiture, avec sur mes genoux un sac en plastique à fermeture Éclair contenant ma tresse ; c'est bien plus qu'un simple poids physique ôté de mes épaules. Dawn a donné ses cheveux il y a quelques années. Je me suis renseignée hier, et j'ai trouvé une association qui fabrique des perruques pour des adolescentes qui subissent une chimiothérapie ou souffrent d'alopécie. Ma chevelure était ma fierté et mon bonheur quand j'avais quinze ans ; à un âge si jeune, on a besoin de quelque chose autour de sa tête pour se donner contenance ou pour se cacher. Cela me réchauffe le cœur de penser que mes cheveux pourront soulager une jeune fille en détresse. Moi, je n'en ai plus besoin.

De retour chez moi, je m'examine sous tous les angles dans le miroir de l'entrée. Je caresse ma nuque, visible à présent, je bouscule et je remets en place les courtes mèches qui encadrent mon visage. Je peux désormais cocher la case se-faire-couper-les-cheveux dans la liste des actions susceptibles d'accompagner le processus du deuil. Laura a failli avoir une crise cardiaque quand j'ai demandé une coupe à la garçonne. Elle m'a montré un tas de photos dans des magazines, pensant que je ne savais pas de quoi il s'agissait exactement. En me regardant maintenant, je suis contente d'avoir eu le courage d'aller aussi loin.

Le courage. Je répète ce mot dans ma tête, et je le prononce à voix haute. Mon reflet dans la glace me renvoie que c'était la bonne décision. J'ajoute le courage à l'ensemble de mots qui décriront ma vie dorénavant.

Il est 5 heures de l'après-midi ici, donc neuf heures du matin à Los Angeles. Je viens d'envoyer une photo de ma nouvelle coupe à Jonah, et au moment où je me dis qu'il s'accorde sans doute une grasse matinée le samedi, un message apparaît sur mon écran.

Je t'appelle tout de suite.

J'ai à peine le temps de m'installer sur le canapé que mon téléphone sonne. Jonah apparaît, un sourire jusqu'aux oreilles ; il est encore au lit.

— Montre-moi ça… De profil. L'autre…

Brusquement, je me sens gênée et toute timide tandis que je tourne plusieurs fois la tête en attendant son verdict.

— Alors ? Qu'est-ce que tu en penses ?

C'est la première personne, en dehors de ma coiffeuse, qui émettra une opinion.

— On dirait… on dirait une Australienne, dit-il en riant, conscient du ridicule de son commentaire.

— Une Australienne ?

— Je ne sais pas… la combinaison du bronzage et des cheveux courts… Tu me fais penser à une maître-nageuse sur une plage de surfeurs.

— On t'a obligé à étudier *Alerte à Malibu*, ou quoi ?

Il frotte sa barbe de trois jours en grimaçant.

— Presque… Tu es rentrée quand ?

Jonah et moi parlons beaucoup maintenant ; en général, le soir avant de se coucher (pour moi). Il a été mon interlocuteur principal quand j'étais en Croatie, la seule personne qui ne me reprochait pas d'être partie – sans doute parce que, il le reconnaît lui-même, il s'est enfui à peu près de la même manière.

— Il y a deux jours. Ça n'a pas été le plus chaleureux des accueils, je dois dire. Je suis restée absente trop longtemps.

— Elles te pardonneront, déclare Jonah. Elles t'aiment.

— Oui, oui…

Il a raison, bien sûr. Mais je me dépêche de changer de sujet : je n'ai pas envie de broyer du noir en pensant à Ella et à maman.

— Quoi de neuf de ton côté ?

Il attrape un verre d'eau sur sa table de chevet, puis se renverse à nouveau contre les oreillers. Son bronzage contraste avec le drap blanc. Plus qu'une simple bonne mine, il a l'air éclatant de santé, comme s'il avait puisé une énergie vitale au fond d'un verre de jus de fruits aux germes de blé. Moi aussi, je me cale confortablement sur le canapé et je l'écoute me raconter ses journées, les progrès du scénario, les gens qu'il côtoie. Ses yeux sombres brillent d'enthousiasme. Je ne peux pas imaginer qu'il reviendra ; il évolue dans des cercles très différents maintenant.

— Quel effet ça te fait d'être rentrée ? demande-t-il.

Je soupire.

— Retour à la routine…

Après cette réponse trop convenue, je me corrige :

— Non, en fait, ce n'est pas vrai. J'ai une drôle d'impression… Comme si j'étais une étrangère ici.

Il acquiesce.

— Tu es partie assez longtemps… mais tu retrouveras vite tes marques.

— Oui…

— Tu reprends bientôt le boulot ?

Je hoche la tête, le cœur lourd.

— Lundi. Mais quelqu'un m'a remplacée. Phil m'a dit de venir le voir, je ne sais pas si j'aurai toujours un poste.

Un soupçon d'inquiétude assombrit ses yeux.

— Tu es sûre que ça va ?

— Ça ira, oui. C'est sans doute le manque de soleil.

— Le monde est vaste, Lyds. Il y a toujours du soleil quelque part.

— Pas ici…

Est-ce vraiment de la météo que nous parlons ? Sans m'attarder sur la question, j'enchaîne :

— Et toi ? Tu prévois de rentrer ?

— Non, je vais rester encore un peu. Mon congé sabbatique s'achève à Noël. Je reviendrai juste avant.

Je me retiens de lui dire combien j'aurais aimé qu'il écourte son séjour.

— D'accord…

— Si Phil te lourde, viens passer un peu de temps ici avec moi, lance-t-il avec un sourire engageant.

Je ne lui dis pas non plus combien sa proposition est tentante.

— Oui. Comme ça, tout s'arrangera avec ma mère !

Il rit.

— Bon, alors peut-être pas ! D'ailleurs, Phil ne va pas te lourder. Il fait presque partie de ta famille.

Je me force à sourire.

— Oui, on verra…

Son regard remonte vers le haut de l'écran où est indiquée l'heure.

— Il faut que j'y aille… J'ai des trucs à faire.

— De la planche à voile ? L'avant-première d'un film ?

— Les deux, réplique-t-il. Et ensuite, un déjeuner avec Kate Winslet.

— Sympa.

— Tu l’as dit. Bon, à plus tard. Ne regarde pas trop les étoiles.

Il a pris l’habitude de terminer nos conversations par cette formule. En Croatie, je lui montrais parfois le ciel étoilé que je voyais de mon balcon, mais sa plaisanterie ne fonctionne plus ici où les nuages pèsent si souvent sur la ville comme un couvercle.

Après avoir raccroché, je passe une main dans mes cheveux courts auxquels je ne suis pas encore habituée.

— Je ne crois pas que tu aimerais cette coupe, Freddie, dis-je tout haut. En fait, je sais que tu la *détesterais*.

Moi, je ne la déteste pas. Je crois même qu’avec le temps je vais l’adorer.

ÉVEILLÉE

Lundi 30 septembre

— Oh, c'est pas *vrai* !

Quand j'entre dans le bureau, Ryan se lève d'un bond.

— Tu es rentrée ! Et bon sang, quel look d'enfer !

Il s'approche de moi et se retient au dernier moment de m'ébouriffer les cheveux.

— Qu'est-ce qui t'a pris ? Je veux dire, j'adooore, mais c'est un peu extrême pour toi, non ?

Les autres aussi accourent et me regardent comme si, au lieu de mes cheveux, je m'étais coupé un bras ou une jambe.

— C'est une allure garçonne, déclare Julia.

— Ça fait ressortir tes yeux, affirme Dawn. Qu'est-ce que tu es bronzée !

Elle compare son bras pâle au mien, puis voit que mon regard se pose sur son ventre rond.

— Eh oui, dit-elle en riant. Ce n'est pas *que* l'abus de sucreries.

— Je suis heureuse pour toi, dis-je, avec sincérité.

Phil surgit derrière nous et me presse l'épaule.

— Content de vous revoir, Lydia. Prenez donc un petit thé, et puis vous viendrez me parler dans mon bureau, d'accord ?

Chacun retourne à son poste, l'air gêné. C'est alors seulement que je remarque la nouvelle recrue qui est assise à ma place. Je suis au courant, bien sûr, je sais même qu'elle s'appelle Louise. Malgré tout, une angoisse me saisit en la voyant occuper mon fauteuil. Elle semble efficace, ses doigts volent sur le clavier de l'ordinateur, elle lève les yeux vers moi et sourit. Je suis sûre qu'elle est tout à fait sympathique, néanmoins je préférerais qu'elle disparaisse comme par magie dans un nuage de fumée. Je l'observe un moment – pour le cas où mon vœu serait exaucé –, mais elle s'obstine à rester là, aussi je pars me préparer un thé dans la cuisine comme l'a suggéré Phil.

La bonne nouvelle, c'est que j'ai toujours un boulot. La moins bonne, c'est que ce n'est pas le même qu'avant. Phil a essayé de présenter la chose sous le meilleur jour possible, et, clairement, il n'aime pas être le porteur d'une mauvaise nouvelle, mais super Louise (il ne l'a pas appelée ainsi) va rester, d'autant plus qu'elle s'est montrée très efficace dès le début. Il a été obligé de l'engager quand Dawn a commencé à avoir des nausées matinales, m'a-t-il expliqué. Je ne peux pas lui en vouloir, bien sûr, puisque c'est moi qui ai choisi de m'absenter si longtemps. Bref, je suis gentiment rétrogradée en bas, à la bibliothèque. Delia a enfin décidé que l'heure était venue de rendre son tablier et le poste est vacant.

Il m'a vendu cette mutation comme un défi, un projet, l'occasion de remanier le service. Et je lui suis reconnaissante, sincèrement. Je continuerai à voir mes collègues d'en haut, même si ce n'est plus pareil quand on ne passe pas ses journées ensemble dans le même bureau. Je ne mentirai pas, je me sens malgré tout comme le mouton noir de la famille qui a été banni pour mauvaise conduite, mais je sais que la réalité, c'est que j'ai de la chance d'avoir toujours un travail.

D'ailleurs, quand j'y pense, la reprise en main de la bibliothèque pourrait se révéler une opportunité pour moi. J'aurai deux personnes à temps partiel sous ma direction et il faudra numériser le système, Delia ayant toujours refusé d'abandonner ses fiches cartonnées et son tampon encreur. Il ne tiendra qu'à moi de proposer divers événements en lien avec le livre, organiser des conférences, inviter des auteurs. Un club de lecture aussi, pourquoi pas ? Phil m'a assuré qu'il me laisserait les coudées franches pour gérer mon affaire comme je l'entendrai. Il m'a même donné vingt livres destinées à acheter un agenda dans la plus belle papeterie de la ville. J'apprécie le geste, et je compte bien suivre sa suggestion concernant notre bibliothèque vieillissante : lui offrir un avenir.

— Soutiens-lui la tête, dit Ella en déposant dans mes bras une Charlotte nue et plutôt mécontente.

Nous sommes à genoux sur le carrelage de la salle de bains et Ella m'a permis de l'aider à baigner sa fille dans sa petite baignoire en plastique, qui est posée dans la grande et déjà remplie. Une sorte de rameau d'olivier, signant le retour de la paix entre nous. Au moment où j'immerge délicatement Charlotte dans l'eau, elle se calme comme par miracle.

— Elle adore ça, commente Ella.

Les deux bras sur le rebord de la baignoire, ma sœur laisser aller sa tête au creux de son coude et contemple son bébé.

— Un jour, je lui ai donné quatre bains dans la journée, juste pour qu'elle arrête de pleurer.

— Ce sera une sirène.

— Ou un pruneau, avec la peau toute flétrie…

Je souris en arrosant avec délicatesse le cou de Charlotte. C'est vrai qu'elle se détend dans l'eau, le résultat est magique.

— Ça lui rappelle peut-être l'intérieur de ton ventre, dis-je.

Ella chatouille le pied de sa fille.

— Peut-être… Merci. Merci d'avoir été là pour moi quand elle est née. D'avoir été là pour nous deux.

J'entends que l'émotion altère sa voix, et moi aussi, ma gorge se contracte au souvenir du jour de la naissance de Charlotte. Le jour de mon mariage.

— Je n'aurais pas voulu rater ça pour tout l'or du monde.

Et c'est alors que me vient la révélation. Si j'avais eu à choisir, en toute conscience, entre me marier et participer à la naissance de Charlotte, même si j'ai du mal à l'admettre, je serais restée dans ce monde-ci. Les petits doigts du bébé serrent le mien, telle l'évidence criante qu'il y a davantage de choses qui me retiennent ici que là-bas. Qu'il est temps d'affronter l'inévitable.

J'ai vécu une épreuve catastrophique, dévastatrice. Il ne pouvait rien m'arriver de pire : j'ai perdu mon grand amour. Et puis, miraculeusement, j'ai trouvé un moyen de le rejoindre… mais à quel prix ?

Au début, c'était un éblouissement ; tous mes rêves se réalisaient, et il m'a fallu jusqu'à aujourd'hui pour comprendre que cette expérience secrète, bien que délicieuse, n'était pas soutenable – ni pour la femme que je suis ici ni pour la femme que je suis là-bas. La femme que je suis là-bas devrait continuer à cheminer dans sa longue et merveilleuse vie avec Freddie. Dieu sait que j'ai besoin de croire qu'il y a quelque part un monde où Freddie et moi restons ensemble, où nous sommes heureux et avons beaucoup d'enfants, où nous vieillissons côte à côte.

Pouvoir accéder à ce monde où mon chagrin n'existe pas, où je n'ai pas été changée, irrévocablement, par une douleur inouïe… c'était formidable. Oui, vraiment. Qui ne saisirait pas l'occasion de revoir ceux qu'ils ont perdus ? Et pas seulement une fois, mais souvent ?

Le cerveau humain est conçu pour supporter le chagrin. Tandis que nous sombrons dans des abîmes de souffrance, il sait que la lumière reviendra ; et que si nous continuons seulement d'avancer, en droite ligne et avec courage, même lentement, nous remonterons un jour à la surface. Mais je n'ai pas fait cela. J'ai tâtonné en tous sens, les yeux bandés, deux pas en avant, trois en arrière. Les cachets ont été mon réconfort, ma béquille et mon évasion, mais ils ont été aussi le bandeau sur mes yeux qui m'envoyait dans la mauvaise direction. Pour toutes les versions de moi qui existent, je dois à présent ôter ce bandeau. Je dois dire adieu.

ENDORMIE

Mardi 1er octobre

Je savais que Freddie ne serait pas là, bien sûr. J'aurais pu attendre une ou deux semaines, dans l'espoir qu'il serait rentré de Rio, mais rien ne me garantit qu'il n'aurait pas prolongé son séjour et à présent que j'ai pris ma décision, je dois passer à l'acte.

La lampe de chevet est allumée, mon réveil indique qu'il est 5 heures du matin. Comme je l'espérais, mon iPad est posé sur l'oreiller de Freddie. Je lis souvent la nuit quand je ne peux pas dormir. Je le prends et vérifie le niveau de la batterie : quatre-vingt-sept pour cent, c'est bon. Je suis donc là, couchée dans notre grand lit de palace, mon iPad avec moi. Je n'aurais ni imaginé ni souhaité faire mes adieux sur Facetime, mais je n'ai pas d'autre moyen. Revenir encore une fois ici n'est pas une option que je peux me permettre.

Je pose l'iPad et je m'accorde quelques minutes pour me préparer. Il fait bon dans la chambre, je suis bien au chaud sous la couette. J'essaie de m'imprégner du profond silence qui règne autour de moi, de ralentir ma respiration, d'être calme pour ces derniers instants qui ont tant d'importance.

Puis, quand je suis certaine d'être prête, je m'assieds en calant l'oreiller derrière moi et j'attrape l'iPad.

Il ne répondra pas. Je sens mon calme s'effriter tandis que la sonnerie se répète, quelque part dans l'obscurité à l'autre bout du monde. Un début de panique me noue la gorge ; je sens mon cœur s'accélérer et je fixe mon reflet sur l'écran. Bientôt j'entendrai le message m'annonçant que Freddie n'est pas disponible pour l'instant. Évidemment ; c'est le milieu de la nuit à Rio.

Je chuchote :

— Allez, Freddie… S'il te plaît, écoute-moi une dernière fois. Maintenant, plus que jamais, j'ai vraiment besoin de toi. Je t'en prie…

Et puis, miraculeusement, comme s'il avait entendu ma supplique, il décroche. Une image se forme à l'écran, j'en pleurerais presque de soulagement.

— Lyds ? Attends…

Il allume sa lampe de chevet et m'apparaît nimbé d'un éclairage tamisé, le genre de lumière qu'on aperçoit par la fenêtre d'un pub la nuit en hiver. Il a le regard trouble, un air inquiet.

— Tout va bien ?

Je hoche la tête en refoulant mes larmes.

— Oui, je voulais juste revoir ton visage.

J'ai réfléchi toute la journée d'hier à ce que je lui dirais, mais à présent qu'il me regarde, je n'ai qu'une envie : me remplir les yeux de lui. Quatre-vingt-sept pour cent de batterie ne suffiraient pas.

Il se rallonge.

— Il est 1 heure du matin ici, ma chérie.

— Je sais, je sais. Je suis désolée… Mais tu me manques tellement, Freddie. Je déteste qu'on se dispute.

— Moi aussi, dit-il. Surtout quand on ne peut pas se réconcilier sur l'oreiller.

Je ris malgré moi.

— Promets-moi que tu ne changeras jamais, Freddie Hunter.

— Hé, tu veux que je te dise ? Moi aussi, j'ai l'impression qu'on est séparés depuis une éternité.

— C'est vrai ?

Je retiens un sanglot, parce que je n'avais jamais éprouvé la longueur d'une éternité avant de voir le nom de Freddie gravé en lettres d'or sur sa stèle funéraire.

— Bien sûr que c'est vrai ! Je ne partirai plus jamais aussi longtemps, Lyds, je te le promets. Ça me rend dingue.

Je pense que cette séparation a été un million de fois plus dure pour moi, mais je ne le dis pas. Je me contente de lui répondre :

— Je dors mal. Le lit est trop grand sans toi.

— Ne te plains pas. Si tu voyais celui que j'ai ici… quatre planches de bois mal assemblées.

De son poing levé, il tape plusieurs petits coups sur sa tête de lit.

— Profites-en au maximum, Lyds. Étale-toi tant que tu veux au milieu.

Profites-en au maximum. Je range ce conseil dans un coin de mon esprit, pour plus tard.

— J'essaierai, Freddie. Autant que possible.

— Mais ne t'habitue pas trop à la vie sans moi, d'accord ? dit-il après un silence.

Ma bouche tente d'articuler quelque chose, n'importe quoi, mais je trouve rien, parce que s'habituer à la vie sans Freddie Hunter est devenu mon quotidien.

— Je t'aime, dis-je seulement.

Il sourit.

— Moi, je t'aime plus que Keira.

— Tu brûles les étapes…

— Je suis fatigué.

Il réprime un bâillement.

— Bon, alors je te laisse ?

Jamais aucune phrase ne m'a été aussi difficile à prononcer.

Il hoche la tête et je le regarde longuement dans les yeux, sachant qu'il est prêt à raccrocher. Je caresse du doigt sa pommette, la courbe de ses lèvres.

— Au revoir, mon amour.

— À demain matin, chuchote-t-il.

C'était notre rituel avant de dormir, une promesse, un mot tendre. Nous disions aussi : « Je serai là demain matin quand tu ouvriras les yeux. »

— À demain matin, Freddie.

Ma voix s'étrangle tandis que je lui parle, encore, une dernière fois…

— Dors bien, mon amour…

Il est déjà presque assoupi et ne voit pas que je pleure. Dans un soupir avant de s'abandonner au sommeil, il murmure :

— Message reçu. Terminé.

Oh, Freddie Hunter. J'essaie de sourire à travers mes larmes, et je le regarde encore, souhaitant de toutes mes forces conserver éternellement cette image de lui, avant de m'obliger à appuyer sur « fin d'appel ». Son visage se fige à l'écran pendant une seconde. Il dort. Et puis il disparaît – pour toujours, cette fois.

ÉVEILLÉE

Mardi 1er octobre

J'étais tellement terrifiée à l'idée de cet adieu que je n'avais pas trop pensé à ce que j'éprouverais après. Si je m'étais interrogée, j'aurais sans doute prédit que je serais effondrée, épuisée, brisée, et plus seule que les mots ne peuvent l'exprimer. J'aurais eu raison, jusqu'à un certain point. Mais ce que je n'aurais pas imaginé, c'est que je me sentirais forte, capable de me regarder dans le miroir de la salle de bains, habitée par une tranquille fierté. Et pleinement consciente que c'était ce qu'il fallait faire. Pour moi, ici, pour moi là-bas, et pour ceux qui m'aiment.

Tout en dévissant le capuchon du flacon de cachets roses, je murmure à mon reflet :

— Quel chemin tu as parcouru.

Je croise mon regard dans la glace et je me souris. D'une voix ferme, serrant fort le flacon dans ma main, je m'encourage :

— Allez !

Il le *faut*. Je dois montrer à la fille dans le miroir que je suis complètement avec elle maintenant. Il est 5 h 30 du matin. *Il le faut*. Tout de suite. Puis je dormirai une heure ou deux avant d'aller travailler.

Vita m'avait demandé ce que je ferais si je n'avais pas peur. C'est une question à laquelle j'ai beaucoup réfléchi depuis que je suis rentrée, et je me la repose à présent en fixant les onze cachets qui restent dans le flacon. Onze visites. Je pourrais les garder. Oui… Je pourrais me rationner, m'autoriser une visite par an. Oui, pourquoi pas ? Passer une journée extraordinaire avec Freddie une fois par an. Mon anniversaire, ou le sien. Ou bien une visite tous les deux ans. Je pourrais même les espacer encore plus, tous les cinq ans, pour voir ce que nous devenons. Je découvrirais nos enfants. Oh mon Dieu… Je pourrais préparer leur petit déjeuner, les aider à leurs devoirs. Une larme roule sur ma joue, parce que c'est si émouvant, si douloureux, de m'imaginer berçant mon enfant dans mes bras pour l'endormir, ne serait-ce qu'une seule fois.

Mais si je ne les jette pas, si je conserve ces pilules dans un tiroir, quelle serait la conséquence pour ma vie ici ? Ma gorge se serre, parce que je connais la réponse : ma vie ici viendrait toujours en seconde place, elle ressemblerait à une éternelle salle d'attente, et ce n'est pas juste, ni pour moi ni pour quiconque dans mon entourage. Cette vie doit être ma seule option, mais plus encore, elle doit être ma *meilleure* option. Je dois faire ce que je ferais si je n'avais pas peur. Il est temps de laisser à mon autre moi la joie de préparer le petit déjeuner pour ses enfants et de fêter les anniversaires avec

Freddie, sans être encombrée par la visite occasionnelle d'une version d'elle-même plus endurcie, plus amère.

Ma main tremble tandis que je m'apprête à vider le flacon dans le lavabo. J'ouvre le robinet à fond, je retiens mon souffle, le cœur battant à tout rompre ; et je retourne le flacon d'un coup pour ne pas risquer de changer d'avis. Je regarde les cachets tournoyer dans l'eau qu'ils colorent de rose, tout à la fois fière de moi, profondément triste, soulagée, bouleversée. Quand, enfin, ils sont engloutis par le siphon, je coupe l'eau et je m'adresse à mon reflet dans le miroir.

— Maintenant, il n'y a que toi et moi.

En resserrant la ceinture de mon peignoir autour de ma taille, je me sens très calme. En paix.

Samedi 12 octobre

— Joyeux anniversaire, June !

Nous levons nos verres pour porter un toast en l'honneur de tante June.

— Soixante ans, encore une jeunette ! claironne oncle Bob, s'attirant un sourire glacial de sa femme qui signifie : « Tais-toi sinon je t'étrangle. »

Nous sommes rassemblés dans le restaurant-grill, bondé, avec des ballons accrochés au dossier de tante June. Maman est assise à côté de moi, Ella en face, le bébé sur une épaule ; c'est la première réunion de famille officielle pour Charlotte. Je suis immensément soulagée que ma relation avec ma sœur se rétablisse chaque jour davantage depuis mon retour. Nous ne sommes pas encore redevenues aussi proches qu'avant, mais elle m'envoie maintenant des SMS et des vidéos de Charlotte tous les jours. Maman a fondu en larmes et m'a prise dans ses bras quand elle a vu ma nouvelle coupe de cheveux.

— Ça te donne l'air tellement fragile, Lydia ! Je ne sais pas quoi faire pour toi.

En réalité, je n'ai pas besoin que l'on fasse quoi que ce soit pour moi. Mon escapade en Croatie, malgré les tensions qu'elle a provoquées avec ma famille, était une étape nécessaire qui m'a transformée. Je ne suis pas aussi fragile que ma coupe de cheveux le laisse penser.

À l'autre bout de la table, ma cousine Lucy me toise d'un air dédaigneux.

— C'était comment la rando sac au dos, Lydia ?

La rando sac au dos. Ça sent le sarcasme à plein nez. Je réponds tranquillement :

— C'est un pays magnifique. Tu devrais y aller.

Lucy attrape son verre de vin.

— Je suis un peu vieille pour ce genre de choses.

— Oui, toi, tu préfères les séjours à l'hôtel, *all inclusive*, ironise Ella en me jetant un coup d'œil par-dessus la tête de Charlotte.

— Je vais aux Maldives pour Noël, figure-toi, rétorque Lucy.

Maman se tourne vers oncle Bob et tante June en souriant.

— Alors, vous devriez venir tous les deux chez nous pour le déjeuner de Noël cette année.

David prend le bébé afin qu'Ella puisse manger. Ils forment une équipe bien rodée. Je note le regard amusé qu'ils échangent devant la gaffe de maman : elle n'aurait jamais lancé son invitation sans avoir l'absolue certitude que Lucy ne serait pas là.

Oncle Bob réfléchit à la proposition.

— Du moment que c'est moi qui découpe la dinde, déclare-t-il. Dans le respect de la tradition…

Un moment de solidarité passe entre maman, Ella, David et moi au souvenir de la volaille massacrée par David l'an dernier.

— Ça devrait pouvoir s'arranger, répond maman.

Tante June se penche en avant pour me demander :

— Des nouvelles de ton ami en Amérique, Lydia ?

Je pose mes couverts ; je n'ai plus faim.

— Il va très bien…

Tout se sait dans une petite ville comme la nôtre, et la carrière prometteuse de Jonah à Los Angeles alimente les commérages depuis son départ. La coiffeuse m'a interrogée, ainsi que tous mes collègues.

— À sa place, je ne reviendrais pas, assène Lucy. Miami ou ici… Ici ou Miami…

De ses mains, elle mime une balance qui penche d'un côté puis de l'autre. J'essaie de dissimuler mon agacement en rectifiant :

— Il est à Los Angeles.

— C'est du pareil au même. Du soleil, du sable, des Américains.

Je pense à Vita, calme et sereine, buvant son café tôt le matin sur la terrasse. Elle ne se laisserait pas atteindre par quelqu'un comme Lucy. Depuis que Freddie est mort, Jonah et moi avons tous deux élargi nos horizons, en cherchant instinctivement à compenser son absence. Nous avons voulu découvrir de nouveaux endroits, vivre des expériences qu'on ne trouverait jamais dans un voyage organisé par un tour-opérateur. Lucy n'a pas connu ce genre de métamorphose. Je choisis de ne pas relever le manque total de subtilité qui transparaît dans sa remarque.

— Puisque tu le dis.

Je m'abandonne en silence à la conversation qui tourne autour de moi. Ella et David comptent encore l'âge de Charlotte en semaines ; elle en a douze à présent, et elle franchit une à une les différentes étapes de sa croissance.

— Un parcours sans faute, conclut fièrement David.

— Elle tient ça de sa mère, affirme oncle Bob. Tu étais toujours la plus organisée, Ella.

Je ne pense pas qu'il veuille particulièrement insinuer que moi, je ne l'étais pas, mais c'est ce que j'entends. Du reste, je ne le conteste pas. Je me demande ce que mes enfants hériteraient de moi. *Le courage*, me chuchote Vita. J'espère qu'elle a raison.

Quelque chose me frôle les jambes lorsque j'ouvre ma porte, un peu plus tard. Turpin est revenu. Il saute sur le plan de travail dans la cuisine en me regardant sortir les croquettes du placard.

— Alors, mon vieux ? Tu as besoin d'un endroit où crécher ce soir ?

Il accepte que je lui frotte la tête en échange de son dîner. J'entrouvre ensuite la porte arrière pour le laisser sortir, mais il décide de ne pas se risquer sous la pluie. Quand j'emporte ma tasse de thé dans ma chambre pour lire au lit, il dort sur le fauteuil de Freddie.

Jeudi 31 octobre

— Voilà…

Assise sur mes talons, je contemple mon œuvre.

— C'est hideux à souhait !

J'ai profité de ma pause déjeuner pour venir décorer la tombe de Freddie avec des fleurs violettes et orange vif, assorties d'une petite citrouille dans laquelle j'ai découpé un sourire grimaçant. Un cimetière n'est peut-être pas l'endroit idéal pour célébrer Halloween, mais Freddie adorait cette fête et je sais qu'il rirait s'il me voyait. Il m'encouragerait même à ajouter de fausses toiles d'araignées et des guirlandes de fantômes en papier crépon. Toujours excessif, dès qu'une occasion lui était offerte… Je lui rends souvent visite, si le temps le permet. C'est ici que je me sens le plus proche de lui, surtout à cette époque de l'année.

— Ça se passe bien à la bibliothèque, dis-je en ramassant les tiges de fleurs coupées et en essuyant la terre sur la pierre tombale. Mary et Flo sont vraiment marrantes. À elles deux, elles n'arrivent même pas à allumer l'ordinateur, alors d'ici à ce qu'elles maîtrisent le nouveau système informatique, tu imagines…

Mon travail a changé, mais pas en mal. J'ai troqué mes collègues de l'étage contre deux vieilles dames qui logent dans la résidence municipale pour personnes âgées ; Mary ne voit pas très bien et Flo est sourde comme un pot, ce qui ne les a pas empêchées de m'adopter dans leur cercle. Je ne suis pas encore allée à leur soirée Bingo, mais cela ne saurait tarder. J'espère qu'Ella et moi leur ressemblerons quand nous aurons quatre-vingt-dix ans ; elles ont une foule d'histoires à raconter, et une vie sociale plus riche que la plupart des jeunes de vingt ans.

— Si tu voyais Charlotte… Elle grossit de jour en jour. Elle tient sa tête maintenant, et elle a les yeux d'Ella.

Je ris.

— Ce matin, j'ai entendu David gémir en découvrant le contenu de sa couche…

Je tire les manches de mon manteau sur mes mains glacées.

— Jonah est toujours à Los Angeles. Plusieurs producteurs sont intéressés par son scénario, il a pris un agent pour piloter les négociations.

Je parle avec Jonah trois ou quatre fois par semaine ; ses aventures sont invariablement plus excitantes que les miennes. Il manie à la perfection le langage du monde dans lequel il évolue à présent, et sa conversation est émaillée de termes techniques qui semblent tout droit sortis d'un atelier d'écriture.

— Il m'a raconté que les studios pinaillent sur tout et n'importe quoi, tellement ils sont obsédés par la nécessité de toucher un public le plus large possible. Il doit sans cesse se battre pour imposer sa vision…

Hier soir, Jonah était un peu déprimé par ces interminables tractations, mais la vie à Los Angeles a ramené des couleurs sur ses joues, et je lui souhaite de réussir.

— Je lui ai proposé de lire le scénario, si ça peut l'aider. Même si je n'y connais rien…

En revanche, Freddie, je le *connaissais*. Puisque c'est plus ou moins l'histoire de leur amitié, je verrai peut-être quelque chose que Jonah ne voit pas, une façon de trouver un compromis avec les producteurs.

Mon regard est attiré par un mouvement à l'entrée du cimetière. Un cortège funèbre franchit le portail, deux limousines noires qui s'avancent dans l'allée centrale. Je soupire, le nez dans mon écharpe, le cœur lourd en pensant à ceux qui sont assis à l'intérieur de ces voitures. Je ne connais que trop bien la longue route qu'ils ont devant eux et je ne peux que les accompagner de ma solidarité, de mon infinie compassion.

Il fait froid aujourd'hui, le vent annonce l'arrivée de l'hiver. Je boutonne mon manteau, puis j'embrasse le bout de mes doigts et je caresse la stèle de Freddie avant de retourner travailler.

L'idée n'a jamais été que je me *remette* de la mort de Freddie Hunter. Ce n'est pas ainsi que ça marche, quoi qu'en pense mon médecin. Il n'y a pas de modèle écrit noir sur blanc, pas de manuel à l'usage du grand nombre. On ne se *remet* pas de la perte de quelqu'un en six mois, ni en deux ans, ni en vingt ans, mais il faut trouver une manière de continuer à vivre sans avoir l'impression que la suite de sa vie ne vient qu'en seconde position. Certains escaladent des montagnes, d'autres sautent en parachute. Tous les survivants doivent découvrir leur propre chemin, et, s'ils ont de la chance, il y aura des gens qu'ils aiment pour leur tenir la main.

Lundi 4 novembre

— Il y a des livres pour les bébés grognons ?

Je lève les yeux du carton que je suis en train de déballer et je découvre Ella, debout devant moi. Elle a bien meilleure mine qu'il y a quelques semaines, les joues rosies par le froid, les traits moins tirés parce que Charlotte commence à dormir plus longtemps. Je me penche sur le landau et contemple le bébé emmitouflé qui dort à poings fermés. Un ange.

— Je ne tolérerai pas qu'on critique ma nièce !

Je passe le plus de temps possible avec ma sœur et sa fille afin de rattraper les semaines que j'ai ratées. Ella et moi sommes redevenues aussi proches qu'avant ; nous avons trop besoin l'une de l'autre pour laisser un malaise durer entre nous. Le week-end dernier, après avoir bu du vin et larmoyé ensemble devant un film, j'ai enfin réussi à lui dire combien j'étais désolée de l'avoir plantée quand elle avait besoin de moi.

— Maman croyait que je faisais une dépression post-partum, a répondu Ella. Mais je savais que ce n'était pas ça. J'étais juste furax que tu sois partie, et trop crevée pour me raisonner.

Je mesure à présent combien ma défection l'a blessée, et maman aussi.

— Tu pourrais me la garder une petite heure ? demande Ella. C'est l'anniversaire de David la semaine prochaine et je rêve de faire les boutiques sans avoir à pousser son landau.

— Là, tout de suite ?

Un grand sourire me vient aux lèvres et ma journée s'éclaire d'un coup ; c'est la première fois qu'elle me laisse sa fille.

— Mais tu es peut-être trop occupée…

— Non, pas du tout. Tu tombes pile à l'heure de ma pause déjeuner.

Ella dévide une longue liste de recommandations incluant la crème pour l'érythème fessier et la vitesse sur laquelle régler la tétine du biberon si Charlotte pleure. Je ne l'écoute que d'une oreille, toute à ma joie qu'elle me fasse de nouveau confiance. En même temps, je me demande si l'on peut prendre un bébé dans ses bras sans le réveiller parce que je brûle d'envie de tenir ma nièce contre mon cœur.

Et nous nous retrouvons seules, Charlotte et moi. Je promène lentement le landau entre les étagères de livres en me dirigeant vers le coin enfants. Quand je jette un coup d'œil sous la capote, elle me regarde de ses grands yeux ourlés de cils noirs.

— Coucou, toi…

Je l'extirpe de la couverture et la prends. Elle est encore si petite, fragile comme une poupée malgré sa combinaison matelassée, et elle me fixe de ses yeux graves qui ressemblent à ceux d'Ella pendant que je m'installe dans un fauteuil.

— Tu me reconnais ? Je suis la première personne que tu as vue dans ce monde.

Il me plaît de penser qu'elle se rappelle les bras qui l'ont recueillie à son arrivée, et que pour cette raison elle s'y sent en sécurité.

— Qu'est-ce qu'on fait maintenant ? je chuchote, même s'il n'y a personne dans la bibliothèque. Tu veux que je te lise une histoire ?

L'idée me paraît appropriée, compte tenu de l'endroit où nous sommes. Je choisis un livre que j'aimais beaucoup quand j'étais enfant et je l'ouvre sur mes genoux.

— C'est l'histoire d'une petite chenille. Une petite chenille qui a toujours très faim.

Je cale Charlotte dans le creux de mon bras, et elle ne me quitte pas des yeux tandis que je lui raconte comment la chenille est sortie de son œuf dimanche, qu'elle a mangé une pomme lundi, deux poires mardi et trois prunes mercredi. Je jurerais qu'elle comprend. Je pose mon doigt sur les images : la chenille mange tellement de fromage, de gâteau au chocolat, et de saucisson qu'elle se sent barbouillée, mais voilà que dimanche revient, et elle recommence jusqu'à ce qu'elle n'ait plus faim et qu'elle ne soit plus du tout petite.

Je referme le livre et le range sur l'étagère, bien que je ne l'aie pas lu jusqu'au bout. Tout le monde sait comment l'histoire finit.

— Alors, la chenille tisse un cocon autour d'elle et s'endort. Et pendant qu'elle dort, elle rêve des choses merveilleuses qu'elle verra, de la vie fabuleuse qu'elle vivra et de tous les pays lointains qu'elle visitera.

Je caresse la paume de Charlotte et sa main se referme autour de mon doigt, telle une fleur repliant ses pétales, exactement comme elle l'a fait le matin de sa naissance. Ses doigts sont plus forts maintenant, plus longs, plus roses.

— Bientôt, la chenille en a assez de dormir. Alors elle se réveille, elle déploie ses nouvelles ailes pour les essayer, et elle s'envole vers d'autres aventures.

Et là, pile au moment où je termine ma phrase, ce petit être si parfait, si délicat que je tiens dans mes bras me sourit. Ella et maman ont déjà eu droit à un de ses sourires, mais moi, elle m'a fait attendre – le prix à payer pour l'avoir délaissée au début, j'imagine. Je lui souris aussi, et je me mets à rire parce qu'elle continue à me fixer avec un air illuminé, la bouche étirée dans un sourire immobile qui lui plisse les joues comme une petite grenouille.

— Tu es extraordinaire, toi, tu le sais ?

L'émotion me serre la gorge.

— Merci d'être là.

Et je suis pleine de gratitude. J'ignore si elle me toucherait à ce point si je n'avais pas été là pour l'aider à venir au monde, si elle n'avait pas pris sa première respiration dans mes mains. Mais c'est ce qui s'est passé, et en naissant, elle a posé ses paumes minuscules contre la lisière de mon monde endormi et l'a repoussé, juste assez pour que mes voyages de l'autre côté du miroir deviennent trop dangereux.

Tandis qu'elle grandira, je me rendrai toujours disponible pour elle, pour lui enseigner le nom des couleurs, l'emmener au cinéma et la mettre en garde contre les garçons peu recommandables, pourtant je ne pense pas que je pourrais lui apprendre plus qu'elle ne m'a appris par sa simple présence.

— Mon petit papillon…

Samedi 9 novembre

— Je hais les feux d'artifice.

Jonah part d'un rire moqueur sur mon écran.

— Menteuse. Tu nous obligeais toujours à y aller.

C'est le soir ici, le midi pour lui. J'ai calé mon téléphone contre un vase de fleurs sur la table de la cuisine afin d'avoir les mains libres pendant que je termine un compte rendu pour la bibliothèque en buvant un verre de vin. Je ne me plains pas d'avoir trop de travail. Au contraire, je suis heureuse d'être bien occupée, cela m'aide à remplir les espaces vides dans ma vie. Il y a bientôt six semaines que j'ai jeté les cachets et, honnêtement, je ne vais pas trop mal, du moins pendant la journée.

Je marmonne :

— Eh bien, j'ai changé d'avis.

Le feu d'artifice organisé par la mairie a lieu ce soir, et on croirait qu'une guerre se déchaîne aux portes de la ville.

Jonah se détourne du plan de travail de sa cuisine et s'assied à table.

— Ça a l'air bon, dis-je en admirant le sandwich au bacon qu'il vient de se préparer.

— J'ai dû écumer les rayons charcuterie traiteur des supermarchés pour trouver des tranches épaisses. C'est quasiment illégal ici.

Je roule des yeux.

— Tu es vraiment trop *anglais*, Jonah Jones, ça te perdra.

Il me montre sa bouteille de ketchup Heinz avec un grand sourire. Je pose mon stylo et lève mon verre de vin.

— Alors, quoi de neuf ? Tu as des choses croustillantes à me raconter ?

Il repousse sa mèche de cheveux en arrière et mon regard tombe sur la cicatrice au-dessus son arcade sourcilière, plus pâle que le reste de son visage bronzé. Dans une de nos récentes conversations, il m'a confié qu'il avait décroché le miroir de sa salle de bains après l'accident parce qu'il ne supportait pas de voir ce rappel constant tous les matins ; je suis contente qu'il aille mieux maintenant. J'écoute les menus potins et les anecdotes qu'il me rapporte tout en mangeant son sandwich.

— Ah oui… aussi, annonce-t-il soudain. Je me suis débarrassé de ma voiture et j'ai loué une moto à la place. Avec le temps qu'il fait ici, c'est le pied de rouler à l'air libre.

Je souris en me retenant de lui recommander d'être prudent, parce qu'il l'a toujours été. Dans l'autre monde, a-t-il acheté la moto de Grimes « La Main de fer » dont il avait parlé à Freddie ? Je l'interroge sur un ton dégagé :

— Une vintage ?

— Non, elle est toute neuve. Pourquoi ?

Je hausse les épaules.

— Pour rien. J'essaie seulement de t'imaginer.

Nous nous appelons tout le temps en vidéo pour avoir l'impression d'être dans la même pièce et pas chacun d'un côté du monde. L'idée me traverse qu'il viendra peut-être un jour où la technologie permettra de communiquer non seulement d'un continent à un autre, mais aussi d'un univers à un autre…

— Tu as l'air crevée, fait remarquer Jonah.

Je soupire et je bois une gorgée de vin.

— Je suis un peu fatiguée, c'est vrai.

— Toujours du mal à dormir ?

Je me masse le front pour accompagner ma réponse.

— Un peu, oui.

En vérité, mon sommeil est devenu franchement problématique depuis que j'ai jeté les cachets dans le lavabo. Je ne sais pas pourquoi j'ai tant de difficulté à dormir la nuit. Ce que je sais, en revanche, c'est que je n'irai pas en parler au médecin.

— Tu veux que je te chante quelque chose ? demande Jonah en riant. Je connais un tas de berceuses… Mais si tu préfères le genre *heavy metal*, je suis assez calé aussi.

Je prends mon téléphone et vais m'allonger sur le canapé. Je tire le plaid sur moi, je place un coussin derrière ma tête.

— Vas-y. Je suis prête.

— Sérieux ? Tu veux que je chante ?

— Ne me dis pas que tu plaisantais. Je ne t'ai pas entendu chanter depuis longtemps.

Son regard me confirme ce que je crois deviner : Jonah ne chante plus beaucoup dans la vie, et il doute d'en être capable pour moi aujourd'hui.

— D'accord, dit-il enfin. Ferme les yeux…

J'installe mon téléphone de sorte qu'il puisse me voir et je me love sous le plaid.

— Tu as envie d'une chanson en particulier ?

Il me semble que déjà une douce langueur s'empare de moi. Je murmure :

— Non, je te fais confiance.

Jonah garde le silence pendant un moment ; je n'entends plus que sa respiration, calme et régulière, apaisante en soi. Puis il commence, d'une voix chaude, tendre, et la gratitude se répand dans mes veines comme un puissant narcotique. J'ai entendu Jonah chanter les Beatles au pub, devant un public lui réclamant des rythmes soutenus. Mais ce soir, pour moi, il chante une ballade à la fois triste et pleine d'espérance, « The Long and Winding Road ».

Mercredi 18 décembre

— On ne m'y reprendra pas de sitôt, bougonne Phil en tirant sur sa barbe blanche de Père Noël. Je suffoque là-dedans !

À ses côtés se tient Ryan, parfait dans son costume de lutin.

Mes collègues d'en haut ont accepté de se prêter au jeu pour la fête de Noël que j'ai organisée dans la bibliothèque. Ce n'est pas un spectacle de grande envergure, juste une matinée portes ouvertes avec quelques jeux et activités afin de montrer aux parents les améliorations que j'ai apportées au coin des tout-petits. Je me suis servie du Père Noël comme appât, mais je ne m'attendais pas à un tel succès. L'espace de lecture et les rayons sont envahis de parents à l'air exténué, transpirant dans leurs manteaux d'hiver, chargés de sacs pleins de couches de rechange, de mouchoirs en papier et de biscuits à moitié grignotés.

Dawn supervise la table des coloriages, son chandail étiré par son ventre proéminent, et Julia sert du punch à des papas et des mamans reconnaissants. J'ignore la quantité de vodka qu'elle a jugé bon d'ajouter au jus de fruits. Il n'était pas question qu'elle arbore un quelconque accessoire festif, bien sûr, mais son rouge à lèvres vermillon s'accorde avec le manteau du Père Noël. Et puis il y a Flo et Mary, mes fidèles assistantes. Elles sont venues déguisées en boules de Noël, ce qui serait parfait si les volumineux coussins qui distendent leurs costumes ne les empêchaient pas de passer entre les rayonnages. Ryan a ri aux larmes quand il a dû pousser Flo qui était coincée dans la section histoire.

— Quelqu'un voulait voir le Père Noël…

En me retournant, je découvre Ella et maman qui tient Charlotte dans ses bras. Cette enfant a quelque chose de magique ; il suffit que je la voie pour qu'une lumière s'allume dans mon cœur. C'est réciproque, d'ailleurs. Elle éclate de rire à toutes mes mauvaises blagues et il est indiscutable que je suis sa préférée. Du moins, indiscutable à mes yeux.

J'embrasse leurs joues rosies par le froid.

— Vous êtes venues !

— Comme si on allait rater ça, répond maman en jetant un regard tout autour. Mon Dieu, Lydia. Quel monde !

— J'espère que le Père Noël aura assez de cadeaux, dit Ella.

Je *sais* que le Père Noël aura assez de cadeaux. J'ai recueilli les dons de tous les commerçants de la ville et j'ai acheté des cartons entiers de livres contant l'histoire de la petite chenille qui avait toujours faim.

— J'espère surtout que le Père Noël ne s'étouffera pas avec sa barbe, je marmonne.

Maman rit.

— J'ai l'impression qu'il a d'autres soucis…

Phil est assis sur un trône dans le coin de la pièce, assailli par des enfants de deux à cinq ans qui brûlent d'impatience de passer leur commande pour Noël. Ryan est particulièrement inefficace dans sa gestion de la file d'attente, débordé par une foule qui arrive à peine à la hauteur de ses genoux moulés dans un collant en lycra vert. Pire, les bambins se servent de lui comme d'un tremplin sur lequel ils grimpent pour se jeter sur les genoux de Phil. Ryan se tourne vers moi, les yeux écarquillés, les mains tendues en un geste de supplique, mais je m'esclaffe et lui réponds en levant mes deux pouces.

— Je crois qu'on va devoir appeler la police, déclare Julia. Les petits sont intenables… Il y a de la confiture sur la moquette neuve.

Mais ce n'est pas ce que je vois. Moi, je vois ma bibliothèque pleine de monde, mes amis et ma famille rassemblés pour me soutenir. Je vois des parents fatigués, accoudés aux rayonnages avec un verre de punch à la main, qui font connaissance avec d'autres parents épuisés eux aussi, et je vois des gamins surexcités à l'idée de la grande fête à venir. Ce que je vois, c'est la vie. La vie bruyante, tumultueuse, compliquée, et je l'adore.

Mardi 31 décembre

— À demain !

J'agite avec force la main pour Charlotte et Ella à l'écran jusqu'à ce que celle-ci mette fin à l'appel. Elle grandit à une vitesse incroyable – Charlotte, je veux dire – et devient délicieusement potelée. Nous allons passer le premier jour de l'année ensemble demain, autour d'un déjeuner chez maman. Stef sera là aussi. Je l'ai revu plusieurs fois – avec sa chemise –, et je l'apprécie beaucoup. Il n'est pas très bavard, mais quand il parle, c'est en général pour apporter un élément intéressant à la conversation et j'aime bien son sens de l'humour un peu grinçant.

Ce soir, en revanche, il n'y a que moi et un verre de champagne. Jonah est toujours à Los Angeles ; nous nous sommes parlé avant-hier et avons même ri de ce qu'il ne pourra pas venir cogner à ma porte à minuit cette année. Mon Dieu, l'an dernier me paraît déjà si loin. Je me fais penser à un serpent, comme si je m'étais débarrassée d'une peau et que j'émergeais de cette mue, identique à moi-même, quoique différente, après avoir abandonné une partie de moi.

Il y a trois mois que je n'ai pas franchi la porte de l'univers parallèle. J'ai beaucoup réfléchi depuis. Je suis allée consulter une thérapeute à qui j'ai tout raconté – les cachets, les visites à Freddie –, et elle ne m'a pas proposé un séjour en hôpital psychiatrique.

J'ai accepté que je ne saurai jamais si ce sont vraiment les pilules roses qui m'ont permis ces voyages entre deux mondes ; si, par un mystérieux phénomène, elles ont ouvert un passage vers une autre vie qui existe au-delà de la nôtre.

J'ai aussi accepté qu'il s'agissait d'une stratégie complexe de survie, mon inconscient mettant en scène des rêves d'un extraordinaire réalisme afin de m'offrir une échappatoire à une réalité insupportable. C'est en tout cas ce que pense ma thérapeute. Mais vous savez quoi ? Je ne suis pas complètement certaine qu'elle ait raison.

Avant de me coucher, je sors derrière la maison et je contemple le ciel clair de la nuit. Si Jonah était là, il saurait nommer les planètes et les constellations, mais moi je promène simplement mes yeux dans cette immensité étoilée. Quel formidable spectacle. De temps en temps, si je fixe un point précis, je croirais presque distinguer un infime mouvement, les vagues contours d'une porte entrouverte. Je m'imagine là-bas, si près de la porte que j'entends des voix lointaines, des rires familiers, le cri excité d'un enfant. Je souris en refermant doucement la porte, puis je donne un tour de clé et je la regarde voguer entre les étoiles, dériver jusqu'au fond de l'espace.

2020

Jeudi 2 janvier

Je digère encore la dinde – et le gin – d'hier. Le déjeuner chez maman s'est transformé en une fête qui a duré jusqu'au soir ; la moitié du quartier a débarqué, et je crois bien qu'il y a eu une farandole dans la rue, entraînée par Stef qui apparemment est un joyeux luron quand il a bu.

Me voilà chez moi à présent, avec un mal de tête, un Tupperware contenant des restes de dinde dans le réfrigérateur et la compagnie du vénérable Turpin, installé à sa place favorite dans le fauteuil de Freddie.

— Tu veux regarder *Les Évadés* ou un James Bond ?

Le chat me dévisage sans ciller.

— Cligne des yeux une fois pour Bond, deux fois pour *Les Évadés*.

Je suis visiblement la seule à m'amuser de ma plaisanterie. Turpin, lui, m'ignore royalement.

— Tu n'es pas très bon public… Tu es sûr que tu ne veux pas retourner voir ce que fait Agnès ?

Percevant sans doute le sarcasme dans ma voix, il me tourne le dos.

— D'accord..., je marmonne. Je déciderai toute seule.

J'essaie de rassembler mon énergie pour aller me promener. Je suis en proie à cette léthargie qui accompagne les lendemains de fêtes, mais comme c'est une nouvelle année qui commence, je me sens obligée de lutter et de faire quand même quelque chose de ma journée. Ma détermination me conduit jusqu'aux marches du perron, avec mon bonnet en laine à rayures et les gants assortis que m'a offerts maman. Elle a offert les mêmes à Ella, mais de couleur différente, et nous les avons échangés à son insu. En bas des marches, j'hésite. À gauche ou à droite ? Les boutiques ou le parc ? Puisque je n'ai aucune intention ni destination précises, je pars vers le coin de la rue où, à l'instant même, quelqu'un apparaît et s'avance dans ma direction.

Il est grand, emmitouflé dans un manteau et une écharpe, mais même à cette distance je le reconnais. Jonah Jones m'aperçoit et je sais à quel moment exactement il comprend que c'est moi sous ce bonnet à rayures : il ralentit le pas, puis accélère.

— Qu'est-ce que tu fais là ?

Je me précipite pour le saisir par le bras, incrédule, émerveillée de l'avoir devant moi en chair et en os après l'avoir vu si souvent sur un petit écran.

— Tu es à Los Angeles !

Il rit et ôte son bonnet de laine bleu marine. Il a les cheveux trop longs, comme d'habitude, mais mon Dieu, son grand sourire me réchauffe le cœur. L'écran de mon iPad me restituait mal l'éclat de son teint hâlé et l'énergie nouvelle qui se dégage de sa personne. Ce n'est plus l'homme qui est monté dans l'avion au début de l'été.

Ce n'est plus le Jonah que l'on voyait partout au côté de Freddie. Il paraît plus vieux, plus adulte, comme s'il avait enfilé des chaussures d'une taille supérieure et s'y trouvait plus à son aise.

— Ben non, je n'y suis plus ! répond-il en riant. Trop de soleil, à force, ça rend dingue.

— Alors tu ne seras pas déçu ici.

Je ne peux pas me lasser de le regarder en secouant la tête, sous le choc.

— Je suis tellement contente de te voir, Jonah.

Il me prend dans ses bras, et franchement, c'est comme si un barrage cédait. Ce n'est pas une accolade polie. C'est une étreinte qui dit : « Tu comptes pour moi, je n'arrive pas à croire que tu sois là, laisse-moi te regarder encore, tu viens d'éclairer ma vie. » Nous nous balançons l'un contre l'autre, nous rions, jusqu'à ce qu'enfin je me détache et recule d'un pas, au comble de la joie.

Il tend la main pour m'enlever mon bonnet et s'extasie devant mes cheveux courts.

— On dirait des plumes d'oiseau ! J'adore.

Il a vu ma nouvelle tête plein de fois à l'écran, mais pas en vrai.

Je me sens soudain toute gênée.

— J'ai plus froid en hiver…

Il me remet mon bonnet et l'enfonce sur mes oreilles.

— C'est mieux comme ça ?

Je hoche la tête.

— Oui, c'est mieux.

— Tu allais quelque part ? demande-t-il.

L'esprit embrumé, j'essaie de me souvenir.

— Pas vraiment… Je voulais juste me dégourdir les jambes, faire passer mon mal de tête…

— Un réveillon trop arrosé ?

Je ris.

— Non. Juste un verre de trop au déjeuner hier chez maman.

Jonah frotte ses mains glacées l'une contre l'autre.

— Je venais te voir. Mais je peux repasser plus tard, si tu préfères. Ou demain ?

— Non ! Non. Rentrons, vite. Il fait trop froid de toute façon, je ne sais pas ce qui m'a pris de vouloir sortir.

Je glisse mon bras sous le sien et nous repartons vers mon perron.

— *Les Évadés* ou un Bond ? À toi de choisir.

Il fronce le nez.

— Quel Bond ?

— Je ne sais pas… James ?

Jonah rit tandis que j'insère la clé dans ma serrure.

— Bonne année, Lyds.

Je me retourne vers lui en souriant.

— Toi aussi, Jonah.

Pendant qu'en arrière-fond Roger Moore se débat avec un type aux dents en acier, Jonah et moi, assis sur le canapé, échangeons des nouvelles en engloutissant des sandwichs à la dinde.

Je lui raconte des anecdotes piquantes à propos de Flo et de Mary, et je lui montre des photos de Charlotte sur mon portable ; il me dit qu'il a passé la soirée hier au Prince avec Deckers et compagnie, qui n'ont pas changé d'un iota. Ce qui est bizarre, en fait ; Jonah et moi sommes tellement différents de ce que nous étions il y a deux ans. Je l'écoute, j'acquiesce quand il le faut, et je me prépare à poser les questions auxquelles je veux vraiment qu'il réponde.

— *Le Roi lion* ? demande-t-il en feuilletant le programme TV. Ou une série minable sur des sages-femmes.

— Euh… excuse-moi… Il n'y a pas quelqu'un dans cette pièce qui a aidé un bébé à venir au monde de ses mains nues ?

Jonah pose le programme.

— Mon Dieu, j'avais oublié ! Quand je pense qu'elle est née dans tes mains ! Tu es vraiment un être exceptionnel, Lyds.

Il rit et incline le goulot de sa bouteille de bière vers moi pour me porter un toast.

— J'accepte le compliment, dis-je gracieusement.

— Tant mieux. C'est vrai.

— Bon, alors… Pourquoi es-tu vraiment rentré Jonah ?

Il décolle le coin de l'étiquette de sa bière.

— J'avais besoin de prendre un peu de distance.

— Encore des soucis avec le scénario ?

— Oui, soupire-t-il.

Je sais qu'il a eu beaucoup de mal à accepter les exigences des producteurs tout en restant fidèle à son histoire, mais il n'en parlait plus depuis quelque temps.

— Je croyais que c'était réglé.

Il tourne la tête et fait craquer sa nuque, un signe d'anxiété pour moi qui le connaît si bien.

— Ça l'était. Du moins je le pensais…

J'attrape mon verre de vin sans l'interrompre.

— Mais ensuite on a fait une pause pour Noël, et ils ont dû regarder trop de comédies romantiques parce qu'ils ont décidé qu'il fallait changer la fin. Encore une fois.

Ah.

— Et tu n'es pas d'accord ?

Il lève les yeux au plafond, comme si la solution à son problème pouvait se dissimuler quelque part là-haut.

— Non.

— Donc tu es venu pour… ?

Je laisse ma phrase en suspens afin qu'il la termine, mais il me dévisage en silence.

— Pour te cacher ? je suggère.

Il réprime un rire amer.

— Quelque chose comme ça, oui.

— Mais tu vas y retourner, n'est-ce pas ?

Je ne supporterais pas, *moi*, qu'il perde ce à quoi il a tellement cru.

Il vide sa bouteille.

— Oui, j'y retournerai. Bien sûr. Mais je ne sais absolument pas ce que je vais leur dire, Lyds, parce que la fin est importante. Tout repose sur la fin.

— Je comprends, dis-je, même si l'écriture d'un scénario n'est pas mon domaine. Est-ce qu'ils pourraient avoir raison ?

— Ils veulent plus d'espoir… Il faut que ça se termine sur une « note d'espoir ».

Je fais tourner mon vin dans mon verre.

— Les gens ont besoin d'espoir, Jonah, dis-je doucement. Toi et moi, on est bien placés pour le savoir, non ?

Il détourne les yeux.

— On sait aussi que les histoires n'ont pas toujours une fin heureuse.

— Peut-être. Pas dans la vraie vie, du moins, mais moi je ne vais pas voir un film au cinéma pour en ressortir déprimée. J'y vais pour me remonter le moral, pour avoir l'impression que tout s'arrangera même si ce n'est pas le cas, pour croire que le bon gagne toujours à la fin. C'est vrai, quoi. Qui regarderait James Bond si c'était le type aux dents d'acier qui gagnait ?

— Le Requin.

— Exactement. À la fin, le grand requin blanc n'a que ce qu'il mérite.

— Non, ça c'est *Les Dents de la mer*… Bref, peu importe.

— Est-ce que ça t'aiderait que je le lise ?

Jonah me regarde longuement, avant de répondre dans un souffle :

— Je ne sais pas.

Il ne m'a pas raconté l'histoire. J'ai compris qu'elle était inspirée de son amitié avec Freddie, mais il ne m'en a pas dit davantage ; je n'ai pas insisté. Je me doute que cela remuera une foule de souvenirs, et je ne veux pas risquer d'endommager la relation que Jonah et moi avons eu tant de mal à reconstruire depuis deux ans. Mais là, je vois combien il est torturé et je sais que je suis la seule à pouvoir l'aider. Les producteurs ont beau connaître leur métier, ils ne connaissaient pas Freddie Hunter.

— Passe-le-moi, dis-je avec autorité. J'aimerais vraiment le lire.

L'espoir s'allume dans ses yeux.

— C'est vrai ?

Il semble abattu, j'ai juste envie qu'il retrouve son sourire.

— Je te propose un marché. Je le lis si tu regardes la série minable sur les sages-femmes avec moi.

Il contemple sa bouteille de bière vide.

— J'aurai besoin d'une autre bière pour tenir le coup.

— Tu sais où elles sont.

Jonah revient de la cuisine avec une bière fraîche et la bouteille de vin. Il me ressert avant de s'asseoir. C'est un geste si simple, si naturel, qui pourtant me va droit au cœur parce que je suis habituée à tout faire moi-même maintenant. Je remplis mon verre seule, je mange seule, je regarde la télé seule.

— Je suis vraiment contente que tu sois rentré.

Jonah me lance un regard amusé.

— Je n'étais pas certain que ça me ferait plaisir, avoue-t-il. Mais en fait, si.

Je comprends exactement ce qu'il veut dire.

Vendredi 3 janvier

Il est 3 heures du matin. J'ai essayé toutes les astuces que je connais mais le sommeil ne vient pas, alors que je suis pourtant épuisée. Mes yeux sont fatigués à force de lire, la visualisation d'une cascade me donne envie d'aller aux toilettes, et tout le monde sait que compter les moutons ne marche pas.

Jonah est resté dormir ; il est en bas sur le canapé, comme si souvent autrefois. Je me demande s'il est réveillé lui aussi ou s'il trouve facilement le sommeil la nuit. Les lattes du plancher sont froides sous mes pieds quand je descends sans bruit l'escalier. Je me fais souvent une tasse de thé lorsque je ne peux pas dormir, mais le bruit de la bouilloire risque de le réveiller, donc ce soir je m'abstiens. Je bois un verre d'eau, debout à l'évier, en bâillant, puis je passe la tête par la porte du salon pour regarder Jonah avant de remonter dans ma chambre. Il dort à poings fermés, un bras retombant mollement contre le bord du canapé ; ses cheveux paraissent presque noirs dans la pièce envahie par la pénombre. Le sommeil intensifie encore cette impression de calme intérieur qu'il a toujours dégagée, même quand nous étions enfants et que sa vie à la maison était un enfer. Sans doute est-ce cette mystérieuse sérénité qui me pousse à m'approcher. Bientôt, je me retrouve assise par terre à côté du canapé et je laisse aller ma tête sur la couverture. Mon Dieu, que je suis fatiguée. Je ferme les yeux, rassurée par la respiration régulière de Jonah.

— Tu n'arrives pas à dormir ?

Jonah me caresse les cheveux. J'ai dû sombrer un moment… J'ai froid, et mon bras sur lequel je m'appuie est ankylosé.

Je lui ai déjà parlé de mes insomnies, aussi je marmonne vaguement :

— Comme d'hab…

Il recule sur le canapé et soulève la couverture.

— Viens. Il y a assez de place.

Je n'hésite pas. Pas vraiment. Je m'allonge devant lui, mon dos contre sa poitrine. Il m'entoure de ses bras et remonte la couverture sur mes épaules. Ses genoux s'encastrent dans les miens.

— Dors maintenant, me chuchote-t-il à l'oreille. Je te tiens.

Les bras de Jonah Jones m'enveloppent comme au sein d'une mer calme et profonde. Son cœur bat doucement contre mon dos, la chaleur de son corps irradie le mien. Je m'endors.

Lundi 6 janvier

— Je vous trouve pâlotte ce matin.

Flo fouille dans les poches de son gilet et en sort un rouleau de bonbons à la menthe.

— Vous avez sûrement besoin d'un peu de sucre…

Je secoue la tête.

— Merci, Flo. Tout va bien. Je suis juste fatiguée.

Jonah est reparti à Los Angeles samedi. En chemin vers l'aéroport, il est passé chez moi et m'a laissée avec un baiser sur le front, une étreinte dont je devrai me contenter jusqu'à ce que je le revoie, et un exemplaire de son scénario.

« Sois impitoyable, a-t-il dit. J'ai confiance en ton jugement plus qu'en n'importe quel autre. »

J'ai lu le scénario toute la journée d'hier, je l'ai relu toute la nuit, et il est maintenant rangé dans le tiroir de mon bureau. J'y retourne sans cesse, en essayant de décrypter entre les lignes. C'est une histoire incroyablement émouvante, où se mêlent le mal-être et la formidable énergie de l'adolescence, l'horreur et le terrible chagrin de perdre son meilleur ami, le trouble et la souffrance silencieuse d'aimer en secret la copine de cet ami. Toute notre histoire est là : le cœur tendre de Jonah à quinze ans, le caractère bien trempé de Freddie, et moi, le fil qui nous relie et nous sépare. Comme souvent dans la vraie vie, personne ne gagne à la fin. Les personnages s'éloignent avec le temps, parce qu'il leur est trop douloureux de se voir. C'est poignant, magnifique, triste, mais ce n'est pas le genre de fin que cette histoire mérite.

— Vous êtes sûre qu'on ne peut pas retourner aux tampons encreurs, Lydia ? demande Flo. Parce que vous savez, moi, les ordinateurs, je n'y comprends rien.

Je lève les yeux de la pile de livres qui viennent d'être rapportés et que je suis en train d'enregistrer dans le fichier.

— Vous avez déjà beaucoup progressé, Mary et vous…

Ce qui n'est pas tout à fait vrai. En réalité, je leur confie le clavier le moins souvent possible pour ne pas avoir à repasser derrière elles.

— De mon temps, on ne s'embêtait pas avec des colonnes de chiffres et des tableaux, maugrée Flo. On lisait des livres, c'est tout.

La modernisation de la bibliothèque ne lui plaît pas et je sais qu'elle ne lâchera pas le morceau, aussi je change de sujet.

— Au fait… Flo, c'est un diminutif pour Florence ?

— Oui. Florence Gardenia, c'était mon nom de jeune fille.

Elle rit.

— Je suis d'accord, ça fait un peu prétentieux. Je disais souvent à Norm que je l'avais épousé parce qu'il s'appelait Smith.

Je ne connais presque rien du passé de Flo. Elle parle parfois de Norm, son mari, qui était GI, et je sais qu'ils ont célébré leurs noces d'or juste avant qu'il ne décède. Elle a plusieurs fils, mais j'ai le sentiment qu'elle ne les voie pas autant qu'elle le souhaiterait.

— Où vous êtes-vous rencontrés ?

Son visage s'adoucit.

— Un dimanche soir, il est arrivé au bal dans la salle des fêtes, tout beau dans son uniforme. Il m'a donné ses cigarettes, je lui ai donné mon cœur.

— Facile…

— Oh, facile, ça ne l'a pas toujours été. Il était souvent absent, les premières années.

Après une pause, elle reprend :

— Notez bien, il m'a écrit des lettres sacrément coquines. Je les ai gardées dans une boîte à chaussures au fond de mon armoire. Il faudra peut-être que je les brûle avant de mourir pour que mes gars ne les lisent pas.

C'est une des raisons pour lesquelles j'apprécie tant la compagnie de Flo ; elle est toujours prête à plaisanter.

— Vous lui répondiez ?

Elle hausse les sourcils.

— Lydia, est-ce que j'ai l'air de quelqu'un qui tiendrait des propos salaces ?

— Donc, ça veut dire oui.

Nous rions encore quand les portes s'ouvrent, livrant passage à une classe de maternelle. Piailleurs, chaussés de bottes en caoutchouc, les gamins se ruent à l'assaut des étagères.

Je suis allée récupérer mon vieux fourre-tout de collégienne au grenier, presque certaine d'y trouver ce que je cherchais, et Turpin s'est couvert de gloire quand j'ai vidé son contenu sur le tapis. Un vieux tube de baume à lèvres, un magazine avec sur la couverture un groupe dont je ne me rappelle pas le nom, une enveloppe de photos datant d'avant les smartphones. J'ai plongé la main pour attraper ce qu'il y avait au fond et je l'ai ressortie avec une énorme araignée qui me grimpait sur le bras. Déjà que j'étais anxieuse de monter au grenier… Mon hurlement a alerté le chat, qui a bondi du fauteuil de Freddie et atterri sur l'araignée avec une précision terrifiante. Je ne saurais dire s'il l'a écrasée ou mangée, mais je ne pense pas qu'elle reviendra m'embêter de sitôt.

Je me remets de ma frayeur, assise sur le tapis, ma vie d'adolescente étalée autour de moi. Des cahiers couverts de dessins et de gribouillages ; je les feuillette avec nostalgie. Mon écriture soignée, avec des ronds sur les « i », des titres soulignés en rouge, les annotations du professeur en vert. Pour une fille qui n'aimait pas la chimie, j'avais de drôlement bons résultats. Je copiais sur Jonah Jones.

Je pose les cahiers sur le côté et je sors la petite boîte en bois décorée d'oiseaux multicolores.

Il y a si longtemps que Jonah me l'a offerte pour mon anniversaire. À l'époque, il m'avait raconté qu'il l'avait dénichée dans une friperie ; il pensait qu'elle me plairait, à cause des oiseaux. Ce n'était pas grand-chose, juste une idée comme ça… Je l'avais acceptée avec une désinvolture identique à la sienne, et je m'en étais servie pour ranger le bracelet que Freddie m'avait donné le même jour. Le bracelet a disparu, emporté par le flot des années. Je souris en trouvant la bague à fleur jaune en plastique – autre cadeau de Freddie –, ainsi que deux colliers de perles emmêlés et une paire de boucles d'oreilles qui appartenaient à Ella, je crois.

Il n'y a rien d'autre de remarquable, sauf, en dessous, un petit caillou tout lisse. Je le pose dans ma paume ; il est gris pâle, veiné de blanc, pas plus gros qu'une noix du Brésil. Il n'a vraiment rien de particulier, mais brusquement je me rappelle le jour où Jonah l'a glissé dans ma main juste avant d'entrer dans la classe où avait lieu notre premier examen. « C'est un porte-bonheur », a-t-il chuchoté en repliant mes doigts tremblants autour du caillou.

Je jette un coup d'œil à mon portable sur la table basse. Je n'ai aucune nouvelle de Jonah depuis qu'il est reparti. Je ne crois pas que j'en aurai. Il m'a laissé le scénario, le souvenir de son baiser sur mon front, la balle est dans mon camp. Je songe à ma conversation avec Flo, à ces lettres qu'elle a toujours gardées dans une boîte à chaussures au fond de son armoire.

Quelque chose a changé en moi, indéniablement, tout au fond de mon âme, quand je pense à Jonah Jones. J'ai compris que l'on pouvait aimer des personnes différentes à des moments différents de sa vie. C'est mon plus vieil ami, mais l'autre nuit, je me suis tournée vers l'homme en lui. Je me suis tournée vers quelqu'un que j'aime et il m'a offert un refuge, une protection, sans poser de questions.

Je fais rouler le petit caillou dans ma paume un long moment, en réfléchissant à la fin de l'histoire qu'il a écrite, puis je me lève et je vais chercher du papier et un stylo. Jonah a toujours su écrire mieux que moi, mais ce soir, peut-être, je trouverai les mots justes pour nous deux.

Cher Jonah,

J'ai lu le scénario et je l'adore – c'était couru d'avance. J'ai pleuré à la première page, et honnêtement, sans interruption jusqu'à la fin, parce que Freddie est présent dans presque chaque scène. Tu le fais revivre, et tu nous fais revivre aussi, avec tes paroles magiques.

Je ne suis pas étonnée que tout le monde soit tombé sous le charme de ton histoire. J'étais moi-même captivée. Et je suis tellement, tellement fière de toi. Mais, Jonah, je crois qu'ils ont raison : tu devrais changer la fin.

Toute histoire a un début, un milieu et, si on a de la chance, une fin heureuse. Tes personnages la méritent après ce qu'ils ont traversé. Ton public aussi la mérite. Permets que les gens ressortent du cinéma avec des récipients de pop-corn vides mais des cœurs pleins d'espoir, parce que chacun de nous a droit à une fin heureuse, non ?

Je voudrais pouvoir te dire cela en personne, mais tu sais comme moi que Phil ne me gardera pas si je demande encore un congé ! En plus… certaines choses sont difficiles à exprimer tout haut, donc c'est peut-être mieux ainsi.

Toi et moi... c'est compliqué, hein ? Mais en même temps, ce n'est pas compliqué du tout, quand on y pense. Nous aimions tous deux Freddie. S'il était encore là, je serais sa femme, tu serais son meilleur ami, et je suis certaine que rien n'aurait jamais changé. Nous aurions vieilli ensemble, même si je ne crois pas que nous serions vraiment devenus adultes.

Mais il n'est pas là. Il ne reste que toi et moi, et tout a basculé pour nous parce que nous l'aimions et que nous l'avons perdu. Mais n'est-ce pas une chance d'avoir partagé tant de choses ? Nous sommes liés à jamais. Je ne peux pas imaginer vivre avec quelqu'un qui ne l'aurait pas connu.

Change la fin, Jonah.
Bises
Lydia

Mercredi 29 janvier

J'ai failli ne pas poster la lettre, parce que je ne suis pas sûre que notre amitié y survivra. Mais pendant que je faisais la queue à la poste, en proie à une terrible angoisse, un tout jeune enfant devant moi a levé les yeux vers sa mère et a glissé sa main dans la sienne. Je me suis rappelé le petit caillou gris, le porte-bonheur sur lequel mes doigts s'étaient refermés, et j'ai trouvé le courage de présenter ma lettre au guichet.

C'était il y a trois semaines, et il ne m'a pas répondu. J'ai imaginé toutes sortes d'explications. La lettre s'est peut-être perdue et il croit que je ne me suis pas donné la peine de lire le scénario – ou pire, que je l'ai lu et l'ai détesté. Ou bien il l'a reçue et il est très gêné parce que j'ai mal interprété les signaux et qu'il ne sait pas comment me repousser gentiment. Ou encore il est parti vivre à Las Vegas, il a épousé une actrice, et ma lettre gît au fond de sa boîte aux lettres. Si c'est le cas, j'espère que quelqu'un aura la gentillesse de me la renvoyer en inscrivant la mention « retour à l'expéditeur ».

— Je suis devenu accro à ces machins, dit Ryan en ouvrant son sachet de biscuits à la menthe.

Il vient parfois prendre sa pause déjeuner derrière le bureau de l'accueil, malgré le règlement qui interdit de manger ou boire dans la bibliothèque. Je ferme les yeux parce que je suis contente de le voir, et je soupçonne qu'il est attiré par Flo et Mary autant que par moi. Elles sont là toutes les deux cet après-midi, assises avec lui à l'arrière.

— Comment ça va avec Kate ? je lui demande.

Il sort maintenant avec Kate, le clone d'Uma Thurman qui organise les rencontres silencieuses. Ils sont tombés l'un sur l'autre au supermarché deux mois après la soirée à la mairie. Selon le récit de Ryan, leurs regards se sont croisés au-dessus d'un étal de concombres, mais je crois qu'il enjolive pour créer un effet dramatique.

— Bien.

Il rougit.

— Elle passe souvent…

Il pose son biscuit en réfléchissant à la meilleure façon de tourner sa phrase.

— Vous connaissez la boutique à côté de la teinturerie ?

J'essaie de visualiser la grand-rue et la succession des commerces.

— La boucherie ?

— Les côtes de porc sont extra, déclare Mary.

Ryan lève les yeux au ciel.

— Non, de l'autre côté.

— Le magasin de déguisements ?

Ryan me répond par l'affirmative.

— Elle y passe pas mal de temps. Ça la branche, ces trucs-là…

Flo se frotte les mains.

— Elle veut que vous vous déguisiez en Batman ?

Tandis que Ryan blêmit, Flo, Mary et moi partons d'un éclat de rire.

— Je vais ranger ça dans la section jeunesse, dis-je en me levant avec une brassée de livres. Ne faites pas de bêtises pendant mon absence.

J'adore ma bibliothèque maintenant. La section enfants est mon paradis. Elle occupe une salle en retrait de l'espace principal afin de contenir le bruit, et ouvre sur la rue par de belles fenêtres en saillie. Après avoir replacé les livres sur les étagères et remis de l'ordre parmi les tables, je m'assieds sur le rebord d'une fenêtre pour contempler le spectacle de la rue luisante de pluie. Des gens qui vont et viennent.

Je ne m'aperçois pas tout de suite que quelqu'un d'autre est entré dans la pièce, mais au bout d'un moment, sentant une présence, je me retourne : Jonah Jones est appuyé au chambranle de la porte, dans son manteau d'hiver, et il me fixe.

La surprise me paralyse. Nous nous regardons en silence. Ses yeux sombres me disent qu'il a traversé l'océan pour moi, mais à présent qu'il est là, il ne sait pas comment jouer la scène, et je ne peux pas l'aider parce que je ne sais pas non plus.

Il parle le premier.

— J'ai changé la fin.

— C'est vrai ?

Il s'approche, si près qu'il pourrait presque me toucher.

— Tu avais raison. Chacun de nous a droit à une fin heureuse.

Malgré ma gorge nouée, je parviens à articuler :

— Les producteurs ont aimé ?

— Ils adorent, dit-il doucement.

Il baisse les yeux ; la pluie a déposé des gouttelettes brillantes sur ses cils.

— Et toi ?

Je m'assieds sur mes mains tellement j'ai envie de les tendre vers lui.

— Tu adores aussi ?

Il relève les yeux et les plante dans les miens.

— J'avais peur que ça fasse trop conte de fées. Trop cliché. Mais ce n'est pas le cas… Il va la voir et il lui dit qu'il l'aime depuis toujours. Qu'il veut qu'elle soit ses vendredis soir et ses matins de Noël, et qu'il a écrit toutes ses chansons d'amour en pensant à elle. Il lui dit qu'il veut être les bras dans lesquels elle s'endort chaque nuit. Qu'il veut vivre sa fin heureuse avec elle.

Je me laisse glisser du rebord de la fenêtre et j'avance d'un pas vers lui.

— Et puis, parce qu'elle lui a dit que chacun de nous avait droit à une fin heureuse, il l'embrasse.

Je murmure :

— Oh… Ça fera un tabac… J'adore…

Il écarte les pans de son manteau pour m'accueillir contre sa poitrine ; je sens son cœur qui cogne à l'unisson du mien. Les producteurs tourneront sans doute la scène du baiser final dehors sous une pluie torrentielle, avec une envolée de violons romantiques, mais ils ne parviendront jamais à saisir la vénération dans les yeux de Jonah quand il incline la tête, ni le tremblement de sa bouche lorsqu'elle se pose sur la mienne, ni la douloureuse et sublime beauté de notre premier baiser. Ce n'est pas le baiser impatient et trop rapide de deux adolescents. C'est un baiser adulte, électrique, doux et ardent à la fois. Je prends son visage entre mes mains, il prononce mon nom en soupirant et relève la tête, juste assez pour me regarder. Nous restons les yeux dans les yeux, hors d'haleine, émerveillés, et je m'aperçois que ce n'est pas de la pluie sur ses cils. Il pleure.

REMERCIEMENTS

Un énorme merci à Katy Loftus, géniale éditrice, amie, et à l'équipe exceptionnelle de Viking qui m'a soutenue sans relâche. Merci aussi à toutes les troupes chez Penguin, en particulier le service des droits étrangers grâce à qui Lydia voyage de par le monde.

Je suis immensément reconnaissante à Hilary Teeman et à l'équipe fantastique de Ballantine aux États-Unis. Quelle chance j'ai eue de travailler avec vous ! Vos suggestions et votre soutien m'ont été précieux.

Merci aussi à mes éditeurs étrangers, c'est un honneur de collaborer à vos parutions.

Merci à Jemima Forrester et à tous ceux qui m'ont aidée chez David Higham.

Toute ma tendresse et mes remerciements à Kathrin Magyar pour sa générosité, en échange de quoi son nom apparaît dans le livre… J'espère que votre personnage vous plaît !

Mon affection et mes remerciements vont tout particulièrement à ceux qui m'ont confié leurs histoires, en ligne ou en personne. Le deuil est un sujet tellement difficile à aborder ; vous m'avez informée, inspirée, et énormément touchée.

J'ai une gratitude infinie, bien sûr, envers tous ceux qui lisent l'histoire de Lydia. Merci à vous qui choisissez de passer votre temps avec les Bird, qui bavardez avec moi sur les réseaux sociaux, qui participez à faire connaître le livre. Je ne cesse d'admirer vos fabuleuses photos et vos blogs.

Enfin, et surtout, ma famille, au passé et au présent. Ce livre doit beaucoup à vous tous, à vos bizarreries et à vos délicates attentions. Un mot par-ci, un regard par-là, un rire, un souvenir… vous êtes formidables et je vous aime.

Composition et mise en pages
FACOMPO, Lisieux

Imprimé en France par CPI
en mars 2022
N° d'impression : 3047442

Pocket – 92 avenue de France, 75013 PARIS

S32140/01